Barbara Vine

Das Haus der Stufen

Roman

Aus dem Englischen von Renate Orth-Guttmann

Diogenes

Titel der 1988
erschienenen Originalausgabe:
»The House of Stairs«

Umschlagillustration:
Bronzino, ›Ritratto di Lucrezia Panciatichi‹
(Ausschnitt)

Für David

300/90/42/1
ISBN 3 257 01865 7

I

Der Taxifahrer dachte, er hätte mich beleidigt, weil ich eine Fünf-Pfund-Note durch den Spalt in der Trennscheibe schob und sagte, er solle anhalten und mich absetzen. Die Ampel sprang gerade auf Grün um, und während er links heranfuhr, sagte er mit streitbarer Stimme:

»Man darf ja wohl noch seine eigene Meinung haben.«

Er hatte sich über die Zwangssterilisierung Behinderter ausgelassen – irgendein Zeitungsartikel hatte ihn wohl darauf gebracht –, für die er sich rückhaltlos und mit großer Leidenschaft einsetzte. Ich, jawohl, gerade ich hätte sehr wohl beleidigt sein können – wenn ich überhaupt erfaßt hätte, was er sagte, wenn nicht das meiste an mir vorbeigerauscht wäre.

»Ich habe gar nicht hingehört«, sagte ich, begriff, sobald es heraus war, daß ich damit alles nur noch schlimmer machte, und versuchte es mit der Wahrheit, obwohl ich wußte, daß es nichts nützen würde. »Ich habe eine Bekannte gesehen, eine Bekannte von früher. Auf der Kreuzung. Ich muß unbedingt mit ihr sprechen.« Draußen auf dem Gehsteig rief ich ihm zu: »Behalten Sie den Rest!«

»Rest? Ist ja wohl 'n Witz«, sagte er, obgleich es ein durchaus anständiges Trinkgeld war. Er gehörte zu jenen Männern, die der Ansicht sind, alle Frauen seien verrückt, oder die sich das zumindest einreden, weil sie sich nur so ansonsten unerklärliche Verhaltensweisen erklären, nur so drohende Dominanz abwehren können. »Sie kann man ja nicht frei rumlaufen lassen«, brüllte er, womit er womöglich wieder bei seinem ursprünglichen Thema war.

Er hatte mich nicht aus Bosheit auf der Südseite des Greens abgesetzt. Es schien mir nur so in diesem Augenblick, als ich, abgeschnitten durch den brandenden Verkehr, dort stand und wartete und gleichzeitig das Gefühl hatte, als schlüge mir jemand ständig eine Tür vor der Nase zu. Während der Grünphase entfernte sich Bell immer weiter von mir. Auf der blechernen Flut vollzog sich der große Exodus aus der Wood Lane und der Uxbridge Road, vom West End über die Holland Park Avenue und die West Cross Route, und das smaragdene Leuchten zog die Flut an, trieb sie zu immer schnellerem Vorwärtsdrängen, immer lauterem Dröhnen. Sie versperrte mir die Sicht auf das Green, das Bell jetzt überqueren mußte – aber in welche Richtung?

Durch die Windschutzscheibe des Taxis hatte ich sie auf der Kreuzung gesehen. Mit unverändert gleitendem Gang, kerzengeradem Rücken, hocherhobenen Hauptes, als balanciere sie eine Amphore auf dem Kopf, schritt Bell von der Hammersmith-Seite nach Norden. Ich hatte hörbar nach Luft geschnappt, vielleicht sogar einen Schrei ausgestoßen, was wohl mein Taxifahrer als Widerspruch zu seinen Äußerungen gedeutet hatte. Sie verschwand so rasch in Richtung Holland Park, daß es auch eine Halluzination gewesen sein konnte. Aber ich wußte es besser. So eigenartig es sein mochte, sie ausgerechnet hier zu entdecken – ich wußte, daß es Bell gewesen war, die ich gesehen hatte, und daß ich ihr folgen mußte, ungeachtet all der Jahre, die vergangen, ungeachtet all der schlimmen Dinge, die geschehen waren.

Warten zu müssen, wenn man vor Eile fiebert, gehört unter den kleineren Heimsuchungen unseres Lebens zu den schlimmsten – nur empfand ich sie in diesem Augenblick als gar nicht so klein. Ich trat von einem Fuß auf den anderen, ich wippte auf den Fußsohlen, ich flehte die Ampel an, endlich umzuspringen. Und dann sah ich sie wieder. Die rote Mauer der Busse rückte weiter und gab mir den Blick frei. Sie überquerte das Green, eine rasch entschwindende Gestalt, groß und aufrecht, unbeirrt geradeausblikkend. Sie trug Schwarz, nur Schwarz, irgendwelche bauschig-flattrigen Gewänder, wie sie nur sehr große, schlanke Frauen tragen können, die zerbrechlich wirkende Taille hielt ein breiter schwarzer Gürtel zusammen, als solle er verhindern, daß sie in der Mitte durchbrach. Schon bei meinem allerersten Blick hatte ich eine erschreckende Veränderung an ihr bemerkt. Das früher ganz hellblonde Haar hatte die Farbe gewechselt. Inzwischen konnte ich jenseits der breiten, von Wegen durchzogenen Grünfläche die kleiner werdende Gestalt nicht mehr deutlich erkennen, aber ich begriff bestürzt, mit einer Art von hohlem Schmerz, daß ihr Haar grau geworden war.

Die Ampel sprang um, und wir ergossen uns vor den ungeduldigen, kaum im Zaum zu haltenden Wagen über die Fahrbahn, das heißt, ich stürmte los, stürmte über das Green und Bell nach, die ich nicht mehr sah, die von der Bildfläche verschwunden war. Ich wußte natürlich, wohin sie verschwunden war, sie war zur U-Bahn hinuntergefahren. Ein Fünfzig-Pence-Fahrschein aus dem Automaten, dann stand ich auf der Rolltreppe, konfrontiert mit Alternativen, gezwungen, eine Entscheidung zu treffen. Die alte, immer neue Wahl am Scheideweg... Die Frage in diesem Fall war: nach Westen oder nach Osten? Bell war früher, ehe sie aus unser aller Leben in die Jahre des Vergessens abgetaucht war, ins Niemandsland, hinter Klostermauern kalt und streng, Londonerin gewesen. Trotz etlicher Aufenthalte im Exil hatte sie sich immer damit gebrüstet, daß sie sich westlich von Ladbroke Grove oder östlich von Aldgate nie zurechtfinden würde. Heute abend war sie westlich von Ladbroke Grove gewesen (der Grove, wie wir damals alle sagten), aber sicher nur zu Besuch, dachte ich. Irgendwie wußte ich, daß sie auf dem Heimweg war.

Ich entschied mich deshalb für den Bahnsteig in Richtung Osten. In diesem Moment kam der Zug, und vor dem Einsteigen sah ich sie wieder. Sie stand weit weg von mir und ging auf die sich öffnenden Türen zu, und ihr Haar war aschgrau. Aschgrau und locker aufgesteckt, wie einst Cosette es getragen hatte, genau so, hoch und rund wie ein Laib Landbrot, mit einem Knoten in der Mitte, der aussah wie ein Klumpen Teig, genau die gleiche Frisur hatte Cosette gehabt, als sie ins Haus der Stufen gezogen war.

Der Anblick hatte etwas zutiefst Bestürzendes, Verstörendes, so daß ich das dringende Bedürfnis verspürte, mich hinzusetzen, um mich davon zu erholen, die Augen zu schließen, vielleicht tief durchzuatmen. Natürlich ging das nicht an. Ich mußte in der Nähe der Tür stehenbleiben, damit ich Bell sehen konnte, wenn sie ausstieg und auf dem Weg zum Ausgang an meinem Wagen vorbeikam. Oder besser noch, ich mußte an jeder Station kurz aussteigen für den Fall, daß sie einen anderen Ausgang benutzte, weil sie dann ja nicht an mir vorbeikommen würde. Trotz meiner Angst, sie zu verlieren, konnte ich inzwischen wieder einigermaßen klar denken. Erst jetzt kam ich dazu, mir zu überlegen, ob Bell mich überhaupt würde sehen wollen, und ich fragte mich, was wir einander sagen, wie wir anfangen würden. Ich konnte mir nicht vorstellen, daß Bell mir einen Vorwurf machen würde, wie es etwa Cosette getan hatte. Aber würde sie vielleicht von mir Vorwürfe erwarten?

In diese Richtung gingen meine Gedanken, als der Zug in Holland Park hielt. Die Türen öffneten sich, und ich beugte mich vor und sah am Zug entlang, aber Bell tauchte nicht auf. Inzwischen war es halb acht geworden, es war zwar noch belebt, aber das große Gedränge war vorbei. Was ich hier trieb, wäre während des Berufsverkehrs unmöglich gewesen. Die nächste Station war Notting Hill Gate, und ich hätte fast wetten mögen, daß Bell dort nicht aussteigen würde, denn das war die Station, die wir damals alle benutzt hatten – bis auf Cosette, die immer mit dem eigenen Wagen oder mit dem Taxi gefahren war. Bell wäre, so sehr sie an diesem Teil Westlondons hängen mochte, nicht so unsensibel gewesen, aus freien Stücken in diese Straßen, zu dieser U-Bahnstation zurückzukehren, nachdem sie aus dem Gefängnis gekommen war.

So, jetzt hatte ich es ausgesprochen, lautlos und nur für mich, aber das Wort war gefallen: Gefängnis. Nichts da von Klostermauern kalt und streng, von Jahren des Vergessens, von Niemandsland. Ein Gefühl der Schwäche, fast des Schwindels überkam mich. Und schon folgte, fast ebenso verstörend, die nächste Überlegung. Ich habe nicht mit ihrer Freilassung gerechnet, noch mindestens ein Jahr, habe ich gedacht, ich bin nicht vorbereitet. Hatte ich mir überhaupt je vorstellen können, daß man sie freiließ? Aber ich mußte mich vorbereiten, ich mußte den Zug verlassen für den Fall, daß ich mich geirrt hatte, für den Fall, daß Bell hier zwar nicht wohnte, aber jemanden besuchen wollte, so daß sie genötigt war, auf diesem Bahnhof auszusteigen. Ich stellte mich auf den Bahnsteig und hielt nach ihr Ausschau, aber auch hier kam sie nicht zum Vorschein.

Sie stieg in Queensway aus, und ich folgte ihr. Jetzt würde ich sie wohl in der Gruppe zu fassen bekommen, die auf den Lift wartete. Doch der Lift nahm nur einen Teil der wartenden Fahrgäste auf. Ich sah Bell einsteigen, ihr schöner aschfarbener Kopf überragte alle bis auf zwei. Ich mußte den zweiten Lift nehmen. Ehe ich einstieg, ehe die Türen des ersten Lifts sich schlossen, wandte Bell sich um und blickte genau in meine Richtung. Ob sie mich sah, weiß ich nicht, ich habe mir lange darüber den Kopf zerbrochen, könnte es aber nach wie vor nicht sagen. Allerdings glaube ich eher, daß es nicht der Fall war. Die Türen schlossen sich, der Lift trug sie davon.

Die Sonne ging unter, als ich auf die Bayswater Road hinaustrat, über den blaßroten Himmel wälzten sich rostfarbene, scharlachrote und fast schwarze Wolken. Wieviel schöner ist doch ein Himmel über der Stadt als auf dem Lande, und am allerschönsten ist er über London, auch wenn ich weiß, daß die Amerikaner diesen Anspruch für New York anmelden, und ich bin gern bereit, ihnen den zweiten Rang zuzubilligen. T. H. Huxley sah bei Sonnenuntergang die Oxford Street hinunter und hatte apokalyptische Visionen, und an diesem Abend meinte auch ich, wundersame Gebilde über dem Park und den Kensington Palace Gardens zu erblicken, gewaltig aufgeblähte Wolkenmassen, ockerfarben und wie mit getrocknetem Blut befleckt, die sich im Wind teilten, kleine, klare, zartblaue Teiche freilegten und sich erneut in schwärzlich-dampfigem Gewalle zusammenschlossen. Aber Bell sah ich nicht, Bell hatte ich verloren.

Ich machte kehrt, blickte die Queensway hinauf, blickte in beide Richtungen die Bayswater Road hinunter. In beträchtlicher Entfernung sah ich eine hochgewachsene schwarz gekleidete Frau in westliche Richtung gehen, und ich glaube, schon in diesem Augenblick wußte ich insgeheim, daß es nicht Bell war, obwohl die Frau eine schmale Taille und graues Haar hatte. Ich machte mir etwas vor, was hätte ich sonst auch tun sollen? Mit leeren Händen und mit leerem Herzen heimgehen? Früher oder später mußte ich das wohl, aber nicht jetzt, nicht gleich. Und sobald die Frau aus der Bayswater Road auf den St. Petersburgh Place einbog, war ich wieder überzeugt davon, daß es Bell war, daß es Bell sein mußte – denn wie hätte sie so schnell entkommen, untertauchen können? –, und ich nahm mit Feuereifer die Verfolgung auf, über den St. Petersburgh Place, vorbei an der Synagoge und der Matthäus-Kirche, die Moscow Road entlang, zum Pembridge Square, über Pembridge Villas hinweg. Inzwischen war es natürlich näher zur U-Bahnstation Notting Hill Gate als zur Queensway, und ich sagte mir, daß Bell diese Station absichtlich mied, einen langen Umweg zu ihrer Wohnung in Kauf nahm, weil es ihr ebenso schwerfiel wie mir – oder noch schwerer –, den alten Bildern zu begegnen.

Ich verlor sie irgendwo diesseits der Portobello Road. »Irgendwo diesseits«, sagte ich, als sei mir diese Gegend nicht zutiefst vertraut, als ließe mich auch nur ein Zoll des Pflasters unberührt, als hätte ich auch nur eine Elle dieser Straßenzüge vergessen. Ich verlor sie in der Ledbury Road und fand sie an der Ecke Portobello wieder, wo sie eine Bekannte getroffen hatte und zu einem Schwatz stehengeblieben war. Und dann sah ich, daß es nicht Bell war, wie mein inneres Ich, das sie mit verbundenen Augen erkannt hätte, von Anfang an gewußt hatte. Die Frau, die ich verfolgt hatte, war älter als Bell, die jetzt fünfundvierzig sein mußte, und die junge Person, mit der sie an der Ecke sprach, war eine kleine pummelige Blondine, deren schrilles Lachen in jener leeren, häßlich-bestrickenden Straße widerhallte. Ich ging an ihnen vorbei und sah, daß der rote Himmel nicht mehr rot war, sondern grau, stürmischgrau und wildbewegt, mit dicken drängelnden Wolken und gewittriger Schwärze über Kensal Town.

Es waren kaum Menschen auf der Straße. Vor zwanzig Jahren war das anders gewesen, als ich zum erstenmal in diese Gegend gekommen war, als ein neuer Überschwang die ganze englische Jugend erfaßt hatte, ganz besonders aber, so fand ich damals, in Notting Hill. Jetzt haben wir statt dessen die Autos, menschenverschlingende Ungetüme, die uns abgekapselt durch die Lande fahren. Hier gibt es Häuser mit Gärten, in denen im Mai die Bäume blühen, und dann riecht es nach Motorenöl und Weißdorn, Geißblatt und Abgasen. Damals, zu Cosettes Zeiten, hatte es nach französischen Zigaretten gerochen, nein, nach allen möglichen Zigaretten, französischen und englischen und russischen. Und im Electric Cinema nach Marihuana. Ich ging weiter, nicht den Weg, den ich gekommen war, sondern südlicher, über Chapstow Villas, und ich wußte genau, wo ich war, keine Rede davon, daß ich zufällig dorthin geraten sei, daß ich Archangel Place in dieser Richtung nicht vermutet hätte.

Doch ich dachte an Bell, während ich meinen Weg fortsetzte, und überlegte, wer mich zu ihr führen, wer Bescheid wissen könnte. Nach wie vor war ich davon überzeugt, daß sie nach Hause gefahren, daß sie höchstwahrscheinlich inzwischen zu Hause angekommen war. Es war mein Anblick vor dem Lift gewesen, der sie zur Eile angetrieben, sie vielleicht sogar bewogen hatte, sich zu verbergen. Sie brauchte nur im Coburg Hotel oder auch im U-Bahnhof Bayswater zu verschwinden, und schon war sie mir entwischt. Und natürlich wohnte sie nicht in Notting Hill, sondern irgendwo in Bayswater. Irgend jemand mußte ja ihre genaue Adresse haben. Aber daß sie mir hatte aus dem Weg gehen wollen... Ich, die ich Fußwege nach Möglichkeit vermeide, war gerannt, war der richtigen und der falschen Bell nachgerannt, und meine Beine fingen an zu schmerzen.

Es gibt kein Entkommen vor diesem Gefühl, daß es jetzt vielleicht soweit ist, daß es sich nicht um eine natürliche Erschöpfung, sondern um die erste Vorwarnung handelt, und das gewohnte Unbehagen überkommt mich, die gewohnte zitternde Angst. Ich bin noch nicht so alt, daß die Gefahr überwunden wäre, noch ist die rettende Grenze nicht erreicht. Aber was ist das doch für ein Stumpfsinn, wie fad, wie gleichbleibend und schlicht langweilig nach all den Jahren, und doch – wie kann etwas gleichzeitig Stumpfsinn und Schrecken sein? Ich habe es niemandem erzählt außer Bell und Cosette. Das heißt, Cosette wußte es natürlich schon. Ob Bell sich erinnert? Ob es ihr eingefallen ist, als sie mich auf dem Bahnhof sah? Hat sie sich gefragt, ob ich es schon habe oder ob es an mir vorbeigegangen ist und mich verschont hat?

Ich sagte mir das, was ich mir immer sage, die Beine tun dir weh, weil du dich nicht fit hältst (dein Kinnmuskel zuckt, weil du müde bist, das Glas ist dir aus der Hand gefallen, weil du nicht aufgepaßt hast). Selber schuld, dachte ich, daß du auf hohen Absätzen herumläufst und in spitzen Schuhen, die dir die Zehen einzwängen. Es half nicht viel, nichts hilft, außer dem Nachlassen des Schmerzes, des Tics, der Schwäche …

Ich halte das nächste Taxi an, sagte ich mir, das, aus einem Crescent oder einer Terrace kommend, um eine dieser laubreichen Ecken biegt, denn dieser Teil von London West Eleven ist ein eng verflochtenes Gewirr, ein Labyrinth von Gassen und Höfen, windverwehten Feldern und blumenbepflanzten Plätzen, grüner Lust und grauem Gram.

Kein Taxi ließ sich sehen, und ich belog mich selbst, als ich mir sagte, ich hätte eins genommen, wenn es gekommen wäre. Ich hatte jetzt die schmale Straße erreicht, die zu den Mews und von dort zum Archangel Place führt. Trotz tiefhängender Zweige und dichter Hecken könnte man sich auf diesem Sträßchen nie einbilden, auf dem Land zu sein. Es ist mit Schiefer gepflastert, die Platten sind blankgewetzt von Stadtschuhen und ihrem Abrieb, die Hecke besteht aus Ligusterbüschen, die Bäume sind Stadtpflanzen wie der Trompetenbaum. Es riecht nach Stadt, verbraucht und muffig, und unter den Füßen spürt man nicht Erde, sondern Staub. Zwischen den Mews und der Straße steht die viktorianisch-byzantinische Kirche zum Hl. Erzengel Michael, sie ist unverändert, nicht geschlossen und vernagelt, nicht in einem dieser leicht blasphemischen Verwandlungsprozesse zu Wohnungen umfunktioniert, genau wie früher stehen die Türen weit offen, so daß man im Altarraum den Erzengel mit seinen ausgebreiteten Flügeln sieht.

Ich blieb an der Ecke stehen, beugte mich vor, um meine Wadenmuskeln zu massieren, dann blickte ich hoch, richtete mich auf und sah in die schmale, gerade, ziemlich kurze Straße hinein. Von hier aus schien auch das Haus der Stufen unverändert. Inzwischen aber war die Dämmerung gekommen, die lange, düster-kühle Londoner Sommerdämmerung, die Veränderungen verhüllen mochte. Langsam und gemächlich, wie eine Spaziergängerin, ging ich auf der anderen Straßenseite entlang. Als Cosette noch dort wohnte, saßen überall Leute unter den Türen, und wenn es warm war, lagen sie auf den Flachdächern der Vorbauten und sonnten sich. Inzwischen aber hatte Archangel Place sich tüchtig gemausert, vermutlich waren jetzt hinter den niederländischen, viktorianisch-barocken, neugotischen und Bayswater-palladianischen Fassaden geschmackvolle »Luxusaltbauwohnungen« mit dickem Teppichboden und tief gehängter Decke und Isolierverglasung.

Auch Nummer Fünfzehn war offenbar von dieser Entwicklung nicht verschont geblieben, denn an der Stelle, wo Cosettes verbogener schmiedeeiserner Klingelzug gehangen hatte, prangte nun eine Gegensprechanlage mit einer Reihe von Namensschildchen.

Wie war ich nur auf den abwegigen Gedanken verfallen, auf einem könne Bells Name stehen? Ich überquerte eigens die Straße, um nachzuschauen. Das Haus der Stufen war in sechs Wohnungen aufgeteilt worden, vom Souterrain bis zum Dach war jedes Stockwerk rationell genutzt, die Bewohner hatten griechische und arabische Namen, einer mochte dem Klang nach ein Franzose sein, ein Inder war dabei und eine deutsche Jüdin (oder Amerikanerin). Keine Spur von Bell. Natürlich nicht. Das Haus hatte eine andere Farbe. Von der Ecke aus hatte man es nicht erkennen können, jetzt aber bemerkte ich diesen neuen, zweifelhaften Ton, der bei Tageslicht ganz anders sein mochte als jetzt im Schein der Straßenbeleuchtung, ein ziemlich dunkles Braun. Als Cosette das Haus gekauft hatte, war es kohlblattgrün gestrichen gewesen, nur die Steinmetzarbeiten hatte man, wie jetzt auch, in ihrem natürlichen Beigeton belassen. Die Fenster, fünf Reihen oberhalb, eine unterhalb der Grundlinie, kann man in Ruskins *Die Steine von Venedig* nachschlagen, auf der Tafel, die das Maßwerk im Broletto von Como zeigt. Ob der Architekt hingefahren ist und es sich angesehen, oder ob er einfach die Fenster bei Ruskin kopiert hat, weiß ich nicht, aber es sind sehr getreue Nachbildungen, jedes Fenster besteht aus drei Bögen mit einem Knoten wie ein Webeleinstek auf halber Höhe der Doppelschäfte, die von korinthischen Kapitellen gekrönt werden. Anhand der Abbildung kann man es sich besser vorstellen.

Hinter den Fenstern brannte Licht, und nicht überall waren die Vorhänge zugezogen. Ich ging wieder auf die andere Straßenseite und postierte mich unter einer der Platanen am Straßenrand. Von den welkenden Blüten wehte das helle flaumige Zeug, das bei Perpetua, wie sie immer behauptete, Heuschnupfen auszulösen pflegte. Die neuen Besitzer oder die Architekten hatten die Haustür erneuert. Die aus Cosettes Zeit hätte bestimmt auch Ruskin genehmigt, sie hatte einen Spitzbogen, und die Türfüllung war zwischen schlanken Leisten mit Ähren und Eichenlaub verziert. Die neue Tür war eine neogeorgianische Scheußlichkeit, in dem gebogten Abschluß des Architravs prangte eine Rubinglasscheibe. Unverändert war nur der Garten, das heißt der Vorgarten, denn was hinter dem Haus lag, konnte ich von meinem Standort aus nicht sehen.

Es ist ein ganz kleines Gartenstück, das zwischen dem Gehsteig und dem tiefen Einschnitt des Souterrainfensters liegt. Charakteristisch für die Flächen vor wie hinter dem Haus war seit jeher der Grauton: graue Blüten und graues Laub, Zinerarien und Mannstreu, Hasenohr, Lavandula lanata – der silberne Zwerglavendel –, Lychnis coronaria mit Blättern wie Filz, Karden, die Schwestern der Artischocke, Artemisien mit ihrem filigranen Laub, Gottvergeß und Kreuzkraut, auch Greiskraut genannt. Ich, die ich keine Ahnung von Gärten hatte, lernte nach und nach, wie die Pflanzen in Cosettes Garten hießen. Jimmy, ihr Gärtner, brachte es mir bei, er war überglücklich, daß sich jemand dafür interessierte, und die Namen haben sich bei mir festgesetzt. Ob Jimmy noch kommt? Die Lanata ist furchtbar empfindlich, sagte er immer, die käme ohne meine Pflege nie durch. Die Pflanzen sahen sehr gut aus, fand ich, und die hellsilbrigen Schwertlilien standen in voller Blüte, ihre papierdünnen Blütenblätter schimmerten im grünlichen Lampenlicht.

Ohne ihn gesehen zu haben – und mir war klar, daß ich den Anblick nicht ertragen hätte –, wußte ich, daß der Garten hinter dem Haus nicht so sein würde wie früher, daß er grundlegend verändert sein mußte. Wer immer das Haus nach Cosette – und nachdem ich es nicht hatte haben wollen – gekauft hatte, war mit Sicherheit im Bilde gewesen, war diskret informiert worden und hatte wohl beschlossen, sich mit den Fakten abzufinden und mit ihnen zu leben. Gleichzeitig aber mußte der Wunsch erwacht sein, den Garten, die ganze Anlage zu verändern, vielleicht strengen Buchs zu pflanzen, spitze Koniferen, bunte Blumen, um damit die Geister zu bannen, die, wie es heißt, durch die Energie freigesetzt werden, die nach einer Gewalttat am Ort verbleibt.

Ich versuchte zwischen den Häusern hindurchzusehen, mit meinem Blick Backsteinmauer, hohe Hecke, schwarze, nahezu kompakte immergrüne Laubmassen zu durchdringen. Wäre der Eukalyptusbaum noch dagewesen, hätten seine dünnen Zweige mit den zarten spitzen grauen Blättern jetzt Ilex und Lorbeer weit überragen müssen, denn Gummibäume sind schnellwüchsig, wie Jimmy mir einmal erklärte. Hätte es den Baum noch gegeben, hätte er jetzt fast an das hohe Fenster herangereicht. Nein, er war nicht mehr da, konnte nicht mehr da sein, und ehe ich den Blick abwandte, stellte ich mir vor, wie er gefällt worden war, sah seinen Sturz vor mir, hatte den kräftigen Medizingeruch in der Nase, der von den welkenden Blättern, dem durchtrennten Stamm ausging.

An der Fassade sind nur zwei Balkone, einer vor den Fenstern des Salons, der andere vor dem sogenannten Elternschlafzimmer, Nachbauten der Balkone von Ca' Lanier mit wulstiger Basis, fast wie Körbe. Diesen Jünger Ruskins hatte ein Stilmischmasch offenbar nicht gestört. Unvermittelt öffnete sich das mittlere Fenster des Salons, und ein Mann kam auf den Balkon, um eine Topfpflanze hereinzuholen. Er sah nicht in meine Richtung, sondern auf seine Pflanze, und beim Hineingehen schob er den Vorhang zur Seite, und ich konnte einen Blick in ein goldleuchtendes Interieur tun, bestehend vornehmlich aus einem sehr kleinen funkelnden Lüster und einer dunkelroten Wand in einem Abstand von wenig mehr als drei Metern hinter dem Fenster, mit Spiegeln und weißgerahmten Bildern. Ich spürte den Schock wie einen Schlag gegen den Leib. Dabei wußte ich natürlich, daß man den Salon geteilt hatte, daß jetzt – denn er war zehn Meter lang gewesen – vermutlich eine ganze Wohnung daraus geworden war. Der Vorhang fiel, das Fenster schloß sich wieder. Plötzlich erinnerte ich mich sehr deutlich daran, wie ich nach längerer Abwesenheit, nach einem Besuch in Thornham vielleicht, zurückgekommen war, ich sah mich die Treppe hinaufgehen, den Salon im ersten Stock betreten, wo Cosette am Tisch saß und mir sogleich den Kopf zuwandte, wie ihr warmherziges Lächeln das leicht melancholische Gesicht verwandelte, wie sie mit ausgestreckten Armen aufstand und mich mit ihrer unerschöpflichen Liebe umfing.

»Hast du dich gut amüsiert, mein Schatz? Du kannst dir gar nicht vorstellen, wie du uns allen gefehlt hast.«

Wie immer wartete in dem Durcheinander auf dem Tisch ein Geschenk auf mich, eine liebevoll ausgesuchte Willkommensgabe, das Erdbeernadelkissen vielleicht oder eins der Halbedelsteineier. Eingewickelt in wunderschönes Geschenkpapier, kostbar wie ein William-Morris-Stoff, mit Satinband umwunden, von einer zufälligen Berührung nach ihrer Haut, ihrem Kleid duftend.

Ich hatte die Augen fest zugemacht, hatte sie unwillkürlich geschlossen, als der Mieter oder Besitzer der Wohnung im ersten Stock mir einen Blick auf sein Wohnzimmer gestattete und ich mir Cosette dorthin gezaubert hatte, wo jetzt die rote Wand war. Ich machte die Augen wieder auf, warf einen letzten Blick auf das veränderte, verwandelte, verschandelte Haus und wandte mich ab. Inzwischen war es dunkel geworden, und während ich in Richtung Pembridge Villas ging, aus einem unbestimmt melodramatischen Gefühl heraus keinen Blick mehr zurückwerfend, kam ein Taxi aus einer der Mews, und ich stieg ein. Seltsam erschöpft und ausgepumpt ließ ich mich auf die glatten Sitzpolster fallen. Und Bell? Hatte ich sie vergessen? Nein, die Erinnerung an Cosette und all die anderen Empfindungen, die durch das Haus der Stufen geweckt worden waren, hatten sie nur zeitweilig aus meinem Gedächtnis verdrängt. Vergessen hatte ich nur den Schmerz in meinen Beinen, und der war jetzt verschwunden. Ich war begnadigt, Stumpfsinn und Schrecken waren für ein, zwei Wochen gebannt.

An Bell konnte ich jetzt ruhiger, abgeklärter denken. Vielleicht war es ganz gut, daß ich sie verloren hatte, daß es nicht zu einer Konfrontation gekommen war. Wieder überlegte ich, ob sie mich über die Köpfe im Aufzug hinweg gesehen hatte, und wieder konnte ich mir nicht darüber klar werden. War sie vor mir geflohen, oder hatte sie, ohne zu wissen, daß ich ihr nachlief, den Bahnhof verlassen und war geradewegs in eins der Geschäfte auf der Queensway gegangen? Es war sogar denkbar – und das war beruhigend –, daß sie hinter mir hergegangen war, ohne zu wissen, wer ich war. Oder unbekümmert darum, daß ich es war? Auch dieser Möglichkeit würde ich mich stellen müssen.

Vielleicht legte sie keinen Wert auf Bekannte aus jenen Tagen, wollte mit neuen Freunden, neuen Interessen einen neuen Anfang machen. Eine Bestätigung für diese Ansicht war, wie ich mir jetzt sagte, daß sie ihr Zuhause in Bayswater oder Paddington hatte, in einer Gegend also, in der sie, soviel ich wußte, vorher nie gewohnt hatte.

All das änderte nichts an meinem Entschluß, nach ihr zu suchen. Ich würde feststellen, wo sie war und wie sie lebte und wie sie sich jetzt nannte, ich würde versuchen sie zu sehen – auch wenn nicht mehr daraus werden sollte. Ein wenig sank mir der Mut, wenn ich an die Jahre im Gefängnis dachte, soweit ich sie mir überhaupt vorstellen konnte, an das vergeudete Leben, die verlorene Jugend. Und wie ich in einer Art Vision Cosette an ihrem Tisch im Salon gesehen hatte, der wie immer vollgepackt gewesen war mit Büchern und Blumen, Papier und Nähzeug, Telefon, Brillengläsern und Trinkgläsern und Photos und Postkarten und Briefen in Briefumschlägen, so schien es mir, als erblickte ich Bell, wie ich sie zum ersten, nein, fast zum ersten Mal gesehen hatte, als sie plötzlich in der Halle von Thornham stand und uns eröffnete, daß ihr Mann sich erschossen hatte.

2

Ich war vierzehn, als sie es mir sagten. Sagen mußten sie es mir, das war schon richtig, aber vielleicht hätten sie es noch ein paar Jahre hinausschieben können. Was waren schon vier Jahre? In diesen vier Jahren hätte ich kaum geheiratet, hätte schwerlich ein Kind bekommen.

So formulierte ich es, als ich Bell die Geschichte erzählte. Sie ist die einzige, der ich sie je erzählt habe. Elsa kennt sie nicht, nicht einmal mein geschiedener Mann Robin kennt sie. Nur Bell schüttete ich mein Herz aus, an einem dunklen Wintertag im Haus der Stufen, nicht oben in dem Zimmer mit dem hohen Fenster, sondern auf der Treppe sitzend, beim Wein.

Die Krankheit meiner Mutter war äußerlich nicht erkennbar, es stand noch nicht einmal fest, ob meine Mutter erkrankt war, jedenfalls körperlich. Psychische Veränderungen – so hieß es in den Lehrbüchern über ihren Zustand – konnten alles mögliche oder gar nichts bedeuten. Aber sie hatten sich auf vierzehn Jahre versteift, und daran hielten sie sich und sagten es mir, nicht am Geburtstag selbst wie bei den Helden oder Heldinnen einer Romanze, die in einem bestimmten Alter in Sippenrituale, in Familiengeheimnisse eingeweiht werden, sondern zwei Monate später, an einem nassen Sonntagnachmittag. Sie müssen gewußt haben, daß es mich erschrecken, mich unglücklich machen würde. Aber war ihnen klar, was für ein Schock es war? Konnten sie sich nicht vorstellen, daß ich mich durch dieses Wissen von normalen Menschen so abgesondert fühlen würde wie mit einem Buckel oder als hätte ich soeben erfahren, daß ich einmal über zwei Meter groß werden würde?

Ich begriff nun, warum ich ein Einzelkind war, nicht aber, warum ich überhaupt das Licht der Welt erblickt hatte. Eine Weile machte ich ihnen Vorwürfe, daß sie meine Geburt zugelassen hatten, daß sie leichtsinnig gewesen waren, obwohl sie damals schon Bescheid gewußt hatten. Und einige Zeit – lange Zeit! – wollte ich sie nicht mehr als Eltern haben, hätte ich sie am liebsten nicht mehr gekannt. Daran änderte auch nichts, daß die Krankheit meiner Mutter rasch fortschritt. Nie ist der Mensch so kompromißlos unbarmherzig wie als Heranwachsender. Ich kehrte mich von meinen Eltern und ihrem Geheimnis ab, von meiner Mutter mit ihren verkorksten Genen, von dem Vater, der wachsam und angespannt auf erste Anzeichen wartete, und hielt Ausschau nach einem Menschen, der gütig war, der mir nicht wehtat. Ich fand Cosette.

Ich kannte Cosette von klein auf. Sie war mit einem Vetter meiner Mutter, mit Douglas Kingsley, verheiratet, und weil wir – naheliegenderweise! – eine kleine Familie sind, rückten die wenigen Verwandten in London enger zusammen. Außerdem wohnte sie ganz in der Nähe, relativ nah zumindest, zu Fuß zu erreichen, wenn man bereit war, einen längeren Fußweg in Kauf zu nehmen, und das machte mir wohl damals nichts aus. Sie wohnte in der Wellgarth Avenue in Hampstead, fast schon in Golders Green, mit Blick auf die Teiche und die Wildwood Road. Das Haus im Tudorstil der dreißiger Jahre, ein riesiger Kasten für zwei, sollte nach dem Willen des Architekten wie eins dieser Fachwerkbauernhäuser auf dem Lande aussehen, wirkte aber in dieser Rolle nicht recht überzeugend. Wenn jemand zu Douglas sagte, Garth Manor sei doch recht groß für nur zwei Personen, erwiderte er schlicht und ohne daß man es ihm auch nur im mindesten übelnehmen konnte: »Die Größe eines Hauses hängt nicht von der Größe der Familie ab, sondern von Status und Stellung seines Besitzers. Es ist ein Spiegelbild seines Erfolgs.«

Douglas war ein Erfolgsmensch, ein reicher Mann. Jeden Morgen ließ er sich in seinem dunkelgrünen Rolls-Royce in die Stadt fahren, reihte sich in die schon in den fünfziger und sechziger Jahren lange Autoschlange ein, die sich schwerfällig den Rosslyn Hill hinunterbewegte. Er saß im Fond und las, die Brille mit den dicken Gläsern und der schweren dunklen Fassung auf der Nase, in seinen Akten, während der Fahrer sich durch den dichten Verkehr kämpfte. Douglas hatte eisgraues Haar und ein eisgraues Kinn und trug ebensolche Anzüge, nur hin und wieder zog sich ein feiner weinroter oder ein dunkelgrüner Nadelstreifen durch das eisgraue Tuch. Sein und Cosettes Leben war fest im oberen Mittelstand verankert, zu dem sie sich auch ganz offen bekannten. Als ich älter war und diese Dinge aufmerksamer beobachtete, dachte ich, daß man den Eindruck gewinnen konnte, Douglas habe in jüngeren Jahren eine lange Liste, ja, vielleicht sogar ein ganzes Kompendium von Sitten und Gebräuchen des oberen Mittelstandes aufgestellt und sich daraus als Richtschnur für sein Leben all das ausgewählt, was besonders fade, verbreitet und beliebt und überdies besonders dazu angetan war, die Zustimmung reaktionärer oder konventioneller Kreise zu finden.

Das alles schlug sich in den Zeitschriften auf Cosettes Couchtisch nieder – *The Tatler, The Lady, Country Life* –, im Essen (nirgendwo sonst habe ich einen derart enormen Verbrauch von Räucherlachs erlebt), in der Garderobe von Burberry, Aquascutum und Scotch House, in seinem Rolls-Royce und ihrem Volvo, den Urlaubsreisen nach Antibes und Luzern und später, Anfang der sechziger Jahre, in die Karibik. Selbstverständlich sah ich das mit vierzehn nicht so, obschon mir natürlich nicht verborgen blieb, daß sie reich waren. Wenn ich mir überhaupt Gedanken darüber machte, so dachte ich, daß sich beide für diese Lebensform freiwillig, ja, freudig entschieden hatten. Erst später begriff ich, daß die Wahl Douglas getroffen hatte und nicht Cosette.

Meine Besuche bei ihr begannen in dem Sommer, als meine Eltern mir eröffnet hatten, welches Erbe auf mir lastete. Sie lud mich zu sich ein, als sie uns besuchen kam. Ich war noch ein Kind, aber sie sprach mit mir – wie mit allen – von gleich zu gleich, in ihrer lächelnd-unbestimmten, zerstreuten Art.

»Komm doch nächste Woche mal vorbei, Liebling, und sag mir, was ich mit meinem Garten machen soll.«

»Von Gärten versteh' ich nichts.« Ich denke mir, daß es mißgelaunt klang, denn damals hatte ich immer schlechte Laune.

»Meine Lilien kommen zwar, aber sie stehen nicht besonders gut, ein Jammer bei diesen wunderschönen Namen, *Gleaming Daylight* und *Golden Dawn* und *Precious*

Bane. Im Katalog steht: ›Gedeihen in jedem Gartenboden, vertragen Nässe wie Trockenheit, volle Sonne oder Halbschatten ...‹, aber bei mir kommt das irgendwie nicht hin.«

Ich sah sie gelangweilt und ablehnend an. Ich hatte Cosette immer gern gehabt, weil sie auf mich einging, ohne Getue zu machen oder mich auszufragen, aber an diesem Tag haßte ich die ganze Welt. Seit vierzehn Jahren geschah mir bitteres Unrecht, ohne daß ich etwas davon gewußt hatte, und dafür galt es Rache zu nehmen.

»Wir brauchen nichts zu tun«, sagte Cosette, der offenbar die Aussicht auf süßes Nichtstun besonders verlockend erschien. »Ich meine, wir brauchen nicht zu graben oder zu pflanzen oder uns die Hände schmutzig zu machen. Wir setzen uns einfach hin und trinken etwas und machen Pläne.«

Sie hatten ihr gesagt, daß ich Bescheid wußte, und sie ging sehr behutsam mit mir um. Später hatte sie einfach Freude daran, mit mir zusammen zu sein, da ging es nicht mehr darum, mir einen Gefallen zu tun. Damals aber war ich nur eine junge Verwandte, der man eine schwere Last auferlegt hatte und der zu helfen sie hier eine einzigartige Gelegenheit sah. So war Cosette. Sie begrüßte mich herzlich in Garth Manor bei jenem ersten Besuch, wir hatten es uns draußen bequem gemacht, auf Gartensitzmöbeln, wie sie sonst niemand aus unserer Bekanntschaft hatte, sacht unter Baldachinen schwingenden chintzbezogenen Sitzbänken, Korbsesseln mit hoher Rückenlehne, die Cosette »Pfauen« nannte.

»Weil sie angeblich wie der Pfauenthron aussehen, aber ohne die Juwelen und all das. Ich hätte zu gern ein Pfauenpaar gehabt, das hier herumstolziert. Stell dir mal das Männchen vor mit seinem prachtvollen Gefieder! Aber Douglas konnte sich für die Idee nicht begeistern.«

»Warum nicht?« fragte ich, und schon grollte ich ihm ihretwegen, schon sah ich ihn als grausamen, tyrannischen Gatten.

»Sie kreischen. Das wußte ich nicht, sonst hätte ich es natürlich gar nicht erst vorgeschlagen. Sie kreischen bei Tagesanbruch, man kann die Uhr nach ihnen stellen.«

Unter einem großen weißen Sonnenschirm stand ein weißer Rattantisch mit Glasplatte. Perpetua brachte uns in Schokolade getauchte Erdbeeren und Limonade aus echten Limonen in Gläsern, die durch irgendeinen Kunstgriff mit echtem Rauhreif beschlagen waren. Cosette rauchte Zigaretten aus einer langen Schildpattspitze. Sie sagte mir, wie sehr ihr mein Name gefalle. So hätte sie ihre Tochter genannt, wenn sie je eine Tochter gehabt hätte. Von ihr erfuhr ich, wie es kam, daß der Name Elizabeth durch die Jahrhunderte hindurch in England nichts an Beliebtheit eingebüßt hatte. Später habe ich mir oft überlegt, wieviel Mühe es ihr gemacht haben muß, diese und viele andere Informationen zusammenzutragen, nur um mir eine Freude zu machen und mir die Befangenheit zu nehmen.

»Denn wenn man ihn leise vor sich hinsagt, klingt der Name ganz eigenartig, findest du nicht? Ebenso eigenartig wie die anderen aus dem Alten Testament, Mehetabel oder Hepsibah oder Sulamith, und die hätten alle ebenso modern werden können wie Elizabeth, wenn man eine Königin so getauft hätte. Elizabeth wurde durch Elizabeth die Erste populär, und die war nach ihrer Urgroßmutter Elizabeth

Woodville so genannt worden, die Eduard der Vierte zur Frau genommen hatte, da kannst du mal sehen. Vorher war er genauso selten wie die anderen.«

»Cosette muß sehr selten sein.«

»Es heißt ›kleines Ding‹. Meine Mutter hat mich so genannt, und der Name ist mir geblieben. Leider bin ich inzwischen kein ›kleines Ding‹ mehr. Soll ich dir verraten, wie ich wirklich heiße? Cora. Scheußlich, nicht? Du mußt mir versprechen, daß du es nicht ausplauderst. Bei der Trauung habe ich den Namen laut vor allen Leuten gesagt, das ging nicht anders. Aber danach nie wieder.«

Ich überlegte, weshalb ihr Douglas wohl einen Verlobungs- und Trauring geschenkt hatte, der nur aus Silber war. Damals hatte ich noch nichts von Platin gehört. Platin war zu der Zeit, als Cosette geheiratet hatte, gerade in Mode gekommen. Die großen Brillanten wirkten düster in der dunkelgrauen Fassung. Nagellack war damals alles, was sich Cosette auf kosmetischem Gebiet leistete, die Nägel leuchteten in sattem Rosarot wie einer der Lilientuffs. Die Geste, mit der sie hindeutete, war von einer ganz eigenen Anmut, irgendwie schwanengleich. Nein, das ist albern, Schwäne deuten nicht. Aber in unserer Vorstellung bewegen sie sich mit langsamen, fließenden Bewegungen, in anmutiger Haltung, und auch das war Cosette.

Das Beet, auf das sie zeigte, war halbmondförmig angelegt, und die Lilien mit ihren roten, gelben und schneeweißen, mokkafarben getüpfelten Blüten sahen schlechthin vollkommen aus, fand ich. Der Gärtner hatte sie gepflanzt und pflegte sie. Cosette mochte in Haus und Garten die Oberleitung haben, aber nie habe ich sie eigenhändig irgendeine Hausarbeit verrichten sehen. Nie habe ich gehört, daß jemand – nicht einmal mein Vater, der gern krittelte – sie faul genannt hätte, und doch war sie es. Sie verbrachte ihre Tage in lächelnd-lässigem, unangreifbarem Müßiggang. Ihre Fähigkeit, absolut nichts zu tun, schien unbegrenzt. Dabei machte sie wunderschöne feine Handarbeiten, sie konnte zeichnen und malen, am liebsten aber saß sie stundenlang still da, ohne zu lesen, ohne Stift oder Nadel in die Hand zu nehmen, ganz in sich ruhend, mit sanftem, heiterem Blick. Denn damals – sie muß ein wenig älter gewesen sein als ich jetzt, etwas über vierzig – hatte sie noch nicht jenen schwermütigen Gesichtsausdruck, den ich schon einmal erwähnt habe. Simone de Beauvoir klagt in ihren Erinnerungen über das Alter, weil es das Gesicht schlaff werden läßt, so daß es traurig wirkt. Es war diese Erschlaffung der Gesichtsmuskeln, die Cosette später – wenn sie nicht gerade lächelte – einen fast tragischen Ausdruck verlieh.

Für mich war sie damals alt. So alt, daß sie fast schon einer anderen Gattung anzugehören schien. Unvorstellbar, daß ich einmal so alt wie sie werden könnte – und, so dachte ich hin und wieder verbittert, auch sehr unwahrscheinlich. Sie war zu jener Zeit eine große blonde Frau, übergewichtig, ja, dick, allerdings hatte ich nicht den Eindruck, daß der Gedanke an ihr Gewicht sie damals beschwerte. Die blassen, graublauen Augen schienen einen unsicher, melancholisch, vielleicht auch scheu zu mustern. Denn in Cosette steckte Schüchternheit ebenso wie eine souveräne Großherzigkeit.

»Dann meinst du also, daß meine Hemerocallis sich dort wirklich wohlfühlt, Liebling?« fragte sie. Auch wenn sie nie eine Pflanze setzte, nie das Unkraut jätete, das ihre Blumen bedrohte, so wußte sie doch eine jede beim Namen zu nennen. Ich sagte nichts, aber sie ließ sich nicht abschrecken. »Wahrscheinlich bin ich zu ungeduldig und erwarte wer weiß was von den armen Dingern, nachdem sie erst ein halbes Jahr an ihrem Platz stehen.«

Selbst ich, trotz meiner Jugend, trotz meines Jammers, mußte lächeln bei der Vorstellung, Cosette könne ein ungeduldiger Mensch sein. Ruhe war der Kern ihres Wesens. Eben dieser fast orientalischen Abgeklärtheit wegen war mir – und nicht nur mir! – immer eine Last von der Seele genommen, fühlte ich mich tröstlich eingehüllt in eine linde, besinnliche Stille, wenn wir zusammen waren. Sonderbarerweise kam einem bei ihr immer der Gegensatz dazu in den Sinn, die rastlose Munterkeit so vieler Frauen der Müttergeneration, mit der sie in jungen Leuten wie mir ein Gefühl der Bangigkeit und Unzulänglichkeit weckten. Cosette blieb sich stets gleich, war immer da, nahm immer Anteil, hatte nie etwas Besseres zu tun.

Bald besuchte ich sie mindestens dreimal in der Woche, und später übernachtete ich auch bei ihr. Ich ging in Hampstead Garden Suburb zur Schule, da konnte ich leicht sagen, die Woche über sei es für mich praktischer, bei Cosette zu wohnen, statt jeden Tag zurück nach Cricklewood zu fahren. Jedenfalls erklärte ich es so, obwohl diese Erklärung auf jeden, der die Entfernung zwischen der Henrietta Barnett und Cricklewood Lane kannte, einigermaßen lächerlich gewirkt haben dürfte. Nur die Tatsache, daß es da noch Douglas gab und daß er sich häufig auf Garth Manor aufhielt, hinderte mich daran, mich dort nach Möglichkeit ganz heimisch zu machen. Jeder kennt Ehepaare, von denen einem ein Partner sympathisch, der andere unsympathisch ist. Für mich warf die abendliche Heimkehr von Douglas, angekündigt durch die über den Kies der Auffahrt knirschenden Räder des Rolls-Royce, einen Schatten auf die enge Gemeinschaft, die mich mit seiner Frau verband. Er war so ganz und gar Mann, so ältlich-steif, so typisch Börsianer, so größtenteils unverständlich in seinen Äußerungen, und er schien, ohne es ausdrücklich zu verlangen, in seinem Haus eine gewisse feierliche Ruhe zu fordern, solange er sich darin aufhielt. Und das tat er zumindest an den Wochenenden immer.

An Cosette war keine Veränderung festzustellen, wenn ihr Mann da war. Sie blieb dasselbe sanfte, lächelnde Geschöpf, abgeklärt und überschwenglich zugleich, die Frau mit der großen Gabe des Zuhörens. Seinen Berichten über Geschäftsabschlüsse und Verhandlungen schenkte sie die gleiche ungeteilte Aufmerksamkeit wie meinen Ergüssen über Träume, Visionen, Enttäuschungen und Ärgernisse. Und sie hörte wirklich zu, es war nicht so, daß sie einfach abschaltete und ihre Gedanken anderswo spazierenführte. Ich staunte über ihre klugen Antworten auf seine rätselhaften Schimpftiraden und beobachtete argwöhnisch und verständnislos, wie sie sich aus ihrem Sessel erhob, schwanengleich durchs Zimmer glitt und eine rundlich-weiße Hand sanft an seine Wange legte, wie er daraufhin regelmäßig sein Gesicht in ihre Handfläche schmiegte und einen Kuß hineinhauchte. Das stürzte mich in peinlichste Verlegenheit. Ich weiß jetzt, daß ich Cosette kein eigenes, privates Leben gönnte, das nicht unmittelbar damit befaßt war, das meine leichter und glücklicher zu machen.

Stumpfsinn und Schrecken sprach sie von sich aus nicht an, sondern wartete, bis ich davon anfing. Es kam selten vor, daß Cosette selbst ein Thema anschnitt, Neugier erkennen ließ. Ich sprach davon – nein, es brach leidenschaftlich aus mir heraus –, nachdem ihre Nachbarin, eine gewisse Dawn Castle, mit uns im Garten gesessen hatte, an einem warmen Oktobertag. Die Lilien waren längst abgeblüht, und Cosette und ich bewunderten die späten Dahlien. Dawn Castle sprach ständig von ihren Kindern, wieviel Sorgen sie ihr machten, das Jüngste war gerade von irgendeiner Schule verwiesen worden, ein anderes hatte eine Prüfung nicht bestanden. Sie schloß mit ihrem gewohnten Klischee:

»Trotzdem ... Ich möchte sie nicht missen.«

Ich kam nicht auf den Gedanken, daß diese oft wiederholte Bemerkung Cosette weh tun könnte. Ich fand sie nur überaus töricht und sagte rüde: »Warum nicht, wenn Sie sich doch bloß über sie ärgern?«

Sie machte – wer wollte es ihr verdenken! – ein sehr bestürztes Gesicht. »Früher oder später hast du selbst was Kleines, dann sprechen wir uns wieder.«

»Ich werde nie ein Kind haben. Nie.«

Ich hatte sehr schroff gesprochen und spürte Cosettes Blick.

»Ich hätte gern ein Pfund für jedes junge Mädchen, von dem ich das schon mal gehört habe«, sagte Mrs. Castle mit ihrem unfrohen Auflachen, und dann ging sie, denn sie gehörte zu den Menschen, die sich nur bei seichtem Geplauder wohlfühlen und bei unerquicklichen Themen, wie sie es nennen, schleunigst die Flucht ergreifen.

»Das war aber scharfes Geschütz«, sagte Cosette.

»Es ist gemein«, sagte ich. »Warum denken die Leute nicht nach, ehe sie den Mund aufmachen? Mag ja sein, daß sie nicht weiß, was mit mir los ist. Aber sie weiß doch bestimmt über dich Bescheid, sie weiß, daß Douglas Mutters Vetter ist.«

»Ich habe die Erfahrung gemacht, daß sich niemand die Verwandtschaftsverhältnisse anderer Leute merken kann.«

»Cosette«, sagte ich. »Cosette, hast du deshalb keine Kinder? Hast du dir nie Kinder gewünscht?«

Auf Fragen, die sie nicht ausdrücklich beantworten wollte, pflegte sie mit einem für sie sehr typischen Lächeln zu reagieren. Es war ein leises, geheimnisvolles Lächeln, das sich sanft, fast unmerklich, auf ihrem Gesicht verbreitete, aber fast immer weiteren Nachforschungen einen Riegel vorschob. Aus irgendeinem Grund setzte ich mir damals in den Kopf, Douglas habe Cosette geheiratet, ohne ihr von seiner Erblast zu erzählen. Wohlgemerkt: Diese Ansicht war völlig unbegründet, ich meinte sie in ihrem traurigen Blick, in einer Art Resignation zu lesen. Man hat das oft bei Heranwachsenden, daß sie das Leben älterer Freundinnen mit unerträglich romantischen Schnörkeln versehen. Ich steigerte mich in den Gedanken hinein, Douglas habe Cosette getäuscht, habe ihr Kinder versagt, bis es für sie zu spät war, sich von ihm zu lösen, und habe versucht, sie dadurch zu entschädigen, daß er sie mit Reichtümern überhäufte. Den Winter verbrachten sie in Trinidad, und ich lebte wieder zu Hause, wo ich mich dabei ertappte, daß ich meine Mutter fast klinisch distanziert beobachtete. Einmal ließ sie ein Weinglas fallen, und ich schrie auf. Mein Vater trat zu mir und schlug mir ins Gesicht.

Es war nur ein Klaps, er hatte nicht wehgetan, aber für mich war es eine tätliche Beleidigung.

»Mach das nicht nochmal«, sagte er.

»Und du mach das nicht nochmal mit mir.«

»Du mußt lernen, dich zu beherrschen, ich habe es auch lernen müssen. In unserer Situation bleibt uns nichts anderes übrig.«

»In unserer Situation? Du bist in einer Situation, ich in einer anderen. Wenn später die Leute schreien, dann doch meinetwegen, nicht etwa deinetwegen.«

Ein starkes Stück für eine Fünfzehnjährige. Im Frühjahr ging ich zurück nach Garth Manor, zu Cosette, von dort konnte ich über die Heath Extension zu Fuß zur Schule gehen, und in meinem großen Zimmer mit Blick auf das Waldland von North End hatte ich so schöne Dinge wie einen eigenen Fernseher, eine elektrische Heizdecke und Telefon am Bett. Allerdings muß ich zu meiner Verteidigung wohl sagen, daß es nicht das war, was mich dorthin zog. Warum sind junge Mädchen in dieser Phase ihrer Entwicklung so gern mit älteren Frauen zusammen? Ich denke, daß es bei mir nicht purer Narzißmus war. Ausschlaggebend, so glaube ich, war nicht, daß die fast dreißig Jahre ältere Cosette keine Konkurrenz darstellte, oder daß mein attraktives Äußeres neben ihrem alternden Gesicht, ihrem alternden Körper besonders reizvoll zur Geltung kam. Denn soviel stand fest: Für mich war sie eine alternde, ja, eine nahezu alte Frau, jenseits von Gut und Böse als weibliches, als sexuelles Wesen. Tatsache war, daß ich Cosette zu meiner zweiten Mutter gemacht hatte, zu einer Mutter, die ich mir ausgesucht hatte, die mir nicht aufgezwungen worden war, zu einer Mutter, die mir zuhörte, unbegrenzt Zeit für mich hatte und mir in großzügiger Weise schmeichelte, was, wie ich bis heute glaube, aufrichtig gemeint war.

Damals schien es ihr nichts auszumachen, daß man sie für meine Mutter hielt. Das kam später, im Archangel Place, da sagte sie es zwar nicht ausdrücklich, aber der Schmerz und die leise Demütigung, die sie empfand, wenn jemand, was häufig geschah, mich (oder Bell oder Birgitte oder Fay) für ihre Tochter hielt, waren in ihren Augen, in dem schwermütigen Zug um den Mund zu sehen. Mrs. Kingsley, Mitglied der Townswomen's Guild, des Vereins der Wellgarth-Avenue-Bewohner, des Schulvorstands, Mitarbeiterin bei *Essen auf Rädern* und hin und wieder ehrenamtlich in der Sozialarbeit tätig, war frei von solchen Eitelkeiten. In den Ferien oder am Samstag gingen wir manchmal zusammen einkaufen, und bei Simpson's oder im Kaufhaus Swan and Edgar, das damals noch die Ecke Piccadilly und Regent Street am Piccadilly Circus beherrschte, sprach mich gelegentlich eine Verkäuferin als Cosettes Tochter an. Ebenso erging es uns in den Restaurants, in denen wir einkehrten, um einen Kaffee zu trinken, den Cosette offenbar alle halbe Stunde zum Überleben brauchte.

»Das würde Ihrer Tochter stehen«, sagte eine Verkäuferin in der Burlington Arcade, und in Cosettes Gesicht trat ein fast anbetender Ausdruck freudiger Zustimmung.

»Ja, das würde dir prächtig stehen, Elizabeth. Probier es doch mal an.« Und dann, wie so oft: »Willst du es nicht nehmen?« Was bedeutete, daß sie es mir kaufen würde.

Damals hatte ich nicht den Eindruck, daß sie jünger erscheinen wollte, als sie war. Aber hätte ich das als Fünfzehnjährige gemerkt? Sie trug maßgeschneiderte Kostüme, was heute undenkbar wäre und auch damals schon als altmodisch galt. Es waren konventionelle Tailleurs aus Stoffen, wie sie sich Douglas für seine Anzüge aussuchte, mit breiten Schultern und Kellerfaltenröcken, sehr unkleidsam für Cosettes Figur. Sie hätte fließende Kleider tragen sollen, Capes mit schönem Faltenwurf. Später hat sie das auch getan, und nicht immer war die Wirkung vorteilhaft. Für sich kaufte sie auf einer solchen Shoppingtour Unterwäsche, grausam einzwängende, wirkungslose Mieder und Unterröcke aus glänzendem, pastellfarbenem Satin, klobige Schnürschuhe mit Blockabsätzen, Blusen mit großen Schleifen, die zwischen den Aufschlägen der Schneiderkostüme hervorsahen.

Als ich älter wurde, betrachtete ich, die ich nie über Cosette ein Urteil gefällt, sondern sie schlicht und bedingungslos geliebt hatte, ihr Aussehen kritischer. Ich sprach nie davon, jedenfalls nicht ihr gegenüber. Leider aber ließ ich bei meinen Freundinnen manchmal eine Bemerkung fallen, und es gab Gekicher in den Ecken. Über Frauen wie Cosette macht man sich insgeheim, hinter ihrem Rücken lustig. Das ist grausam und schmerzlich, aber es ist so. Ich zucke, während ich diese Sätze formuliere. Aber ich bin bemüht, die Wahrheit zu sagen, die ganze Wahrheit, und wahr ist, daß Cosette, wenn ich eine Freundin mit nach Hause brachte (man sieht, daß ich damals Garth Manor als mein Zuhause betrachtete), vielleicht erhitzt und gerötet auf der Bildfläche erschien, oft unordentlich, das Vogelnest aus ergrauendem Goldhaar ein schwankendes Wirrsal aus Flusen und Strähnen, aus dem die Haarnadeln rutschten, die Seidenbluse halb aus dem Bund des zu stramm sitzenden Kostümrocks hängend, und daß wir dann verstohlene Blicke tauschten und ganz leise, verächtlich-milde kicherten.

Häufig, besonders wenn Douglas auf Geschäftsreisen war, lud Cosette mich und eine Freundin nach Hampstead zum Abendessen ein. Vorher aber gab es eine Verschönerungsstunde in ihrem großen, üppigen Schlafzimmer (weißes Himmelbett mit Organzabaldachin, festonierte Vorhänge, gepolsterter Fenstersitz, Frisierkommode mit Organzaröckchen und dreiflügeligem Spiegel), und dort probierten wir unter ihren bewundernden Augen wie kleine Mädchen die Sachen an, die Cosette nicht mehr trug, ihre Pelzcapes und Stolen und Tücher, Gürtel und künstliche Blumen und Schmuck. Ich hütete mich, meiner Begeisterung lauten Ausdruck zu verleihen, denn ich wußte aus Erfahrung, wohin das führen konnte. Meine Freundin aber stieß – aus Unwissenheit oder aus Begehrlichkeit – immer wieder hervor: »Nein, was ist das schön! Phantastisch, nicht? Steht mir das nicht ganz toll?«

»Es gehört dir«, sagte dann Cosette.

Bei der Besichtigung dieser Schätze bekam ich den Blutjaspis zum erstenmal zu Gesicht. Es war ein Ring mit dunkelgrünem Stein und roten Jaspiseinlagerungen in einer Fassung aus dicht ineinander verflochtenen Goldsträngen. Ein Ring für eine kräftige Hand mit langen Fingern, sagte

Cosette, und als sie ihn aufsetzte, wirkte er plump an ihrer sehr fraulichen Hand mit den blanken rosafarbenen Nägeln.

»Er hat der Mutter von Douglas gehört«, sagte sie. Ich wußte, was es mit der Mutter von Douglas auf sich hatte und kannte den Grund für ihren viel zu frühen Tod, sagte aber nichts. Ich lächelte nur, ein Lächeln, bei dem die Lippen steif werden, weil man es so mühsam festhalten muß.

»Sie hatte im März Geburtstag«, sagte Cosette, »und Heliotrop ist der Monatsstein für März.«

»Ich dachte immer, Heliotrop wäre eine Blume«, sagte meine Freundin.

Cosette lächelte. »Heliotrop ist alles, was das Gesicht der Sonne zuwendet.«

Ich mag zu ihr nicht so gut gewesen sein, wie sie zu mir war, aber ich habe sie geliebt. Immer. Die Ecken und Kanten der Adoleszenz glätten sich, wenn man auf die Zwanzig zugeht, und wie ich es heute mit bitterstem Schmerz bereue, daß ich nicht mehr Mitgefühl für meine Mutter aufgebracht habe, so schämte ich mich in jener Zeit meines früheren Gelächters und meiner Geringschätzung. Ich war nur froh, daß Cosette davon nie etwas gemerkt hatte. Denn sie verlangte von den Menschen, die sie liebte, nichts anderes, als daß sie ihnen vertrauen konnte. Vielleicht ist das nichts Geringes, vielleicht ist es sehr viel. Ich weiß es nicht, ich könnte es nicht sagen. Sie wollte nur das Gefühl haben, daß sie sich mit Haut und Haar dem geliebten Menschen anvertrauen, sich bei ihm sicher fühlen konnte, ohne Verrat befürchten zu müssen. Viele Jahre später, als ich an der Universität eine Aufführung von *The Maid's Tragedy* sah, machten mir zwei Zeilen besonders großen Eindruck, die mich an sie erinnerten: »Es haben die am meisten Macht, uns zu verwunden, die wir lieben. Wir legen unser schlafend Leben ihnen in die Arme.«

Douglas konnte sie vertrauen. Was immer ich mir in früheren Jahren an Zweifeln zusammenphantasiert haben mochte – er hatte sie nie getäuscht. Er hatte sie geliebt, hatte ihr Sicherheit geschenkt, und sie hatte dafür nur das Leben anzunehmen brauchen, das er ihr vorgegeben hatte: Dinnereinladungen bei den Nachbarn, Dinner für die Nachbarn bei ihnen, Sitzungen der Wellgarth Society in ihrem Speisezimmer, Perpetua für den täglichen Hausputz, Maggie zum Kochen, Jimmy zum Unkrautzupfen zwischen den Lilien, Blick auf das North End in der einen, auf die Heath Extension in der anderen Richtung, unerschöpfliche finanzielle Mittel und unendliche Beschaulichkeit, Dawn Castles Stippvisiten mit Platitüden von schnatternden Lippen, eine Ersatztochter und sechs Schlafzimmer. Natürlich war das alles nicht unendlich, alles hat einmal ein Ende. Besonders gern hatte Cosette eine angeblich wahre Geschichte über den sterbenden Buddha, und ich habe oft gehört, wie sie mit ihrer sanften, gelassenen Stimme erzählte:

»Seine Jünger kamen zu ihm und sagten: ›Meister, wir können es nicht ertragen, dich zu verlieren. Wie können wir weiterleben, wenn du uns verlassen hast? Gib uns wenigstens ein Wort des Trostes, das uns helfen mag, wenn du nicht mehr bist.‹ Und der Buddha sagte: ›Es ändert sich.‹«

Dann mußte ich lächeln, denn für Cosette änderte sich nie etwas. So jedenfalls schien es in jenen Jahren, als ich fast die ganze Zeit bei ihr und Douglas verbrachte, als Cosettes

Leben eine stete Kette kleiner erfreulicher Obliegenheiten war, ein Leben, in dem es Höhepunkte gab wie die Urlaubsreisen an Orte von konventioneller Exotik und kleine Sensationen wie den Besuch der Schneiderin mit einem neuen Abendkleid für ein Dinner der Gilde oder – wie ich mir egoistisch schmeichelte – meine guten Noten in der Abschlußprüfung. Alles ändert sich, aber in manchem Menschenleben dauert es lange, bis die Änderung eintritt.

An einem Herbstmorgen, als der Verkehr in Hampstead besonders dicht war und der Rolls Royce in der Schlange vor dem Bahnhof Belsize Park im Stau stand, sah Douglas von der Akte hoch, die er gelesen hatte, lehnte den Kopf an die Rückbank und starb.

Der Chauffeur merkte nichts. Douglas pflegte, sofern nichts Besonderes vorlag, nicht mit ihm zu sprechen, und ein Stau war kein besonderes Vorkommnis. Der Chauffeur hatte von hinten einen Seufzer gehört und ein Geräusch wie ein Räuspern, und dadurch konnten sie später genau bestimmen, wann der Tod eingetreten war. Als sie in der City, in der Lombard Street, angekommen waren, ging der Chauffeur nach hinten, um die Tür aufzumachen, und sah Douglas mit zurückgelegtem Kopf, wie schlafend, im Fond sitzen. Als er ihn berührte, war die Gesichtshaut schon unnatürlich kalt.

Douglas war dreiundfünfzig und deshalb mit ziemlicher Sicherheit über den Zeitpunkt hinweg, da sich seine Erblast hätte bemerkbar machen können. Sein Tod hatte nichts mit dem Familienleiden zu tun, er war schnell und barmherzig gewesen, im Gegensatz zu der langen Qual, die meiner

Mutter bevorstand. Eine jähe Gefäßverengung hatte sein Herz zum Stillstand gebracht. Es ist so schnell gegangen, sagte der Arzt zu Cosette, daß er bestimmt nichts gespürt hat.

3

Sie standen im Regen, Cosette und ihre Brüder und deren Frauen, alle Leidtragenden nebeneinander aufgereiht unter schwarzen Regenschirmen. Douglas hatte natürlich keine Geschwister gehabt. Wir gaben den Brüdern und Schwägerinnen die Hand und küßten Cosette auf die Wange. Ich sah es bei den anderen und tat es ihnen nach. Ich war mit meinem Vater zum Krematorium von Golders Green gekommen, meine Mutter konnte nicht mehr zu Beerdigungen gehen, sie konnte überhaupt nicht mehr aus dem Haus. Man zeigte mir zahlreiche Verwandte von Cosette, aber außer mir war nur eine Angehörige von Douglas da, unsere gemeinsame Cousine Lilly, Beamtin und unverheiratet, die mit fünfzig so selig darüber war, höchstwahrscheinlich der Geißel entronnen zu sein, daß sie selbst bei einem solchen Anlaß ihre überschäumend heitere Laune kaum im Zaum halten konnte. Sie trat zu meinem Vater und legte ihm eine Hand auf den Arm.

»Sag mal, wie geht's denn der armen Rosemary?«

Noch nie hat sich jemand in so munterem Ton bei einem Mann nach dem Befinden seiner sterbenden Frau erkundigt. Mich musterte sie mit unverhüllter Neugier, natürlich war ihr nur zu gut bekannt, daß man es nicht bekommt, wenn die Eltern es nicht haben, und daß man nicht erkrankt, wenn der Elternteil, von dem die Gene kommen, bis zum fünfzigsten Lebensjahr gesund geblieben ist.

Perpetua war mit einem erwachsenen Sohn da. Als ich Cosette besuchen ging, hatte Perpetua mir erzählt, daß Cosette geheult und geschluchzt hatte, als man ihr die Nachricht von Douglas' Tod überbrachte, daß sie hysterisch geweint und mit Selbstmord gedroht hatte. Als ich zu ihr ging, weinte sie. Ich wohnte nicht einmal mehr zeitweise in Garth Manor, denn inzwischen war ich zwanzig und studierte. Wenn man in Regent's Park studiert, wohnt man, wenn es irgend geht, nicht in Golders Green, aber ich eilte zu Cosette, sobald ich hörte, daß Douglas tot war. Als ich dann da war, wußte ich kaum, wie ich diese Frau trösten sollte, die nichts zu sagen hatte und unablässig weinte. Ich komme aus einer Familie, in der man fast fanatisch darum bemüht ist, keinerlei Emotionen zu zeigen. In diesem Augenblick hätte ich meinen Gefühlen gern freien Lauf gelassen, aber ich wußte nicht, wie man es macht. Eine Freundin, die ich beneidete – eben jene Freundin, die mit so einträglichen Folgen Cosettes Schmuck bewundert hatte, eine gewisse Elsa, die wir natürlich die Löwin nannten –, erzählte mir, daß sie ihre ganze Kindheit hindurch die Eltern nur keifend und einander beschimpfend erlebt hatte, hemmungslos zankend und Gift und Galle speiend, aber zumindest, meinte Elsa, hätten sie keinen Hehl aus ihren Gefühlen gemacht, und so habe auch sie selbst gelernt, aus sich herauszugehen.

Ich behielt Cosette ein wenig ängstlich im Auge, während ihr die Tränen übers Gesicht liefen, und hatte keine Ahnung, was ich sagen oder tun sollte. Jetzt, eine Woche danach, war ihr Gesicht immer noch rot, die Augen immer noch verschwollen. Unter dem Schirm ihres älteren Bruders stehend, Kränze und Kreuze aus triefenden Blumen zu

Füßen, sah sie aus, als habe sie noch bis zum Eingang der Kapelle geweint, als habe sie erst dann jäh aufgehört, als man Douglas' Sarg hatte verschwinden lassen, um ihn den Flammen zu übergeben. Sie war ganz in Schwarz, nicht in einem ihrer zeitlosen Schneiderkostüme, sondern in einem New-Look-Zweiteiler aus der Nachkriegszeit, womöglich aus dem Jahr meiner Geburt, mit langem Glockenrock, dessen Reißverschluß sich bestimmt nicht mehr hatte schließen lassen, und einer Schößchenjacke. Vermutlich hatte sie das Stück zur Beerdigung ihrer Mutter gekauft, die in jenen Jahren gestorben war. Es roch nach Mottenkugeln. Cosette war eine reiche Frau, sie hatte von Douglas etwa eine Million geerbt – für 1967 eine ungeheure Summe –, aber sie hatte es nicht für nötig gehalten, sich zur Beerdigung ihres Mannes ein neues Kostüm zu kaufen. Sie kann Schwarz nicht leiden, sagte Perpetua später zu mir. Sie mag kein Geld für etwas aus dem Fenster werfen, was sie nie wieder anziehen wird.

Damit hatte Cosette mich zum erstenmal überrascht. Es war der Vorläufer vieler weiterer Überraschungen, die mich noch erwarteten.

Es gab Spekulationen darüber, was sie jetzt tun sollte. Inzwischen weiß ich, daß Verwandte und Nachbarn mit Ratschlägen für eine Frau in ihrer Lage rasch bei der Hand sind, daß sie aber nie das vorschlagen, was sie selbst gern tun würden. Bei den von ihnen vorgebrachten Plänen scheint es vor allem darum zu gehen, daß die so fürsorglich Beratene keine Dummheiten macht.

Weniger anfällig für Dummheiten als Cosette konnte

wohl kaum keine Frau sein. Sie war neunundvierzig, wirkte aber älter. Ihr Haar war eisgrau, das Gesicht schmal und elend, der Körper aber war fülliger geworden, denn sie gehörte zu den Menschen, die sich Kummerspeck anessen. Es war Ostern, und ich verbrachte ein paar Tage bei ihr. Ich hatte mir vorgenommen, mir an ihr ein Beispiel zu nehmen und eine gute Zuhörerin zu sein. Ich würde mir anhören, was sie mir über Douglas und ihr Leben mit ihm zu erzählen hatte, denn eine Ahnung sagte mir, daß sie darauf wartete, daß es eine Katharsis wäre. Die Ahnung trog. Benommen, liederlich und desorientiert wirkend, saß sie da, brach von einer Tafel Schokolade ein Stück nach dem anderen ab und führte es abwesend zum Munde. Dazwischen fragte sie leicht zerstreut, wie es mir ergangen sei und was ich für Pläne hätte.

»Erzähl von dir«, bat ich.

Sie reagierte mit ihrem geheimnisvollen Lächeln und schüttelte leise den Kopf, als wollte sie sagen, ihre Angelegenheiten seien nicht wichtig. Ich deutete ihren Blick, ihr sanftes Beharren darauf, daß ich erzählen sollte, während sie zuhörte, als eine Absage an jedwede Zukunft, es war, als hätte sie laut und deutlich erklärt, ihr Leben sei vorbei, ihr bliebe nur noch ein sachter Niedergang in Alter und Tod. Diese Einstellung schien mir auch durch die Besucher gestützt zu werden, die in stetigem Strom zu Cosette ins Haus kamen, Verwandte und Freunde, die üblichen Witwentröster mit ihrem zungenfertigen Rat, in ›einen kleinen Ort am Meer‹ zu ziehen, in ein ›Cottage auf dem Lande‹, eine ›hübsche Wohnung‹ in einem Vorort.

»Nicht zu groß«, sagte Dawn Castle. »Etwas Handliches

für dich allein. Du willst dich doch nicht mit Putzen kaputtmachen.«

Perpetua bearbeitete just in diesem Moment mit dem Staubsauger den Dielenboden, und ich dachte mir, daß Mrs. Castle entweder schwerhörig war oder – was wahrscheinlicher schien – zu den Leuten gehörte, die reden, ohne nachzudenken. Cosettes Bruder Leonard schlug vor, sie solle näher zu ihm und seiner Frau ziehen. Die beiden wohnten in Sevenoaks. Ein kleines Haus oder ein Bungalow in der Nähe von Sevenoaks, vorzugsweise ein Bungalow, sagte seine Frau, denn wenn Cosette einmal älter wäre, würde sie bestimmt keine Treppen steigen wollen. Dann würde sie vielleicht keine Treppen steigen können, deutete diese Dame düster an und sah zu, wie Cosette sich aus einer Keksdose bediente. Der andere Bruder wohnte in einer kasernenähnlichen Siedlung in St. Johns Wood, er hatte dort eine riesige Wohnung mit vier Schlafzimmern, die er ein Apartment nannte.

»In Roderick Court wird gerade ein nettes kleines Einzimmerapartment frei.« Lockend fügte er hinzu: »Im Erdgeschoß, da brauchst du nicht mal den Lift«, als würde Cosette in Kürze zu gebrechlich sein, um über einen Flur zu gehen und auf einen Knopf zu drücken.

Sie hörte zu und sagte, sie wolle es sich überlegen. Nicht ein einziges Mal habe ich sie aufbegehren hören, als man sie behandelte wie ein schon fast seniles altes Weib. Natürlich waren die Frauen zu jener Zeit, vor zwanzig Jahren noch, älter als heute. Die mittleren Jahre begannen damals mit vierzig, heute eher mit fünfzig. Dieser Wandel hat etwas mit der Frauenbewegung zu tun, durch die Schönheit einen anderen Stellenwert bekommen hat. Schönheit ist nicht mehr eine Sache der Jugendfrische, nicht einmal mehr ein wesentlicher Bestandteil der Attraktivität, und Attraktivität ist nicht mehr Quintessenz des Weiblichen. Cosette hatte nie für ihren Lebensunterhalt, ja, sie hatte nicht einmal in ihrem eigenen Haushalt arbeiten müssen, ihr Leben glich in vielem dem einer Konkubine. Achtundzwanzig Jahre lang war sie Douglas Trost und Stütze gewesen, sie hatte ihm angehört, eine Frau, die er lieben oder nicht lieben konnte, die seiner Heimkehr zu harren, seinen Worten zu lauschen hatte. Hätte man ihnen das gesagt, den vielen Besuchern mit ihren Ratschlägen, sie wären schockiert gewesen, aber insgeheim wußten sie alle, daß es sich so verhielt. Mit Douglas' Tod hatte sich Cosettes Nützlichkeit erschöpft, so wie die Nützlichkeit der Haremsfrau dahin ist, wenn ihr Herr und Meister stirbt.

Sie versprach nichts. Cosette wies kaum einmal einen Vorschlag kategorisch zurück, aber sie konnte auf ihre Art durchaus bockig sein. Eine Weigerung, Angebote zu studieren, Makler anzurufen, sich durch Musterhäuser führen zu lassen, bleibt eine Weigerung, ob sie nun mit einem lächelnden Kopfschütteln angedeutet oder mit einem klaren Nein ausgesprochen wird. Sie hörte noch mehr zu und sprach selbst noch weniger, als ich es je bei ihr erlebt hatte. Der Kummer hat ihr die Sprache verschlagen, dachte ich und begriff erst später, daß sie schwieg, weil so vieles sie beschäftigte. Sie hatte so vieles zu bedenken, anderes als ihre Vergangenheit mit Douglas. Sie überlegte, wie ihr Herzenswunsch am besten zu verwirklichen sei.

Männer machen Besuche bei Witwen in der Hoffnung, sie ins Bett zu bekommen. Witwen sind willig, Witwen sind dankbar. Männer, die seit zwanzig Jahren mit der besten Freundin der Witwe verheiratet sind, scheinbar treue Ehemänner, die bis dahin die Witwe kaum einmal mit dem Vornamen angesprochen haben, kommen verlegen angetrottet und werden zudringlich, während sie in der Küche die Teebeutel in die Kanne gibt. Jedenfalls habe ich es so gehört.

Nicht ausgeschlossen, daß auch Cosette solche Erfahrungen machte. Solange ich bei ihr war, tat sich allerdings nichts dergleichen. Vielleicht wirkte meine Anwesenheit abschreckend. Als Kandidaten kamen sowieso nur Dawn Castles Ehemann Roger und der Vorsitzende der Wellgarth Society in Frage. Ich habe ein Photo von Cosette, das in jenem Sommer im Garten aufgenommen wurde, es erinnert an die Zeitschriftenbilder von Leserinnen, die eine Typberatung wünschen. Auf der gegenüberliegenden Seite ist dann dieselbe Frau nach Depilation und Coiffeurbesuch zu sehen, nach der Bearbeitung durch den Visagisten und vielleicht auch den Schönheitschirurgen. Ein solches Photo von Cosette kann ich ebenfalls liefern.

Auf diesem Bild aber, auf der Schaukelbank unter dem geblümten Baldachin, sieht sie ungepflegt aus, das Gesicht fängt an, seine Konturen zu verlieren, das Haar hängt in unordentlichen Strähnen herunter, der Lippenstift wurde anscheinend in einem dunklen, spiegellosen Raum aufgetragen, die Schnur, an der ihr die Sonnenbrille um den Hals hängt, sieht aus wie ganz gewöhnliches Gummiband. Ihr Kleid ist eine Art Zelt aus Baumwolle. Immerhin – von den Schneiderkostümen hatte sie sich getrennt, vielleicht paßte sie nicht mehr hinein, es war, so schien es, die einzige Änderung, die sie an ihrer äußeren Erscheinung, an ihrer Lebensführung vorgenommen hatte. Denn sie war nach wie vor im Schulvorstand, ging zu den Sitzungen der Wellgarth Society, lud die Nachbarn zum Dinner ein und bekam Gegeneinladungen, die stets wie ein großer Gnadenerweis ausgesprochen wurden. So weit allerdings ging von den Nachbarn niemand (das hat sie mir später erzählt), auch einen alleinstehenden Mann für sie einzuladen. Inzwischen war sie fünfzig, im August hatte sie Geburtstag, und bei uns blühte der Jugendkult. Die Vorstellung, Cosette könne einen Freund, einen Geliebten haben, erschien mir grotesk. Dafür hatte man jung zu sein, nicht unbedingt hübsch, aber auf irgendeine undefinierbare Weise attraktiv oder bestrikkend, jung und nicht dick. Ich hatte keine Ahnung, daß ich Cosette mit diesen Überlegungen kränken könnte, ich hätte derlei Überlegungen überhaupt nicht angestellt, ich hätte angenommen, daß ihr der Wunsch, sich einen Mann zu angeln, so fern lag wie der, ein Kind zu adoptieren oder berufstätig zu werden, hätte nicht Dawn Castle zu mir gesagt: »Der armen Cosette wird nichts anderes übrigbleiben, als wieder zu heiraten.«

Ich war schockiert wie eine Viktorianerin. »Douglas ist doch erst ein halbes Jahr tot.«

»Ach, Kind, es ist doch bekannt, daß jemand, der wieder heiraten will, es innerhalb von zwei Jahren tut.«

»Cosette würde nie wieder heiraten.«

»Das meinst du. Aber du bist jung. Wer so lange eine Ehe geführt hat, möchte natürlich verheiratet sein.«

An dieses Gespräch erinnerte ich mich, als ein Jahr oder

noch nicht einmal ein Jahr später Cosette eines Tages in einer jähen Anwandlung von Offenheit unter vier Augen zu mir sagte: »Man spricht immer von Männern, die Frauenhelden sind. Ich wäre gern eine Männerheldin. Weißt du, was ich mir wünsche, Elizabeth? Ich wünschte, ich wäre wieder dreißig, dann würde ich allen Frauen die Ehemänner ausspannen.« Und sie lachte leise, hoffnungslos und voller Bitterkeit.

Von all dem merkte man Cosette an ihrem fünfzigsten Geburtstag nichts an. Sie feierte ihn ohne jeden Aufwand, mit einem Abendessen im Restaurant, zu dem sie meinen Vater und mich eingeladen hatte, ihren Bruder Oliver und seine Frau Adele. Der Bruder aus Sevenoaks war auf Urlaub. In dem Taxi, das uns nach North End zurückbrachte, war ich mit ihr allein. Sie weinte um Douglas, und ich legte meine Arme um sie und dachte an das, was Dawn gesagt hatte, und wie albern es doch war.

In meinem Haus hier in Hammersmith, in der Macduff Street, gibt es Dinge, die Cosette mir geschenkt hat. Es dürften mehr Gegenstände sein, die von Cosette stammen als aus irgendeiner anderen einzelnen Quelle, mit Sicherheit mehr, als mir je ein anderer Mensch geschenkt hat. Lange erinnerten sie mich so lebhaft, so schmerzlich an Cosette, daß ich sie wegräumte, um sie nie wiedersehen zu müssen, aber das ist anders geworden, so ist nun mal der Lauf der Welt – »Es ändert sich«, wie Cosette zu sagen pflegte –, und ich habe alles wieder hervorgeholt und im Wohnzimmer, im Schlafzimmer, in meinem Arbeitszimmer verteilt. Es ist ein kleines Reihenhaus aus der mittleren viktorianischen Periode. Ein Garten gehört dazu, der zum Glück nicht groß ist, ein ummauertes Kästchen, wie es auch alle anderen Häuser in meiner Straße und in der Nebenstraße haben, vom Hubschrauber aus müßten sie aussehen wie das Regal eines Gemischtwarenhändlers, nachdem man sämtliche Dosen ausgeräumt hat. Die beiden Katzen spazieren über die Mäuerchen hinweg, vorn droht eine Hauptverkehrsstraße, die Great West Road, dorthin trauen sie sich nicht, ja, sie wissen nicht einmal, daß es die gibt und daß man als Katze dort herumlaufen kann.

Die drei Eier, die ich von Cosette habe, eins aus Chrysolit, eins aus Achat und eins aus Amethystquarz, liegen zusammen in einer runden Glasschale auf dem Fensterbrett im Wohnzimmer. Früher hatte ich einmal vor, mir eine Sammlung von Halbedelstein-Eiern anzulegen, aber mehr als diese drei habe ich nicht zusammengebracht. Auf dem Bücherregal steht Hans Andersens Kleine Meerjungfrau aus Kopenhagener Porzellan, eine Nachbildung des Originals in Kopenhagen, Cosette hat sie mir zu meinem fünfundzwanzigsten Geburtstag geschenkt. Die Kleine Meerjungfrau gehört in die Rubrik »Enttäuschende Dinge«, sagte sie immer, all der Dinge, die so viel kleiner und unbedeutender sind, als wir sie uns vorgestellt haben.

»Die Mona Lisa«, sagte Mervyn, und Gary ergänzte: »Der Unterhaussaal, eine kleine grüne Kiste.«

»Die Niagarafälle«, sagte ich. »Besonders jetzt, wo man sie abstellen kann.«

»Der Oberste Strafgerichtshof«, sagte Marcus.

Wir sahen ihn alle an.

»Auch Old Bailey genannt«, fuhr er fort. »Von innen.

Ganz klein, überhaupt nicht beeindruckend. Man erwartet etwas viel Großartigeres.«

Seltsam muten sie an, diese Kommentare zur Verhältnismäßigkeit, diese obenhin geäußerten, nicht allzu geistreichen Bemerkungen. Kein Gedanke, daß sie einmal auf schreckliche Weise zutreffend sein könnten, nichts läßt die langen Schatten ahnen, die sie einmal werfen werden.

»Wann warst denn du im Old Bailey, Mark?« fragte Cosette und machte ein so besorgtes Gesicht, daß wir lachen mußten. Das heißt, Bell lachte nicht, ich glaube, Bell hatte damals schon aufgehört zu lachen. Mark sagte, ein Freund von ihm, Journalist und Gerichtsreporter, habe ihn mitgenommen. Ein Totschlag, ein Mann hatte seine Freundin umgebracht.

»Ich hatte es mir eher respekteinflößend vorgestellt«, sagte Mark. »Aber eigentlich enttäuscht war ich nicht. Ich muß immer an die Leute denken, denen dort der Prozeß gemacht wird, und daß sie so vielleicht ein bißchen weniger Angst haben.«

»Wäre das denn gut?« Bell sah ihn starr an.

»Aber ja«, erwiderte er. »Natürlich wäre es das.«

In meinem Arbeitszimmer steht eine Federbüchse aus Achat, ein ausgehöhlter Stein, rot, purpurn, braun und grün gestreift, den Cosette von einem Schottlandurlaub mitgebracht hat, und zwischen den Schreibwerkzeugen steckt ein kurioser Brieföffner, dessen Griff, auch in diesen Farben geädert, aber mit etwas anderen Streifen, aus einer Heidewurzel geschnitzt ist, wie Cosette versicherte. Oder einem Bündel gepreßter Heidestengel oder versteinerter Heidewurzeln, etwas in der Art. In diesem Zimmer findet sich auch das Feuerzeug mit dem blau-weißen Wedgwoodsockel, das Cosette mir schenkte, weil ich es bei ihr sah und sagte, daß es mir gefiele. Die vertraute, generöse Reaktion: »Es gehört dir!«, an die großzügige Gastfreundschaft eines Stammeshäuptlings gemahnend oder an den Scheich eines Emirates. Auf einem Tisch in der Ecke steht die alte mechanische Scheibmaschine, auf der ich mein erstes Buch am Archangel Place schrieb. Es ist eine Remington, sie hat einmal Douglas gehört. Als ich sagte, ich wolle ein Buch schreiben, richtete Cosette mir ein Zimmer ein, ohne mir etwas davon zu verraten, zusammen mit Perpetua, sie brachte mich hinauf und führte mir voller Stolz alles vor: den Schreibtisch, den sie in der Portobello Road gekauft hatte, den Drehsessel, das Sofa »zum Ausruhen zwischen den Kapiteln, Liebling«, auf dem Schreibtisch den Stapel Schreibpapier, den Achatbehälter mit angespitzten Bleistiften, Kugelschreibern, dem Heidewurzelbrieföffner und Douglas' Schreibmaschine.

Ich benutze sie nicht mehr. Ich schreibe auf einer elektronischen Maschine, da ich mich noch nicht zu einem Computer aufgeschwungen habe. Douglas' Maschine steht bereit für den Fall, daß die andere zur Reparatur muß oder daß Stromsperre ist, was selten vorkommt, zu Zeiten von Archangel Place aber häufig der Fall war. In den Bücherregalen stehen viele Bücher, die Cosette mir geschenkt hat. Eine komplette Ausgabe von *Auf der Suche nach der verlorenen Zeit*, eine komplette Ausgabe von *Ein Tanz zu der Musik der Zeit*, sämtliche Romane von Evelyn Waugh. Alle Romane von Henry James, darunter auch *Die Flügel der Taube*, der Band ist nicht besonders abgegriffen, weder Zeit noch Bedrängnis oder Kummer haben Spuren darauf hinterlassen. Warum auch? Es war nicht dieses Exemplar in gepunztem blauem Leder mit Goldbuchstaben, das Bell in die Hand nahm und betrachtete, in dem sie müßig blätterte, um mich dann ohne große Anteilnahme nach dem Inhalt zu fragen, Bell, die nie etwas Anspruchsvolleres las als die *Evening News* oder ein Wahrsagerheftchen.

Kiplings Werke, die MacMillan-Ausgabe in rotem Leder mit Goldschnitt. Cosette liebte Folgen und Gesamtausgaben. Sie boten ihr die Möglichkeit, mehr Geld auszugeben, großzügiger zu sein, mit einer Vielzahl von Geschenken zu überwältigen. Ein Lexikon mit obskuren Zitaten, ein Wörterbuch der Psychologie, ein Wörterbuch der neugriechischen Sprache, das mir Cosette einmal zu Weihnachten kaufte, weil sie das altgriechische Lexikon nicht hatte bekommen können. Ich weiß noch, wie ärgerlich ich war, keine Spur von Dankbarkeit, ich mochte mich einfach nicht damit abfinden.

»Aber ich habe es dir doch gesagt«, ereiferte ich mich. »Immer wieder. Kein Neugriechisch, habe ich gesagt. Dann lieber gar nichts. Was soll ich mit einem Wörterbuch für Neugriechisch?«

Und die arme Cosette sagte demütig: »Ich besorge dir das Buch, das du willst, ich habe es bestellt. Sie kümmern sich darum, es kommt nächste Woche. Möchtest du nicht gern zwei griechische Wörterbücher haben?«

Ich stehe in meinem Zimmer und betrachte die Wörterbücher und Gesamtausgaben und Romanfolgen. Ich betrachte die Bilder, die Aquarelle aus unserem früheren Haus, die mein Vater mir schenkte, als er umzog, das Fulvio-Roiter-Poster vom Karneval von Venedig, die Mondrian-Reproduktion und die Klee-Reproduktion – und ich betrachte die Stelle, an die ich den Bronzino hatte hängen wollen. Ich hatte es nicht fertiggebracht, ich konnte den Anblick nicht ertragen. Douglas' Schreibmaschine ist verstaubt, sie müßte abgedeckt werden, aber ich habe keine Abdeckung, sie ist längst verlorengegangen, wahrscheinlich noch in Garth Manor (was für ein prätentiöser, alberner Name; wenn es denn je etwas gab, das in eine Rubrik »Enttäuschende Dinge« gehörte, dann dies...) oder beim Umzug. Auf dem Schreibtisch – es ist nicht der, den Cosette in der Portobello Road gekauft hatte – liegen ein Londoner Telefonbuch und eine Liste mit Nummern von Anschlüssen außerhalb Londons, die ich mir heute früh in der Stadtbücherei aus anderen Telefonbüchern herausgeschrieben habe. Das Londoner Telefonbuch ist eine alte Ausgabe, aber Cosette Kingsley steht nicht darin. Weshalb ich nach ihrem Namen suche, weshalb ich etwas so Unmögliches anstelle, weiß ich nicht, aber ich schaue trotzdem nach.

Die Nummer der Castles habe ich gefunden, mit der alten Adresse in der Wellgarth Avenue. Es wäre sinnlos, sie anzurufen, sie wissen es nicht. Aber ich könnte sie nach Dianas Nummer fragen, könnte fragen, wo sie jetzt ist, ob sie geheiratet hat. Es ist einfach so, daß ich nicht mit ihnen sprechen mag, daß ich keine Lust habe, ihren harmlosen Fragen oder hilfsbereiten Vorschlägen auszuweichen. Fays Nummer steht auf dem Zettel, die von Ivor Sitwell ebenfalls. Fay wohnt in Chester, Ivor in Frome, es muß eine Art landwirtschaftlicher Kommune sein, sie züchten dort Gemüse in biologischem Anbau. Die Nummer der Tänzer habe ich nicht gefunden, weder für Llanos noch für Reed gibt es einen Eintrag. Ein einziger Admetus steht im Telefonbuch, Initialen M. W., aber es muß Walter sein, er ist offenbar aus Fulham in die Cholmeley Crescent, Highgate, gezogen. Weshalb sollte eigentlich einer von ihnen wissen, wo Bell sich aufhält, zu der sie alle keine besondere Beziehung haben, die sie vielleicht sogar hassen?

Auf dem Zettel habe ich auch die Nummer von Elsa der Löwin notiert, nicht weil sie außerhalb wohnt, sondern weil sie nicht im Telefonbuch steht und ich seit Jahren immer neue geheime, streng gehütete Telefonnummern von ihr in mein privates Telefonverzeichnis eintrage. Die neueste Nummer steht jetzt auf dem Zettel, weil es mir sinnvoller erschien, alle beisammen zu haben. Ich habe Elsa seit einer Weile, seit ein, zwei Monaten nicht gesehen oder gesprochen, aber das kommt öfter vor. Wenn ich sie dann wieder spreche, ist alles in Ordnung, ich weiß, daß sie weder murren noch schelten noch mir Vorwürfe machen wird. Die Löwin war verheiratet, hat sich scheiden lassen, hat wieder geheiratet und wohnt jetzt allein in einer Eigentumswohnung in Maida Vale. Ich wähle ihre Nummer, aber niemand hebt ab.

Ihre Verwandten, Esmond und Felicity, die wir früher zu besuchen pflegten, sie und ich, wohnen in einer Gegend, für die das Londoner Telefonbuch nicht mehr gilt. Das heißt, sie wohnten dort, aber wahrscheinlich sind sie immer noch da zu finden. Ich mag nicht glauben, daß jemand dieses Haus freiwillig würde verlassen wollen. Aber es kommt natürlich vor, daß jemand unfreiwillig sein

Haus verläßt, gezwungenermaßen, wie Walter Admetus etwa, weil er es sich nicht mehr leisten kann oder körperlich nicht mehr zurechtkommt, wegen der Treppen und der Stufen zur Haustür, der unterschiedlichen Ebenen, der langen Gänge und schweren Türen. Gerade ich müßte das wissen, gerade ich. Dann fällt mir ein, daß diese Verwandten einen zweiten Wohnsitz in London hatten, eine Einzimmerwohnung in Chelsea, die sie kaum je benutzten. Ich weiß die Adresse nicht, habe sie nie gewußt, aber das macht nichts, denn diese Leute haben einen so seltsamen, ja, einzigartigen Namen, daß in jedem Telefonbuch an jedem beliebigen Ort der Welt »Thinnesse« entweder er oder sie oder zumindest ein naher Verwandter sein muß.

Es ist ziemlich schwierig, den Namen korrekt auszusprechen, mit einer deutlichen Trennung der beiden ›n‹ in der Mitte, wie Esmond und Felicity es stets taten. Die meisten Leute schafften bestenfalls so etwas wie ›Thinnis‹. Ich finde die Nummer im Telefonbuch und wähle, und Wunder über Wunder, es meldet sich tatsächlich jemand. Das heißt, ein Wunder ist es im Grunde nicht, ich hätte damit rechnen können. Ich wußte, daß die Kinder jetzt Anfang zwanzig sein müssen, in diesem Alter sucht man verzweifelt nach einer Bleibe in London, will weg von den Eltern, will weg von Studentenheimen oder der winzigen möblierten Bude. Ein bißchen merkwürdig wird mir schon, als ich mir klarmache, daß die Thinnesse-Sprößlinge – drei und sechs waren sie, als ich mit Elsa zum erstenmal nach Thornham Hall kam – jetzt erwachsen und in einem Alter sind, da Verkäuferinnen und Kellner sie für meine Kinder halten könnten, so wie man mich einst für Cosettes Tochter hielt.

Eine Frauenstimme: Miranda. Ich muß lächeln, wenn ich daran denke, daß Miranda ihren Kindern Beatrix Potter vorliest (falls sie es tut), weil ich ihr Beatrix Potter vorgelesen habe, als sie sechs war. Natürlich sprechen wir nicht von den Beatrix-Potter-Vorlesestunden im Schlafzimmer mit Blick auf den Garten von Bells Cottage. Sie hat diese Vorlesestunden vergessen, und ich habe alle Einzelheiten vergessen, ich weiß nur noch, daß es sie gab und daß ich einmal, während ich *Die Geschichte von Bernhard Schnauzbart* vorlas, Bell in den Garten kommen sah, wo sie verschlissene, gräulich verfärbte Wäsche an eine Leine klammerte.

Von Miranda Thinnesse erfahre ich, daß ihre Eltern nach wie vor in Thornham Hall wohnen, sie gibt mir die Nummer, die ich ohnehin im Telefonbuch für Outer East London and West Essex (oder wie immer es heißt) nicht gefunden hätte, weil sie kürzlich geändert worden ist, einer anonymen Anruferin wegen, die Felicity mit obszönen Bemerkungen belästigt hat. Da sie sich nicht erinnern kann, den Namen Elizabeth Vetch je gehört zu haben, wäre es sogar denkbar, daß die obszönen Anrufe auf mich zurückgehen.

Ich kann mich nicht dazu durchringen, Bells Namen zu nennen. Während sie von ihren Eltern erzählt und von ihrem Bruder und dem glänzenden Abschluß, den er gerade in Cambridge gemacht hat, sage ich mir, daß sie bestimmt noch nie von Bell gehört hat, daß ihre Eltern Bell vergessen haben. Und dann will sie wissen, was ich ihre Eltern fragen wollte. Wollte ich nur mal mit ihnen reden? Oder ging es um die Frau, die jemanden umgebracht hatte, wie hieß sie doch gleich, irgendwas mit Christine ...

»Christabel Sanger«, sage ich, und meine Stimme scheint völlig in Ordnung zu sein, sie klingt normal, als spräche ich irgendeinen ganz beliebigen Namen aus. Und ich wiederhole, weil ich es von meinen eigenen Lippen hören will: »Christabel Sanger.« Und dann: »Aber wir haben sie Bell genannt, sie hieß überall nur Bell.«

»Möchten Sie mit meiner Mutter über sie sprechen?«

»Ich wollte Ihre Mutter fragen, ob sie weiß, wo sie wohnt«, sage ich distanziert, fast unbeteiligt, oder so kommt es mir jedenfalls vor.

»Also ich weiß nur soviel, daß sie meine Mutter angerufen hat. Sie war gerade aus dem Gefängnis gekommen, offener Vollzug, wenn ich mich recht erinnere, und rief bei uns zu Hause an, aber warum, das weiß ich nicht. Es ist jetzt schon eine Weile her, ein paar Wochen, meine ich. Ich glaube, sie hat einen Haufen Leute angerufen. Meine Mutter könnte Ihnen da mehr sagen. Die Nummer haben Sie ja, rufen Sie doch einfach mal an.«

Ja, das werde ich tun, sage ich und verabschiede mich. Sonderbar, wie diese Bestätigung mich mitnimmt, daß Bell wieder unter uns weilt und daß es also tatsächlich Bell gewesen ist, die ich gesehen habe. Mir ist flau, fast ein bißchen übel, und ich freue mich nicht mehr auf das Abendessen, zu dem ich eingeladen bin. Vor Wochen hat sie Felicity Thinnesse angerufen und »einen Haufen Leute«. Mich hat sie nicht angerufen. Vor mir ist sie geflohen durch die Straßen von Notting Hill, hat sich verborgen, um mir zu entkommen, sie hat mich gesehen und angeblickt mit großen Augen und ohne Lächeln, scheinbar ohne mich zu erkennen. Oder sie hat mich nicht gesehen, hat mich nicht angeblickt, hat mir nicht entkommen wollen, hat nur in einem Geschäft vor dem Bahnhof Queensway eine Zeitung gekauft oder eine Packung Zigaretten oder einen Blumenstock. Vielleicht hat sie auch versucht, mich anzurufen, hat es immer wieder versucht, während ich weg war. Denn ich war verreist, erst in Italien, dann eine Woche bei meinem Vater, der jetzt in einem Bungalow in Worthing wohnt, einem dieser Bungalows, die man von allen Seiten Cosette hatte aufreden wollen, als sie Witwe geworden war.

Ich bin nach oben gegangen, in mein Schlafzimmer, und habe mich umgezogen. Ich sage mir, daß ich jetzt keine Zeit habe, um Felicity anzurufen, daß Felicity, wenn ich sie anrufe, alles mögliche wird wissen wollen, worüber ich mit ihr nicht reden mag. Es ist zum Beispiel möglich, daß sie mich nach Marcus fragt oder nach dem, was sich im Archangel Place abgespielt hat, ehe Bell ... vor Bells entscheidender Tat. Vielleicht lädt sie mich nach Thornham Hall ein, und ich überlege, ob ich die Einladung annehmen würde. Wahrscheinlich nicht. Oder sie schlägt vor, daß wir uns treffen, wenn sie mit Esmond wieder mal in London ist. Ich gehe im Schlafzimmer herum, mache Schranktüren und Schubladen auf, starre auf den Telefonapparat und beschließe, den Anruf auf morgen früh zu verschieben. Jetzt habe ich ein Nadelkissen in der Hand, das Cosette für mich gemacht hat. Es hat die Form einer Erdbeere und ist aus roter Seide, die Samen auf der Satinoberfläche sind in zartem Hellgelb aufgestickt. Das Nadelkissen ist herzförmig und dick gepolstert und ist nie zu seinem eigentlichen Zweck benutzt worden, ich mochte den schönen Seidenstoff nicht zerstechen.

Die Kameenbrosche in der Schmuckkassette war ein Geburtstagsgeschenk von ihr. Das Profil, aus rosig-cremiger, erdbeerrot-cremiger Koralle geschnitten, ist Bells Profil. Klassisch, mit hoher Stirn, gerader Nase, kurzer Oberlippe, vollem Mund, vollendet ausgeformtem Kinn; das Haar, in Strähnen und Ringeln zu einer lässigen, lokkig-wirren Regency-Frisur aufgesteckt, ist Bells Haar. Cosette hatte mich zum Aussuchen der Kamee mitgenommen, und ich suchte sie mir aus, weil das Gesicht Bells Gesicht war, trug sie in der Erwartung, daß jeder es merken, daß jeder sich dazu äußern würde: »Das Mädchen auf deiner Brosche sieht aus wie Bell.« Aber nur Cosette merkte es, nur sie sagte etwas dazu.

Ich werde die Brosche heute abend tragen, wenn ich mit diesem Mann ausgehe, den ich noch nicht sehr lange kenne, den ich aber recht gern habe. Er geht mit mir zu Leith, ich weiß es seit Tagen und hatte Angst davor. Wie kann ich, dachte ich, nach Notting Hill fahren, wo das Taxi vielleicht am Ende vom Archangel Place vorbeikommt? Wie kann ich zusammen mit einem anderen Menschen durch jene Straßen gehen, die einst meine Welt waren, in denen sich alles zutrug, was mir je geschah? Alles ist anders geworden, ich habe jetzt keine Angst mehr. Ich war dort, ich habe nach Bell gesucht, ich bin wieder hier. Ich freue mich sogar. Und ich weiß, daß es nicht die Aussicht ist, neben Timothy im Taxi zu sitzen, mit Timothy zu Abend zu essen, die diese Freude auslöst, sondern die Hoffnung, vielleicht dort oben, wo die Kensington Park Road an Kensington Park Gardens oder den Ladbroke Square stößt, Bell zu sehen.

Vielleicht ist heute der Abend, an dem ich sie wiederfinde.

4

Nach dem Tod meiner Mutter zog ich zu meinem Vater. Ich fand es schrecklich, und er fand es schrecklich, und ich denke jetzt, daß wir beide damals glaubten, unsere Pflicht zu tun, ich, indem ich zu ihm zog, und er, indem er mich aufnahm. Unser Zusammenleben hatte nur von Ende Juni bis Ende September, für die Zeit meiner Semesterferien, Bestand. Schon lange, ehe es September geworden war, ja, schon lange vor Anfang August ging er wieder seiner Arbeit nach, und ich verbrachte meine Tage bei Elsa und in Garth Manor bei Cosette. Gegen Ende dieser Phase schlug mein Vater mir eine Urlaubsreise vor, die er bezahlen wollte, hatte sich dabei aber wohl nicht klargemacht, daß so kurzfristig keins der begehrten Pauschalarrangements im Ausland mehr zu bekommen war. Die meisten meiner Bekannten waren schon mit vollbeladenen Lastern und Kleinbussen in Richtung Türkei und Indien gestartet. Als er sich zu dem grausigen Vorschlag durchrang, wir könnten ja ein paar Tage zusammen nach Colwyn Bay fahren, versagte ihm vor Entsetzen fast die Stimme. Ich schloß einen Kompromiß und fuhr für eine Woche mit Elsa zu ihren Verwandten nach Essex.

Sie erzählte häufig von diesen Verwandten, einer Tante, einem Vetter und seiner Frau mit zwei Kindern, und hatte mir dabei irgendwie den Eindruck vermittelt, daß sie im nördlichen Essex wohnten, im Tal des Stour, dem Land des

Malers Constable oder im Moorgebiet, wo »Die Großen Erwartungen« von Dickens spielt. So jedenfalls hatte ich es verstanden. Essex ist eine weiträumige Grafschaft. Als wir uns in Richtung U-Bahn auf den Weg machten, dachte ich zuerst, das sei nur der Anfang, und wir würden in Liverpool Street umsteigen, aber nein, Elsa kaufte für sich und mich Fahrkarten nach Debden, der Endstation der Central Line. Dort lag direkt vor dem Bahnhof eine riesengroße Siedlung mit billigen Häuschen im sozialen Wohnungsbau, und ich war bitter enttäuscht.

Elsa lachte und meinte: »Wart ein Weilchen, sagte der Dornbusch ...« Eine nahezu unverständliche Bemerkung, die sie sehr liebte und die etwas mit Afrika zu tun hatte und dem Löwinnen-Image, das sie zu jener Zeit pflegte.

Esmond Thinnesse holte uns in einem Morris Minor Kombi ab. Er war älter, als ich ihn mir vorgestellt hatte, blond und bebrillt und – welch Glück bei diesem Namen – sehr dünn. Felicity war auch dünn und seine Mutter, Elsas Tante Lois, ebenfalls, und ich überlegte manchmal, ob es jemals dicke Thinnesse gegeben hatte und falls ja, was für traurige und demütigende Erfahrungen sie gemacht haben mochten. Oder hielt die Thinnesse-Sippe sich durch strenge Diät, durch Bewegung und Kasteiungen schlank? Wenn Elsa und ich dort waren, merkte man nichts davon, die Mahlzeiten, die auf den Tisch kamen, waren gut und reichlich, und alle griffen herzhaft zu. Auch wurde niemand gezwungen, gesundheitsbewußte Märsche über Land zu machen.

Denn man war hier wirklich auf dem Land, bestimmt in gleichem Maße wie jenseits von Chelmsford. Drei Kilometer hinter der Siedlung Debden hörten die Reihenhäuschen aus rotem Backstein auf, die schnurgerade zweispurige Straße hörte auf, das glänzende opalgrüne Dach der Fabrik, in der Geldscheine für die Bank von England hergestellt wurden, verschwand hinter den Bäumen, die Straßen wurden schmal und kurvenreich, die Hecken hoch, der Fluß Roding schlängelte sich zwischen Weiden und Eschen dahin. Thornham Hall gehörte nicht in die Rubrik »Enttäuschende Dinge«. Es war ein veritables Herrenhaus mit fünfzehn Schlafzimmern, Bibliothek und Damenzimmer. Sie haben mich oft beschäftigt, diese Häuser, die Jane Austen mit ihren Figuren bevölkert und die sie als »neu erbaut, modern« bezeichnet hat. Thornham war eins von ihnen, es war, als ich zum erstenmal dort war, etwa 170 Jahre alt, schlicht, elegant, rechteckig, eine Balustrade umgab das flache Dach, rechts und links der ebenen Tür ohne Vorbau hatte es breite Erkerfenster. Thornham Hall steht auf einer Anhöhe mit Blick auf den Roding mit seinen vielen Windungen, auf Epping und die Dörfer. Segensreiche Voraussicht hatte einen früheren Besitzer veranlaßt, einen Sichtschutz aus Kiefern und Mammutbäumen anpflanzen zu lassen, er ist sechs Bäume tief und verdeckt die riesigen Wohnblocks des Londoner East End, die ein weniger visionär veranlagter Mann wohl kaum vorausgeahnt hätte. Inzwischen dürfte Thornham auch einen Blick auf die Autobahn M 25 haben, die eine lange weiße Wunde durch die Wiesen schlägt.

Daneben lag als Überbleibsel der Feudalstruktur das Gut: Stallungen, ein, zwei Cottages, eine Farm mit Scheunen am Fuße des Hügels. Und hohe Bäume gab es, Kastanien und Linden, fächerförmige Ulmenpflanzungen, die inzwischen wohl verschwunden sind, dahingerafft von der Krankheit, die das Bild der Landschaft verändert hat. Nie zuvor – und nie danach – war ich in einem so großen, so bedeutenden Haus, einem Haus, wie man es normalerweise nur mit einer Führung zu sehen bekommt. Esmonds Vater, ein Bankmensch, hatte es kurz vor dem Zweiten Weltkrieg gekauft. Von einem Familienbesitz konnte also nicht die Rede sein, Esmond Senior mit Anhang war die erste Thinnesse-Generation, die dort gelebt hatte.

Heute hätten wir Mädchen seine Mutter wohl mit Vornamen angeredet, damals aber war sie für Elsa Tante Lois und für mich Lady Thinnesse. Ihr Mann, Sir Esmond, war zwei Jahre vor seinem Tod für irgendwelche besonderen Verdienste im Bankwesen geadelt worden. Mir kam sie uralt vor, obgleich sie damals höchstens Ende sechzig gewesen sein kann. Zum Nörgeln neigend, aber durchaus gutmütig, beklagte sie die Veränderungen, die sich in ihrer Umgebung vollzogen, insbesondere den Bau der Siedlung Debden. Dieses Klagelied beherrschte ihre Gespräche und ging einher mit der häufig wiederholten Bemerkung, es sei jammerschade, daß Sir Esmond nicht ein Haus erworben hatte, das etwas weiter draußen auf dem Lande lag. Sie pflegte mich – oder ihren jeweiligen Gesprächspartner – zu fragen, warum ihr Mann es nicht hatte kommen sehen, daß die Londoner Stadtverwaltung sich für ihre »Slumsanierung« auf die landschaftlich schönsten Gebiete in den angrenzenden Grafschaften stürzen würde. Mir waren derlei reaktionäre Sprüche fremd, und ihre Ausdrucksweise schockierte mich. Man hatte den Eindruck, daß ihre Ehe –

zumindest ab 1950 – durch die Enttäuschung über Sir Esmonds Mangel an Voraussicht auf Dauer angekratzt war.

Als Logierbesuch war auch eine Freundin von ihr da, eine alte Dame namens Dunne, die aus einem anderen, ländlicheren Teil von Essex kam und sich wegen der Ausbaupläne für den Flugplatz Stanstead Sorgen machte. Lady Thinnesse, die mit Umweltschutz nur dann etwas im Sinn hatte, wenn er ihre ureigensten Interessen berührte, legte den Befürchtungen der armen Mrs. Dunne gegenüber einen gelangweilten Gleichmut an den Tag und beendete jede Debatte über Stanstead mit dem wohlmeinenden Rat, ihre Freundin solle doch einfach umziehen.

»Es ist ja nicht so, als ob du ein großes Haus hättest, Julia. Du sitzt nicht fest wie ich.«

Felicity Thinnesse, eine schlimme Spottdrossel, die nur zu gern vor anderen die Torheiten und Taktlosigkeiten ihrer Schwiegermutter und deren Besucher ins rechte Licht rückte, machte sich ein Vergnügen daraus, die alte Dame »hochzunehmen«, wie sie es nannte. Ich glaube, Mrs. Dunne fand sogar noch Gefallen daran, sie ahnte nicht, daß Felicity sie nur uzte, und wußte die Aufmerksamkeit zu schätzen, die die »jüngere Generation« ihr entgegenbrachte. Julia Dunne war früher Jagdleiterin gewesen, und so eng war ihr Horizont und der Lebenskreis, in dem sie sich seit eh und je bewegte, daß der Gedanke, es könne Menschen geben – zumindest Menschen aus dem englischen Mittelstand –, die Fuchsjagden für grausam oder entwürdigend hielten, ihre Vorstellungskraft überstieg. Dabei war sie durchaus tierlieb. Manche Pferde hatten in ihrem Leben, soweit ich das beurteilen konnte, eine bedeutendere Rolle gespielt als ihr Ehemann. Und einmal hatte sie einen Fuchs großgezogen, dessen Mutter von den Jagdhunden totgebissen worden war.

»Kam Ihnen das nicht ein bißchen komisch vor?« fragte Felicity in harmlos-anteilnehmendem Ton. »Ich meine – daß Sie einerseits auf die Fuchsjagd gegangen sind und andererseits einen Fuchs als Haustier gehalten haben?«

»Nein, nein, Kind, da habe ich sehr achtgegeben. Ich habe ihn immer im Stall eingesperrt, wenn die Jagd vorbeikam«, sagte Mrs. Dunne.

Mit ernstem Gesicht erklärte Felicity, sie könne eigentlich gar nicht verstehen, daß neuerdings so sehr gegen Legebatterien polemisiert werde, da doch die Tiere ganz offenbar in diesen Kästen am besten aufgehoben seien. Dort käme kein Fuchs an sie heran. Julia Dunne war sehr angetan von dieser Verteidigung der industriellen Tierhaltung, und es war ihr anzusehen, daß sie das Argument für weitere Verwendung speicherte. Später erzählte mir Felicity, daß Mrs. Dunne zu Hause im nördlichen Essex mit einem Knotenstock bewaffnet hinter Hecken zu lauern pflegte, um jedes Karnickel zu erschlagen, das die Frechheit besaß, die Pflanzen in ihren Blumenbeeten anzuknabbern.

Felicity empfand den ständigen Aufenthalt ihrer Schwiegermutter und den zeitweiligen Aufenthalt der Freunde ihrer Schwiegermutter unter ihrem Dach als schwere Prüfung. Das Leben war für Felicity eine lächerliche Angelegenheit, manchmal auch ein makabrer Witz, sie brauchte Amüsement und Unterhaltung wie die Luft zum Atmen. Ihr Mann war ein ruhiger, fader, recht gescheiter und anglikanisch-kirchenfrommer Mann. Genau wie Lady Thinnesse hatte auch Felicity meist Logierbesuch, aber Felicity stellte weit höhere Ansprüche an ihre Gäste. Sie erwartete Geschichten und Geistreicheleien, ja, sie erwartete das, was junge viktorianische Damen in Gesellschaften einzubringen pflegten, ihre Gäste mußten Theater spielen oder singen oder rezitieren können. Und sie erwartete von uns, daß wir an den Quizspielen und Debatten teilnahmen, die sie abends veranstaltete und die bis weit in die Nacht hinein dauerten. Elsa erzählte mir, daß Felicity bei einem ihrer vorhergehenden Besuche, kurz vor der Legalisierung homosexueller Beziehungen zwischen einvernehmlichen Erwachsenen, eine Debatte angesetzt hatte mit dem Thema: »Das Haus möge die Abschaffung einer schändlichen Gesetzgebung beschließen, die sich in die privaten sexuellen Angelegenheiten Erwachsener einmischt.« Lady Thinnesse hatte damals eine andere alte Freundin zu Besuch gehabt, die sogleich erklärt hatte, solche Diskussionen seien zu hoch für sie und sie würde auf ihr Zimmer gehen. Lady Thinnesse war ihr sehr bald gefolgt. Die Debatte war bis drei Uhr früh gegangen und erst beendet worden, als oben eins der Kinder geweint hatte.

Damals, erzählte Elsa, seien auch die Leute vom Cottage dabeigewesen. Es waren Freunde von Felicity, oder genauer gesagt, Silas Sanger war ein abgelegter Gespiele von Felicity, sie hatten sich in aller Freundschaft getrennt, später war Felicity von Esmond Thinnesse umworben worden, hatte sich mit ihm verlobt und ihn schließlich geheiratet, während Silas Sanger sich mit Christabel zusammengetan und sie schließlich geheiratet hatte (oder auch nicht, wie Lady Thinnesse offenbar mutmaßte). Er war Maler, aber keiner von denen, die viel (oder überhaupt etwas) mit ihrer Malerei verdienen, nicht die Sorte »Künstler«, mit denen Lady Thinnesse in jüngeren Jahren hin und wieder zusammengekommen war und die ihre Zustimmung gefunden hatten. Er hatte kein Dach über dem Kopf, hatte eine Art Nervenzusammenbruch hinter sich, und Felicity hatte Esmond überredet, ihm und seiner Ehefrau – oder Nichtehefrau – eines der Cottages zu überlassen, eins, das noch in leidlichem Zustand war.

Dort malte er weiter, manchmal hektisch, manchmal nur sporadisch und verdüstert, manchmal tat er auch überhaupt nichts, sondern lag nur den ganzen Tag auf dem Bett und litt an einer dunklen Nacht der Seele, wie Felicity es recht unzutreffend nannte. Er war ein starker Trinker, es war geradezu grotesk, wieviel er in sich hineinschüttete. Was Christabel machte, wußte niemand so recht, jedenfalls sprach niemand davon, sie erschien ein wenig rätselhaft. Diese Leute also sollten zum Abendessen kommen – um das sich eine Frau kümmerte, die von Abridge mit dem Fahrrad herüberkam –, und hinterher sollten sie an der Debatte teilnehmen. Das Thema lautete diesmal: »Das Haus beklagt die derzeitigen Scheidungsgesetze und wünscht, die Scheidung zwischen einverständlichen Partnern nach zweijähriger Trennung zu ermöglichen.« Eine solche Vorlage wurde 1973 dann tatsächlich Gesetz. Ich konnte mir nicht vorstellen, daß es Gegenstimmen geben würde, sofern nicht Lady Thinnesse und Julia Dunne für die Debatte gewonnen werden konnten, die bereits schaudernd verkündet hatten, das käme gar nicht in Frage, und ich war überrascht, als Esmond in seiner milden Art sagte, er als Anglikaner müsse die Scheidung in jeder Form und unter allen Umständen mißbilligen. Ob Felicity sich an diese sanftmütig geäußerte, aber entschiedene Aussage erinnerte, als sie ihm durchbrannte und zu Cosette zog?

Die Frau des Malers hatte ich schon gesehen. Wenn ich Miranda vorlas und wir zusammen auf dem Fenstersitz in ihrem Zimmer hockten, konnte ich unter uns und um uns herum den Garten sehen, die Fächer der hohen Ulmen voll schwatzender Stare, die kleine Weide mit den beiden Pferden und die freie Fläche, auf der vor kurzem noch die Gerste gestanden hatte, die gewaltigen Koniferen, die so viel verbargen, die immer, zu jeder Tageszeit, schwarze Silhouetten waren. All das konnte ich sehen, ohne den Kopf zu heben, und es ähnelte auf seltsame Weise dem, was ich vorlas, glich den Illustrationen zu *Bernhard Schnauzbart*: die gleiche verschlafen-windstille Idylle, die gleichen Vögel, die sich zur Ruhe begaben, der gleiche Himmel mit den zahllosen hohen Wölkchen. Zu unserer Rechten, am Hang, stand das Cottage von Silas Sanger mit dem kleinen Garten, einem umzäunten Stück Land, auf dem struppiges Gras wuchs und der nichts weiter enthielt als zwei Wäschepfosten mit einer dunkelgrau-durchhängenden Wäscheleine. Das Cottage und das Land drumherum machten einen verwahrlosten Eindruck. Hätte Beatrix Potter es gezeichnet und wirklichkeitsgetreu dargestellt, hätte es als Heimstatt für einen ihrer Tierschurken herhalten müssen, für Herrn Gebissig etwa oder die Böse Maus. Noch hingen Vorhänge an den Fenstern, aber sie waren verschlissen oder schiefgezogen oder ließen sich (wie die am unteren Fenster) offenbar nicht zuziehen und waren rechts und links – mit Bindfaden, wie es von meinem Blickwinkel aus schien – am Fensterrahmen befestigt.

Aus dieser armseligen Behausung trat, als die Sonne sich senkte und die winzigen Wölkchen rosa färbte, eine junge Frau, zu dünn und zu dekorativ für eine der Bäuerinnen bei Millet, eher eine Fragonard-Figur. Dafür sprachen die Haltung des schönen Kopfes mit dem weichen, hellen, unordentlich hochgetürmten Haar, die wallenden Sachen, die sie trug – langes, weites Unterkleid, ein Rock, der in der Taille fest mit einem Tuch umwickelt war, ausgeschnittene Bluse, Jacke aus dünnem, anliegendem Stoff mit aufgekrempelten Ärmeln, ein, zwei flatternde Bänder –, das alles in bräunlich-rosa-staubbeigefarbenen Tönen. Nie hätte eine solche Gestalt sich in die Welt der Beatrix Potter verirrt. Sie hatte ein Tablett, keinen Korb, nein, ein gewöhnliches Serviertablett mit nasser Wäsche in der Hand, die sie offenbar auf die Leine hängen wollte.

Ich hörte auf zu lesen und fragte Miranda: »Wer ist das?«

Auf allen vieren krabbelte sie über mich hinweg. »Das ist Bell.«

»Sie lebt mit dem Maler zusammen?« Die Auffassung von Lady Thinnesse hatte sich mir fast unbewußt mitgeteilt.

»Silas ist Mr. Sanger, und Bell ist Mrs. Sanger. Ihre Wäsche sieht aus, als ob sie nicht gewaschen ist, findest du nicht?«

Die Wäschestücke hatten alle den gleichen hellen Grauton, und in einem, es mochte ein Kissenbezug sein, waren große Löcher. Sie sähe nicht sehr sauber aus, meinte ich, doch da kam ich bei Miranda schön an.

»So was darf ich nicht sagen, und du erst recht nicht, du bist doch schon groß. Es ist abscheulich, wenn man von Leuten sagt, daß ihre Wäsche schmutzig ist, sagt meine Mammi. Bitte lies weiter.«

Die junge Frau im Garten, die Frau, die Bell hieß, klammerte ihre Wäsche mit einer Art müder Gleichgültigkeit auf die Leine. Man merkte, daß sie mit ihren Gedanken nicht bei der Sache war. Ihre ganze Pose, ihre Stellung, die Art, wie sie ihren Körper hielt, verriet etwas Schlimmeres als Langeweile, verriet wachsende Verzweiflung. Ich hatte den Eindruck, daß die nassen Sachen den ganzen Tag herumgelegen hatten, und jetzt endlich, gegen Tagesende, bei Sonnenuntergang, einer absurden Zeit zum Wäscheaufhängen, hatte sie sich dazu aufgerafft, die Stücke nach draußen zu schleppen, um sie loszuwerden, sie ihrem Schicksal im Nachttau überlassend. Jetzt war das Tablett leer, die Wäscheleine voll, und sie stand, das Tablett leicht an den Körper gedrückt, zu ihrer ganzen Größe aufgerichtet da und blickte ins Tal hinunter, eine Hand zum Schutz vor dem Glanz der roten Sonne über die Augen gelegt, in einer so fragonardhaften Pose, daß man hätte glauben können, sie hätte die Stellung nach der Abbildung in einer Zeitschrift einstudiert. Doch sie ahnte nichts davon, daß sie beobachtet wurde, das spürte ich. Miranda erinnerte mich nochmals daran, daß ich ihr doch eigentlich vorlesen wollte, und ich wandte widerstrebend den Blick ab.

Zwei Tage später war die Debattierparty, zu der die Sangers dann doch nicht kamen. Sie hatten laut Miranda Telefon im Cottage, aber sie hatten es abmelden lassen, oder es war ihnen abgestellt worden, weil sie die Rechnung nicht bezahlt hatten. Am späten Nachmittag – die Kochfrau aus Abridge war schon eingetroffen – fand sich ein Zettel im Briefkasten des Herrenhauses. Felicity las ihn uns vor, halb gereizt, halb resigniert. Sie war wohl enttäuscht, aber gleichzeitig auch belustigt von der Art, wie Bell mit diesen Dingen umging.

»›Felicity. Tut mir leid, rechne nicht mit uns. Ich packe es nicht. Gruß, Bell.‹ Sie ist stolz darauf, daß sie immer sagt, was sie meint, daß sie nie lügt, ja, nicht mal flunkert.«

Felicity hob lächelnd die freie Hand. Sie glaubte ehrlich, daß Bell nicht log, daß Bell grundsätzlich die Wahrheit sagte, um jeden Preis und wenn es noch soviel moralischen Mut erfordern mochte. Sie glaubte es, und wir hörten, wie sie es sagte, und sahen ihr Gesicht dabei und glaubten es auch. So kommen völlig falsche Aussagen über Charakterstärke und Rechtschaffenheit in Umlauf.

»Eher würde sie einem Menschen sehr weh tun, als ihn zu belügen«, sagte Felicity. »Eher würde sie sich endlosen Ärger einhandeln. Irgendwie ist das schon bewundernswert, finde ich.«

Gewiß, auch wir fanden es bewundernswert. Allerdings bin ich mir keinesfalls sicher, ob Lady Thinnesse und Mrs. Dunne es bewundernswert fanden. Sie hatten sich den kleinen, eingerissenen, schmutzigen, mit Bleistift beschriebenen Zettel angesehen, hatten einen Blick gewechselt, und dann hatte Lady Thinnesse gesagt: »Was soll das heißen, sie packt es nicht? Meint sie, daß sie es sich nicht zutraut? Gesundheitlich vielleicht? Deine Debatten können reichlich anstrengend sein, Felicity.«

»Das Leben mit Silas ist bestimmt kein Zuckerschlekken«, bemerkte Felicity nur.

Für mich war es eine Enttäuschung. Ich hatte mich darauf gefreut, die Fragonardfrau kennenzulernen, die ihre Wäsche auf einem Tablett transportierte und in der Abenddämmerung auf die Leine hängte.

»Wart ein Weilchen, sagte der Dornbusch«, tröstete Elsa.

»Alles schön und gut, aber wir sind nur noch zwei Tage hier. Können wir sie nicht mal besuchen?«

»Ich glaube nicht, daß das geht. Dieser Silas Sanger ist ein komischer Mensch. Sehr ungehobelt und oft betrunken. Er würde uns nicht hereinbitten, wenn er wieder mal seine Mucken hat, und die hat er meist. Mucken, meine ich. Er macht sich nicht viel aus seinen Mitmenschen. Bis auf Felicity. Die betet er an.«

»Macht er sich nichts aus dieser Bell?«

»Ich habe die beiden nur einmal zusammen gesehen«, sagte Elsa, »und da hat er sie überhaupt nicht beachtet. Er hat kein Wort mit ihr gewechselt.«

»Sind sie verheiratet?« Wenig später war das nicht mehr so wichtig wie noch 1968.

»Also wenn ich ehrlich sein soll – ich glaube nicht.«

Die Debatte wurde verschoben, und wir fuhren nach Hause, ohne Bell oder Silas Sanger gesehen zu haben. Elsa versprach, bald wieder mit mir hinzufahren. Das nahm ich nicht sehr ernst. Ich wußte, daß ich Weihnachten mit meinem Vater zusammensein mußte. Oder ich mußte versuchen, meinen Vater über Weihnachten irgendwie zu Cosette zu lotsen. Denn Cosette wohnte noch immer in Garth Manor, still und zurückgezogen, trauernd, wie es schien, und offenbar nicht fähig, sich für oder gegen einen Umzug zu entscheiden. Dann sagte sie, sie würde nach Barbados fliegen, wie sie und Douglas es vorgehabt hatten. Die Reise war für Weihnachten und Neujahr geplant gewesen, sie hatte die Buchung nicht rückgängig gemacht, und nun würde sie reisen. Die Ankündigung war insofern bemerkenswert, als sie zur Vorbereitung einer weiteren Ankündigung diente, die sie uns gleich nach ihrer Rückkehr machen sollte und die uns alle verblüffte. Ich sagte zu Elsa und Dawn Castles Tochter Diana, wie eigenartig es doch sei, daß Cosette allein und als Witwe in eben jenes Hotel auf Barbados ging, in dem sie schon zweimal mit Douglas gewesen war, obwohl sie doch damit rechnen mußte, daß dieser neuerliche Besuch Schmerz und ein Gefühl bitterer Sehnsucht in ihr wecken würde.

So hatte ich mich denn damit abgefunden, die Weihnachtstage mit meinem Vater verbringen zu müssen, doch dann eröffnete er mir scheinbar beiläufig, daß ihn die Cousine meiner Mutter eingeladen hatte, eben jene Cousine Lily, die bei Douglas' Beerdigung in so aufgeräumter Stimmung gewesen war. Er wollte gern hin, er freute sich darauf. Ich sei nicht mit eingeladen, sagte er, aber er würde fragen, ob er mich mitbringen könne. Das klang so melancholisch, so lustlos-widerstrebend, daß ich fast laut herausgelacht hätte. Bitte nicht, sagte ich, bitte mach dir keine Mühe, du wirst es sehr nett haben ohne mich, es wird viel schöner sein, wenn du allein dort bist. Er warf mir einen schrägen Blick zu. Ob ich meinte, daß das in Ordnung sei, fragte er, und ich begriff, daß er etwas in seinen Augen Gewagtes unternahm, etwas, was Anlaß zu Klatsch und Tratsch geben konnte, denn mein Vater gehörte zu einer Generation – vielleicht der letzten dieser Art –, die es für anstößig, ja, skandalös hielt, mit einer Angehörigen des anderen Geschlechts unter einem Dach zu schlafen. Die Zeiten haben sich geändert, sagte ich, keinen schert so was heute noch. Ich hatte den Eindruck, daß er enttäuscht war.

Und so hinderte mich nichts mehr daran, mit der Löwin nach Thornham Hall zu fahren.

Zwei denkwürdige Ereignisse trugen sich an diesem Weihnachtsfest zu. Das erste war Felicitys Quiz.

Felicity war offenbar ebenso berühmt für ihre Quizaufgaben wir für ihre Debatten. Sie erdachte diese Fragespiele selbst, unter Zuhilfenahme diverser Nachschlagewerke, der *Encyclopedia Britannica*, *Brewer's Dictionary of Phrase and Fable*, Steinbergs *Dictionary of British History* und *The Oxford Dictionary of Quotations*. Sie tippte eigenhändig die Fragebogen und machte dabei so viele Durchschläge, wie die Schreibmaschine hergab, denn damals standen noch nicht überall Photokopierer herum. Dieses Quiz nun sollte am 27. Dezember stattfinden.

Die Thinnesses hatten das Haus voll. Mrs. Dunne war gekommen, und Lady Thinnesse hatte außerdem einen uralten Brigadegeneral und seine Frau eingeladen. Diesen Rang hatte er nicht im Zweiten, sondern im Ersten Weltkrieg erlangt, woraus man in etwa ersehen mag, wie betagt er war. Felicity hatte ihre Schwester und den Mann ihrer Schwester und deren Zwillinge und eine Studienfreundin namens Paula und deren Tochter zu Gast, und täglich kam außerdem Besuch aus der näheren Umgebung, aus Chigwell oder Abridge oder Epping. An dem bewußten Tag waren wir an die fünfzehn bei unserem Quiz. Die Kinder durften nicht mitmachen. Von den Sangers, von Silas und Bell, war nicht die Rede, und ich folgerte daraus, daß sie nicht eingeladen waren. Ich folgerte noch mehr, daß sich nämlich das Verhältnis zwischen den Thinnesses und den Sangers stark abgekühlt hatte, was von dem dreijährigen Jeremy Thinnesse bestätigt wurde.

»Mein Daddy will, daß Mr. Sanger weggeht und in einem anderen Haus wohnt.«

»Ach ja?« sagte die Löwin. »Und warum?«

»Es ist abscheulich«, sagte Miranda sehr von oben herab, »junge, unschuldige Kinder, die noch nicht wissen, was sie reden, zu Auskünften zu verleiten, sagt meine Mammi.«

Ob sie damit Elsas Bemühungen meinte oder vielleicht auf Silas anspielte, wurde nicht klar, aber die Bemerkung hatte den beabsichtigten Effekt, das Thema zu beenden. Niemand fragte weiter danach. Ich ertappte mich oft dabei, daß ich zu dem Cottage hinüberblickte, aber es war nie jemand zu sehen. Die Wäscheleine und die beiden Pfosten waren fort, und das Haus wirkte unbewohnt. Ob Silas und Bell überhaupt Weihnachten feierten, wußte ich nicht und weiß ich bis heute nicht, ihr Leben in jenem Haus war uns verschlossen, was sie trieben, war ein Geheimnis und bestimmt maßlos unkonventionell. Manchmal sah man aus dem Schornstein des Cottage Rauch aufsteigen, was Lady Thinnesse beunruhigte, die wohl fürchtete, das Herrenhaus könnte in Flammen aufgehen.

Am 27. Dezember setzten wir uns nach dem Mittagessen alle in der Halle zusammen, um das Quiz zu machen, das Felicity vorbereitet hatte, die zwanzig Fragen waren auf zwei Bogen Kanzleipapier getippt. Die Wahl war auf die Halle und nicht auf den riesigen, schwer beheizbaren Salon gefallen, denn es war sehr kalt geworden. Auch die Halle mit der zweigeteilten Treppe, die zu einer Galerie führt, ist groß, aber der hintere Teil läßt sich durch eine Flügeltür abtrennen, so daß vorn, wo der Kamin ist, ein behaglicher Raum entsteht. Ein schönes Holzfeuer brannte, um das in einem fast geschlossenen Kreis Sessel und zwei Sofas aufgestellt waren.

Thornham Hall hat keine Vorhalle, es gibt keinen inneren Vorraum, kein Vestibül, so daß durch die Haustür immer etwas Zug hereinkommt. Die hohen Fenster rechts und links der Tür klapperten im Wind, aber um das Feuer herum war es angenehm warm. Lady Thinnesse trug nur ein dünnes Seidenkleid und schien es geradezu persönlich zu nehmen, daß sich Mrs. Dunne einen Schal um die Schultern gelegt hatte und Felicitys Schwester pelzgefütterte Stiefel trug. Ich erinnere mich genau, wo ich in diesem Kreis saß: rechts vom Kamin, unmittelbar gegenüber der Haustür. Felicitys Schwager saß auf der einen Seite, ihre Studienfreundin auf der anderen Seite neben mir. Stillschweigend hatte man den alten Herrschaften die Plätze in nächster Nähe des Kamins eingeräumt. Zwischen der Studienfreundin Paula und dem Kamin saßen der uralte Brigadegeneral, die Frau des uralten Brigadegenerals und Mrs. Dunne, ihnen gegenüber Lady Thinnesse und ein altes Ehepaar aus Abridge. Die Kinder spielten mit ihren Weihnachtsgeschenken am anderen Ende der Halle, wo ein transportabler Elektroheizofen Wärme spendete.

Felicity gab die Papiere aus, auf denen oben unsere Namen vermerkt waren. Ich fing wohl in diesem Augenblick an mich zu fragen, was das eigentlich sollte, wie ich, wie wir alle darauf verfallen waren, uns einem Examen zu stellen, zu dern uns niemand zwang, unsere Mußestunden mit einer albernen Prüfung in Allgemeinbildung zu vertun, in einem sinnlosen Wettkampf unsere geistigen Kräfte zu messen. Und wozu? Eine Viertelflasche Kognak war der erste, eine Schachtel Pralinen der zweite Preis. Die starke Persönlichkeit einer einzigen Frau hatte uns diesen Unsinn aufgenötigt. Niemandem fiel es ein zu protestieren, obschon die alten Damen sicherlich Angst vor Versagen und Demütigung hatten, Angst davor, daß sie es, um Bells kuriose Formulierung zu gebrauchen, ›nicht packen‹ würden.

Felicity hatte sich an der Stelle, die am weitesten vom Kamin entfernt war, direkt gegenüber dem Feuer, kurz zwischen ihren Mann und die Löwin Elsa gesetzt, kehrte aber danach nicht mehr an ihren Platz zurück, sondern blieb stehen und beobachtete uns, während wir uns über unsere Bogen beugten, eine hochgewachsene, starkknochige, aber schlanke brünette Frau mit dem Gesicht einer Juno, mit üppigem schwarzem Haar und einem ganz leichten Flaum auf der Oberlippe, miniberockt, wie es damals die Mode befahl, die allerdings nicht für so stramme Figuren wie die ihre gemacht war. Wir hätten dreißig Minuten zur Verfügung, sagte sie, genau eine halbe Stunde, und mit dem besten Ergebnis seien fünfzig Punkte zu erreichen. Dann ging sie zu den Kindern hinüber und knipste unterwegs das Licht an.

Es war halb vier, aber schon dämmerig. In dem roten Schein des Feuers hatte man nicht mehr genug sehen können. Einige Teilnehmer schrieben schon, aber ich las, wie ich es gelernt hatte, zunächst die Fragen auf dem Bogen durch. An alle erinnere ich mich nicht mehr, nur an die erste und die fünfte. In der ersten wurde nach der Bedeutung der Bezeichnungen Germinal, Brumaire und Fructidor gefragt und was diesen drei Begriffen gemeinsam sei. Ich glaube, die zweite Frage hatte etwas mit Architektur zu tun, die dritte mit den Schlachten des Zweiten Weltkrieges und die vierte mit Shakespeare. In der fünften Frage wurde uns eine Erklärung für die Begriffe Pottsche Krankheit, Klinefelter-Syndrom und Chorea Huntington abverlangt.

Es war ein Schock, ich spürte, wie mir jäh das Blut ins Gesicht stieg, und meinte, jeder müsse die rote Welle sehen. Mit unumstößlicher, wahnhafter Gewißheit glaubte ich, die Frage sei absichtlich meinetwegen gestellt, mir zum Hohn, zielgenau in meine Richtung formuliert. Fast gleichzeitig oder zumindest unmittelbar danach wußte ich natürlich, daß das nicht sein konnte, daß Felicity weder grausam noch rachsüchtig war, und außerdem wußte sie es ja nicht, konnte es nicht wissen, niemand wußte es außer meinem Vater und seiner Cousine Lily und dem Arzt meiner Mutter und Cosette. Die Löwin Elsa wußte es nicht. Es war ja nichts zu sehen, nichts an meiner Erscheinung, meinem Gesicht, meinen Augen und Körperbewegungen verriet etwas. Man hatte mir sogar gesagt (und auch mein Spiegel sagte es mir), daß ich gut aussah, ja, daß ich schön war. Es wartete auf mich, wie es auf meine Mutter gewartet hatte, auf meine Großmutter und ihren Vater, es lauerte stumm in meinem Zentralnervensystem, verborgen, statisch, ruhend, geduldig abwartend.

Ich sah auf, um den Blicken zu begegnen, die doch nun sicher auf mich gerichtet waren, aber alle sahen mehr oder weniger verständnisinnig, freudig bewegt oder mißgestimmt auf ihre Fragebogen hinunter. Die meisten schrieben. Ich betrachtete das Blatt. Chorea Huntington. Die Worte hoben sich wie Fettdruck von dem übrigen Text ab. Meine Hände zitterten, die Hand, die den Bleistift hielt, und die andere, die vergeblich versuchte, die Blätter zu umfassen. Sie zitterten, als habe Huntington schon zugeschlagen, habe die ersten Zuckungen über die Nervenbahnen gejagt.

Ausnahmsweise trieb mich diesmal nicht, wie sonst bei einem Anflug von Zittern, bei mangelnder Koordination oder einer ganz gewöhnlichen Ungeschicklichkeit, die Angst um, dies könne der Beginn von Huntington sein. Ich wußte, es war der Schreck. Du mußt dich zusammennehmen, sagte ich mir, du mußt so tun, als sei nichts passiert. Und es war ja auch nichts passiert, nichts hatte sich verändert, seit ich die Fragen auf dem Bogen gelesen hatte. ›Chorea Huntington‹, das waren Worte, die ich mir vielleicht nicht jeden Tag, aber fast jeden Tag vorsagte. Es half nichts, daß ich mir gut zuredete, es half nichts, daß ich versuchte, meine noch immer zitternde rechte Hand zur Ruhe zu bringen. Ich schaffte es einfach nicht, die Fragen zu beantworten, auch nur ein Wort zu Papier zu bringen. Ich wußte zum Beispiel, das Germinal, Brumaire und Fructidor Monatsnamen aus dem französischen Revolutionskalender waren, ich wußte sogar (weil ich es unlängst hatte nachschlagen müssen), daß der Erfinder dieser Namen Gilbert Romme hieß, aber als ich den Stift ansetzte, war meine Hand wie gelähmt. Ich versuchte die übrigen Fragen zu lesen, aber die Buchstaben tanzten vor meinen Augen, und als ich mich zwang, die Zeilen so unbeteiligt wie möglich zu überfliegen, drang ihr Sinn nicht zu meinem Gehirn durch.

Es war fast komisch. Damals sah ich es nicht so, das kam später, viel später. Ich sah es als äußerste Ironie, daß ich, eine von Felicitys größten Hoffnungen, einer ihrer Stars – neben Elsa und Paul und ihrem Schwager Rupert – ein leeres Blatt abgeben würde, während die Frau des Brigadegenerals, nach eigenem Bekunden eine Ignorantin, bestimmt zumindest drei oder vier Fragen richtig beantwortet hatte. Und das war mir nicht passiert aus schlichter Examensangst oder weil ich zum Mittagessen zuviel Wein getrunken hatte, sondern allein durch die emotionale, fast okkulte Macht einer Frage, die Felicity sich nur ausgedacht hatte, um darzutun, daß ihre eigenen Freunde den Spezis ihrer Schwiegermutter intellektuell himmelhoch überlegen waren.

Ich sah auf und begegnete Elsas Blick. Sie zwinkerte mir zu. Elsa hatte fleißig geschrieben, und ich sah, daß sie gute Chancen hatte, den Kognak zu gewinnen. Was sollte ich tun? Mich zu einem plötzlichen Aussetzer bekennen? Oder regelrecht schwindeln, jähes Unwohlsein heucheln und auf mein Zimmer flüchten? Während ich überlegte, ließ ich meinen Blick unbestimmt durchs Zimmer gehen, von Felicity, die auf dem Teppich kniete und ihren Neffen dabei half, aus Plastikbausteinen eine Burg zu bauen, zu dem großen, überladenen, von Kerzen starrenden Weihnachtsbaum in der Ecke diagonal gegenüber dem Feuer zu den beiden hohen Fenstern und dem dichten Dunst der Dämmerung dahinter, zurück zu Elsa, die mit gesenktem Kopf, die Unterlippe mit den Schneidezähnen festhaltend, fieberhaft schrieb. Es war sehr still, nur hin und wieder knisterte das Feuer, und Felicitys Schwester, die erkältet war, räusperte sich. Selbst die Kinder, ganz in das Spiel mit den neuen Sachen vertieft, machten keinen Lärm.

Ich hatte meine Entscheidung getroffen. Ich würde hierbleiben und es durchstehen. Im Grunde war es ja auch ganz unwichtig. Manche Leute freut es, wenn andere Schiffbruch erleiden. Ich hatte die Bogen umgedreht, damit mich der Name nicht mehr mit seinen schwarzen Buchstaben anspringen konnte, und streckte die Hand aus, um meinen Bleistift in die Schachtel auf dem Beistelltisch zurückzulegen – Elsa, die mit ihrem Quiz fertig war, hatte den ihren bereits siegesgewiß dort deponiert –, als die Haustür aufsprang. Durch die Tür kamen ein kalter Windstoß und Bell Sanger in die Halle.

In Thornham wurde früher nur nachts abgeschlossen. Heute ist das wahrscheinlich anders. Damals war die Haustür immer unverschlossen, und alle wußten das, trotzdem war es ein Schreck, als Bell so plötzlich hereinplatzte. Der Wind verwehte die Fragebogen, ja, er wehte Lady Thinnesse den ihren aus der Hand und geradewegs in die Flammen. Sie fuhr mit einem leisen Aufschrei hoch. Bell stand auf dem Vorleger, irgendeinem Tierfell, knapp hinter der Schwelle, Kleidung und Haar sturmgezaust, eine erschreckende Erscheinung mit weit aufgerissenen Augen. Felicity erhob sich von den Knien und sagte ziemlich ärgerlich: »Herrje, mach doch die Tür zu.«

Bell gehorchte. Sie streckte die Hand aus und versetzte der Tür einen Stoß, so daß sie krachend ins Schloß fiel. Das ganze Haus schien zu erbeben. Bell sagte: »Könnte jemand kommen, bitte? Silas hat eine Kugel erwischt.«

»Mein Gott«, stieß einer aus unserer Gruppe hervor, ich habe nie erfahren, wer es war, eine Männerstimme jedenfalls. Esmond stand auf, schob seinen Stuhl beiseite, um aus dem Kreis herauszukommen, und machte ein paar Schritte auf Bell zu. Sie ließ ihn gar nicht zu Wort kommen.

»Er war betrunken«, sagte sie. »Er hat eins seiner Spielchen gespielt. Er hat sich angeschossen. Ich glaube, er ist tot.« Sie zögerte, betrachtete uns alle mit allmählich aufdämmernder Bestürzung, als sei ihr jetzt erst aufgegangen, wer wir waren, als seien wir die Letzten, denen sie diese Mitteilung hätte machen, mit denen sie dieses Wissen hätte teilen mögen. Aber was sollte sie tun? Was blieb ihr übrig? Wir waren nun mal da, wir waren die einzigen, die zur Hand waren, es blieb ihr gar keine andere Wahl. »Er hat herumgespielt«, sagte sie zu Felicity. »Du weißt, was ich meine.« Und so unglaublich es schien, offenbar wußte Felicity es wirklich.

Sie nickte und legte eine Hand an den Mund. Esmond sagte: »Felicity, ruf Dr. Thompson an, bitte. Und vielleicht die Polizei. Ja, wir müssen die Polizei verständigen.«

»Himmel, was für eine Geschichte«, sagte Felicity. »Was für eine Geschichte ...« Erst jetzt wurde sie sich offenbar der Kinder bewußt, die sie umstanden und große

Augen machten. »Ihr kommt mit mir«, sagte sie und umfaßte zwei oder drei mit ihren Armen.

Mein Blick traf den von Bell. Sie sieht mich an, dachte ich, als sei ich die einzige hier, die ihr vielleicht gefallen, die ihr ein bißchen wesensverwandt sein könnte. So jedenfalls faßte ich es auf, so las ich den langen, entsetzensstarren Blick aus grauen Augen. Esmond machte die Haustür auf und hielt sie fest, und Bell ging ihm voraus in die Dunkelheit. Ich stand auf und folgte ihnen.

5

Stiletto fatalis ist beileibe keine Waffe, sondern der lateinische Name für einen Wurm, der ein gefürchteter landwirtschaftlicher Schädling ist. Der Entomologe, der den Namen erfand, muß Humor gehabt haben. Plakate im Dorfladen empfahlen den Bauern dringend, vor dieser Kreatur auf der Hut zu sein, und Felicity hatte sich des Namens bemächtigt und machte sich einen tollen Spaß daraus. Während der Weihnachtstage – zumindest vor Silas Sangers Schießunfall – führte sie den *stiletto fatalis* gewissermaßen ununterbrochen im Munde. Hätte sie in ihrem Quiz nach ihm gefragt, hätten wir alle die richtige Antwort geben können. In jenem Winter waren stilettspitze Pfennigabsätze große Mode, und wenn man irgendwo zu Besuch war, besonders in Häusern mit Parkettböden, wurden einem kleine Plastikkappen ausgehändigt, die man über die Absätze ziehen mußte, um keine Löcher in den Boden zu stanzen. In Thornham Hall gab es nur Holzfußböden, auf denen Brücken und Teppiche lagen. Felicity überprüfte persönlich die Schuhe aller Gäste und entschied, ob sie zur Kategorie des *stiletto fatalis* gehörten.

Diese Eigenheit, von der ich geglaubt hatte, ich hätte sie vergessen, an die ich seit unserer letzten Begegnung vor fünfzehn, sechzehn Jahren nicht mehr gedacht hatte, fällt mir wieder ein, während ich mich dazu durchringe, sie anzurufen. Ich erinnere mich an *stiletto fatalis* und wie er samt seinen Nachfolgern damals, als sich Felicity zu Cosette flüchtete, einem neuen Tick hatte weichen müssen, nämlich dem Salzkrautbilch. In Felicitys Leben hat sich seither offenbar nicht viel getan, wenn sie, wie es scheint, noch immer mit Esmond verheiratet und noch immer Herrin auf Thornham ist, auch wenn sie vielleicht nicht mehr viel Ähnlichkeit mit der theatralisch-gefühligen jungen Frau im Minirock hat, die Cosette Abend für Abend ihr Herz ausschüttete. Ich sehe auf den Zettel mit der Nummer, die ich mir notiert habe, der Nummer, die mir Felicitys Tochter gegeben hat. Ich wähle. Denn ich bin zwar gestern abend bei Leith gewesen und habe mich von dem Taxifahrer Ecke Pembridge Road absetzen lassen, um den Rest des Weges zu Fuß zu gehen, aber Bell habe ich nicht gesehen. Natürlich nicht.

Felicity meldet sich höchstpersönlich, und sobald sie weiß, wer am Apparat ist, kommt der für sie so typische Spruch, an dem sich nichts geändert hat:

»Hallo, grüß dich.«

Ich habe einmal erlebt, wie Esmond sich bei einem neuen Gast als »Grüßdich« vorstellte mit der Bemerkung, seine Frau habe ihn umgetauft. Sie tut, als hätten wir uns vor ein, zwei Wochen zum letzten Mal gesprochen. Keine Verwunderung, daß ich mich bisher nicht gemeldet habe und jetzt plötzlich Laut gebe, kein Staunen, daß ich noch lebe, aber auch keine Vorwürfe. Sie sagt nicht einmal, was für eine Überraschung es ist. Ich kann mich nicht erinnern, daß sie vor zwanzig Jahren derart in ihren Kindern aufgegangen wäre, und auch später, als sie die beiden neun Monate lang Vater und Großmutter überließ, war davon nichts zu spüren. Jetzt aber redet sie von ihnen, sobald sie der Höflichkeit Genüge getan und sich erkundigt hat, wie es mir geht. Sie nimmt mein: »Wie geht's euch denn so?« ganz wörtlich und erzählt mir ausführlich von Mirandas Traumjob beim BBC-Fernsehen und Jeremys mit Auszeichnung bestandenem Abschluß in Geschichte. Sie setzt sogar noch das für die Mutter eines Genies obligatorische Klischee drauf:

»Und dabei hatten wir schon fast alle Hoffnung aufgegeben, er hat ja nie gelernt!«

Ich lasse sie ein bißchen reden, dann sage ich ihr, daß ich mit Miranda gesprochen habe.

»Ach, hast du sie erreicht? Wie schön! Da fällt mir regelrecht ein Stein vom Herzen. Ich habe seit Tagen nicht mehr mit ihr gesprochen, du weißt ja, wie sie sind, immer weichen sie einem aus, und für die echten Ängste, die man hat, haben sie natürlich überhaupt keinen Nerv. Es ist eine große Erleichterung zu wissen, daß sie gesund und munter ist, ans Telefon geht und so weiter. Und jetzt erzähl von dir.«

Das läßt sich leicht abbiegen. »Miranda hat mir erzählt, daß du mit Bell Sanger gesprochen hast, und ich wollte dich fragen, ob du mir ihre Adresse geben kannst.«

Eine Pause. Dann ändert sich die Stimme, wirkt gespreizt. »Du, das tut mir leid, die hab' ich nicht. Ich habe nur eine Telefonnummer. Ich trauere ja immer noch unseren schönen Londoner Ämtern nach, Ambassador und Primrose und Flaxman, die konnte man sich so leicht merken. Die Nummer ist sechs-zwei-vier irgendwas. Was mag sechs-zwei-vier gewesen sein?«

»Maida Vale und Kilburn.« Dort also wohnt Bell. Mir

ist ein bißchen flau, atemlos warte ich darauf, mehr zu erfahren, ich habe große Angst, unterbrochen zu werden, fürchte sehr, ich könnte die vier verbleibenden Ziffern nie erfahren. »Sechs-zwei-vier und weiter?«

Und meine Angst ist berechtigt, meine Befürchtungen bestätigen sich, denn sie hat die Nummer irgendwo notiert, weiß aber nicht mehr wo.

»Bei diesem riesigen Haus, du weißt ja, wie das ist, Elizabeth.«

»Wie geht es ihr?« frage ich, es muß heraus, ich kann nicht an mich halten. »Wie geht es Bell? Hattest du den Eindruck, daß sie – nein, nicht glücklich war, aber sich zumindest abgefunden hat?«

Doch darauf bekomme ich von Felicity keine Antwort, vielleicht hat sie keine Meinung dazu. Sie war eine selbstbezogene Frau, ist es sicher noch immer, die sich nicht für die Gefühle anderer Menschen interessiert, sondern nur für das, was sie für andere empfindet. »Ich wünschte, wir hätten uns mal gründlich aussprechen können, als das alles passiert ist«, sagt sie. »Möglichst nach dem Prozeß. Ich hätte dir so viel erzählen können, Insiderkram. Ich meine, ich wußte ja so viel über Silas, persönliche, intime Sachen, obgleich *sie* natürlich immer ein Rätsel war. Aber du warst plötzlich verschwunden, und man will ja nicht aufdringlich sein. Ich konnte dich schließlich nicht bis in deinen Bau verfolgen. Apropos Bau – erinnerst du dich an die schreckliche Person, die ich immer wegen der Fuchsjagden hochgenommen habe? Stell dir vor, meine Schwiegermutter lebt immer noch. Sechsundachtzig und noch quicklebendig, eine tolle Nummer eigentlich – ach ja, du wolltest ja Bell Sangers

Nummer haben, nicht? Ich suche sie und ruf' dich wieder an.«

»Da wäre ich dir wirklich sehr dankbar, Felicity.«

»Ist doch selbstverständlich. Ich möchte dich etwas fragen, und wenn du es zu unverschämt findest, brauchst du nicht zu antworten. Leg nicht auf, antworte einfach nicht, niemand zwingt dich dazu. Also: Ist dir jemals der Gedanke gekommen, daß Bell vielleicht Silas selbst erschossen hat?«

Ich antworte. Ich sage – und es klingt albern, farblos, heuchlerisch: »Damals nicht.«

»Nein, sicher, damals nicht. Aber beim Prozeß? Als all das andere über Bells Vergangenheit rauskam, meine ich. Also ich hab' daran schon gedacht. Ich wußte von seinen Spielereien. Ich wußte, was er so anstellte und daß er trank, und trotzdem habe ich mir gedacht, vielleicht hat Bell ihn erschossen. Ich wünschte wirklich, wir könnten uns zusammensetzen und mal richtig reden. Es ist doch eine faszinierende Geschichte, findest du nicht? Bist du nicht irgendwann mal in unserer Ecke?« Zum Glück fährt sie fort, ohne meine Antwort abzuwarten: »Wohl kaum, was? Ja, dann müssen wir uns eben irgendwann mal in London treffen. Die Wohnung haben wir noch, aber das weißt du ja, wenn du mit Miranda gesprochen hast. Ich ruf' dich an, bestimmt, und gebe dir die Nummer, dann können wir was ausmachen. Wann, das kann ich noch nicht versprechen, aber bestimmt noch heute. Also dann bis später. Ich melde mich bald.«

Sie hatte schon immer diese besondere Gabe, die Menschen, mit denen sie zusammenlebte, oder auch nur die, mit denen sie redete, an den Rand der Erschöpfung zu treiben.

So etwas mag in manchen Fällen eine durchaus anregende Erfahrung sein, aber es bedeutet auch ständigen Kampf. Andere Frauen, wie Cosette, schenken ihren Weggefährten neue Kraft und neues Leben, ein Gefühl der Erholung und der Zufriedenheit ganz einfach dadurch, daß sie selbst aufmerksam zuhören und zur richtigen Zeit die richtige kurze Frage einwerfen. Als ich nach Silas Sangers Tod aus Thornham nach Hause zurückkam – Elsa und ich waren von Lady Thinnesse am folgenden Tag unnachsichtig abgeschoben worden –, erstattete ich Cosette ausführlich Bericht. Und sie hörte zu, es interessierte sie, man hatte den Eindruck, daß sie es wirklich wissen wollte. Mittlerweile hatte Felicity uns – Elsa und mich und Paula und Felicitys Schwester – erschöpfend zum Thema der Silasschen Spiele aufgeklärt.

Silas besaß zwei Schußwaffen, eine Flinte mit Zwölferbohrung und einen Colt, den er angeblich einem Trödler auf der Portobello Road abgekauft hatte, einem Mann, der mit Silber handelte. Er war verrückt nach Schußwaffen, und das in einem Land, das Waffenscheine und Waffensammlungen nur absolut unbescholtenen Bürgern genehmigt, die einen Polizeibesuch nicht fürchten. Silas hatte natürlich keinen Waffenschein. Felicity erzählte uns, er pflege mit dem Colt russisches Roulette zu spielen, und das sei noch das harmloseste seiner Spiele.

»Sie bringen sich nicht um, diese Menschen, aber sie hängen nicht am Leben wie unsereiner. Sie sind leichtsinnig, sie fordern das Schicksal heraus.« Ihr Gesicht hatte einen leicht melancholischen Zug, fand ich, als wäre sie insgeheim nur zu gern selbst so ein Mensch gewesen.

»Ihr wißt doch, wie Carmen, die an die gefährlichsten Orte geht und sich immer mit den gefährlichsten Männern einläßt.« Wir wußten es nicht. Zumindest ich hatte zu diesem Zeitpunkt noch nie *Carmen* gehört, nicht einmal auf Platten. »Und zum Schluß müßte sie nicht sterben, es wäre ohne weiteres vermeidbar, aber das läßt ihr Stolz nicht zu, und was wäre ihr im Grunde auch noch geblieben im Leben?«

Wollte Felicity damit sagen, daß es sich so mit Silas verhielt? Und wenn man die Analogie mit *Carmen* so weit führt, wie sie es tat, bis zum Ende des letzten Aktes – was wollte sie andeuten?

Silas habe gern Erschießungskommando gespielt, sagte sie. Es kam nie so recht heraus, ob sie sich an diesen Spielen beteiligt oder nur davon gehört hatte. Falls sie dabeigewesen war, hatte ich Verständnis dafür, daß der ziemlich sittenstrenge, hochkirchlich-anglikanische Esmond Thinnesse nichts davon erfahren sollte und sie sich deshalb nicht traute, es uns zu erzählen. Dafür erzählte sie uns, daß Silas sich von seiner Freundin – in diesem Falle wohl Bell – knebeln und fesseln ließ, nachdem er eine seiner Schußwaffen, den Colt oder die Flinte, geladen hatte, ohne ihr zu verraten, welche es war. Dann forderte er sie auf, sich eine Waffe auszusuchen und auf ihn zu schießen wie das Mitglied eines Erschießungspeletons. Natürlich waren weder Bell noch ihre Vorgängerinnen im Schießen versiert. Er hatte ihnen die Grundkenntnisse beigebracht, mehr nicht. Felicity erzählte, nach dem Ende ihrer Affäre mit Silas habe sie ihn einmal mit dem Arm in der Schlinge getroffen. Ein Streifschuß, hatte er gesagt. Demnach hatte sich eine der Frauen für die richtige (oder die falsche) Waffe entschieden, aber der Schuß war danebengegangen.

Er schoß nie auf Vögel oder Tiere, das interessierte ihn nicht, und er war Vegetarier. Ein anderes Spiel bestand darin, daß er seine jeweilige Freundin Übungen im Scheibenschießen veranstalten ließ, und in dem Augenblick, wenn sie (ich glaube, zumindest einmal war es Felicity selbst) zielte und abdrückte, warf er sich vor die Scheibe. Er hatte seine Freude an ihrem blanken Entsetzen, ihrer Fassungslosigkeit, ihren Schreien.

»Und so etwas hat er beim letzten Mal auch gemacht?« fragte Cosette

»Ich weiß es nicht. Ich glaube, das weiß keiner.«

»Diese Bell muß es wissen.«

»Wenn sie es weiß, wird sie es nicht sagen, glaube ich.«

Wir gingen durch Sturm und Dunkelheit zum Cottage hinüber, Esmond, Bell und ich. Kann es an einem Dezembertag um vier wirklich so dunkel gewesen sein? In meiner Erinnerung ist es dunkel, es gab mir einen Ruck, als ich sah, daß das Cottage im Dunkeln lag, daß Bell das Licht nicht hatte brennen lassen. Sie hatte auch die Tür nicht abgeschlossen, sondern nur zugezogen, so wie man es auf Thornham Hall mit der Haustür hielt. Wir traten ein und machten Licht, und vor uns auf dem Boden lag Silas Sanger und war tot.

Ich glaube, Esmond merkte erst jetzt, daß ich mitgekommen war. Niemand hatte ein Wort gesprochen, seit wir das Herrenhaus verlassen hatten. Er wandte sich mir zu und sagte, ich dürfte eigentlich gar nicht hier sein, dürfte solche Dinge gar nicht sehen, oder etwas in diesem

Sinne. Aber da war es schon viel zu spät. Ich hatte es gesehen, und Esmond hatte es gesehen und war sehr blaß geworden.

Es hätte schlimmer sein können, ich weiß, daß mir dieser Gedanke durch den Kopf ging. Silas' Gesicht war unversehrt. Er hatte sich durch den Hals geschossen und dabei, wie sich später herausstellte, die Wirbelsäule durchtrennt. Er lag in einer Blutlache, und sein Gesicht erinnerte mich an die vielen Bilder, die es von Johannes dem Täufer gibt oder vielmehr von seinem Kopf in einer Schüssel mit Blut, die Salome in der Hand hält. Sein Gesicht hatte einen durchsichtigen, grünlich-weißen Ton, die Lippen waren farblos, das rotbraun gelockte Haar, der Schnurr- und Kinnbart wirkten sehr weich und irgendwie jung. Ich glaubte, diesen Toten mit Distanz, ganz einfach mit teilnahmsvoller Neugier, ohne körperlichen Widerwillen betrachten zu können. Das glaubte ich, bis mir die Knie weich wurden und eine schreckliche Schwäche mich überkam. Die anderen beiden merkten wohl nichts davon. Ich setzte mich und atmete tief, die Augen fielen mir zu, und ich hörte Esmond fragen: »Was ist passiert?«

»Er hatte mit dem Colt gespielt. Der liegt jetzt auf dem Boden, im ... im Blut. Er sagte, er würde einmal schießen, aus dem Fenster. Er wollte sehen, was passiert. Er wollte wohl sehen, ob ihr aus dem Haus kommen würdet.« Als Felicity uns später von Silas' Spielen erzählte, kam auch heraus, daß sein wahlloses Herumballern mit dem Colt und der Flinte der Grund für das Zerwürfnis zwischen ihm und den Thinnesses war. Esmond war entsetzt gewesen, er hatte keine Ahnung von Silas' Neigungen gehabt. Silas mußte weg, und zwar sofort. Der Haken war, daß er und Bell nicht wußten wohin. Und so war es jetzt auch bei ihr: Sie wußte nicht wohin. »Da bin ich nach oben gegangen«, sagte sie. »Der Mistkerl hat nicht aus dem Fenster geschossen. Er hat russisches Roulette gespielt.«

Sie war sehr ruhig. Es war vielleicht Verzweiflung. Sie setzte sich auf den einzigen noch freien Stuhl im Zimmer, sah mich an und schlug, wie man so sagt, die Augen gen Himmel, unter den gegebenen Umständen eine seltsam unzulängliche Geste. Sie war an diesem Tag in Braun- und Grautöne gekleidet – Bell trug nie das, was andere Leute trugen, ein paar Jahre später allerdings sollte ihre Art sich zu kleiden bei den Alternativen große Mode werden –, in der stengelschmalen Taille hielt etwas, was aussah wie ein Kofferriemen, die gebauschten Stoffbahnen zusammen. An ihrem linken Ärmel war Blut.

»Deck ihn zu«, sagte sie zu Esmond.

Esmond sah sich suchend im Zimmer um. Es war ein dürftig möblierter, schmuddeliger kleiner Raum mit Linoleumboden und Teppichbodenresten, die als Brücken dienten, zwei Stühlen mit gerader Lehne und einem Roßhaarsofa, einem Klapptisch mit einem kaputten Bein und einem Blumentopf als Stütze. Auf Backsteinen liegende Bretter dienten als Bücherbord. Über der Sofalehne hing ein Schultertuch, handgehäkelt in Schlamm- und Granitfarben, das offenbar Bell gehörte, und damit deckte Esmond die Leiche zu, womit er sich später einen Verweis der Polizei einhandelte. Aber mit einem Schlag war alles besser, nicht gerade so, daß die Stimmung sich gehoben hätte, dennoch war es wie ein Seufzer der Erleichterung. Jetzt, da das Gesicht, der schreckliche Hals verhüllt waren, konnte man die Augen wieder offenhalten, konnte durchatmen.

»Du kommst am besten mit zu uns«, sagte Esmond zu Bell. »Elizabeth bringt dich hinüber, ich warte hier.«

»Ich bleibe«, sagte sie.

Ich ging allein zurück, und ein paar Minuten danach kam die Polizei. Als ich Cosette all das erzählte, fragte sie, wie Bell aussah und wie alt sie war. Mir fiel auf, daß sie sich neuerdings sehr für das Alter anderer Frauen interessierte.

»Wie eine Schauspielerin aus einem Bergman-Film.«

Cosette mißverstand mich, und damit verriet sie ihr Alter, ließ erkennen, was sie in ihrer Jugend beschäftigt hatte. »Ah ja. *Intermezzo. Casablanca.*«

»Ingmar«, sagte ich. Es war das Zeitalter des Regisseurs. Kein Mensch kannte mehr die Namen von Hauptdarstellern. »Wie eine schwedische Schauspielerin, groß und dünn und mit langem Hals, aber sehr weichen Zügen, einer kleinen geraden Nase und vollen Lippen, großen Augen. Sehr viel staubighelles Haar. Fünfundzwanzig, würde ich sagen.«

»So jung?« sagte Cosette.

Bell sei sehr jung für all das, was sie schon erlebt hatte – so deutete ich den Satz, und vielleicht hatte sie es wirklich so gemeint. Aber ich glaube, von da ab war Cosette immer mehr von dem Problem des Älterwerdens besessen. Es war, als habe sie ihr Leben oder den größten Teil ihres Lebens verschlafen und beim Aufwachen festgestellt, daß es unwiderruflich dahin war. Auf ihrem Gesicht erschien jener Ausdruck leiser Schwermut. Es war nicht Trauer um Douglas, es war nur zu einem geringen Teil ein Erschlaffen der

Gesichtsmuskeln. Das kam später. Es war ein Wandel, den dieses Erwachen mit sich gebracht hatte. Ich glaube, sie stellte sich Bell vor und dachte bei sich, wenn man wieder fünfundzwanzig und groß und schön sein könnte, ließe sich auch das größte Leid und Unglück, die größte Armut und Not ertragen. Aber natürlich weiß ich nicht, was sie dachte, ich kann es nur raten, nur im Lichte der späteren Geschehnisse Vermutungen über sie anstellen.

»Und am nächsten Tag haben sie euch heimgeschickt«, sagte sie.

»Ja, aber das ist ja verständlich. Wir waren ihnen im Wege. Sie haben alle heimgeschickt und haben Bell ins Haus genommen, und ich glaube, sie waren sehr nett zu ihr.«

»Es hat doch sicher eine gerichtliche Untersuchung stattgefunden.«

»Ich weiß nicht. Vielleicht. Doch, natürlich. Sie hat uns später erzählt, wie es sich abgespielt hat. Sie weigerte sich, bei ihm zu bleiben, als er anfing, mit der Waffe herumzuspielen. Sie ging nach oben und setzte sich in das Zimmer, in dem seine Bilder waren. Es muß sehr kalt gewesen sein, das Cottage war eisig, sie hatten nur Ölöfen zum Heizen. Er hatte getrunken, das Zeug, das er gewöhnlich trank, billigen Wein mit Methylalkohol. Sie erzählte es uns sehr sachlich. Uns allen, Elsa und Paula meine ich und Felicitys Schwester und Schwager, es störte sie nicht, daß wir ihr ja immerhin ganz fremd waren.

Sie saß also oben und sah sich seine Bilder an. Offenbar machte sie sich Hoffnungen, etwas von den Sachen verkaufen zu können, auch wenn er entsetzt gewesen wäre von dem, was sie vorhatte. Sie wollte ein paar Landschaften ins Pub bringen und dort fragen, ob sie sie aufhängen würden, vielleicht hätte ein Gast fünf Pfund für die eine oder andere gezahlt. Sie waren offenbar bettelarm, sie hatten nicht einmal genug zu essen, nur seinen Wein, den hatte er immer. Ja, an diese Dinge also dachte sie dort oben, als sie hörte, wie der Colt losging, sie hörte einen Schuß. Das war nichts Ungewöhnliches, wohl aber das, was danach kam. Sie hörte eine Art Gurgeln, ein schauerliches Geräusch, sagte sie, ein Mittelding zwischen einem Stöhnen und einem Gurgeln. Sie ging hinunter, und da lag er, und wenn er eine halbe Minute zuvor vielleicht auch noch gelebt hatte – als sie dort ankam, war er tot.«

Keine sehr glaubhafte Geschichte, nicht wahr? Ich aber glaubte sie damals, und auch Cosette glaubte sie. Es war nicht Cosettes Art, eine Frage zu stellen, wie sie mir Elsa ein paar Monate später stellte: Warum konnte Bell sich nicht, wenn sie so arm waren, eine Arbeit suchen? Damals gab es – anders als heute – durchaus offene Stellen. Aber soviel ich weiß, war Bell weder damals noch später jemals berufstätig. Etwas Erstaunliches geschah, so daß sie nicht unbedingt auf eine Berufstätigkeit angewiesen war: Wenige Stunden vor Silas' Tod war sein Vater an einer Herzkrankheit gestorben. Er war nicht reich, er besaß keine Ersparnisse, aber das Haus, in dem er wohnte, war sein Eigentum. Er hatte zwar kein Testament gemacht, aber er war Witwer und Silas sein einziges Kind. Das Haus fiel automatisch Bell zu, denn Silas und Bell waren verheiratet gewesen, sie war ebensogut seine Frau, wie Felicity Esmonds Frau war. Sie verkaufte das Haus für zehntausend Pfund und legte die Summe an, so daß sie gerade genug zum Leben hatte, gerade genug, um sich mit knapper Not ohne Arbeit durchzubringen.

All das lag in der Zukunft, ich wußte nichts davon, als ich Cosette meine Geschichte erzählte. Ich erwartete ein Urteil von ihr, ein Resümee. Das wollte ich mir anhören, wollte über ihre Schlußfolgerungen diskutieren und ihr dann (mit der Begründung, es sei gut für meine Psyche), falls ich in der richtigen Stimmung war, Frage Nummer Fünf aus Felicitys Quiz anvertrauen, mein albernes Zittern, mein jähes Entsetzen beichten. Als Cosette anfing, von sich zu sprechen, war das fast ein Affront. Und statt sich zu dem vermutlichen Schicksal von Bell oder den absonderlichen Gedankengängen eines Mannes zu äußern, der mit seiner Frau Erschießungspeleton spielt, sagte sie:

»Ich habe ein Haus gekauft.«

Das war nicht weiter verwunderlich, es war nur das, was alle früher oder später von ihr erwartet hatten. Ich sah sie fragend an.

»Ich habe ein Preisangebot gemacht, ehe ich nach Barbados geflogen bin.«

Sie konnte manchmal sehr kindlich aussehen, wie ein kleines Mädchen, das Schelte erwartet. Wo dieses Haus sei, wollte ich wissen.

»In London.« Sie wohnte auch jetzt schon in London. Ich wartete. »In Notting Hill. Es wird dir gefallen. Es ist groß und hoch, fünf Stockwerke, die Treppe hat 106 Stufen, ich habe sie gezählt. Ich nenne es das Haus der Stufen.«

Ich muß recht verständnislos dreingeschaut haben. Das

alles war irgendwie paradox, paßte so gar nicht zu Cosette, der zwei Wochen in einem warmen Klima ein rotes Gesicht eingebracht, aber nichts von ihrem Gewicht genommen hatten. Sie trug eins ihrer Baumwollzelte und hatte das Haar hochgesteckt wie Bell, aber bei ihr sah es nicht nach Fragonard, sondern nur unordentlich aus. Die fleischfarben getönte transparente Fassung ihrer Brille war mit einem Stück Heftpflaster geflickt. Und ich dachte nur: Wie will sie bloß diese vielen Stufen schaffen?

»Dann hast du es nicht mehr so weit, wenn du mich besuchst«, sagte sie.

»Notting Hill?« wiederholte ich. Der Bezirk war – zumindest in seinem nördlichen und westlichen Teil – heruntergekommen, schäbig, schmutzig und gefährlich. Das große Straßenfest, das seit einiger Zeit dort jedes Jahr gefeiert wurde, führte zu Krawallen, die Erinnerungen an die gewalttätigen Unruhen der fünfziger Jahre aufkommen ließen. Ich fragte, weshalb sie ausgerechnet dort wohnen wolle.

»Weil es die günstigste Gegend ist«, sagte sie naiv. »Wo die Bohemiens wohnen.«

»Und weshalb willst du ein so großes Haus?«

»Ich werde dort sicher nicht allein sein, jedenfalls nicht oft. Ich werde Besuch haben.« Sie sah mich jetzt unruhig an, zweifelnd, Bestätigung heischend. »Meinst du nicht?«

Was für Besuch? Dawn Castle und ihren Mann? Maurice Bailey, den alternden Präsidenten der Wellgarth Society? Ihre Brüder? »Das möchte ich doch annehmen. Wenn du sie einlädst. Sie rechnen alle damit, daß du dir eine Wohnung oder einen Bungalow nimmst.«

»Es gibt viele junge Leute in dieser Gegend«, sagte Cosette.

Das schien mir unerheblich. »Aber was willst du tun?« fragte ich.

»Leben«, sagte Cosette lächelnd, und dann, vielleicht weil ihr das zu hochgestochen vorkam, fügte sie hinzu: »Ich meine, ich werde einfach dort leben und ... und abwarten.«

Es ist lächerlich, mit welcher Unruhe ich auf Felicitys Anruf warte. Ich warte mit der atemlosen Spannung einer Frau, die auf den Anruf eines wankelmütigen Liebhabers hofft. Was ist, wenn sie anruft, während ich nicht da bin? Ob sie es dann noch einmal versucht? Ich mag es nicht riskieren und kann infolgedessen das Haus nicht verlassen. Das wäre eine gute Gelegenheit, an dem Buch weiterzuarbeiten, das ich gerade schreibe, und ich kann zumindest festhalten, daß ich den ganzen Tag – mit wenigen Unterbrechungen – an der Schreibmaschine gesessen habe. Und das eingespannte Blatt ist nicht leer. Allerdings ist das, was draufsteht, wahrscheinlich absoluter Unsinn, so daß ich die ganze Arbeit noch einmal machen muß. Text und Inhalt, Thema und Handlung und Figuren vermögen mich nicht von Bell abzulenken. Und als ich meine Bemühungen schließlich einstelle – dabei bleibe ich aber vor der Schreibmaschine sitzen und lasse den Blick von Cosettes Achatdose über den seltsamen Heidewurzel-Brieföffner zu Douglas' alter Remington wandern, auf der ich meine ersten Bücher getippt habe (mit wieviel Hingabe, mit wieviel Schwung!) –, als ich nicht mehr an meine Arbeit denke und statt dessen versuche, mich meines ersten Besuches in dem

Haus am Archangel Place zu erinnern, in das Cosette mich an einem bitterkalten Februartag mitnahm, kann ich mich nicht konzentrieren, und auch dieser Versuch schlägt fehl.

Die Erinnerung an das Haus der Stufen an jenem Tage, an die eiskalt gähnenden Räume, die an dem gewundenen Treppenhaus saßen wie Blätter an einem gekrümmten Zweig, weckt keine weiteren Gedanken an Tun und Treiben, an nachfolgende Veränderungen, an die Menschen, die ins Haus kamen, an Cosettes »Salon«. Meine Gedanken kreisen ausschließlich um Bell. Ich denke an sie, wie ich sie in der ersten Zeit sah oder vielmehr, ich denke an das, was ich über sie hörte, was Elsa und Felicity mir erzählten, denn über ein Jahr verschwand sie ganz aus meinem Leben.

Damals aber, nachdem Silas mit dem bewußten Schal zugedeckt worden war (den Bell später ungerührt weitertrug), ging ich wieder ins Herrenhaus und ließ Bell und Esmond Thinnesse allein zurück. Und viel später, nach mehreren Stunden, nachdem die Polizei dagewesen war und ein Arzt und alle möglichen polizeilichen Hilfskräfte, kam Esmond mit Bell, und sie betrat den Salon, wo wir zusammensaßen. Die Befangenheit, die alle empfanden, war fast mit Händen zu greifen. Alle – bis auf mich und Felicity, für die das Wort Befangenheit ein Fremdwort ist, und Elsa. Ich merkte, daß die anderen überlegten, worüber sie reden, wie sie den Rest des Abends verbringen sollten, nachdem nun Bell gekommen war. Sie hätten sich keine Sorgen zu machen brauchen. Bell stand da und sagte mit kalter, verächtlicher Stimme, einer Stimme, die das, was sie sagte, ad absurdum führte: »Es tut mir leid, daß ich der Anlaß von so viel Unruhe bin.«

Eine seltsame Feststellung, nicht wahr? Gewiß war doch der arme tote Silas der Anlaß, er und seine Tat. Unvermittelt drehte sie sich um und ging nach oben. Felicity war später genötigt, ihr nachzugehen und zu fragen, ob sie irgend etwas haben wollte, etwas zu trinken beispielsweise oder etwas zu essen, etwas von den kalten Resten vom Weihnachtsmahl, in denen wir unten zum Abendessen herumstocherten. Bell schlug alles aus. Am nächsten Tag kam die Polizei wieder, und nachdem sie lange mit einem Polizeibeamten unter vier Augen in Esmonds Arbeitszimmer gesprochen hatte, kam sie zu uns herein.

Sie war ganz in Schwarz. Später erfuhr ich, daß sie häufig Schwarz trug, es war kein Zeichen der Trauer um Silas. Ich hatte noch nie einen Menschen wie sie kennengelernt, noch nie hatte ich diese Mischung aus gleichmütiger Selbstsicherheit und tragischer Pose erlebt. Mitleid mit ihr empfand ich nie, obgleich das wohl nahegelegen hätte. Immerhin war sie Witwe, hatte erst am Vortag ihren Mann unter gewalttätigen, entsetzlichen Umständen verloren. Ich empfand nur Bewunderung, es war eine Art Heldenverehrung, wie ich sie das letztemal vor gut sieben Jahren bei einer heftigen Schwärmerei für meine Musiklehrerin erlebt hatte. Ich hätte mir sehr gewünscht, daß wir zusammen irgendwohin gehen und reden könnten. Ich wäre gern bei ihr gewesen, allein mit ihr, um mit ihr zu reden, um mehr über sie zu erfahren und um ihr von mir zu erzählen.

Natürlich ging das nicht an. Elsa und ich mußten zurück nach London, in einer halben Stunde würde uns Esmond nach Debden fahren, zur Untergrundbahn. Felicitys Schwester mit Mann und Kindern, die mit dem Wagen gekommen waren, hatten sich schon auf den Weg gemacht und Paula und ihre Tochter mitgenommen. Bell trat an den Sessel heran, in dem Felicity saß, den kleinen Jeremy auf dem Schoß. Sie legte die Hände leicht auf die Sessellehne, den Kopf hoch erhoben, das üppige, wirre, helle, stumpfmessingfarbene Haar zu einem Zopf geflochten und auf dem Kopf mit einem Stück Bindfaden festgebunden. Ohne Felicity anzusehen, den Blick auf die Deckenstukkatur, die Bilderleiste, die kunstreich gearbeiteten Fensterlaibungen gerichtet, fragte sie, ob sie noch eine Weile auf Thornham bleiben könne.

»Nicht im Haus. Im Cottage. Nur so lange, bis ich was gefunden habe.«

»Aber ja, Liebes«, setzte Felicity an. »Natürlich, es würde mir doch gar nicht einfallen –« Aber Bell sagte: »Ich weiß, daß Esmond mich nicht mag. Ich weiß, daß ihr alle mich nicht mögt.« Bildete ich es mir nur ein, oder ruhte ihr schweifender Blick einen Augenblick auf mir, und wurde ihr Gesicht ein wenig weicher, als nähme sie mich von dieser Aussage aus? »Aber ich weiß sonst nicht wohin«, sagte sie.

Sie stand in dem Ruf kompromißloser Aufrichtigkeit. Auf dem Weg zum Bahnhof sagte Esmond zu uns: »Es stimmt schon, ich mache mir nicht viel aus ihr. Ihn mochte ich nicht, das sage ich ganz ehrlich. Aber eins muß man Bell lassen, sie ist kompromißlos aufrichtig. Einer Täuschung ist sie einfach nicht fähig.«

Es ist aufschlußreich, wie so ein Ruf entstehen kann. Dabei handelt es sich um eine Verwechslung zweier unterschiedlicher Möglichkeiten, die Wahrheit zu sagen: dem

Dartun von Meinungen und Grundsätzen und der Berichterstattung über geschichtliche Abläufe. Was Gegenstände und ihren eigenen Standpunkt betraf, äußerte sich Bell stets rückhaltlos offen. Sie hätte es nie fertiggebracht, etwas der Höflichkeit oder den gesellschaftlichen Konventionen zuliebe zu sagen, daß etwas sie freute, wenn das nicht der Wahrheit entsprach, daß sie etwas oder jemanden mochte, wenn das nicht der Fall war, oder daß ihr etwas nichts ausmachte, wenn es ihr in Wirklichkeit gegen den Strich ging. Und aufgrund dieser allbekannten Aufrichtigkeit ging jedermann davon aus – nein, hielt es für selbstverständlich –, daß sie auch die reine, glasklare Wahrheit sagte, wenn sie von sich selbst, von ihrem Tun und Treiben, von ihrer Vergangenheit erzählte. Ich sollte erfahren – und es war eine schmerzliche Lektion –, daß Bell in Wirklichkeit eine der großen Lügnerinnen dieser Welt war, ein Mensch, der freiwillig und (wie ich meine) aus schierer Lust am Lügen die Unwahrheit sprach.

Damals sagte sie zu Felicity, sie wisse nicht wohin, und nachdem Felicity zunächst nach Leibeskräften die schlichte Wahrheit geleugnet hatte, daß Bell in Thornham nicht sehr gern gesehen war, bot sie ihr das Cottage mietfrei an, solange sie es brauchte. Bell nickte und sagte danke, sie hatte eine Art, sich in solchen Fällen sehr lakonisch zu äußern, als sei wenig Grund zur Dankbarkeit vorhanden.

»Was ist mit dem Blut?« fragte sie.

Felicity unterdrückte nur mit Mühe einen Schrei. Sie legte die Hand über den Mund. Jeremy sperrte sein Mäulchen auf und machte große Augen.

»Irgend jemand muß es wegmachen.«

»Darum wird sich die Polizei kümmern, Bell«, sagte Esmond. »Das kannst du getrost der Polizei überlassen.«

Das war, wie gesagt, für zwei Jahre das letztemal, daß ich sie sah. Elsa erzählte mir, sie habe keine Angehörigen, die sie hätten aufnehmen können. Ihre Eltern seien tot. Sie hatte keinen Beruf, keine Ausbildung, seit ihrem neunzehnten Lebensjahr hatte sie Silas Sangers kümmerliches Leben geteilt und das, was er ihnen als Heim hatte bieten können: ein Häuschen, eigentlich mehr eine Kate, auf einem Gut im schottischen Hochland, ein Zimmer in Südlondon, eine Remisendachkammer in Leytonstone, schließlich dieses Cottage bei den Thinnesses. Als sie erfuhr, daß sie das Haus von Silas' Vater geerbt hatte, zog sie aus Thornham weg in dieses Haus, in dem sie eine Weile wohnte, um es dann zu verkaufen und sich mit dem Erlös ein dürftiges Ein- und Auskommen zu sichern. Sie verließ den Orbit von Esmond und Felicity und der sie umkreisenden kleineren Monde wie Elsa und Paula und war längere Zeit in den zahllosen Galaxien verschollen, aus denen die Londoner Jugend Ende der sechziger Jahre bestand.

Während ich auf das Läuten des Telefons warte, kommt mir der Gedanke, daß mich vielleicht Bell selbst anruft. Wenn das Telefon läutet, ist es am Ende nicht Felicity, deren Stimme ich herbeigesehnt hatte, sondern Bell, eine weit wertvollere Beute. Unter Streß führe ich, wenn ich allein bin, laute Selbstgespräche. Macht das eigentlich jeder? Tun Sie es?

Bist du verrückt? frage ich mich laut. Bist du verrückt, daß du es dir so zu Herzen nimmst, daß du dich so sehnst? Was willst du eigentlich, was erwartest du nach so langer

Zeit, nach dem wenigen, was du je bekommen hast, nach dem, was du alles weißt? Bist du denn wahnsinnig geworden?

Aber ich denke diesen Gedanken nicht weiter. Wahnsinn – das ist ein Wort, das man in unserer Familie nicht einfach so dahinsagt, mit dem man nicht leichtfertig umgeht, denn es betrifft ja auch uns, zielt auf die schizoiden Wahnvorstellungen, die Teil unserer Erblast sind. Ich denke den Gedanken nicht weiter, und als es spät wird, so spät, daß eigentlich kein Anruf mehr zu erwarten ist, viel zu spät für Felicity, wird mir seltsamer- und unerwarteterweise leichter ums Herz.

6

Wenn wir Gestalten durch unsere Träume gehen sehen, können wir – so meinen die Anhänger Jungs – nur von uns selbst zweifelsfrei sagen, um wen es sich handelt. Als ich das zum erstenmal las, hätte ich es am liebsten leidenschaftlich bestritten, denn war mir nicht häufig Bell in meinen Träumen begegnet? Und Cosette und ein-, zweimal sogar Mark? Doch dann begriff ich, daß es in Wirklichkeit nicht sie gewesen waren, sondern nur Phantasiefiguren, die Aspekte dieser Menschen zeigten, die oft Metamorphosen unterworfen waren und sich in Fremde oder halb vergessene Bekannte, ja sogar in Tiere verwandelten. Wenn man bedenkt, wie wenig wir wirklich von denjenigen wissen, die uns am nächsten stehen, ist das kein Rätsel, sondern ein Wink, nicht voreilig Mutmaßungen über das Wesen anderer anzustellen und uns nichts auf unser Wissen um das Menschenherz einzubilden.

So träumte ich denn in der vergangenen Nacht nicht von Felicity, sondern von einer Frau, die – und zwar nicht lange! – wie Felicity aussah und sprach; von einer Person, die, nachdem sie mich in den grauen Garten am Archangel Place geführt hatte, den Kopf wandte und mir ein verwandeltes Gesicht zeigte, das Gesicht eines Menschen, den ich nicht benennen kann, dennoch aber mit jener Zeit in Verbindung bringe und von dem ich kaum sagen könnte, ob es das Antlitz eines Mannes oder einer Frau war. Vorher waren wir zusammen im Haus der Stufen gewesen, und Felicity hatte die Quizbogen von Cosettes Tisch genommen. Einige waren unberührt, manche halb ausgefüllt. Sie sagte etwas, was ich aus jener Zeit nicht in Erinnerung habe – und hätte sie es gesagt, so wäre es mir in Erinnerung geblieben: »Die Frau ist wirklich dumm wie Bohnenstroh, sie hält Chorea Huntington für ein Geographiebuch. Wahrscheinlich bildet sie sich ein, daß dort vor dem Ufer die Langerhansschen Inseln liegen.« Freuds Traumtheorie ist viel verspottet worden. Niemand aber bestreitet, daß es ein kluger Vorschlag von ihm war, unsere Träume, wenn wir versuchen wollen, sie zu verstehen, gleich nach dem Aufwachen schriftlich festzuhalten und zu diesem Zweck Papier und Bleistift griffbereit ans Bett zu legen. Im Traum tat mir Felicitys Bemerkung, die mich sehr getroffen hätte, wenn ich wach und Felicity Realität gewesen wäre, nicht weh. Im Traum amüsierte sie mich, und ich beeilte mich, sie aufzuschreiben. Dann dachte ich an das, was noch in dem Traum gewesen war, wie sie und ich in den grauen Garten gegangen waren, dessen Pflanzen größer und üppiger waren als in meiner Erinnerung, in dem selbst die Blumen nicht gelb waren oder weiß, sondern von einem metallischen Silbergrau. Wir sahen an der Rückwand des Hauses hoch, es war ein hohes Haus mit fünf Stockwerken und Souterrain, aber im Traum war es noch höher, war zu einem Turm geworden, dessen Spitze sich halb in dem verhangenen Londoner Himmel verlor.

Doch es waren die gleichen Fenster, überbreite Öffnungen, je eine auf den vier mittleren Stockwerken, mit den verglasten Doppeltüren, die auf schmale Balkone mit niedrigen, verputzten Mäuerchen hinausgingen. Im Souterrain und unter dem Dach gab es nur lange, schmale Schiebefenster. Es war nicht Mark, der aus meinem früheren Zimmer auf den Balkon im vierten Stock trat, es war nicht Bell und auch nicht Cosette. Die Gestalt, die dort oben stand und sich gefährlich weit über die Brüstung lehnte, war ein Kind, das mir unbekannt war, das aber Felicity, oder vielmehr die Frau, die mir ihr plötzlich verändertes Gesicht zugewandt hatte, als eins der ihren erkannt hatte. Sie rief dem Kind zu, es solle sich vorsehen, es solle zurücktreten.

»Geh zurück, geh zurück, gleich fällst hinunter!«

Und jetzt lese ich das, was ich über meinen Traum aufgeschrieben habe, unter anderem eben auch Felicitys Bemerkung, die mir nicht mehr so geistreich, nicht mehr so witzig vorkommt wie zuerst. Auf dem gleichen Zettel steht Bells Telefonnummer, die Felicity mir gab, als sie heute vormittag anrief und sich mit ihrem munteren: »Hallo, grüß dich!« meldete.

Ich stellte ihr eine Frage, die ich gestern nicht über die Lippen gebracht hatte. (Wieviel Freude geht uns doch durch Feigheit verloren ...) Ich fragte sie, warum Bell sie angerufen hatte.

»Ach, ich dachte, das wüßtest du, Elizabeth. Habe ich es dir nicht gesagt? Sie wollte deine Nummer haben.«

Eine Freude, in der Tat. Sofort machte ich mir Vorwürfe wegen dieses jähen Glücksgefühls. Ich müßte es besser wissen. Hatte ich denn gar nichts gelernt in den langen Jahren, nach so vielen Freundschaften und einer Ehe und anderen Beziehungen?

»Hast du sie ihr nicht gegeben?« Aber dann fiel mir ein,

daß Felicity meine Nummer gar nicht haben konnte. Wir haben lange nicht mehr miteinander gesprochen, obschon man wohl zu Felicitys Gunsten sagen muß, daß es einem so lange gar nicht vorkommt, daß sie, so sehr sie einem auch auf die Nerven gehen kann, die Gabe besitzt, die Zügel der Freundschaft wieder aufzunehmen und fröhlich weiterzukutschieren, als habe es die Zeit dazwischen gar nicht gegeben. »Nein, richtig, das ging ja gar nicht. Ich stehe noch unter dem Namen meines Mannes im Telefonbuch, und mein Verlag rückt die Nummer nicht heraus.«

»Da habe ich es gar nicht versucht. Ehrlich gesagt wäre ich gar nicht auf die Idee gekommen, daß du ausgerechnet mit Bell wieder Kontakt aufnehmen möchtest. Nach allem, was geschehen ist.«

Mit einigen Stunden Verspätung geht mir auf, daß sie glaubt, ich sei in Mark verliebt gewesen. Vielleicht stand sie mit dieser Meinung nicht allein, vielleicht haben sich damit auch andere meine Niedergeschlagenheit, meine Abkapselung erklärt. Ich betrachte die bewußte Nummer, die Maida-Vale-Nummer, unternehme aber nichts weiter, ich sehe sie mir nur an. Seltsamerweise liegt mir im Augenblick nichts ferner, als diese Nummer zu wählen, als mit Bell zu sprechen. Ich bin so beglückt von dem Wissen, daß sie meine Nummer haben wollte, daß sie Felicity nur angerufen hat, um sie nach meiner Telefonnummer zu fragen, daß es mich nicht drängt, mehr zu unternehmen. Noch nicht. Hier in meinem Arbeitszimmer, vor meiner Schreibmaschine, empfinde ich etwas von dem, was ich im Haus der Stufen empfand, wenn ich – was selten vorkam – die Zigaretten rauchte, die mir Bell, am Fenster stehend, reichte.

Mir ist harmonisch und heiter zumute, es gibt kein Morgen, oder wenn es eins gibt, hat es keine Bedeutung, es gibt nur das immerwährende, köstliche, friedvolle Jetzt.

Und da stellt sich wie von selbst die Erinnerung an Cosette ein.

Sie hatte nicht die Absicht, allein im Haus der Stufen zu wohnen. Sie wollte Auntie mitnehmen und Dawn Castles Tochter Diana.

Wenn ich bisher noch nicht von Auntie gesprochen habe, dann nicht deshalb, weil sie mir unbekannt gewesen wäre oder nur eine kleine Rolle in Cosettes Leben gespielt hätte, sondern weil sich so schwer etwas über sie sagen läßt. Sie war ein Nichts, eine alte Dame, die keinen eigenen Charakter, keine eigene Meinung zu haben schien, ohne ausgeprägte Abneigungen, aber auch ohne besondere Freude an irgend etwas. Ihren Vornamen habe ich nie erfahren. Cosette nannte sie immer Auntie, obgleich sie nicht ihre Tante war, sondern, wenn ich mich recht erinnere, die Cousine ihrer Mutter. Von uns – der Jugend meine ich – wurde eigentlich erwartet, daß wir sie Mrs. Miller nannten, aber das hielt niemand lange durch, und sie wurde auch für uns »Auntie«. Für sie waren wir alle »Kindchen«, weil sie sich unsere Namen nicht merken konnte, nicht einmal den von Cosette.

Zwei, drei Jahre vorher hatte Auntie ein jämmerliches möbliertes Zimmer in einer heruntergekommenen Gegend Londons gehabt. Irgendwo in Kensal Rise, glaube ich. Von ihrem Hauswirt wurde sie unter Druck gesetzt, weil der das Haus leer haben wollte, um es zu verkaufen, und auch die im obersten Stockwerk lärmende Vier-Mann-Jazzband setzte ihr zu. Cosette hatte sich schon immer um sie gekümmert, ihr eine Art Taschengeld gezahlt, dafür gesorgt, daß jemand für sie einkaufte, war mit ihr spazierengefahren. Sie und Douglas retteten Auntie und kauften ihr eine winzige Einzimmerwohnung in Golders Green, ganz in der Nähe der Wellgarth Avenue. Aus dieser Wohnung holte Cosette sie heraus und verpflanzte Auntie nach Notting Hill.

Gründe dafür nannte sie nicht. Auntie hatte sich in ihrer neuen Wohnung offenbar ganz wohl gefühlt, obgleich man eigentlich nie so recht wußte, was sie empfand, und wenn Cosette von Golders Green nach Kensal Rise fahren konnte, um nach ihr zu sehen, hätte sie wahrscheinlich die Fahrt in umgekehrter Richtung ebensogut machen können. Wahrscheinlich meinte sie es einfach gut, ich kannte ja Cosettes Güte, sie war so allumfassend, daß man sie gar nicht mehr zur Kenntnis nahm, aber allmählich kam ich zu der Ansicht, daß noch etwas anderes dahintersteckte. Ich glaubte, daß Auntie im Haus der Stufen gebraucht wurde, weil ihr bei der Zurückeroberung von Cosettes Jugend eine bestimmte Rolle zugedacht war.

Aunties Anwesenheit störte mich nicht. Anders lag der Fall bei Diana Castle. Daß sie aufgefordert wurde, bei Cosette zu wohnen, daß Cosette ihr ein Zimmer anbot, darauf reagierte ich – leider, wie ich sagen muß – mit Eifersucht und Groll. Ganz unverständlich war es nicht. Ich hatte mir – ohne daß mir das so klar bewußt geworden wäre – Cosette zur Mutter erkoren, und zwar nicht erst seit dem Tod meiner leiblichen Mutter, sondern schon lange vorher. Natürlich hätte mir klar sein müssen, daß Dianas Anwesenheit meine eigene nicht ausschloß, daß ich stets willkommen war, daß in Cosettes Haus immer Platz für mich sein würde, daß Cosette wie selbstverständlich davon ausging und glaubte, mir ginge es ebenso, daß ihr Heim das meine war, wenn ich es zu dem meinen machen wollte.

Ich schmollte ein bißchen. Nach meinem Abschluß zigeunerte ich in Europa herum, lernte gleichgesinnte Nomaden kennen und beschäftigte mich im Geiste mit den Büchern, die ich schreiben wollte. Das erste entstand dann in Cosettes Haus, aber so weit sind wir noch nicht. Statt dessen machte ich ein einjähriges pädagogisches Aufbaustudium. Inzwischen bin ich froh darüber. Der Auslöser aber war, daß ich mich von Cosette schlecht behandelt fühlte, Auslöser war die Schmollphase.

Ich hatte das Haus der Stufen ein- oder zweimal gesehen und darauf so reagiert, wie man es füglich von meinem Vater oder Mr. Maurice Bailey hätte erwarten können. In meinen Augen war es ein großer, alter, schmutziger, kalter Kasten, die Treppe war eine halsbrecherische Plage, die Anordnung der Zimmer – die Küche war im Souterrain, die schönsten Wohn- und Schlafräume in luftiger Höhe – scheinbar so unbequem wie nur irgend möglich, die steilen Stufen und Fenster in hohem Maße gefährlich. Bei meinem zweiten Besuch war Cosette bereits eingezogen, sie bewohnte das Haus seit drei Wochen, aber die Einrichtung stand noch so herum, wie die Umzugsleute sie abgestellt hatten, die Kisten mit den Büchern, dem Porzellan, den Gläsern waren noch nicht ausgepackt, die Fenster hatten keine Vorhänge, und das Telefon war noch nicht angeschlossen.

Beim dritten Mal war alles anders. Ich war in der Welt herumgereist, und Cosette war tätig gewesen, obschon das nicht der richtige Ausdruck ist für einen Menschen, dessen größte Begabung stillvergnügtes Nichtstun ist. Andere waren für sie tätig gewesen: Perpetua, die ihr die Treue gehalten hatte und nun täglich mit dem Bus, dem Achtundzwanziger, angefahren kam, Jimmy, ihr Gärtner und Faktotum, ein Trupp von Teppichverlegern und Dekorateuren. Die Zimmer hatte sie nicht neu streichen lassen, das lehnte sie ab, und das etwas Verschossen-Abgebrauchte paßte zu ihnen und bewahrte sie vor einem Hochglanzlook à la *Houses and Gardens*, obgleich so etwas bei Cosette ohnehin kaum zu befürchten war. An den Fenstern aber prangten Vorhänge in Wildseide und Samt und Gehänge aus Perlenschnüren, die in allen Regenbogenfarben schillerten, wenn sie in Bewegung waren, und in Ruhestellung idyllische Landschaften mit einem Hauch von Ferne und Orient darstellten. Ich glaube, sie hatte vergessen, daß es Farben wie Braun, Beige, Ocker oder Grau gab. Das Haus leuchtete in sattem Blau und Rot und Purpur, in Smaragdgrün und strahlendem Weiß. Die Schneiderkostüme und die Baumwollzelte mit den Tischtuchmustern waren aus ihrem Kleiderschrank verschwunden. Als ich an jenem Tag ankam, als ich aufschloß mit dem Schlüssel, den sie mir geschickt hatte, und die jetzt mit einem blutroten Läufer ausgelegte Treppe hinaufstieg und sie oben an ihrem Tisch sitzen sah, trug sie gelbe Seide, auf der weiße Margariten und rote Rosen und grüne Farnwedel leuchteten. Und das war noch lange nicht die einzige Veränderung, die an ihr festzustellen war.

Sie streckte die Arme aus, und ich fiel ihr wortlos um den Hals. Daß sie mir den Schlüssel geschickt hatte, bewegte mich, hatte mich fast zu Tränen gerührt, soviel Vertrauen sprach daraus. Ich drückte Cosette an mich und fühlte ihre Wärme und roch ihr Parfüm und spürte, wie schmal sie unter der glatten Seide geworden war.

»Ich habe eine Schlankheitskur gemacht.«

»Man sieht's«, sagte ich.

»Der Arzt hat gesagt, ich soll abnehmen, wegen meines Blutdrucks.«

Sie warf mir einen schüchternen Blick zu und vermied, mir in die Augen zu sehen. Ich hatte das seltsame Gefühl, daß sie mir wohl die Wahrheit sagte, vielleicht aber nicht die ganze Wahrheit. Das war nicht der echte, nicht der ganze Grund für ihre Abmagerungsbemühungen.

»Du hast etwas mit deinem Haar gemacht.«

Cosette legte die Hand an die rötlich-braune Frisur. »Zuerst tönen sie es in deiner natürlichen Haarfarbe«, vertraute sie mir an, »und bei jedem Friseurbesuch hellen sie es um eine Nuance auf, bis es fast blond ist. Dadurch wird das Grau absorbiert, und man sieht es nicht mehr.«

»Ah ja«, sagte ich.

War das je ihre natürliche Haarfarbe gewesen? Gab es Leute, die so eine natürliche Haarfarbe hatten?

»Ich sehe zehn Jahre jünger aus, meint der Friseur.«

Ich hütete mich zu widersprechen, obgleich ich anderer Meinung war. Das seltsam kupfrige Rot ließ Cosettes Gesicht müde aussehen, was mir bei dem Grau nie aufgefallen war, und schlimmer noch, das Haar wirkte wie eine Perücke. Ich versicherte so überzeugend wie möglich, sie sähe sehr nett aus, es sei entschieden eine Verbesserung, und das schien sie zu freuen. Ich müsse mit nach oben kommen, sagte sie, ich müsse mir »mein« Zimmer ansehen, und ich erwartete fast, sie würde mit ungewohnter Behendigkeit aufspringen. Aber ihre Bewegungen waren lässig wie eh und je, als habe sie unbegrenzt Zeit zur Verfügung.

Wir stiegen die Treppe hinauf und warfen dabei einen Blick in die einzelnen Räume. Auntie lag draußen im Garten in einem Liegestuhl und schien zu schlafen. Ihr Reich war auf dem nächsten Stockwerk, ein großes Zimmer voll Alte-Damen-Krimskrams, ein komisches Radio aus den vierziger Jahren in poliertem Holzgehäuse, Silberpapierbilder und eine Collage von Sepiapostkarten, Häkeldeckchen auf den beiden Sesseln. An der Deckenlampe hing ein Fliegenfänger. Ich sah aus dem Fenster. Es ging nach hinten hinaus und war eine dieser breiten Öffnungen mit Doppelglastür und Balkönchen. Zwischen dem grauen Blattwerk sah Aunties Kopf ein bißchen aus wie eine weiße Chrysantheme. Sie hatte die Hände gefaltet und die Beine hochgelegt und von sich gestreckt. Hätte sie irgend etwas getan, hätte sie beispielsweise genäht oder auch nur gelesen, hätte ich mich wohl sehr gewundert. Sie tat nichts, sie war nur da und genoß, umgeben von grauem Laub, die milde Herbstsonne. Später erfuhr ich, daß der rauchfarbene Baum, der den Garten in getüpfelten Schatten tauchte, ein Eukalyptus war. Damals wußte ich das nicht. Ich hätte keine einzige Pflanze in diesem blassen, geisterhaften Garten beim Namen nennen können.

Cosette hatte mir ein Zimmer im nächsten Stockwerk zugeteilt, aber nach vorn hinaus. Es hatte einen der schon geschilderten venezianischen Erker. Ich merke, daß ich dauernd von Fenstern rede, als seien sie mir wichtiger gewesen als die Proportionen der Zimmer und ihre Größe. Das stimmt natürlich nicht. Ich glaube wohl nur im Lichte der späteren Geschehnisse, daß mich immer die Fenster stärker beschäftigt haben als alles andere am Haus der Stufen, als selbst das Treppenhaus, nicht nur ihrer Größe und Form wegen, sondern auch wegen der Gefahr, die sie für die Bewohner darstellten. Die Fenster nach vorn hinaus mit ihren breiten Fensterbrettern, im Schutze der eleganten eisernen Körbe, waren noch relativ sicher. Aber die nach hinten … welcher leichtsinnige Architekt hatte Fenster ersonnen, die eigentlich gläserne Türen waren, aus denen man praktisch ins Leere trat oder allenfalls auf einen schmalen Sims mit einer niedrigen Brüstung, die ein Kind mit einem Schritt hätte übersteigen können? Gar nicht zu reden von dem Fenster unter dem Dach, das einfach eine Türöffnung ohne Tür war …

In dem für mich bestimmten Zimmer standen ein Bett und viele unausgepackte Kisten. Inzwischen tat es mir schon fast leid, daß ich mich für das Aufbaustudium eingeschrieben hatte. Aus irgendeinem Grund – und das sieht mir eigentlich gar nicht ähnlich – hätte ich am liebsten sofort mit dem Auspacken und Einräumen angefangen. Die Sonne schien, vielleicht war es der letzte Sonnentag vor dem Winter. Auf dem Balkon gegenüber, einem streng rechtwinkligen Pariser Balkon, den Balkons auf dieser Seite so unähnlich wie nur möglich, goß eine Frau Geranien. Auf der Straße waren mehr Bäume als Autos.

»Du kannst jedes Wochenende kommen«, sagte Cosette.

Auf dem Weg nach unten trafen wir Diana Castle, die mit einem jungen Mann die Treppe hochkam. Das Schlagen der Haustür, das dem Haus einen Schauer über das Treppenrückgrat jagte, hatte ihr Kommen angekündigt. Diana gab Cosette einen Kuß, und zu meiner Überraschung tat der junge Mann es ihr nach. Sie verschwanden in dem Zimmer, das später nur das »Haustochterzimmer« hieß. Wer den Ausdruck geprägt hat, weiß ich nicht, vielleicht war es Cosette selbst. Auch dort knallte die Tür. Cosette lächelte, und ich wußte, was dieses Lächeln bedeutete: Sie freute sich, daß Diana sich bei ihr wie zu Hause fühlte.

Zu mir sagte sie: »Es ist schön, ein junges Mädchen im Haus zu haben. Am liebsten wäre es mir natürlich, wenn du es wärst, aber bis dahin muß es eben eine andere sein. Es scheint den Leuten hier wirklich zu gefallen. Ich bin sehr froh darüber.«

Diana sollte eigentlich Cosette betreuen, einkaufen, aufräumen, wenn Besuch dagewesen war, die Wäsche zählen und zusammenpacken und dergleichen. Zu putzen brauchte sie nicht, zum Putzen war Perpetua da. Mag sein, daß Diana sich anfangs auf die eine oder andere Art tatsächlich nützlich gemacht hat, aber sie gab es, wie später ihre Nachfolgerinnen, bald auf. Selbst mit dem allerbesten Willen ist es fast unmöglich, sich dem Abwaschen, Aufräumen, Einkaufen zu widmen, wenn jemand (zumal jener Jemand, für den man all das erledigen soll, um dafür mietfrei wohnen zu können) einem immer wieder sagt, man solle sich doch nicht soviel Mühe machen. Laß es sein, ist doch gar nicht wichtig, setz dich ein bißchen her und erzähl mir was. Schon machte sich im Haus um Cosette herum eine gewaltige, trödelmarktähnliche Unordnung breit, bedeckte alle Ablageflächen, türmte sich zuhauf am Boden. Aber es war ein gleichsam liebenswertes Durcheinander, jene Art genialer Unordnung, in der Gäste sich behaglich fühlen.

Diese Unordnung herrschte auch auf dem großen runden Rosenholztisch, an dem Cosette gesessen hatte, als ich kam und an dem sie, wie ich noch merken sollte, einen großen Teil ihrer Tage verbrachte. Es war der Sammelpunkt ihres Salons, an dem sie Hof hielt. Ich kannte den Tisch noch von der Wellgarth Avenue her, wo er, wenn zwei Platten eingelegt waren und zwölf Stühle um ihn herumstanden, fast das ganze Speisezimmer eingenommen hatte. Dort war er stets auf Hochglanz poliert gewesen, man hatte sich in der Platte spiegeln können. Jetzt war der Glanz getrübt, schon sah man weiße Ringe und stumpfe Stellen, hatte sich auf dünnem Papier ohne Unterlage Geschriebenes durchgedrückt. Von allen sichtbaren Änderungen in Cosettes Lebensstil brachte mir dies am stärksten zu Bewußtsein, wie radikal sie mit der Vergangenheit gebrochen hatte, wie groß die Umwälzung war, die sie in ihrem Leben vorgenommen hatte.

Und zwangsläufig – dieses Gefühl ist nur menschlich – regte sich in mir eine Spur von Angst und mehr als eine Spur von Groll. Wenn wir jung sind, warten wir darauf, daß wir selbst uns ändern, während um uns herum alle Menschen und Dinge gefälligst so zu bleiben haben, wie sie sind.

Von Douglas war nicht die Rede. In gewisser Weise war das verständlich, aber Cosette ging auch nicht mit einem versteckten Wort oder Hinweis, nicht mit einer Andeutung auf ihren Verlust oder ihre Witwenschaft ein. Im ganzen

Haus entdeckte ich kein Bild von ihm. Später gingen wir in ihr Schlafzimmer, ein üppiges Boudoir mit neuer Einrichtung, großem ovalem Bett, Frisierkommode im Hollywoodstil, der runde Spiegel mit elektrischen Birnchen umgeben, chinesischen Paravents in Ebenholz mit Perlmutteinlage. Die Möbel aus der Wellgarth Avenue, Morgengabe eines wohlhabenden Mannes an seine Braut, waren samt dem Flitterwochenbett mit dem weißen Rüschenbaldachin im Haus verteilt, ein Stück hier, eins da, zwei Stühle für Auntie, das Bett, seiner Rüschen beraubt, war bei der Haustochter gelandet. In den Silberrahmen steckten jetzt Photos von mir, ihrem Bruder in St. John's Wood und dessen Frau und das Hochzeitsbild einer Nichte.

Am Abend kamen Gäste. Junge Leute, Studenten, Hippies, nehme ich an. Irgend jemand muß den Besucherstrom in Gang gebracht haben. Es ist kaum anzunehmen, daß Cosette eine Anzeige in die Zeitung gesetzt oder wie ein Anreißer die Annehmlichkeiten des Hauses auf der Straße ausgerufen hat. Vielleicht steckte Diana dahinter, die ihre Freunde mitgebracht hatte und ihre Freunde hatten es anderen Freunden erzählt. Mir war wohl schon damals klar, daß sie kamen, weil es etwas umsonst gab. Getränke – zumindest Tee, manchmal auch Wein –, Essen ganz nach Wunsch, unbegrenzten Nachschub an Zigaretten, Gespräche oder auch Schweigen, eine Schlafgelegenheit, wenn nicht ein Bett, so doch zumindest ein Fußboden zum Kampieren. Aber sie kamen auch wegen Cosette mit ihrem liebenden Herzen. Von Rechts wegen hätte sie zehn Kinder haben müssen.

Diese Gäste umschwirrten sie wie die Fliegen Aunties

Fliegenfänger, angelockt von der Süße des Leims, aber im Gegensatz zu den Fliegen mußten sie für ihre Begehrlichkeit nicht büßen. Und Cosette saß an ihrem Tisch mit den Büchern und Telefonverzeichnissen und Zetteln, mit leeren Tassen und Gläsern, dem Telefon, verwelkenden Blumen in einer Vase, ihrer überquellenden Handtasche, Brille, Zigaretten, Puderdose und Nagellack, aber ohne Kekse, ohne Konfekt, ihrer neuen Figur zuliebe. Denn Cosette war auf der Suche nach einem Liebhaber.

Damals wußte ich das nicht, ich wäre nie auf eine solche Idee verfallen. Auf mich wirkte sie wie die Mutter dieser jungen Leute, eine unvorstellbar nachsichtige Mutter natürlich, denn welche Mutter hätte Ende der sechziger Jahre ihrer Tochter gestattet, einen jungen Mann mit aufs Zimmer zu nehmen, oder ihrem Sohn, sich einen Joint zu drehen, und hätte gar, wenn der Joint herumgereicht wurde, auch einen Zug genommen? Solche Dinge ließ Cosette nicht nur zu, sondern schien sie mit ihrem verständnisvollen Lächeln regelrecht zu fördern. Lächelte sie den passiven bärtigen jungen Männern besonders herzlich zu, dem Stillen, der mit gesenktem Kopf über Khalil Gibran saß, oder dem Aufgedrehten, der stundenlang auf einer Gitarre herumzupfte und ihr Schwingungen entlockte, die sich zu keiner Melodie fügten? Ich hätte dieses Lächeln in jedem Falle anders gedeutet. Nie hätte ich geahnt, daß Einsamkeit und fast qualvolle Sehnsucht sie plagten, so daß sie dreißig Jahre jüngere Männer als mögliche Liebhaber in Erwägung zog. Erst später, zu Weihnachten, als wir wie durch ein Wunder abends einmal allein zusammensaßen, erklärte sie es mir. Da fiel das Wort von der »Männerheldin«, vom Ehemännerausspannen.

»Wenn ich wieder dreißig wäre, Lizzie... Mit dreißig war ich schon elf Jahre verheiratet. Ich war ja nie berufstätig. In den dreißiger Jahren hatten viele junge Frauen keinen Beruf, nicht nur Ehefrauen. Sie blieben zu Hause bei der Mutter, bis sie heirateten, und wer jung heiratete, hatte Glück, je früher, desto besser. Daß man mit dem Heiraten warten sollte, bis man älter sei, daß man reifer sein müsse und dergleichen, – davon war damals nie die Rede. Ich wurde beneidet, alle fanden, ich hätte großes Glück gehabt, mit achtzehn verlobt und mit neunzehn verheiratet. Wirklich, sie waren alle grün und gelb vor Neid. Heute kommt einem das verrückt vor, es hat sich alles geändert.«

»Wär's dir jetzt lieber, wenn du es nicht getan hättest?« Das Gespräch war mir ein bißchen unbehaglich.

»So, wie es damals war, blieb mir kaum etwas anderes übrig.«

»Kulturspezifisch nennen Soziologen so was«, sagte ich altklug.

Sie hob die Schultern und sagte sehr leise, mit niedergeschlagenen Augen: »Ich habe eben das eine tun wollen und mag das andere nicht lassen.«

Selbst ich mit meinen einundzwanzig Jahren war vernünftig genug, ihr nicht zu sagen, daß sie keine dreißig mehr war, daß sie die Gelegenheit unwiederruflich verpaßt hatte. Sie beugte sich vor und sah mich eindringlich an, dann legte sie ihre Fingerspitzen an die Wangenknochen und straffte das Gewebe, bis die Falten um den Mund verschwunden waren und das Kinn wieder klar hervortrat.

Ich sah sie verständnislos an. Ich wußte nur, daß es jetzt an mir war, etwas zu sagen. Ich sah auf und schlug gleich wieder die Augen nieder, meine Lider zuckten, ich war verlegen, wie junge Menschen es sind, wenn die Alten Wünsche zum Ausdruck bringen, die nicht zu ihren Jahren passen. Ich wußte nicht, worauf Cosette hinauswollte, ich wußte nur, daß ihr Gebaren etwas leicht Würdeloses hatte. Sie nahm die Hände weg, und ihr Gesicht erschlaffte wieder.

»Ich habe viel Geld«, sagte sie. »Ich bin eine reiche Frau. In Maßen dürfte ich damit eigentlich machen können, was ich will, meinst du nicht?«

»Ja, natürlich«, sagte ich und fühlte wieder festen Boden unter den Füßen. Sie führte mich zurück in den Treibsand.

»Viele Frauen in mittleren Jahren finden Männer, die sie lieben können. Eine Frau Ende vierzig ist nicht mehr das, was sie zu der Zeit war, als ich unter die Haube kam. Mein Vater sagte immer, mit fünfunddreißig habe man die Lebensmitte überschritten, und mit fünfzig gehöre man zu den älteren Herrschaften. Albern, was?«

Ich fand es eigentlich nicht albern, ich fand es ziemlich zutreffend. Da ich wußte, daß Cosette die Fünfzig schon überschritten hatte, sagte ich, sie sähe sehr nett aus, wirklich großartig, ich fände es toll, wie sie aussähe, und das meinte ich durchaus ehrlich. Ich mochte ihr müdes, sanftes Gesicht, das nach der Diät abgezehrt wirkte, ihre noch immer rundlichen, unverbrauchten Hände mit den rosa lackierten Nägeln, das trockene rötliche Haar, das der Friseur, seinem Versprechen getreu, allmählich zu einem rosigen Blond aufhellte, ihr Kleid aus mitternachtsblauer Spitze. Ich kam nicht auf die Idee, ihr das zu sagen, was sie hören wollte, das einzige, was sie hören wollte. Es fiel mir gar nicht ein, daß es eine Riesenfreude für sie gewesen wäre, wenn ich ihr etwa gesagt hätte, sie sähe geschmacklos oder häßlich, aber jung aus, wenn ich an ihrem Haar, ihrem Kleid, der Farbe ihres Lippenstifts herumkritisiert, aber widerstrebend eingeräumt hätte, wie jung für ihr Alter sie wirkte. Ich hätte nur zu gern gelogen, aber ein solcher Gedanke lag mir völlig fern.

Wenig später kam Auntie herein. Sie klopfte unweigerlich vorher an, obgleich Cosette sich die größte Mühe gab, ihr das abzugewöhnen. Sie hatte ihren angestammten Platz am Fenster, weit vom Tisch entfernt, dort saß sie in einem ziemlich ungemütlichen Ohrensessel mit gerader Lehne, der mit Cosettes heißgeliebtem roten Samt bezogen war. Cosette empfing sie immer mit großer Herzlichkeit und einigem Umstand, bemüht, es ihr so behaglich wie möglich zu machen, vergeblich nach der Haustochter Ausschau haltend – damals war es noch Diana Castle, die natürlich ausgeflogen war –, um sie nach einem kleinen Sherry oder einer Tasse Tee zu schicken. An jenem Abend holte ich Auntie etwas zu trinken, und als ich damit zurückkam, waren Gäste gekommen, fünf Leute, die zusammen an die hundert Jahre sein mochten, und die Cosette in gemessen-förmlichem Ton gerade ihrer alten Cousine zweiten Grades vorstellte.

»Das ist Gary, Auntie, das ist Mervyn, Peter, Fay, das ist Sarah, Auntie. Und euch alle möchte ich mit meiner lieben Tante bekanntmachen.«

Cosette fand wohl, daß sie dadurch jünger wirkte. Ältere Herrschaften haben keine Tanten, ja, meist können nicht einmal mehr Leute in mittlerem Alter damit aufwarten. Ein Hauch von Ausbeutung lag darin, aber keine Grausamkeit, nichts Verletzendes. Der Vergleich mit den Habsburgern in Spanien, die sich Zwerge bei Hofe hielten, um damit ihre eigene Größe und Stattlichkeit herauszustreichen, ist wohl kaum zulässig. Aunties Würde blieb unangetastet, eine Demütigung wurde ihr nicht zugemutet. Sie selbst schien sich wohlzufühlen in dieser Hofzwergrolle. Es entbehrt nicht einer gewissen Ironie, daß sie jünger aussah als bei meinem letzten Besuch. Sanftmütig, nachgiebig, fast wortlos saß sie in ihrem Ohrensessel am Fenster, sie blickte nicht hinaus in die Nacht, denn die roten Samtvorhänge waren vorgezogen, aber sie sah wie hypnotisiert auf die weichen kirschfarbenen Falten.

Als ich Cosette einen Monat später wiedersah, hatte sie sich liften lassen, es war noch nicht lange her, das Gesicht war voll purpurner und gelber Blutergüsse, die arme Cosette sah aus wie nach einem Boxkampf. Bis Ostern hatten all diese Bemühungen Ergebnisse gezeitigt, und der Mann, der sich Ivor Sitwell nannte, war ihr Liebhaber geworden.

7

Er war es, der mich indirekt wieder zu Bell führte oder vielmehr Bell in mein Leben zurückbrachte, obschon bis dahin noch einige Zeit verging. Zunächst schien es mir, als könne von dort rein gar nichts Gutes kommen. Ich erinnere mich, was für ein Schock es für mich war, ihn im Haus der Stufen vorzufinden, und wie ich mich zusammennehmen mußte, um Cosette nicht unverblümt zu sagen, was ich von ihm hielt.

Sie hatte mir nichts von ihm erzählt. Das fiel mir aber zunächst nicht auf, denn sie hatte inzwischen tatsächlich so etwas wie einen Salon etabliert, und es herrschte ein ständiges Kommen und Gehen im Haus, der rote Treppenläufer zeigte bereits Abnutzungserscheinungen. Inzwischen waren sogar etliche der leerstehenden Schlafzimmer belegt, und auf dem Weg zu Cosette in den Salon sah man häufig, wenn man an den Räumen im Erdgeschoß vorbeiging, vier oder fünf Unbekannte im Kreis auf dem Teppich sitzen, eine Kerze in der Mitte, während jemand Sitar oder Okarina spielte.

Cosette selbst hatte sich dem Kerzenfimmel der sechziger Jahre angepaßt, vielmehr, sie machte ihn sich begeistert zu eigen. (Später, als so oft der Strom abgestellt wurde, kam uns das sehr zugute). Die Treppe war elektrisch beleuchtet, aber im Salon kämpften nur Kerzen gegen die Düsternis an. Kerzen standen in den beiden Kandelabern aus Schmiedeeisen und Bronze, die sie in der King's Road gekauft hatte, standen in Untertassen, ja, sogar in Schraubdeckeln. Ich konnte gerade noch die Umrisse von Auntie in ihrem roten Ohrensessel erkennen, den sie ausnahmsweise dem Raum zugewandt hatte, und mehrere schattenhafte, kerzenumflackerte Gestalten, die auf Sitzpolstern hingestreckt waren oder an dem runden Tisch saßen. Der riesige verschnörkelte Kronleuchter brannte nicht, aber er schimmerte matt durch das sich immer mehr verdichtende Spinnwebgehänge hindurch, ein geisterhaftes Etwas, das aus der Dunkelheit herauswuchs.

Ich hätte nie in diesem Kreis (übrigens auch in keinem anderen) etwas über Cosettes neues Gesicht gesagt. Mir hatte das alte besser gefallen, aber ich war kein Liebhaber, und Ivor Sitwell hatte das alte nicht gekannt. Über das neue, etwas eiförmige und weniger ausdrucksvolle Gesicht mit der straff gespannten Haut, die wie poliert wirkte, ging das alte Lächeln. Ich war beruhigt. Ich küßte die geglättete Haut, und sie fühlte sich genauso an wie die alte knittrige, oder vielleicht sollte ich besser sagen, sie roch genauso, verströmte den raffinierten Blütenduft von Joy de Patou. Cosettes Haar hatte fast den gewünschten Farbton erreicht. Es sah aus wie trockener Sand. Am dritten Finger der rechten Hand trug sie den Blutjaspis, der inzwischen sehr modern geworden war. Ihr stand er aber nach wie vor nicht.

Sie machte mich mit den Anwesenden bekannt, aber die Namen sind mir entfallen. Wenn nur Ivor mit Vor- und Zunamen vorgestellt wurde, geschah das vielleicht nicht nur deshalb, weil er einen berühmten Familiennamen trug, zumindest einen, der jemandem wie mir auffallen mußte, mich vielleicht sogar zu einer entsprechenden Bemerkung veranlassen würde. Ich könnte es spannend machen und mit dem Namen hinter dem Berg halten, aber darauf will ich verzichten. Viel später erfuhr ich, daß Ivor nicht zu »den« Sitwells gehörte, er hatte keinerlei Verbindung zu der Familie, ja, er hieß in Wirklichkeit gar nicht so. Er hatte sich den Namen selbst ausgesucht, als er den Staub der Heimat, will sagen der Doppelhaushälfte seiner Eltern in Northampton von den Füßen geschüttelt hatte. Es war purer Zufall, daß einer der Sitwells – Sacheverell, glaube ich – in dem Herrenhaus eines Dorfes in der Nähe gewohnt hatte.

Ivor war Dichter. Das erfuhr ich von Cosette, als sie mir seinen Namen nannte. Seine Gedichte seien wundervoll, sagte sie, und morgen würde sie mir welche zeigen. Er war ein dünner, ungesund wirkender Mensch mit fahlem hagerem Gesicht und sehr langem braunem Haar. Damals trugen die meisten jungen Männer die Haare lang, aber Ivor war kein ganz junger Mann mehr, er ging auf die vierzig zu, und auf dem Kopf hatte er eine kahle Stelle. »Hi!« sagte er, damals sagten das alle, und wer es heute noch sagt, ist abgestempelt als ein Kind der sechziger Jahre, aber Ivor brabbelte es, ohne von dem Buch aufzusehen, mit dem er beschäftigt war. Ich sage es bewußt so, sage nicht, daß er es las, denn er stand da und sah auf das Buch hinunter, das aufgeschlagen auf dem Tisch lag. Es war einer dieser Bildbände mit Aufnahmen eines bestimmten Photographen. So etwas kann durchaus interessant sein, wenn die Aufnahmen lebendige Menschen darstellen, ist aber (für mich) langweilig, wenn es sich nur um unbelebte Gegenstände handelt. In diesem Buch ging es um eine Gegenüberstellung möglichst paradoxer Objekte, und Ivor Sitwell starrte hingerissen auf das Bild zweier leerer Milchflaschen mit Spuren angetrockneter Milch, die neben einem toten Fisch in einem Vogelkäfig standen.

Er gehörte zu den Menschen, für die sehr schnell feststeht, mit welchen Mitgliedern einer bestimmten Gruppe die Beschäftigung lohnt. Ich war nicht lohnend und Auntie auch nicht, und mit Ausnahme einer jungen Frau, die sehr hübsch war, die Leute auf den Sitzpolstern ebensowenig. Als er etwas sagte, wandte er sich ausschließlich an Cosette. »Diese sinnlich-zärtliche Rundung«, sagte er und deutete mit einem schmutzigen Finger auf den Rand einer der Milchflaschen. »Findest du die nicht fast unerträglich aufregend?«

Cosette nickte ihm lächelnd zu. »Ja, wirklich, wunderschön, Liebling.« Ich kannte dieses Lächeln. Es drückte Sympathie mit dem Empfänger aus, den Wunsch, ihm Freude zu machen, nett zu ihm zu sein.

»Wunderschön? Na ja... Aber treibt dir das nicht den Saft rein?«

Ich meinte eine Regung bei Auntie zu erkennen, ein erstauntes Zucken, aber dann sah ich, daß sie fest schlief, sie hatte sich im Schlaf bewegt. Ivor griff nach dem Buch und legte es Cosette in den Schoß. Sie solle genau hinsehen, ganz genau. Dabei stand er hinter ihr und hielt die Kerze. Und dann spritzte das Kerzenwachs. Manche Leute hielten Cosette für ungeschickt, das kam wohl daher, daß ihre Bewegungen so langsam waren, aber das stimmte nicht, sie hatte sehr gewandte, feinfühlige Hände. Sie hob die Hand mit dem grünroten Ring, und Ivor wollte ihr die Kerze geben.

Vielleicht hatte sie nicht deshalb die Hand gehoben, hatte ihn nur berühren wollen, aber das Ende vom Lied war, daß sie beide die Kerze auf das offene Buch fallen ließen und noch vor dem Fall der Kerze ein langer Wachsfaden auf die Seite rann.

»Du ungeschickte Kuh«, brüllte Ivor. »Schau, was du angerichtet hast!«

Da war mir klar, daß Ivor Sitwell ihr Liebhaber war.

Ein bloßer Besucher hätte so etwas nicht gesagt. Natürlich war es unentschuldbar von Ivor, und ich war noch nicht an seine Art gewöhnt. Auntie aber mußte ihn wohl – bis zu einem gewissen Grade – inzwischen kennen. Seine Stimme weckte sie, und ich sah, wie ihre schlaftrunkenen alten Augen sich mit einer Art naiver Ratlosigkeit auf ihn richteten. Die jungen Leute auf dem Fußboden nahmen keinerlei Notiz von ihm, ebensowenig die beiden am Tisch, die mit ihren Tarotkarten beschäftigt waren. »Tut mir schrecklich leid, Liebling«, sagte Cosette. »Ich weiß gar nicht, wie das passieren konnte.«

Ivor hielt das Buch dicht vor die Augen. »Weißt du was? Manchmal denke ich, du hast eine dieser Nervenkrankheiten, Parkinson oder so was.«

Innerlich – wen wundert's – zitterte ich. Cosette sah mich an, es war unausbleiblich, wenn so ein Satz fiel. Ich wußte, daß ihr gequälter Blick, das rasche, leichte Kopfschütteln mir galten, aber er dachte, sie habe ihre Entschuldigung damit noch unterstreichen wollen.

»Keine normale Frau benimmt sich so ungeschickt, nicht mal mitten in den Wechseljahren.«

Auntie stand auf, klaubte Buch, Tasche, Brille zusammen und ging zur Tür. Es war in meinem Beisein noch nie passiert, daß sie in irgendeiner Form Kritik zum Ausdruck gebracht hatte, und vielleicht war es auch diesmal keine Kritik, vielleicht war sie nur müde. Cosette fing sie ab, nervös und flatterig. »Alles in Ordnung, Auntie? Kann ich etwas für dich tun?«

»Nein, danke, Kindchen. Ich leg mich jetzt hin.«

Die Tür schloß sich – wie immer, wenn sie von Auntie geschlossen wurde – mit äußerster, übertriebener Langsamkeit, mit einem flüsterleisen Klicken, als sei das Haus voll schlafender Kranker. Ich saß am Tisch und beobachtete Cosette und Ivor. Sie würde das Buch ersetzen, sagte sie besänftigend, morgen würde sie ihm ein neues kaufen. Damals wußte ich noch nicht, daß sie ihm das von dem Kerzenwachs beschädigte Exemplar geschenkt hatte, wie nahezu alles, was Ivor an beweglicher Habe besaß, einschließlich der Sachen, die er auf dem Leib trug. Diese Tatsache entschuldigte nicht, daß sie das Buch verdorben hatte, machte aber sein Benehmen noch ungeheuerlicher. Ich aber saß da und versuchte mich mit meiner Entdeckung, mit dieser Offenbarung auseinanderzusetzen. Es war ein Schock.

Ich reagierte ähnlich wie ein Kind, das einem Verhältnis der eigenen Mutter auf die Spur gekommen ist. Die Grundfesten des Lebens geraten ins Wanken, der Boden rutscht einem unter den Füßen weg, wird einem unter den Füßen weggezogen. Machte es einen Unterschied, daß Cosettes Liebhaber so ein Widerling war? Vielleicht, aber nicht unbedingt. Auch jeder andere hätte mich schockiert, denn schockierend war die Sache als solche. Gewiß, Cosette hatte mir erzählt, daß sie gern eine »Männerheldin« und wieder dreißig gewesen wäre und allen Frauen den Ehemann ausgespannt hätte, aber, so glaubte ich, da gab es doch eine naturgegebene Kluft zwischen Wunsch und Wirklichkeit. In meiner Naivität hatte ich gedacht, das Abhungern und Haarefärben und Liften diene keinem anderen Ziel als der Aufwertung ihres Selbstgefühls. Ein Vorhang hatte sich gehoben, und ich sah hinaus auf eine Welt, die mir Widerwillen einflößte, eine Welt, in der Menschen, die in meinen Augen alt waren, Erregung empfanden und sinnliche Begierden hatten, die »den Saft reintrieben«.

Sie hat mir nie ausdrücklich gesagt, daß er ihr Liebhaber war. Und er schon gar nicht. Noch nie hatte ich bis dahin – seither allerdings häufiger – eine Mentalität wie die seine erlebt. Sie war dreizehn Jahre älter als er und hatte deshalb keinerlei Anrecht, keinerlei Anspruch auf ihn, und er war weder zu Treue noch auch nur zu Höflichkeit verpflichtet. Mit anderen Worten: Sie konnte froh sein, daß sie ihn gekriegt hatte, und er hatte das Recht, sie nach Lust und Laune zu benutzen und so viel wie möglich aus ihr herauszuschlagen. Etwas später, als er fand, daß ich doch nicht so ganz unbeachtlich war – nicht so sehr im Hinblick auf meine Tochterrolle in Cosettes Leben, sondern weil ich jung und hübsch war –, sagte er in einer Anwandlung von Nachdenklichkeit zu mir: »Siehst du, ich habe im Augenblick keine Liebste, niemanden, für den ich die Laute schlagen könnte.«

Cosette zählte offenbar nicht. Und doch teilten sie das Bett miteinander, das neue große ovale Bett in Cosettes Schlafzimmer. Ich habe sie sogar zusammen darin gesehen. Eines Morgens wurde ein Möbelstück angeliefert, und ich war überzeugt davon, daß es sich um einen Irrtum handeln müsse, das Stück entsprach so gar nicht Cosettes Geschmack – weder dem früheren noch dem jetzigen. Cosette schlief natürlich noch. Wie ihre jungen Gäste, denen sie so gern ähnlich sein wollte, schlief sie in ihrem neuen Leben lange und war selten vor zwölf auf. Ich ging die vier Treppenabsätze zum zweiten Stock hinauf und klopfte schüchtern. Ich hatte große Scheu davor, sie zu stören, fand das im Grunde unerhört.

Cosette aber nahm es ganz und gar nicht übel. Hatte sie vielleicht sogar nur so getan, als schliefe sie, damit ich nach mehrmaligem Klopfen genötigt war, die Tür aufzumachen und hereinzukommen? Es war ihr wohl eine Genugtuung, daß ich sie mit ihrem jungen Liebhaber in einer Situation sah, die ihr sexuelles Miteinander schlüssig bewies. Er lag auf dem Bauch, fest in die breite Decke gewickelt, ein Egoist, der nach allem greift, was er bekommen kann, man sah die kahle Stelle auf seinem Kopf. Cosette fiel das Haar, das sie früher nachts aufgesteckt hatte, locker bis auf die Schultern. Sie trug ein Nachtgewand, wie es einer jungen Mätresse wohl angestanden hätte, schwarze Spitze und schmale Träger.

»Leise, Liebling, wir dürfen Ivor nicht wecken.« Sie legte den Finger auf die Lippen und stieg übertrieben behutsam aus dem Bett.

Er drehte sich schnaufend um. Dieser Anblick, diese Begegnung hatten mich regelrecht erschüttert. Früher hatte ich manchmal versucht, wie Heranwachsende es tun, mir Cosette und Douglas im Bett vorzustellen. Tatsächlich hatte ich mir die beiden beim Geschlechtsakt vorstellen können, einem gemessenen Liebesvollzug mit einem Minimum an Bewegung, stumm, im Dunkeln, zu beiderseitiger stiller, unausgesprochener Zufriedenheit. Erst seit ein paar Jahren weiß ich, daß die meisten Kinder dieses Bild vor Augen haben, wenn sie sich ihre Eltern bei der Liebe vorstellen.

Mir Cosette und Ivor bei dieser Tätigkeit vorzustellen fiel schwerer, verbot sich fast von selbst. Und ich war zu alt, um dieser Spielart der Neugier zu frönen. Ich dachte mir, daß Ivor es als reine Serviceleistung sah, die er noch unbeteiligter ausführte als ein Zuchttier den Sprung, aber ich kann mich irren. Wenn ich daran denke, wie es ihr später mit einem anderen Mann erging, war ich vielleicht sogar sehr im Irrtum. Gewiß, Ivor mag nicht in Cosette verliebt gewesen sein, mag auf eine junge »Liebste« gewartet haben, aber daß er sie attraktiv fand, ist trotzdem denkbar. Diese müde Lässigkeit kann sehr reizvoll sein, diese leise, süße Sanftmut, diese Einladung zu mußevollem unbeeiltem Liebesspiel. Kein Zweifel, daß die Mühe, die Cosette auf ihr Äußeres verwandt hatte, sich nun auszahlte. Nur ich sah sie noch so, wie sie vor ihrer Verwandlung gewesen war, korpulent, grauhaarig, im Schneiderkostüm. Nur ich sah sie als Mutter.

Und auch sie war nicht in ihn verliebt. Damals ging mir eine so nüchterne Vorstellung gegen den Strich, jetzt aber weiß ich, daß sie einen Mann für sich allein haben wollte, einen Mann zum Herzeigen, einen Mann zum Ausgehen, vielleicht auch einen Mann, mit dem sie schlafen konnte. Seltsamerweise konnte ich so ein Modell ohne weiteres akzeptieren, wenn es sich um Gleichaltrige handelte, um mich selbst etwa oder Diana Castle. Diana und Fay, das hübsche Mädel auf dem Sitzpolster, mit dem Ivor flirtete, hatten die Moral der sechziger Jahre voll verinnerlicht und schliefen mit jedem Mann, der ihnen gefiel. Von Liebe war dabei nicht die Rede. Weshalb auch? Sie hatten festgestellt, daß man einen Mann nicht zu lieben braucht, um sich mit ihm zu vergnügen. Und das war völlig in Ordnung, dafür hatte ich Verständnis, ich empfand ja genauso. Daß aber auch Cosette möglicherweise so empfand, ging über meinen Horizont, darauf mochte ich mich nicht einlassen. Ich weiß jetzt, daß Cosette ihrem Douglas sehr zugetan, daß sie ihm eine gute und treue Ehefrau gewesen war und ehrliche Trauer über seinen Tod empfand, daß sie aber nur einmal in ihrem Leben verliebt war, und zwar weder in Douglas noch in Ivor.

Ich hätte wirklich gern etwas Nettes über Ivor Sitwell gesagt, einen positiven Zug an ihm gefunden. Das hätte mich mit seiner Anwesenheit im Haus der Stufen versöhnt, hätte zumindest zu einem kleinen Teil Cosettes unbegreifliche Voreingenommenheit erklärt. Er war unansehnlich und von schnöder Denkart, undankbar und rüde, behandelte Auntie ebenso ungehobelt wie Diana und mich, er brachte es fertig, mit Fay unter Cosettes Augen zu schmusen und sich dann vor Cosette hinzustellen und sie in unser aller Beisein um Geld zu bitten. Er half nie im Haus und behandelte Perpetua wie eine viktorianische Dienstmagd. Möglicherweise war er ein guter Dichter, aber dazu kann ich nichts sagen. Cosette hatte ihr Versprechen wahrgemacht und mir einen Band mit seinen Versen gezeigt. Sie waren gedruckt worden, aber hatte er, wie ich damals fest glaubte, den

Druck selbst bezahlt? Oder vielmehr eine Frau, eine Vorgängerin von Cosette, dazu gebracht, ihm die Veröffentlichung zu finanzieren?

Es waren keine schlechten Verse wie die der dichtenden Zeitschriftentante Patience Strong. Es waren keine Knittelreime, keine in Klischees erstarrten abgestandenen Gefühle. Daß ich sie nicht verstand, spricht nicht gegen sie. Mag sein, daß ich sie auch heute nicht verstehen würde, wenn es mir gelänge, das eine oder andere Gedicht wieder in die Hand zu bekommen. In den sechziger Jahren galt schließlich auch Pinter als unverständlich und mit Widersprüchlichkeiten befrachtet. Ein- oder zweimal las Cosette seine Verse laut vor – allen, die zufällig gerade bei ihr versammelt waren. Nur wenn sie seine Werke las, erlebte ich es, daß Ivor sie anblickte, wie sich das für einen Liebhaber gehört, das heißt, weder gleichgültig noch gereizt.

In jenem Frühjahr blieb ich mehrere Wochen bei Cosette. Zu meinem Studiengang gehörte auch ein pädagogisches Praktikum. Ich hatte Glück und bekam einen Platz an einer Schule in North Kensington. Die Zeiten haben sich geändert, aber schon damals war es eine schlimme Gegend, heruntergekommen und schmutzig am Tage und gefährlich in der Nacht. Die Kinder waren – damals wie heute – sehr gemischt, und um einen vernünftigen Unterricht abzuhalten, hätte man eigentlich fließend Gujarati und Bengali sprechen müssen. Der große Vorteil war, daß ich von dort zu Fuß zum Archangel Place gehen konnte.

Abends führte Cosette uns häufig alle zum Essen aus. Vielleicht war es so, daß Ivor keinen gesteigerten Wert darauf legte, mit ihr allein zu sein. Sie gingen so gut wie nie zu zweit weg. Cosette versammelte alle um sich, die gerade da waren, mich und Fay, die damalige Haustochter – Diana war nach Cornwall gezogen und lebte dort mit ihrem Freund zusammen –, den Jungen mit der Sitar und den Jungen mit der Okarina, Perpetuas Bruder, einen Iren aus der Grafschaft Leix, der nach London gekommen war, um sein Glück zu machen, und ein Zimmer im Archangel Place bekommen hatte, »nur bis du was gefunden hast, lieber Junge«. Und natürlich Ivor. Wir gingen immer in teure, exklusive Lokale, ins Marco Polo auf der King's Road, San Frediano, The Pheasantry, Villa dei Cesari. Wenn es Cosette, was selten vorkam, einmal ins Hungry Horse auf der Fulham Road verschlug, betrachtete sie das wohl schon als einen Abstieg ins Kneipenmilieu.

Sie hatte den großen alten Volvo aus der Wellgarth Avenue mitgebracht und parkte ihn vor dem Haus. Damals war das in den kleinen Straßen von Notting Hill noch möglich. Weil sie in mancher Beziehung altmodisch war, fuhr sie, wenn Ivor dabei war, den Wagen nie selbst, sondern übergab ihm die Schlüssel, ehe wir aus dem Haus gingen. Er war ein miserabler Autofahrer. Schon war der Volvo, der bei Cosettes bedächtig-vorsichtiger Fahrweise viele Jahre unversehrt überstanden hatte, zerkratzt und zerbeult und abgeplatzt, und ein Rücklicht war kaputt. Nach Osten auf die Edgware Road und dann nach Süden die Park Lane entlangzufahren ist weder die unkomplizierteste noch die kürzeste Strecke nach Chelsea, aber dies war der Weg, den Ivor wählte. Vielleicht wollte er über die Moscow Road fahren, um uns das Haus zu zeigen, in dem früher mal Edith Sitwell gewohnt hatte, »Cousine« Edith, wie er sagte. Von den anderen Sitwells sprach er in ähnlich vertraulichem Ton, »Sachie«, sagte er und »Georgie«. Damals wußte ich nicht, daß er nicht den mindesten Anspruch auf verwandtschaftliche Beziehungen mit ihnen hatte. Weil es mich interessierte, fragte ich ihn sogar, ob er irgendwelche speziellen Erinnerungen an das berühmte Trio hatte oder die eine oder andere Anekdote über die drei zum besten geben konnte. Daraufhin erzählte er ein paar Geschichten, die ich später mehr oder weniger wörtlich in Osbert Sitwells *Laughter in the Next Room* wiederfand.

Eines lernte ich dabei: Wollte man Ivor in gute Laune versetzen, mußte man entweder seine Gedichte loben oder ihn nach diesen Leuten fragen, die wir alle für seine Angehörigen hielten. Eine andere Möglichkeit gab es nicht. An jenem Abend gingen wir, wie damals oft, ins Marco Polo, und dort hörte ich, ohne daß es mir an jenem Abend bewußt wurde, wieder von Bell.

Gute chinesische Restaurants waren damals dünner gesät als heute. Es war schon eindrucksvoll, mit den anderen an einem großen Tisch zu sitzen und all die vielen Gerichte durchzuprobieren, die zur Pekingente gehören, einer Rarität für das damalige London. Ich saß zwischen Dominic und einem gewissen Mervyn, auf der anderen Seite neben Dominic saß Fay und neben ihr Ivor. Ich genoß das Essen, aber gleichzeitig überlegte ich, wie sonderbar das alles war, und erinnerte mich der gemessenen Abendgesellschaften, bei denen Cosette und Douglas ihre Verwandten und die Nachbarn aus der Wellgarth Avenue bewirtet hatten. Der eine oder andere von ihnen war gelegentlich am Archangel

Place aufgekreuzt, und die Verwunderung der Besucher, die sich in schweifenden Blicken und zögernden Nachfragen ausdrückte, war größer als die meine. Sie waren älter und gesetzter als ich. Sie glaubten, Cosette hätte den Verstand verloren.

Eine Einladung zum Essen ins Marco Polo – oder ein anderes, beliebiges Restaurant – rief bei einigen von Cosettes jungen Gästen eine ähnliche Verwunderung hervor. Man sah ihnen an, daß sie sich fragten, was hier gespielt wurde, warum Cosette so etwas wohl machte, und manche mochten sich wohl auch fragen, welchen Preis sie dafür würden zahlen müssen. Besonders deutlich war das dem Iren anzumerken, dem Jüngsten aus Perpetuas großer Geschwisterschar. Dominic war nach London gekommen, um sich Arbeit zu suchen, und als seine Schwester ihm sagte, sie habe eine Bleibe für ihn gefunden, hatte er wohl eine Bruchbude in einem trostlosen Haus erwartet, eine stets mäkelnde Zimmerwirtin, eine heruntergekommene Gegend. Er konnte sein Glück kaum fassen, seinen quälenden Argwohn kaum überwinden. Wie der geriebene Bettler, der aus der Gosse heraus an den Tisch des Reichen geladen wird, schien er immer auf die große Abrechnung zu warten. Früher oder später mußte sich herausstellen, was Cosette im Schilde führte. Irgendeinen schwer durchschaubaren, geschmacklosen Ulk, mit dem sie ihn demütigen wollte? Vielleicht hatte sie ihn auch verwechselt, hielt ihn nicht für den, der er war, und wenn sie die Wahrheit erfuhr, daß er – aus Not, nicht aus Neigung – ein einfacher Arbeiter war, arm und mit knapper Not des Lesens und Schreibens mächtig und an eine Kost gewöhnt, die aus Röstbrot und

Bratkartoffeln bestand und am Küchentisch seiner Mutter aufgetragen wurde, würde sie ihn bloßstellen und ihm die Tür weisen.

So denke ich es mir jedenfalls, soviel verriet mir seine Miene, denn damals machte er den Mund allenfalls auf, um danke zu sagen, und später, als ich ihn hätte fragen können, tat ich es nicht. Sein wildes, schönes, bräunliches Gesicht war im Ruhezustand voller Besorgnis und erstrahlte auf wunderbare Weise, wenn er lächelte, und das tat er, sobald man ihn ansprach, dann glühten seine Augen – nie wieder habe ich so blaue Augen gesehen – regelrecht vor Bangnis und Dankbarkeit. Mervyn hingegen nahm sich, was er kriegen konnte, und Fay wohl auch. Das denke ich jetzt, damals allerdings habe ich eine so gezielte, berechnende Einstellung eigentlich niemandem recht zugetraut. Derlei, dachte ich, gäbe es nur in alten Romanen, deren Verfasser mit den Feinheiten der menschlichen Natur nicht vertraut waren. Ich hatte nie Balzac gelesen und noch nichts von Henry James.

Als ich sah, wie Fay, den Blick auf Ivor Sitwell gerichtet, mit den langen Wimpern klimperte, die nackten Arme hinter dem Kopf verschränkte, so daß sich die Brüste hoben, ihm zulächelte und etwas Indezent-Provokatives wisperte – sie hatte offenbar damit gewartet, bis Cosette aufgestanden war, um zur Toilette zu gehen –, dachte ich, das sei zufällig und in aller Harmlosigkeit geschehen. Und an Zufall und Beliebigkeit glaubte ich auch, als sie ihm später den Rücken kehrte und sich auf Cosette konzentrierte, ihr das Haar aufsteckte, das aus den Haarklemmen gerutscht war, ihr Komplimente über ihr Parfüm machte, es mit geschlossenen Augen, wie verzückt, einsog, einen Kellner herbeizitierte und einen Krug Wasser anmahnte, den Cosette bestellt hatte. Mervyn arbeitete mit anderen Mitteln. Er aß und trank, soviel er bekommen konnte, weit mehr, als ein Mensch vernünftigerweise essen und trinken kann – Cosette ließ sich immer die Rechnung geben und zahlte sie wortlos, ohne mehr als einen kurzen Blick darauf zu werfen –, er ließ beiläufig fallen, die Zigaretten seien ihm ausgegangen, bemerkte laut und wiederholt, wie gut ihm die Jacke gefiel, die irgendein Gast am anderen Ende des Restaurants trug, oder daß er sich immer eine bestimmte Füllhalter- oder Feuerzeugmarke gewünscht hatte. Ich hielt das alles für arglos, aber ich lernte dazu.

An Cosettes Tafel – daheim wie im Restaurant – herrschte stets Überfluß, es gab zuviel zu essen, zuviel Wein, immer blieben ein, zwei Flaschen halbvoll zurück, Zigaretten wurden halb geraucht ausgedrückt oder blieben in den Packungen auf dem Tischtuch liegen, auf Tellerchen lagen übriggebliebene Pralinen, in den Gläsern waren Likörreste. Wenn Gary dabei war, der Junge, der all die ausgefallenen Musikinstrumente spielte, sammelte er diese Reste ein und verstaute sie in einer Tragetüte, die er zu diesem Zweck immer bei sich hatte. Es mag die erste Restentüte gewesen sein, die in einem Londoner Restaurant auftauchte. Außer der Tragetüte nahm Gary auch immer eine Kühlschrankdose aus Plastik mit, die war für Sojabohnensprossen und Nudeln bestimmt, auch die von den abgegessenen Tellern anderer Leute.

Ein paar Tage nach jenem Besuch im Marco Polo sah ich ihn zum erstenmal bei dieser Restensammelei, sah, wie er, grünbleich nach vier Gläsern Kirschwasser, zur Toilette wankte, um sich zu übergeben. Dies war der Tag, an dem Ivor den Fünf-Pfund-Schein verbrannte, um seine Verachtung für den schnöden Mammon darzutun.

»Hast du mal einen Fünfer für mich?«

Cosette zögerte nicht einen Augenblick. Dieser Schein, der heute einen relativ geringen Wert hat, wäre damals genug als Wochenmiete für ein Zimmer gewesen, wie es sich Dominic nicht leisten konnte. Ivor nahm ihr die Banknote aus der Hand. Er hatte sich über den Wohlstand »seiner« Verwandten ausgelassen und erklärt, wie froh er sei, daß aufgrund irgendwelcher juristischer Mißverständnisse sein Zweig der Familie nichts davon abbekommen habe. Er sprach von der korrumpierenden Wirkung des Geldes und von Egoismus. Inzwischen weiß ich, daß nur ausgemachte Egoisten die Selbstsucht ihrer Mitmenschen monieren. Er hatte an diesem Tag, wie sich herausstellte, Cosette vorgeschlagen, ein Lyrikmagazin zu finanzieren, bei dem er Chefredakteur werden wollte. Sie hatte es ihm nicht direkt abgeschlagen, hatte nur gesagt, es fiele ihr schwer, kurzfristig eine so große Summe aufzubringen.

»Warum wohl bezeichnen wir Menschen, die sich kulturellen Neuerungen entgegenstellen, als Philister?« fragte er uns, den Geldschein noch immer zwischen den Fingerspitzen haltend.

Er bekam keine Antwort, niemand wußte es, und niemand interessierte sich dafür.

»Vielleicht weil keine Schriftstücke in der Philistersprache erhalten sind«, sagte Ivor. »Vielleicht aber auch, weil die Philister lange ein Monopol im Eisenschmieden hatten, ihrer einzigen Fertigkeit, soweit wir wissen.« Er sah Cosette an und zog mit der freien Hand die Kerze zu sich heran, die ein Kellner gerade angezündet hatte. »Wie aber kam es zur Verwendung des Begriffs im heutigen Sprachgebrauch?«

Cosette war eine sehr tolerante, sehr ausgeglichene Frau, sie konnte Kränkungen so gut ertragen, daß man kaum glauben mochte, daß sie ihr wehgetan hatten. Angst hatte sie nur vor Verrat, und Ivor, der ihr vermutlich nie etwas versprochen, ihr nie irgendwelche Zusagen gemacht hatte, konnte sie nicht verraten. Aber sie gab viel auf Harmonie, sie war ein Mensch, der immer Öl auf die Wogen gießen mußte.

»Du hast es uns gerade gesagt, Ivor«, meinte sie. »Sehr interessant, ich habe das nicht gewußt.«

»Als Begriff für Menschen, denen es an Bildung mangelt und die vornehmlich materiell eingestellt sind, wurde die Bezeichnung erstmals von deutschen Studenten auf Leute angewandt, die keine Hochschule besucht hatten. Auf Leute wie dich.«

Er hätte es ebensogut auf sich beziehen können, denn seine Behauptung, er habe in Oxford studiert (oder irgendwelche anderen Bildungsanstalten besucht, nachdem er mit sechzehn die Northampton High School verlassen hatte), entbehrte jeder Grundlage. Die Weisheit über die Philister hatte er sich, wie ich später erfuhr, vorsorglich angelesen. Cosette nahm ihm diese Anwürfe nicht übel, denn sie hatte keine hohe Meinung von ihren eigenen Geistesgaben, ja, neigte eher dazu, sie unterzubewerten. Auch er begriff das, er sah, daß er sein Opfer und dessen Schwachstellen unterschätzt hatte, und zielte nun genau auf den neuralgischen Punkt. »Ich mache dir deswegen keinen Vorwurf, du kannst ja nichts dafür. Du bist eben zu früh zur Welt gekommen.« Er wandte sich an uns. »Den Frauen aus ihrer Generation gönnte man damals einfach keine höhere Schulbildung.« Er lehnte sich vor, hielt den zusammengefalteten Geldschein in die Kerzenflamme und zündete seine Zigarette damit an. »Verständlich, daß sie hauptsächlich materiell eingestellt waren, aber es kann nichts schaden, ihnen klarzumachen, wie ...« Pause, »... unwichtig ...« Pause, »... diese Dinge ...« Pause, »... im Grunde sind.«

Die Szene verpuffte ziemlich wirkungslos, denn ich glaube, nur ich sah, wie rot Cosette geworden war. Die anderen starrten wie vom Licht eines Scheinwerferkegels hypnotisierte Tiere auf die in Flammen aufgehende Fünf-Pfund-Note. Alle bis auf Gary, der, angesichts dieser Verschwendung Höllenqualen leidend, einen Klagelaut ausstieß, einen Satz machte und tatsächlich versuchte, Ivor das brennende Papier zu entreißen. Überall im Restaurant sah man zu uns hin. Ivor lachte, die verkohlten Fetzen in der Hand, und stieß Rauch aus der Nase. Ich versuchte zu erkennen, ob der Metallstreifen, der angeblich in jede echte Banknote eingebettet ist, die Flammen überlebt hatte, sah aber nur dunkelbraune Ascheflocken. Mir schien, daß in diesem Moment, da Fay sich zurücklehnte und, den Kopf an Ivors Schulter, »Großartig, ganz großartig!« rief, da Gary mit tränennassen Wangen und todtrauriger Miene Reste in seine Kühlschrankbox schaufelte und Dominic erschüttert brabbelte »Heiligemariaundjosef ...«, mir schien, daß in diesem Moment ein Wetterleuchten der

Angst über Cosettes Gesicht ging, das besagte: »Was tue ich hier, worauf habe ich mich eingelassen?« So schien es mir, aber ich kann mich irren.

Sie zahlte, wie stets, ohne mehr als einen flüchtigen Blick auf die Rechnung zu werfen, und gab das übliche überhöhte Trinkgeld. Wir traten auf die King's Road hinaus, und Ivor schlug vor, wir sollten noch in einen Nachtklub in South Kensington fahren, den er kannte, das Drayton. Cosette hatte Kopfweh, ich sah, wie ihr die Schmerzen zusetzten. In dem kalten Licht der Straßenlaternen, in den bunten Farben, die sie jetzt bevorzugte – an diesem Abend war es ein roter Seidenrock mit einer ärmellosen rotseidenen Weste über einer geblümten Bluse –, sah sie alt und müde aus. Das Liften hatte wenig gegen die Senkung der Mundwinkel vermocht. Es stand mir nicht zu, gegen den Nachtklubbesuch zu protestieren, niemand hätte auf mich gehört, und überdies wollte ich gern hin, ich war jung, ich wollte leben. Damals machte ich eine jener Phasen der Bedenkenlosigkeit durch, die wohl jeder kennt, über dem das Damoklesschwert einer lebensbedrohenden Krankheit hängt, das im nächsten Monat oder im nächsten Jahr oder am nächsten Tag herabsausen kann.

Cosette hätte Ivors Vorschlag nie abgelehnt. Sie hatte die Rolle der jugendlichen Heldin übernommen und war entschlossen, sie durchzuhalten. Aber sie brachte es nicht fertig, Begeisterung zu heucheln, und Ivor erkannte das sofort, auf seine Weise war er durchaus einfühlsam. Er erkannte sofort, daß sie müde war und sich nicht wohl fühlte und es nicht verhehlen konnte, daß sie sich nur noch fügte. Diese Fügsamkeit gehörte zu den Dingen, die ihn an ihr ärgerten. Er legte sie ihr als Gleichgültigkeit aus, die Indifferenz einer Frau mit Geld. Wer so reich ist, braucht im Grunde nichts mehr wichtig zu nehmen, braucht sich nicht interessant zu machen, kann alles laufenlassen, so sah er es wohl. Der Neid fraß ihn auf, die Gier nach ihrem Geld. Um an ihr Geld zu kommen, hätte er sie auch geheiratet. Jemand hatte Bell erzählt – die es später an mich weitergab –, daß er nicht heiraten konnte, weil er bereits verheiratet war, mit einer Katholikin, die sich weigerte, in die Scheidung einzuwilligen. Das war ein paar Jahre vor dem Inkrafttreten der vereinfachten Scheidungsgesetzgebung.

Er ärgerte sich, und wenn er sich ärgerte, wurde er immer boshaft oder zuckersüß. Auf der Fahrt nach Drayton Gardens fing er an, sich über Frauen auszulassen, über Frauen, die sein Typ waren. Am wenigsten lagen ihm, weiß Gott warum, Frauen meines Typs, klein, schlank, dunkelhaarig, mit brünettem Teint. Als wir glücklich in dem Klub angelangt waren – Cosette mußte Mitglied werden und einen Beitrag zahlen, denn es fand sich niemand, der Ivors Mitgliedschaft hätte bestätigen mögen –, erklärte er ausdrücklich, dieser Frauentyp sei ihm ein Greuel. Da er mir so widerwärtig war, fand ich das eher amüsant, und daß Dominic meinetwegen in Zorn geriet, rührte mich.

Am meisten schätzte er Frauen, die so aussahen wie Fay.

»Groß und nicht zu dünn«, sagte er. »Mit üppigem, sehr hellem Haar, aber nicht gelb. Auf keinen Fall gelb. Graue Augen, große graue Augen und eine kleine kurze Nase und ein sinnlicher Mund.«

Es entbehrt nicht einer gewissen Ironie, daß er – obgleich er Fay beschrieb und Fay ansah – gleichzeitig Cosette geschildert hatte oder vielmehr den Typ, zu dem sie sich mit einigem Erfolg umgemodelt hatte. Sie hatte das – vielleicht als einzige unter uns – erkannt, und es gab ihr Auftrieb. Ihr Gesicht erhellte sich, und sie lächelte ein wenig. Nicht, weil sie das, was Ivor sagte, besonders berührt hätte, glaube ich, allmählich kümmerte sie sich kaum mehr um das, was er sagte und tat, seine Tage waren gezählt, sondern weil sich hier ein Mann über eine Frau geäußert hatte, die aussah wie sie, weil er sie als begehrenswert bezeichnete und ihr damit Jugendlichkeit attestierte.

Auch Fay freute sich. Sie bezog das Lob ausschließlich auf sich, und vielleicht erkannte sie auch, daß es ein wenig geschmeichelt war, denn sie war nicht sehr groß und hatte eine Himmelfahrtsnase. Wir saßen alle an einem Tisch und tranken eine Mixtur, die sich Singapur Sling nannte, und auf der kleinen Bühne stand eine Frau, die Edith Piaf-Chansons sang, in sehr schlechtem Französisch, wie Ivor bemerkte. Ich fand nichts an ihrem Französisch auszusetzen und sagte das auch. Er warf mir einen seiner Giftblicke zu, der so lächerlich wirkte, daß er mich zu höhnischem Lachen reizte. Ich hatte ihn noch nie ausgelacht. War das Feigheit gewesen, spürte ich jetzt, daß sein Stern im Sinken war? Vielleicht. Jedenfalls fing ich an zu lachen, und nach einer Weile lachte auch Dominic, zuerst zögernd, dann mit ungehemmt-lärmender Fröhlichkeit. Die Frau verließ die Bühne, und Ivor sah ihr nach.

»Die kenne ich«, sagte er kühl. »Ich hab' sie bei einem Bekannten kennengelernt, auf einer Party, und die schönste Frau, die ich je gesehen habe, war da. Sie wohnt bei meinen Bekannten zur Untermiete.« Er redete sich in Schwung. Ich glaubte, er habe sich das aus den Fingern gesaugt, ja, ich war überzeugt davon, als er boshaft hinzufügte: »Gegen sie würde jede Frau hier im Raum aussehen wie eine abgetakelte alte Nutte.« Cosette verstummte bestürzt. Fay war schockiert, ihr Gesicht erstarrte zu einer Faschingsmaske trunkener Fassungslosigkeit. Mich hatte ein hysterisches Kichern befallen, das ich nur mit größter Selbstbeherrschung unterdrücken konnte.

»Eine Tochter der Götter«, sagte Ivor. »Göttlich groß und göttermäßig schön.«

»Hast du dir das ausgedacht?« fragte Mervyn ehrfurchtsvoll.

»Natürlich nicht, du blödes Arschloch. Ich bin ein richtiger Dichter. Sie hat dieses Gesicht, das ich beschrieben habe, aber bei ihr ist es schlechthin vollkommen, dagegen sind alle anderen ...« – er sah Fay an – »nur miese Kopien. Wachsfiguren. Ein nordisches Gesicht, das Gesicht einer Wikingerjungfrau, ›Ein Antlitz, wert, die Jugend dafür zu verlieren, mit seinem Traumgesicht das Alter auszuzieren, damit dem Tod entgegenzugehn ...‹ Das stammt übrigens auch nicht von mir.« Ich begriff, daß er stockbetrunken war, aber im Grunde waren wir das alle, bis auf Cosette. Eine Erinnerung regte sich in mir, ich mußte an etwas denken, worüber ich einmal mit Cosette gesprochen hatte. Ich blickte sie an, weil ich sehen wollte, ob auch sie sich erinnerte, las aber in ihrem erschöpften Gesicht nur Schmerz und vielleicht Reue, als erinnere sie sich an friedliche Tage, an Lilien im Garten und an ihren dynamisch-spießigen Ehemann.

»Man kann sie sich im *Lächeln einer Sommernacht* vorstellen«, sagte Ivor. »Oder in Strindberg.«

»Wie heißt sie?« fragte ich unvermittelt.

Er war so verblüfft von meiner jähen Einmischung, daß ihm keine geistreiche Erwiderung einfiel. »Christine Soundso. Sie wird Chris genannt. Warum?«

»Nichts. Es ist nicht die, die ich meine.« Denn ich hatte vergessen, daß Bell Christabel hieß, ich hatte es ganz und gar vergessen.

Inzwischen wurde getanzt, zu den tonlos-dumpfen Dschungelrhythmen des Rock. Gary hatte den Kopf auf den Tisch gelegt und war eingeschlafen. Mervyn tanzte eine Art Solo, als wollte er die Band damit erbauen. Vielleicht weil Cosette eher stumpf denn verzweifelt das Jugendstilmuster der Tapete anstarrte, streckte Fay eine Hand nach Ivor aus, als habe sie Angst, er könne sie abweisen. Aber er wies sie nicht ab, er stand auf, legte den Arm um sie und ging schwankend mit ihr über das spiegelnde Parkett.

»Komm tanzen«, sagte ich zu Dominic.

8

Vor etwas über hundert Jahren beschrieb George Huntington eine Krankheit, die er an Familien in Neuengland beobachtet hatte, Abkömmlingen von Einwanderern, die im 17. Jahrhundert aus dem Dorf Bures in Suffolk nach Amerika gekommen waren. Ich habe gehört, daß eine Ururahnin von mir aus Bures stammte.

Inzwischen gibt es einen Test, der einem Aufschluß darüber gibt, ob man der Chorea Huntington zum Opfer fallen wird oder nicht. Er ist sehr kompliziert und erfordert nicht nur Proben des eigenen Blutes, sondern auch Blutproben von etlichen Verwandten, mindestens sieben. Ich habe keine sieben lebenden Verwandten mehr auf der entsprechenden Seite der Familie, sie sind alle an der Chorea Huntington gestorben.

Dabei waren wir einmal ziemlich viele. Meine Großmutter hatte sechs Kinder. Ihr eigener Vater war mit fünfunddreißig gestorben, nicht an Huntington, sondern an Poliomyelitis, die damals überall nur Kinderlähmung hieß. Ihre Mutter erinnerte sich dunkel daran, daß ihre Schwiegermutter am Veitstanz gelitten hatte, wie sie es fälschlich nannte, mit Gliederzucken und unkontrollierten Handbewegungen, aber sie wußte nicht, daß die Krankheit erblich war, sie wußte nicht, daß ihr eigener Mann daran gestorben wäre, wenn er alt genug geworden wäre. Sie wußte nicht, daß ihre Kinder das Leiden erben konnten. Drei erbten es.

Die choreatischen Bewegungen bei meiner Großmutter begannen kurz nach der Geburt ihres sechsten Kindes, kurz nach ihrem dreißigsten Geburtstag. Bei ihren sechs Kindern standen die Überlebenschancen halbe-halbe. Das ist die genetische Relation – nicht mehr und nicht weniger. Wenn ein Elternteil daran gestorben ist, kann man selbst zu fünfzig Prozent damit rechnen, die Krankheit zu bekommen. Bei zwei gesunden Eltern kann kein Kind erkranken. Die ersten Symptome bei meiner Mutter – auffälliges Verhalten und Malaisen – zeigten sich, als sie sechsunddreißig war. Eine ihrer Schwestern war als Kind an Diphterie gestorben. Wäre sie erkrankt? Zwei weitere Geschwister, ein Bruder und eine Schwester, erkrankten und starben vor ihr. Die anderen Schwestern hatten keine Kinder, sie haben nie geheiratet, haben es nicht gewagt, obgleich beide nicht krank geworden und noch immer am Leben sind, sie allein. Hätte es allerdings vor zwanzig Jahren den Test schon gegeben, hätte sich vermutlich genug Blut für mich auftreiben lassen: von Douglas, dem Sohn der erkrankten Schwester meiner erkrankten Großmutter, von Cousine Lily, die von der anderen erkrankten Schwester meiner Großmutter abstammte, von meiner Mutter, ihren Schwestern, einem sterbenden, wahnsinnigen Onkel... Gewiß, es wäre knapp geworden, aber vielleicht hätte es gereicht.

Und hätten sie ihr Blut zur Verfügung gestellt, hätte es damals den Test gegeben, hätte ich den Mut aufgebracht, mich ihm zu unterziehen, hätte er sich als negativ erwiesen – wäre dadurch mein Leben anders verlaufen? Hätte ich Kinder gehabt, hätte ich andere, bessere Bücher geschrieben? Was nützt es, darüber zu reden? Damals gab es diese Möglichkeit nicht, und jetzt sind nicht mehr genug Leute verfügbar, und ich stehe am Rand der letzten Klippe. Nur noch zwei, drei Jahre, und ich werde endgültig Gewißheit haben. So oder so.

Meine ersten drei Bücher schrieb ich in Cosettes Haus. Das erste tippte ich auf Douglas' alter Schreibmaschine in dem Zimmer im obersten Stockwerk, mit dem Fenster ohne richtigen Balkon, in dem mich kein Obermieter stören konnte. Es war schnell und schlecht heruntergeschrieben, mit einem Maximum an Sensationen und Gewalt und krudem Sex. Ich konnte es Ivor Sitwell nicht verdenken, daß er mich später einmal fragte: »Schreibst du immer noch diese Schmöker am laufenden Band, Elizabeth?«

Aber das alles lag noch in der Zukunft. Ich wollte Lehrerin werden. Ich wollte eine Doktorarbeit über Henry James schreiben. Und Ivor lebte noch mit Cosette zusammen und teilte ihr Lager und beleidigte sie und versuchte, ihr Geld für seine Lyrikzeitschrift zu entlocken. In dieser Beziehung erwies sie sich als erstaunlich bockig. Cosette hatte eine bockige und erstaunlicherweise auch eine geschäftstüchtige Ader, letztere wahrscheinlich von Douglas. Zumindest bestand sie darauf, Zahlen und Voranschläge zu sehen und die Leute kennenzulernen, die mit Ivor zusammen das Unternehmen betreiben wollten, ehe sie bereit war, etwas »auszuspucken«, wie sie es nannte. Es gab noch zwei Interessenten, eine Frau, die damals schon verheiratet, aber, wie Ivor sagte, einmal seine »Liebste« gewesen war und das Libretto für ein Musical geschrieben hatte, das tatsächlich irgendwo in Amerika von irgendeinem Tourneetheater aufgeführt worden war. Der zweite Interessent, ein gewisser Walter Admetus, hatte irgendwelche Beziehungen zu dem Klatschmagazin *Private Eye*, und in seinem Haus wohnte jene Frau, die Ivor so bezaubert hatte und die Chris oder Christine hieß.

Ich kann mir mein Verhalten nicht erklären, könnte nicht sagen, weshalb ich mich plötzlich auf Listen und Ränke einließ. Ich hatte mich schon darauf versteift, daß die schöne Frau nicht Bell sein konnte, hatte mir in den Kopf gesetzt, daß »meine« Bell in Wirklichkeit Isabel hieß, und doch paßte Ivors Beschreibung so haargenau auf sie, jeder Zug, jeder Farbton. Ich hätte natürlich die Löwin Elsa bitten können – wir waren häufig zusammen, sie kam regelmäßig ins Haus der Stufen –, bei der Familie Thinnesse nachzufragen, ob Bell Sanger noch in ihrem Cottage wohnte, ja, ich hätte ohne weiteres auch Felicity Thinnesse selbst anrufen können. Wir waren uns seit jenem Weihnachtsfest ein-, zweimal begegnet, waren alle bei Elsa auf einer Party zusammengetroffen. Ich tat es wohl deshalb nicht, weil ich mir ein unerwartetes Wiedersehen, eine jähe Wonne erhoffte. Ich glaube jedenfalls, das war der Grund, aber genau weiß ich es nicht. Fest steht, daß ich mich schon intensiv mit Bell und ihrem Leben befaßte, obgleich ich sie nur ein paarmal gesehen hatte.

Und deshalb erhob ich Einspruch, als Cosette meinte, wir sollten Walter Admetus und die Frau, mit der er zusammenlebte, zum Abendessen in das Haus am Archangel Place einladen. Sie sprach zunächst mit mir darüber, wir waren, von Auntie abgesehen, allein, und das war ein Glück für mich, oder so schien es mir damals (unseligerweise schien es mir so), denn Ivor hätte, wäre er dabeigewesen, begierig die Gelegenheit ergriffen, für sich oder Leute aus seinem Bekanntenkreis bei Cosette etwas herauszuschlagen. Ich habe mir später oft überlegt, was geschehen wäre, wenn Cosette mir widersprochen hätte, als ich sagte, es sei wohl besser, Admetus anzurufen und ein Treffen in seinem Haus anzuregen; falls er ihr gefiele, könne sie ihn später immer noch zum Abendessen einladen. Wie hätte sich alles entwickelt, wenn sie meinen Vorschlag abgelehnt hätte, was bei ihrer gastfreundlichen Veranlagung sehr wohl denkbar, sogar sehr wahrscheinlich war? Hätte ich mich allein auf den Weg zum nördlichen Teil von Gloucester Place aufgemacht, wo Admetus wohnte, um nach Bell zu fahnden? Wohl kaum. Ich hätte mich schwer damit getan, ich hätte dazu eine Dreistigkeit gebraucht, die ich nicht besitze und nie besessen habe. Ich hätte die Sache auf sich beruhen lassen, ich hätte Bell vergessen – und Cosette hätte nie Glückseligkeit, hätte nie den Zusammenbruch ihres ganzen Lebens erfahren, sie wäre nicht mit uns an das hohe Fenster mit dem schmalen Sims getreten.

»Ich weiß wirklich nicht, ob das geht, Liebling«, sagte Cosette. »Ich kann uns doch nicht in ein fremdes Haus einladen.« Und voller Zweifel: »Oder was meinst du?«

Es hörte sich so komisch an aus dem Munde einer Frau, in deren Haus sich jedermann selbst einlud, daß sogar Auntie lachen mußte. Sie sah mich an, überwand ihre ständige Angst, sie könne ungewollt jemandem zu nahe treten, und lachte ihr sprödes, kehliges Altfrauenlachen.

»Wenn du willst, rufe ich ihn an«, meinte ich. »Ich kann ja sagen, daß ich deine Sekretärin bin.«

»Aber nein«, wehrte Cosette ganz entsetzt ab. »Dann stellt er sich den Typ von Frau vor, die eine Sekretärin beschäftigt. Er ist bestimmt ein richtiger Bohemien.«

Bei Ivor hätte sie sich mit diesem verstaubten Begriff Hohn und Spott, bei den anderen Hausbewohnern Unverständnis eingehandelt. Ich war den Ausdruck gewöhnt, ich hatte ihn oft von Douglas gehört. »Wenn er ein Bohemien ist«, sagte ich, »macht es ihm sicher nichts aus, daß wir uns selbst einladen.«

Erst jetzt ging Cosette ein Licht auf. »Meinst du damit, daß du mitkommen würdest, Elizabeth?«

Es war irgendwie rührend, wie sie das sagte. Sie, die so viel Liebe und Großmut schenkte, war gleichzeitig auch schüchtern, mochte sich nicht aufdrängen und war deshalb unverhältnismäßig dankbar, daß ich die Zeit erübrigen wollte, sie zu begleiten. »Das wäre sehr lieb von dir.« Wie immer, wenn sie ihre freigebigen Pläne machte, lag auf ihrem Gesicht ein Ausdruck verschmitzter, fast kindlicher Vorfreude. »Wir könnten ihm einen schönen Wein mitbringen. Oder Madeira ... Wollen wir ihm eine Flasche Madeira mitnehmen?«

Ich versuchte sie davon zu überzeugen, daß es einen recht sonderbaren Eindruck machen würde, einem Mann Wein zu schenken, mit dem sie möglicherweise nie mehr als eine geschäftliche Beziehung haben und der ihr seinerseits höchstens ein Glas Limonade anbieten würde, denn Cosette selbst trank nur selten Alkohol. Sie zog ein skeptisches Gesicht. Es ging ihr gegen den Strich, nicht die Schenkende zu sein, sondern – aus ihrer Sicht – die Beschenkte. Tatsächlich aber sollte sie weder schenken noch beschenkt werden

– von der Limonade abgesehen –, denn aus der Zeitschrift wurde nichts. Die Librettofrau verschwand nach Südamerika, und Ivor verschwand mit Fay. Natürlich hatte er – und hatte Fay – die feste Absicht zurückzukommen. Weil Cosette gütig und großherzig war, weil sie nie die Beherrschung verlor oder schmollte, weil sie scheinbar unbegrenzt verzeihen konnte, hielten nicht sehr scharfsichtige Zeitgenossen sie für leichtgläubig und töricht und reif für eine Täuschung.

Ivor sagte ihr, er wolle nach Northampton, um seine kranke Mutter zu besuchen. Fay machte sich ohne Erklärung davon. Ich glaube, sie benutzten das Zimmer eines Bekannten in Putney, der zu der Zeit irgendwo Ferien machte. Cosette sah, als sie Auntie spazierenfuhr, die beiden im Richmond Park beieinanderliegen. Sie ließ einen Wesenszug erkennen, den ich, wenn ich ihn Rachsucht nenne, nicht erwartet hätte; wenn ich aber eine andere Bezeichnung wähle, nicht Bosheit, nicht Rache, sondern eine tiefe Angst vor dem Verratenwerden, so hatte ich ihn schon immer gekannt.

Sie ließ ihr Faktotum aus Golders Green kommen – Jimmy, den Mann für alle Fälle, der alle Handlangerdienste in der Wellgarth Avenue für sie erledigt hatte, alles, was in Haus und Garten getan werden mußte, und der ihr auch am Archangel Place treu geblieben war – und wies ihn an, die Schlösser auszuwechseln und neue Schlüssel anzufertigen. Eine neue Telefonnummer ließ sie sich nur deshalb nicht geben, weil sie in den seltensten Fällen selbst ans Telefon ging. Von den vielen Nassauern im Haus, so habe ich oft gedacht, hatte sie zumindest den einen Vorteil, daß immer jemand da war, der ans Telefon ging, eine Tätigkeit, die sie zutiefst verabscheute. Mervyn, von dem ich nie gedacht hätte, daß er Ivor gegenüber eine besondere Abneigung hegte, teilte ihm, als er anrief, genüßlich mit, Cosette habe »Anweisung gegeben«, ihn nicht ins Haus zu lassen. Cosette war entsetzt, als sie es erfuhr, aber inzwischen hatten Mervyn – und auch Gary – sich schon einen Spaß daraus gemacht, Ivor zu erzählen, Cosette sei »genau im Bilde«, sie habe »einflußreiche Freunde bei Scotland Yard« und säße just in diesem Augenblick »mit ihrem Anwalt zusammen«. Ivor deutete das offenbar so, daß unter anderem sein Märchen über die angeblichen Familienbande aufgeflogen war, obgleich damals noch niemand den Verdacht hegte, er sei nicht ebensogut ein Sitwell wie der verewigte Sir Osbert, zu dessen Beerdigung vor einem Jahr man Ivor angeblich gebeten hatte.

Das alles hatte sich noch nicht zugetragen, als Cosette und ich zu Walter Admetus fuhren, wo wir uns mit Ivor verabredet hatten. Wir fuhren in dem großen alten Volvo, der vor Dreck starrte und eine Unmenge Benzin verschlang und den Gary, weil er mietfrei bei Cosette wohnen durfte, sauberhalten sollte, was er natürlich nie tat. In dem Wagen sah es ganz ähnlich aus wie im Haus der Stufen, ein Wust von Cosettes Krimskrams kam einem entgegen, volle und halbvolle und leere Zigarettenpackungen, Flaschen und Sprays mit Joy de Patou, rosa Zellstofftücher, neue Romane mit zerrissenem Schutzumschlag, Schuhe zum Fahren und Schuhe für draußen, Päckchen, die irgendwo abgeliefert werden sollten und nie ihr Ziel erreichten, Sachen für die Wäscherei und die Reinigung, für die Schneiderin und fürs

Änderungsatelier. Ich war aufgeregt, und meine Aufregung übertrug sich auf Cosette und wurde von ihr als Besorgnis mißdeutet, sie könne sich übertölpeln, könne sich dazu verleiten lassen, ihr Geld leichtfertig wegzugeben.

»Wenn die Gefahr besteht, daß ich etwas Unüberlegtes tue«, sagte sie ernsthaft, »denke ich an Douglas und daran, wie schwer er gearbeitet hat, um das viele Geld für mich zu verdienen, und das ist eine gute Bremse.« Zum erstenmal seit vielen Monaten hörte ich wieder seinen Namen von ihr.

Klassizistische Häuser mit eleganten Fassaden können innen genauso verkommen sein wie andere, doch das war mir damals neu. Im Archangel Place 15 mochte Unordnung herrschen, aber schmutzig war es dort dank Perpetuas Bemühungen nicht. Walter Admetus' Behausung hingegen sah aus, als sei sie noch nie sauber gewesen, und sie stank. Die Polsterbezüge auf den Möbeln waren schmierig oder vielmehr mit einer im Laufe langer Jahre entstandenen klebrigen Schicht bedeckt, an der – stellenweise so dick wie das Fell auf einem Pelzmantel – Tierhaare hafteten. Es stank nach gebratenen Zwiebeln oder Schweiß (der Geruch ist ganz ähnlich), nach verstopften Abflußrohren, nach altem Hund und kranker Katze, obgleich wir während unseres Besuches weder den einen noch die andere zu Gesicht bekamen. Selbst Cosette, die weiß Gott nicht pingelig war, zauderte einen Augenblick, ehe sie sich auf dem ihr angebotenen Platz niederließ, einem fleckigen, behaarten Sofakissen, über das eine Schmeißfliege kroch.

Bei Walter Admetus erlebte ich es zum ersten (und letzten) Mal, daß ein Mann seine Freundin als seine Geliebte vorstellte. Er war ein chevaleresker Typ mit einem kleinen vorstehenden Spitzbart, sie trug ein sehr hübsches frühes Laura Ashley-Kleid und ein rosa Band im glänzenden Haar. Wie in einem solchen Haus derart adrette, gepflegte Menschen wohnen konnten, blieb ein Rätsel.

»Admetus«, sagte er und streckte die Hand aus. Es fehlte nicht viel, und er hätte die Hacken zusammengeschlagen. Er benahm sich wie ein deutscher oder skandinavischer Adliger, obgleich er genauso englisch ist wie ich. »Darf ich meine Geliebte vorstellen? Miss Eva Faulkner.«

Ich trug die Kameenbrosche, die Cosette mir zum einundzwanzigsten Geburtstag geschenkt hatte, die mit dem Frauenprofil, das aussieht wie Bell. Ich ertappte mich dabei, daß ich an dieser Brosche herumspielte, während ich angespannt auf dem schmutzig-klebrigen Samtsessel saß und zusah, wie Cosette die Flasche roten Graves überreichte, die sie in eine ihrer riesigen Handtaschen hineingemogelt hatte. Erst jetzt kam mir der Gedanke, daß Bell vielleicht, nein, höchstwahrscheinlich gar nicht in Erscheinung treten würde, womöglich gar nicht zu Hause und überdies hier ja nur Untermieterin und mit den beiden nicht persönlich befreundet war. Ich überlegte, wie ich mich verhalten sollte. Walter Admetus nahm die Flasche mit überschwenglichen Dankesbezeugungen entgegen. Zumindest in seinen Manieren war er Ivor himmelweit überlegen. Er bestand darauf, sogleich Wein einzuschenken, obgleich es eine Sorte war, die unbedingt vorher entkorkt werden und bei Zimmertemperatur ruhen müßte und eigentlich zum Essen gedacht war.

»Bedaure unendlich, aber ich kann Ihnen und Ihrer Tochter keinen Imbiß anbieten«, sagte er.

Cosette zuckte zusammen. Ich sagte rasch, ich sei nicht ihre Tochter. Admetus goß Öl ins Feuer, indem er in süßlich-galantem Ton bemerkte, Cosette wünschte sicherlich, ich wäre es. Cosettes Gesicht war in diesem sanften, träumerischen Lächeln erstarrt, das sie minutenlang beibehalten konnte, ohne den Mund zu verziehen oder die Lider zu bewegen. Niemandem fiel etwas Passendes ein. Da wir schon recht spät drangewesen waren, hatte Ivor inzwischen erhebliche Verspätung. Durch die schmutzigen Scheiben schickte die Sonne trübgelbe Lichtbahnen, in denen Staubflöckchen tanzten wie Insekten. Das Licht fiel wie ein Richtscheinwerfer auf Eva Faulkner, sie saß stumm und gelangweilt da, und ich mußte daran denken, wie in *Antonius und Cleopatra* Oktavia beschrieben wird – »mehr Bildnis als beseelt«. Ich begriff, daß es ein Fehler gewesen war, Cosette nicht zu sagen, daß ich in Admetus' Untermieterin Bell vermutete, denn wie konnte ich Admetus jetzt nach ihr fragen, ohne mich und meine Doppelzüngigkeit zu verraten?

Überdies waren mir erneut Zweifel gekommen. Was hatte ich denn an Beweisen? Eine Beschreibung, die ich vielleicht insgeheim meinen eigenen Wünschen angepaßt hatte, und einen Namen, der nicht auf Bell schließen ließ. Cosette hatte ein gestelztes Gespräch, müßige Konversation, über die Annehmlichkeit der Gegend in Gang gebracht. Eva Faulkner, steif in ihrem Sonnenbad sitzend, reagierte nicht, ließ nicht erkennen, ob sie auch nur ein Wort aufgenommen hatte, aber Admetus schien das seichte Geplätscher sehr zu behagen. Er revanchierte sich mit einer Lobeshymne auf unser Notting Hill, so daß man sich fragte, weshalb er nicht umgehend seinen Wohnsitz dorthin verlegte. Sein Bart wippte, seine Augenbrauen tanzten auf und nieder, seine Hände bewegten sich wie Fächer. Ich wurde allmählich böse, wir waren seit einer Dreiviertelstunde da, und ich wollte gerade zu Cosette sagen, wir sollten nicht warten, es sei hoffnungslos, Ivor würde nicht mehr kommen, als ich die Haustür gehen und Ivors Stimme hörte.

Cosette reagierte in jenen Tagen geradezu besorgniserregend auf Ivors Stimme. Ihr Gesicht nahm einen resignierten, ja, geradezu stoischen Ausdruck an. Ich verstand nicht, was er sagte, ich überlegte auch nicht, mit wem er wohl sprach oder wieso er einen Schlüssel zu diesem Haus besaß. Ich fragte mich nur, ob er wohl dieses eine Mal über seinen eigenen Schatten springen und sich entschuldigen würde.

Die Tür ging auf, er kam herein und brachte Bell mit. Es war typisch für ihn, daß er sich vor ihr ins Zimmer drängte.

Ich weiß nicht, ob sie mich erkannte, sich an mich erinnerte, oder ob Ivor, der uns sofort erzählte, wie er sie draußen vor der Tür getroffen hatte, Bell darauf vorbereitet hatte, wen sie im Haus vorfinden würde. Ich hätte danach fragen können, aber ich habe es nicht getan. Ich habe nie danach gefragt. Sie sah mich an und sagte gelassen: »Hallo, Lizzie«, als hätten wir uns gestern zum letztenmal gesehen.

Sie war ganz in Schwarz, wie Milly Theale bei Henry James. Ich habe sie nie anders als in dunklen oder matten oder gedämpften Farben gesehen – bis auf das eine Mal, als ich sie bat, das Kleid in »verblichenem« Rot anzuziehen, ein Kleid, wie es die Frau auf dem Bronzino-Bild trägt. Das war vor dem Kult der Oma-Kleider, vor der Baumwollstrick-

Revolution, vor der Ära der langen Röcke. Bells Sachen stammten vermutlich von einem Flohmarkt, der lange, enge schwarze Wollrock mit den Kellerfalten im Vorder- und Rückenteil, das schwarze Männerhemd aus Baumwolle mit den hochgekrempelten Ärmeln, in der Taille mit einem schwarzen Webschal zusammengehalten, die lange Kette aus schwarzen und braunen Holzperlen. Die schönen schmalen Fesseln, der lange Schaft der Achillessehnen waren unter dem Rocksaum gerade noch zu sehen. Die gebräunten Füße mit den langen Zehen steckten in griechischen Bindesandalen. Das Haar, licht wie unbehandeltes helles Holz, hatte sie mit einem Stück Kordel hochgebunden, ein paar Strähnen hingen ihr ins Gesicht und über den langen geraden Nacken, die hohe glatte Stirn lag frei. Sie hatte den Kopf wie immer stolz erhoben, als trage sie darauf ein schweres, mit Wasser gefülltes Gefäß.

Nun begann ein großes Staunen und Rätseln bei Cosette, Admetus und Ivor – nicht aber bei Eva Faulkner, die offenbar derlei Zufälle als Selbstverständlichkeiten betrachtete –, weil Bell und ich einander schon kannten. Nachdem Admetus den komplizierten Vorgang der Vorstellung hinter sich gebracht hatte – »Ich habe die Ehre, Ihnen vorzustellen ...« sagte er zu Cosette –, begann Ivor Bells Schönheit zu preisen, indem er mit schiefgelegtem Kopf um sie herumging und mit gekrümmtem Zeigefinger auf diese oder jene Besonderheit hinwies, als sei sie eine Ware auf dem Sklavenmarkt.

»Seht euch das Kinn an, diese süßen muschelförmigen Öhrchen, und diese Haut. Hat man schon mal so eine Haltung gesehen? Man könnte vom Scheitel bis zur Sohle eine Senkschnur nach ihr ausrichten.«

Der deutende Finger streifte leicht Bells Nacken. Sie fuhr nicht zurück. Sie sagte langsam, fast nebenhin, aber ohne jede Belustigung: »Pfoten weg, du häßliches Schwein.«

Sie war eben ein aufrichtiger Mensch, sagte immer frank und frei ihre Meinung. Cosette schnappte nach Luft. Admetus kicherte nervös. Zu meiner großen Freude sah ich, daß Ivor kalkweiß geworden war. Bell sagte zu mir: »Komm mit, ich zeige dir, wo ich wohne.«

Ich zögerte keinen Augenblick und verließ mit ihr das Zimmer. Deshalb habe ich nie erfahren, was sich bei dem Dreiergespräch zwischen Cosette, Ivor und Admetus wirklich abgespielt hat. Ich weiß nur, daß Cosette nie Geld für die Gründung der Zeitschrift herausrückte und Ivor wenig später von der Bildfläche verschwand. Mit Admetus aber blieben wir in Kontakt, er wurde ein guter Bekannter und Gast im Haus der Stufen, und nachdem Eva ihn verlassen hatte, fragte ich mich kurze Zeit sogar, ob er vielleicht bei Cosette Ivors Nachfolge antreten würde. Natürlich war das vor Marcus, ehe neben Marcus kein anderer Mann mehr in Frage kam.

Ich ging also mit Bell nach oben, und sie zeigte mir das Zimmerchen, in dem sie wohnte, seit sie das von Silas Sangers Vater ererbte Haus verkauft hatte. Der kleine Raum enthielt kaum mehr als Bett, Tisch und Stuhl, denn Bell hatte damals wie vielleicht noch heute keinen Sinn für Häuslichkeit oder für die Ausgestaltung ihres Heims. Aber Silas' Bilder waren da, sie stapelten sich an den Wänden.

»Ich nehme sie überallhin mit«, sagte sie. »Er war ein

miserabler Maler, aber das spielt keine Rolle. Vielleicht wird er irgendwann doch mal entdeckt, und dann mache ich eine Ausstellung und verkaufe sie für viel Geld.«

Sie redete mit mir, als seien wir seit langem eng befreundet. Von Silas sprach sie emotionslos, kühl, praktisch, wie eine Galeristin, die einen Maler entdeckt und in ihn investiert hat. Ich war überwältigt bei dem Gedanken an den Toten, das Blut auf dem Fußboden und an ihrem Körper.

»Hast du lange bei Felicity gewohnt?« fragte ich sie.

»Zwei Monate, eine Woche und zwei Tage. Dann bin ich in das Haus gezogen, das der Alte mir vermacht hatte. Bis ich es dann verkauft habe.«

Noch eine Frage. Ich stellte ihr viele Fragen an jenem Nachmittag, allerdings keine von denen, die ich ihr hätte stellen müssen, keine der einschneidenden Fragen. »Was machst du denn so? Ich meine, wovon lebst du? Was arbeitest du?«

»Überhaupt nicht.« Man merkte, daß es sie befriedigte, das sagen zu können. »Ich arbeite überhaupt nicht und werde es nie tun. Ich werde nie arbeiten.«

»Dann bist du also reich?«

Sie öffnete die Augen weit. Es waren meergraue Augen, sehr groß und klar. »Nein. Ich bin nicht reich. Aber ich arbeite äußerst ungern. Ich habe gerade genug, um ohne Arbeit durchzukommen, wenn ich in so einem Loch lebe.« Sie hatte ihre eigene Art, ein Thema abzuschließen, wenn sie genug davon hatte, mit einer raschen Kopfbewegung von einer Seite auf die andere, einem Schulterzucken, dem Wechsel zu einem neuen Gegenstand. »Wer ist der Mistkerl, mit dem ich ins Haus gekommen bin? Ich hab ihn schon öfter hier gesehen.«

»Er lebt mit meiner Freundin zusammen, der du vorgestellt worden bist.«

»Ein Glück! Und ich dachte schon, er lebt vielleicht mit dir zusammen.« Mein Pech, wenn es so gewesen wäre. Sie hätte ihn trotzdem einen Mistkerl genannt. »Ein richtiger Kotzbrocken«, sagte sie. »Ist er nicht ein bißchen zu jung für sie?«

»Ein bißchen zu dumm für sie«, meinte ich. »Ein bißchen zu häßlich und selbstsüchtig und gemein. Jung? Ich weiß nicht recht.« Und unaufrichtig: »Darüber habe ich mir nie Gedanken gemacht.«

Sie lachte. »Mal sehen, was ich über ihn rauskriegen kann.«

Ich hörte sie zum erstenmal lachen, es war ein überraschend tiefer, voller, gurgelnder Laut. Ihr blasses Gesicht leuchtete, sie war wunderschön. Sie erregte mich, es war eine verstörende, zutiefst aufwühlende Erregung, und dabei wußte ich nicht im mindesten, was ich von ihr erwartete. Daß wir Freundschaft schließen würden? Daß wir uns treffen und reden und zusammensein würden? Und was erwartete sie? Nicht von mir, sondern vom Leben? Jetzt weiß ich es natürlich, ich weiß es seit langem, aber damals wußte ich es eben nicht. Sie war mir ein Rätsel, und später überlegte ich oft, warum eine so junge, schöne, gesunde und intelligente Frau sich damit zufriedengab, in diesem schäbigen Zimmerchen eines verdreckten Hauses zu wohnen, mit all ihrer Habe auf zwölf Quadratmeter zusammengedrängt, ohne Stellung, ohne Beruf, ohne Aussichten, ohne erkennbares Ziel. Sie war eine siebenundzwanzigjährige kinderlose Witwe ohne Qualifikationen und ohne Ausbildung, aber schöner als jedes Photomodell, das die Titelseite einer Zeitschrift zierte, eine Frau, die sich in Lumpen kleidete, die – wie ich etwas später erfuhr – keinen Liebhaber und kaum Freunde hatte.

Es verhielt sich natürlich so, daß sie wartete, sich umtat, auf ihre Chance hoffte. Das war es, was sie vom Leben erwartete. Wir öffneten ihr Fenster, das auf den weißen Himmel hinausging und auf eine Platane, in deren Zweigen rosabronzefarbene Tauben hockten und deren fadendünne Äste und seidenzarte Blätter reglos in der windstillen Luft standen. Wir lehnten uns über das breite Fensterbrett. So viele meiner Erinnerungen an Bell sind mit Fenstern verbunden, mit Schiebefenstern, Fensterrahmen, Glas und Zugluft und Tropfen, aber an jenem Sommertag gab es keine Zugluft. Die Luft, die vom Regent's Park herüberwehte, roch frisch, sie roch wie Landluft – soweit Land bei uns noch so riechen kann. Bell holte eine Tabakdose aus einer Schublade und begann, ohne mich zu fragen, ganz selbstverständlich, einen Joint zu drehen. Für mich war es das erstemal. Sie brachte mir bei, den Rauch zu inhalieren und in den Lungen festzuhalten, bis mich ein Schwindel erfaßte und mir auf seltsame Weise den Kopf weitete, bis sich mit dem Ausatmen ein tiefer Friede einstellte, ein Friede, in dem es kein Morgen gab.

Im September jenes Jahres reisten Cosette und ich zusammen nach Italien. Sie hatte eigentlich mit Ivor hinfahren wollen, aber inzwischen war Ivor nicht mehr da.

»Komm du mit«, sagte sie. »Mir ist das sowieso lieber. Wirklich. Ich habe mich vor dieser Reise mit ihm richtig gegrault.«

Ich war ein paarmal mit Bell zusammen gewesen. Sie hatte mich im Haus der Stufen besucht, wir waren im Kino gewesen, in dem alten Electric Cinema in der Portobello Road, und ich hätte es gern gesehen, wenn sie mit uns nach Italien gefahren wäre.

»Ich bin erst einmal im Ausland gewesen«, hatte sie zu mir gesagt, »mit Silas in Frankreich. Wissant hieß der Ort, es ist so nah, daß es praktisch noch England ist.«

Ich staunte darüber, daß eine junge gesunde Frau lieber auf so viele Freuden verzichtete, als zu arbeiten. Bell hatte genug zum Leben, aber nicht genug zum Urlaubmachen. Ich hätte nur ein Wort zu Cosette zu sagen brauchen, und sie hätte mitkommen können, gratis und franko, denn es war selbstverständlich, daß sich Cosettes Großzügigkeit nicht nur auf mich, sondern auch auf meine Freunde erstreckte. Eben deshalb konnte ich nichts sagen. Ich konnte nicht einmal davon sprechen, daß Bell praktisch noch nie im Ausland gewesen war und für dieses Jahr keinerlei Urlaubspläne hatte, ja, ich mußte sogar, so sehr es mir gegen den Strich ging, zu Cosette sagen: »Bell möchte einfach nicht aus London hinaus. Sie muß sich für die vielen Jahre schadlos halten, in denen sie mit Silas in der tiefsten Provinz gesessen hat.«

In den Uffizien von Florenz hängt das Bronzino-Porträt der Lucrezia Panciatichi. Nach Meinung der meisten Literaturkritiker hat Henry James dieses Gemälde als Vorlage benutzt, als er in *Die Flügel der Taube* das Bild beschrieb, das dort in dem »großen vergoldeten historischen Raum« in Matcham hängt und das er »die fahle Person an der Wand« nennt. Man weiß, daß es der unglücklichen Milly Theale ähnlich sieht. Mit ihren »Augen wie aus anderen Tagen, den vollen Lippen, dem langen Hals«. Mit dem »fast leichenblassen Gesicht, das trotzdem schön war in seiner Trauer, gekrönt von dichtem, zurück- und hochgerolltem Haar« hat es außerdem frappante Ähnlichkeit mit Bell.

Leider weiß ich nicht mehr, ob ich es bei meinem ersten Florenzbesuch gesehen habe, als ich mit Cosette in Italien war. Wir müssen in den Uffizien gewesen sein. Später, soviel steht fest, habe ich mir das Original angesehen, aber ich kann mich beim besten Willen nicht mehr darauf besinnen, ob ich es damals sah. Einen Druck des Bildes entdeckte ich in der Nähe der Trinità-Brücke in einem Schaufenster, als ich mit Cosette am Arno spazierenging. Cosette fiel die Ähnlichkeit auf – Cosette hatte ja auch die Ähnlichkeit zwischen Bells Gesicht und dem auf meiner Kameenbrosche bemerkt –, sie blieb stehen und meinte, wir sollten den Druck kaufen.

Ich hatte Herzklopfen, ließ mir aber nichts anmerken. Obgleich ich wußte, wie einfühlsam Cosette mit den Wünschen und Geheimnissen ihrer Mitmenschen umging, wie bereitwillig sie allem zugestimmt hätte, was ich mit dem Bild vorhaben mochte, konnte ich die Schreckensvorstellung nicht loswerden, es könnte eines Tages, mit einem Edelstahlrahmen aus dem »kleinen Laden« in der Kensington Park Road versehen, an der Wand des Salons hängen und allen Gästen vorgeführt werden.

»Dann wenigstens eine Postkarte«, sagte Cosette.

»Irgendwo muß übrigens noch ein ganz ähnliches Kleid von mir sein, ich hab es mir damals für den Chelsea Künstlerball machen lassen, da wollte ich als Lady Jane Grey gehen. Ob ich wohl noch hineinpassen würde?«

Cosette gelang es nicht, eine Postkarte von Lucrezia Panciatichi aufzutreiben. Am nächsten Morgen, als sie noch schlief, ging ich allein los, erstand den Bronzino-Druck, brachte ihn heimlich heim und verwahrte ihn lange in einem Versteck.

9

Ich stand vor meiner kleinen Version dieses Porträts, als Bell anrief.

Lange hatte das Bild in einem Schubfach jenes Schreibtischs gelegen, den Cosette mir gekauft hatte. Ich hatte es rahmen lassen, sobald ich es mir leisten konnte, und es in meinem Schlafzimmer aufgehängt. Falls Cosette es je bemerkte, hat sie sich darüber nicht geäußert. Kurz vor dem Mord nahm ich den Druck ab und legte ihn wieder weg, aber es wäre mir nie in den Sinn gekommen, mich von ihm zu trennen, und er hat mich auf allen Stationen meines Lebens begleitet, zuerst, nachdem das Haus der Stufen verkauft worden war, in die Wohnung in Primrose Hill, dann nach Hampstead, wo es wieder an der Wand hing, während meiner kurzen Ehe für ein, zwei Jahre nach Cambridge, dann wieder nach London und in dieses Haus in Hammersmith. Ich sage mir zwar, daß ich nicht abergläubisch bin, dennoch assoziiere ich das Aufhängen des Bildes mit kommendem Unheil.

Alles Unheil – bis auf das eine – ist mir schon widerfahren, dennoch hatte ich das Bild wieder in der Schublade verschwinden lassen. Vor drei Tagen aber habe ich hier in meinem Arbeitszimmer das gerahmte Roiter-Poster von der Wand genommen und statt dessen den Bronzino aufgehängt. Ich hatte das Bild viele Jahre nicht mehr angesehen, und nun entdeckte ich zwischen den Rot- und Schwarz-

und Goldtönen Dinge, die ich nie zuvor bemerkt hatte, zum Beispiel stellte ich fest, daß Lucrezia zwar reichen Schmuck, aber nur einen einzigen Ring trägt, noch dazu einen Ring mit sehr dunklem Stein, der durchaus ein Blutjaspis sein könnte. Ihr Haar ist – da mag Henry James sagen, was er will – nicht eigentlich rot, sondern hat einen sehr hellen Kupferton. Natürlich spricht er nur von einem Bronzino und von einer blassen rothaarigen Dame in Rot, nicht von diesem Porträt, und er muß sehr genau gewußt haben, wie viele Leute Bronzino gesessen haben und daß dieser florentinische Manierist nicht nur für seine Allegorien berühmt war, sondern auch als Porträtmaler einen hohen Ruf genoß. Beim Betrachten des Bildes kam mir natürlich nicht nur Bell in den Sinn, sondern auch anderes aus der Zeit, als Cosette das Haus der Stufen hatte, Bells Interesse an *Die Flügel der Taube* etwa, ihre überraschende Frage nach der Handlung des Romans, dem Komplott.

Gleich, dachte ich, gleich rufe ich an. Ich werde die bewußte Nummer mit dem Amt Sechs-zwei-vier wählen und mich aus dieser qualvollen Sackgasse befreien, in die ich seit einer Woche, tatsächlich, seit fast einer Woche schon stecke, es muß ein Ende haben mit dem Hinauszögern und den Bedenken und den Ausflüchten, es sei zu früh oder zu spät zum Anrufen, sie sei bestimmt ausgegangen, es sei zu früh, nicht früh genug, morgen sei der beste, der geeignetste, der Schicksalstag. Lucrezia begegnete meiner Musterung mit ihrem gelassen-ruhevollen Blick – gewiß nicht »schön in ihrer Trauer«, nicht »leichenblaß« –, sie sah mich aus ihren großen klaren Augen an, so daß ich jetzt eine Ähnlichkeit nicht nur mit Bell entdeckte, sondern auch mit der jungen Cosette, wie ich sie von alten Photos kannte, und in diesem Augenblick läutete das Telefon.

Daß es Bell sein könnte, wäre mir nie in den Sinn gekommen. Doch obgleich sie, nachdem ich meine Nummer genannt hatte, nur »Hallo!« sagte, wußte ich in der gleichen Sekunde, wer es war. Es war der Schock, der mir für einen Augenblick die Sprache raubte, ja, es war ein Schock, obwohl ich vorbereitet war, obgleich ich sie gesehen hatte und wußte, daß sie sich nach mir erkundigt hatte.

»Hier Bell.«

»Ich weiß«, sagte ich. »O ja, ich weiß.« Ich war plötzlich zutiefst erschöpft und mußte mich setzen. Es dauerte ein paar Sekunden, bis ich merkte, daß ich die Augen geschlossen hatte. »Ich habe dich gesehen«, sagte ich. »Ich bin dir nachgegangen, aber du warst plötzlich weg.«

Es war noch nie Bells Sache gewesen, Erklärungen oder Entschuldigungen vorzubringen, wenn sie keine Lust dazu hatte. Erst viel später erfuhr ich, daß Felicity Thinnesse sie angerufen und ihr gesagt hatte, daß ich sie sprechen wollte.

»Willst du mich besuchen?« fragte sie.

Und deshalb sitze ich ihr jetzt in einem Zimmer gegenüber, das dem Zimmer in Walter Admetus' Haus, in dem ich zum erstenmal mit ihr allein war, sehr ähnlich sieht. Ein Bett steht darin mit einer Tagesdecke aus schmutzigweißer Baumwolle, ein Tisch, ein Korbstuhl, zwei Koffer und zwei Teekisten. Es ist ein warmer Frühlingstag, und Bell hat das Fenster aufgemacht, aber hier weht keine frische Brise vom Regent's Park herein, draußen stehen keine Platanen, keine klassizistischen Reihenhäuser. Dieses Haus ist an eine Eisenbahnbrücke gequetscht, geradezu lächerlich eng eingeklemmt, aus den Erkerfenstern nach vorn hinaus ist alles Licht ausgesperrt, während man aus den Hinterzimmern – und dies ist eins davon – auf einen Schrottplatz sieht. Als Bell aus dem offenen Vollzug entlassen wurde, in dem sie das letzte Jahr ihre Strafe verbüßt hatte, mußte sie, wie sie sagt, in einem Wohnheim leben. Dann hat ihre Bewährungshelferin ihr dieses Zimmer besorgt. Auch eine Stellung hat sie ihr besorgt, nächste Woche soll sie anfangen, in einem Geschäft, dessen Besitzerin wohl oder übel darüber aufgeklärt werden mußte, wer und was sie ist.

»Ich weiß nicht, ob ich es packe«, sagt sie, aber ob sie Zweifel hegt, weil sie bisher praktisch noch nie berufstätig war, oder weil das Geschäft ausgerechnet in der Westbourne Grove ist, – das bleibt offen. Äußerlich ist sie stark verändert, wenn auch noch immer schlank und gerade mit hoch erhobenem Kopf auf langem Hals. Ihr Haar ist eisgrau und wirkt dadurch gröber. Ein Netz aus Fältchen liegt über ihrem Gesicht wie eine Spinnwebe, und ich denke an das, was James über das Bild und Milly Theale gesagt hat: »...ein Gesicht, das, ehe es im Lauf der Zeit verblaßt war, eine Familienähnlichkeit mit dem ihren gehabt haben mußte.«

Sie trägt Schwarz, einen Rock und eine Art Überwurf, praktisch nur eine Stoffbahn, an den Längsseiten zusammengesteppt und mit einem Loch für den Kopf, Sandalen, keine Strümpfe. Ihre Beine sind sehr dünn geworden. Ich habe sie noch nicht berührt. Ich habe ihr nicht die Hand gegeben oder sie geküßt. Meine vorherrschenden Gefühle sind Schock und Mitleid und Staunen. Werde ich mich je an sie gewöhnen? Werde ich mir je ganz ungerührt sagen können, das ist Bell?

Als Bell mir geöffnet und mich nach oben gebracht und nachdem sich die Tür hinter uns geschlossen hatte, erinnerte sie sich daran. All die Jahre hat sie es im Gedächtnis behalten. Und sie fragte mich: »Bist du schon über den Berg?«

Ich war ihr unendlich dankbar. Sie hatte mir damit eine große Freude gemacht, weit mehr als mit irgendeinem wertvollen Geschenk.

»Kurz davor«, sagte ich.

Sie nickte. Ich habe sie noch nicht lächeln sehen. »Ich habe oft daran gedacht. Ich habe mich das oft gefragt.«

Sie schläft viel. Im Gefängnis konnte sie nicht schlafen, hat sie mir erzählt, und seit sie draußen ist – über zwei Monate hat sie gebraucht, bis sie sich dazu aufgerafft hat, Felicity anzurufen – schläft sie die ganze Nacht durch, verschläft halbe Tage. »Deshalb packe ich diesen Job vielleicht nicht.«

»Ich arbeite nicht und werde es auch nie tun«, hatte sie mal zu mir gesagt. »Ich werde nie arbeiten.«

An dem Abend, als ich sie gesehen hatte, war sie zur Therapie in Shepherds Bush gewesen. Auf dem Rückweg hatte sie ihre Fahrt unterbrochen, um sich das Geschäft anzusehen, in dem sie arbeiten soll, und war in dem Moment, als ich aus der U-Bahn kam, in einem Tabakladen auf der Queensway verschwunden. Denn während wir anderen seit den siebziger Jahren auf den blauen Dunst verzichten, raucht Bell nach wie vor. Sie lebt von Sozialhilfe und überschlägt schon mal eine Mahlzeit, um sich Zigaretten kaufen zu können. Ihre Kleidung riecht nach ihnen und ihr Haar und dieses Zimmer, im Haus von Admetus war es sicherlich nicht anders, nur rochen wir damals alle danach, so daß es uns nicht auffiel.

»Stört es dich, wenn ich mich ein bißchen hinlege?« fragt sie mich. »Du kannst bleiben oder gehen, ganz wie du willst. Ich weiß ja jetzt, wo du bist, und du weißt, wo ich bin.«

Aber während sie sich auf das Bett unter dem offenen Fenster legt, während sie sich zusammenrollt und eine Hand unters Kopfkissen schiebt, streckt sie die andere nach der meinen aus. Wie eine Kranke oder ein kleines Mädchen will sie, daß ich im Schlaf ihre Hand halte.

Als wir aus Italien zurückkamen, Cosette und ich, war Bell bei Admetus ausgezogen und verschwunden. Sie hatte keine Nachsendeadresse, keine Nachricht für mich hinterlassen. Bis heute weiß ich nicht, wohin sie verschwand, und es kümmert mich nicht mehr, es ist nicht mehr wichtig. Vielleicht war sie mit einem Mann – oder einer Frau – zusammen, vielleicht war es auch einfach so, daß sie die Miete nicht mehr zahlen konnte, die Admetus verlangte.

Irgendwie aber wußte ich, daß sie wieder auftauchen und zu mir finden würde, daß wir einander eines Tages aus heiterem Himmel oder durch irgendeinen dummen Zufall begegnen würden. Dabei kannte ich, abgesehen von Felicity, keinen Menschen, von dem man hätte sagen können, er sei mit Bell befreundet gewesen, ich hatte sie bis dahin nie von Freunden, ich hatte sie auch nie von Mutter, Vater, Geschwistern oder Angehörigen sprechen hören. Sie war verheiratet gewesen, war Witwe geworden, hatte nie gearbeitet, äußerte stets scheinbar schonungslos offen ihre Meinung – und mehr wußte ich nicht von ihr. Sie hingegen wußte – so rückhaltlos hatte ich mich ihr bereits anvertraut – genau über mich, meine Familie, auch über meine schauerliche Erblast Bescheid, sie wußte von meiner toten Mutter, von meiner besonderen Zuneigung zu Cosette und Cosettes Zuneigung zu mir, sie wußte sogar von dem Verhältnis – eine Beziehung nannte ich es damals – mit Dominic.

Ich hätte es nicht tun dürfen, das weiß ich jetzt. Es war eines, mit ihm zu flirten und zu tanzen, es war etwas ganz anderes, an jenem Abend nach dem Essen im Marco Polo und dem Abstecher in Ivors Club im Morgengrauen mit ihm auf sein Zimmer zu gehen, fast so, als sei es etwas Selbstverständliches. Ich hatte Lust auf ihn, so einfach war das. Er war so schön. Es erschien mir nicht nur unwichtig, daß er Perpetuas Bruder war, ein Dorfjunge, der kaum lesen und schreiben konnte, naiv, ohne die leiseste Spur von Weltgewandtheit – nein, ich bedachte es gar nicht. Dabei muß ich gewußt haben, daß er ein frommer Katholik war. Hatte ich ihn nicht jeden Sonntag, an allen strengen Fastentagen zur Messe gehen sehen? Auch das bedachte ich nicht. Ich nahm ihn mir als Liebhaber, weil er schlank und groß und gerade gewachsen war, weil ich noch nie in meinem Leben so blaue Augen gesehen hatte, weil er seidenweiches, rabenschwarzes Haar hatte (die Art von Haar, das eher ergraut als jedes andere) und ein Gesicht wie einer von El Grecos jungen Kirchenmännern. Auch – und das ist schon eher zu verzeihen –, weil über mir der Stumpfsinn und der Schrecken hing und ich meinte, alles haben, alles tun zu müssen, worauf mir der Sinn stand, weil ich meinte leben zu müssen, ehe es damit für mich endgültig aus und vorbei war.

Beim erstenmal waren wir beide betrunken und wechselten kein Wort, gegen Morgen aber schliefen wir noch einmal zusammen, und danach sagte er: »Wie kann jemand wie du einen wie mich lieben?«

Ich fröstelte ein bißchen, denn ich liebte ihn nicht, aber auch da verstand ich noch nichts. Ich begriff ihn nicht in seiner Schlichtheit, begriff nicht, daß er in seiner Harmlosigkeit, aufgrund seiner strengen Erziehung der Meinung war, daß eine Frau mit einem Mann nur dann schlafen würde, wenn sie ihn liebte, ja, mehr noch, daß sie sich damit auf Dauer für ihn entschieden, ihn sich zum Lebenspartner erwählt hatte, als sei der Mensch so monogam wie manche Vögel, die, in früher Jugend auf einen Partner fixiert, ausschließlich an ihn gefesselt bleiben. Statt dessen fragte ich ihn, was er meinte. Schüchtern und bescheiden, ohne Selbstbewußtsein, in seiner Einstellung so ganz anders, als sein blendend-arrogantes Aussehen vermuten ließ, sagte er, ich sei gescheit, gebildet (du hast studiert, so drückte er es aus), sei eben aus einer anderen »Kiste«.

»Ich bin nur ein einfacher Arbeiter«, sagte er, es klang wie aus Synges *Held der westlichen Welt*, klang wie Christy Mahon.

»Das ist doch völlig schnuppe«, sagte ich mit geradezu unfaßbarer Dickfelligkeit.

Später ließ ich mir von ihm die Stelle bei Synge vorlesen, wo die Bischöfe an den Gittern des Paradieses rütteln, um einen Blick auf die Schöne Helena zu erhaschen, und wie sie mit einem Sträußchen im goldenen Schal einhergeht. Das

Vorlesen klappte nicht so recht, er verhaspelte sich ständig, und ich mußte ihm helfen. Ach ja, ich habe wohl immer zu viel Literatur konsumiert und selbst zu wenig produziert.

Wenn ich jetzt ins Haus der Stufen zurückkam, erwartete mich Dominic wie ein Ehemann, sagte »Liebling« zu mir und verkündete, er habe zur Feier des Tages mein Bett frisch bezogen. Und dann wurde mir ganz elend, immer war das jetzt so, wenn er zu mir zurückkam oder ich zu ihm, denn ich hatte mir eine sinnlich-stürmische Affäre über wenige Wochen gewünscht, während er – das wurde immer deutlicher – sich eine exklusive, lebenslange Beziehung vorstellte. Die romantisch veranlagte Cosette, die nicht ungern hier und da die Kuppelmutter spielte und die zunächst unser Verhältnis unterstützt hatte, wie sie wohl jedes Verhältnis unterstützt hätte, besonders wenn es Beziehungen zwischen jungen hübschen Menschen waren – hatte das klar durchschaut.

»Demnächst wird er dich heiraten wollen«, sagte sie. »Im Brompton Oratory wahrscheinlich oder gar in der Kathedrale.«

»Und ich dachte immer, daß die Frauen Klette spielen und die Männer frei sein wollen«, jammerte ich. »Wie kann einer aussehen wie Don Giovanni und die Seele eines Milchmanns haben?«

»Man darf eben nie die Wurst nach der Pelle beurteilen«, sagte Cosette.

Sie hatte nun ihr Interesse von meinem Geschlechts- auf mein Berufsleben verlagert oder vielmehr auf mein gerade anstehendes Projekt. Daß ich unter ihrem Dach ein Buch schreiben wollte, fand Cosette hinreißend. Welcher Art das

Buch sein würde, kümmerte sie dabei wenig. Ihre Kritikfähigkeit war nicht sehr ausgeprägt, und deshalb bewunderte sie alles, was ihr nahestehende Menschen hervorbrachten. So war Diana die schnellste und exakteste Maschinenschreiberin in ganz London, Gary der Welt größter Sitarvirtuose, und das Stück U-Bahn-Tunnel, an dem Dominic gearbeitet hatte, war das beste im ganzen Netz. An meinem schriftstellerischen Projekt störte sie nur, daß ich darauf bestand, nebenher noch zu arbeiten, obgleich der Job in einem Kinderhort wirklich nichts Besonderes war und ich ehrlicherweise zugeben muß, daß er mir nur deshalb genug zum Leben einbrachte, weil ich mietfrei wohnte.

Die Dichterstube wurde heimlich hergerichtet, in den zwei, drei Stunden am frühen Abend, die ich im Hort verbrachte. Es war damals fast der einzige freie Raum im ganzen Haus. Je ein Zimmer bewohnten Gary und Mervyn, Dominic und ich – auf Dauer mit ihm zusammenzuziehen hatte ich strikt abgelehnt –, dazu kamen Cosettes prächtiges Schlafgemach und der Raum von Birgitte, der neuen Haustochter (diesmal ein richtiges Au-pair-Mädchen), die in Fays früherem Zimmer schlief. Das Dachgeschoß mit den Kammern, mit dem hohen Fenster ohne Balkon, war unmöbliert und diente als Lager für Pappkartons und Kisten. Das Zimmer, das Cosette und Perpetua für mich herrichteten, lag direkt darunter, sein Fenster hatte einen der schmalen Balkons ohne Geländer mit Blick auf den grauen Garten.

Perpetua, eine stille Frau, die sehr an Cosette hing, hätte ihr so leicht keine Bitte abgeschlagen, ja, sie nahm ihr zuliebe so manche Unbequemlichkeit in Kauf, fuhr jeden Tag die lange Strecke mit dem Bus und putzte für eine Horde unachtsamer, schlampiger junger Leute. Sie hätte sich wohl sonst auch kaum bereitgefunden, für mich Möbel nach oben zu tragen, Teppichboden zu legen und Vorhänge aufzuhängen. Sie hatte begriffen, was inzwischen alle außer Dominic begriffen hatten, – daß ich ihn nur benutzt hatte und von Liebe bei mir nicht die Rede sein konnte. Und das traf sie, die zwanzig Jahre älter als er und bereits eine erwachsene Frau gewesen war, ehe er das Licht der Welt erblickt hatte, wie es eine Mutter getroffen hätte. Ihr Groll äußerte sich auf seltsame Art: Sie redete mich nicht mehr mit meinem Vornamen an. Daran mußte ich später denken, als jemand, der mir so viel, so unendlich viel mehr bedeutete, meinen Namen nicht aussprechen mochte.

Statt zu verkünden: »Der Kaffee ist fertig, Elizabeth«, sagte sie dann wohl: »Es ist Kaffee da, wenn du welchen möchtest!«, oder sie rief nach oben: »Bist du da?« Und wartete darauf, daß die Stimme antwortete, die gemeint war.

Der Schreibtisch wurde angeliefert, die Schreibmaschine entstaubt, Lexika fanden ihren Platz in einem nagelneuen Bücherregal. Ich stand da und bewunderte alles, überschwenglich meinen Dank bekundend. Cosette, eine ebenso begabt wie großherzig Schenkende, freute sich ganz harmlos und unbefangen, wenn man sich bei ihr bedankte, wenn man ihre Gaben begeistert entgegennahm. Bei dieser Gelegenheit sagte ich ihr, wie sehr ich mir ein altgriechisches Lexikon wünschte (ich hatte mir vorgenommen, mir Griechisch im Selbstunterricht beizubringen und habe diesen Vorsatz später auch ausgeführt), und Cosette versprach mir eins zu Weihnachten. Statt dessen schenkte sie mir dann ein neugriechisches Wörterbuch und mußte sich jene lieblosen Vorwürfe anhören, die mir noch heute die Schamröte ins Gesicht treiben.

In jenem Winter also, dem Winter, der die Brücke von den sechziger zu den siebziger Jahren bildete, setzte ich mich hin, um meinen Roman zu schreiben. Ich begann an einem strahlenden Tag Ende Oktober, der heiß wie im Hochsommer war. Das Beispiel von Henry James vor Augen, den ich so genau kannte, hätte ich zumindest versuchen können, mit dem, was ich schrieb, ein wenig das Menschenherz zu erkunden. Ich tat es nicht, ich wollte Geld sehen, war auf das schnelle Pfund aus, auf rasche Erträge, denn ich hatte die Chorea Huntington im Blut, ich wollte im Hier und Jetzt leben, solange es mir noch möglich war, wollte alles haben, und das sofort. Deshalb begann ich eine billige, sexbefrachtete, gefühlige Abenteuergeschichte, die von Menschen handelte, wie ich sie nie kennengelernt hatte, und an Orten spielte, an denen ich nie gewesen war, die ich mir aber leicht für meine Zwecke aus Reisebeschreibungen und anderer Leute Bücher zusammenstellen konnte. Solche Bücher schreibe ich noch heute.

Cosette verfolgte meine Bemühungen voller Hochachtung. In ihren Augen war ich fast über Nacht zu einer »Künstlerin« geworden, sie teilte die Einstellung der Franzosen allen schöpferisch tätigen Menschen gegenüber, wobei es ihnen auf die Art des Geschaffenen im Grunde gar nicht ankommt. Cosette verlangte, daß alle anderen meine Arbeit als die wichtigste Tätigkeit im ganzen Haus zu betrachten hätten, daß sie auf Zehenspitzen die Treppe hochgingen, sich das Spielen ihrer Platten und Musikinstrumente versagten und mich um keinen Preis in meinem Zimmer störten. Nach einer Weile lockerten sich natürlich diese Vorschriften, und es gab wieder den gewohnten Trubel, aber Cosettes Einstellung blieb unverändert, sie behandelte mich, wenn es um diese Dinge ging, wie einen neuen Balzac oder zumindest einen Graham Greene.

Eines Nachmittags (ich hatte fast den ganzen Tag geschrieben und wollte mich gerade auf den Weg in den Kinderhort machen) rief – sehr erregt, sehr zerfahren – Felicity Thinnesse an.

»Ich habe deine Nummer von Elsa bekommen. Die Frau, bei der du wohnst, nimmt doch zahlende Gäste, nicht?«

Ich empfand einen ganz unbilligen Ärger. Die arme Felicity hatte sich bei ihrer Frage natürlich nichts Böses gedacht, wahrscheinlich konnte sie sich einfach nicht vorstellen – die wenigsten konnten es! –, daß jemand einer Horde von Schmarotzern wie Gary und Mervyn und Fay und Birgitte freie Kost und Logis gewährte.

»Warum fragst du?«

»Ich habe Esmond verlassen. Das heißt, ich werde ihn verlassen, sobald ich eine Bleibe gefunden habe. Ich brauche ein Zimmer.«

Ich weiß nicht, warum mir die Kinder einfielen. Ich dachte daran, wie Miranda die von ihrer Mutter für alle Lebenslagen aufgestellten Benimmregeln nachgeplappert hatte. »Für euch drei?« fragte ich bedenklich.

»Mit Jeremy und Miranda kann ich mich nicht belasten. Sie bleiben bei Esmond.« Und Felicity fügte einen sehr seltsam klingenden Nachsatz an: »Dann kann er nicht so viel Theater machen.«

Ich würde Cosette fragen, sagte ich, und versprach zurückzurufen, »ehe Esmond nach Hause kommt oder nachdem er zu seinen Konservativen gegangen ist.«

Cosette war im Salon, mit Auntie und Maurice Bailey aus der Wellgarth Avenue. Nachdem er Witwer geworden war, sah er sich gern bei Harrods und in den großen Geschäften auf der Kensington High Street um, und zur Teezeit nahm er sich dann ein Taxi, fuhr durch den Park und schaute eine halbe Stunde bei Cosette vorbei. Zweck dieser Besuche war offenbar unter anderem, ihr klarzumachen, was für ein jammervolles Leben sie zur Zeit führte und wie schön sie es statt dessen haben könnte. Deshalb brachte ihn die Frage, die ich Cosette stellen mußte, nur noch mehr in Rage. Ich stellte sie in seiner Gegenwart, weil ich wußte – oder damals zu wissen meinte –, daß Cosette durchaus Spaß daran hatte, ihn »hochzunehmen«, wie Felicity gesagt hätte.

»Noch eine vom Stamme Nimm«, sagte er. »Dein Haus scheint hier in der Gegend als Obdachlosenasyl bekannt und beliebt zu sein.«

Auntie amüsierte sich und blickte zaghaft von einem zum anderen. Cosette sah in einem blauen Brokatkaftan, der überhaupt nicht hierher paßte, geradezu majestätisch aus. Seit Ivors Abgang schminkte sie sich nicht mehr so stark und hatte wieder etwas zugenommen, so daß sie jünger und geradezu blühend aussah. Ihre Haarfarbe war inzwischen zu einem sehr hellen Goldblond gediehen. Ich hatte, Oscar Wilde zitierend, einmal zu ihr gesagt, daß es durch Ivors Verlust vor Kummer blond geworden war, und das gefiel ihr so sehr, daß sie es überall herumerzählte. Jetzt freute sie sich, um Maurice Bailey ein bißchen zu ärgern, laut und lange über Felicitys Kommen.

»Natürlich kann sie hier wohnen, Liebling. Wie schrecklich, bei einem Mann bleiben zu müssen, weil man nicht weiß wohin. Nicht zu glauben ...«

»Dann rufe ich sie am besten gleich an.«

»Ja, tu das und sag ihr, daß wir sie mit offenen Armen empfangen werden. Wo wir sie unterbringen, weiß ich noch nicht, in einem der oberen Räume, nehme ich an. Perpetua wird sich darum kümmern, du weißt ja, wie großartig sie das immer macht. Schau mich nicht so an, Maurice.« Sie streckte eine ihrer schönen Hände nach ihm aus und berührte leicht seinen Jackenärmel. Cosettes Hände, ein Leben lang geschont, waren noch immer mädchenhaft, weiß und rundlich, mit spitz zulaufenden Fingern und Nägeln wie abgezogene Mandeln, schwer beringt. »Komm, sei wieder gut, Maurice«, schmeichelte sie. »Felicity zahlt mir ja Miete oder arbeitet sie ab. Es gibt so vieles, womit sie sich nützlich machen kann.«

Ja, wie Mervyn und Gary, die es längst aufgegeben hatten, die Böden zu bohnern oder das Auto zu waschen, wie Birgitte, das dänische Au-Pair-Mädchen, das zuerst durchaus bereit gewesen war, für Kost und Logis zu arbeiten, sich dann aber nur zu gern von ihrer Arbeitgeberin hatte überzeugen lassen, daß es für sie nichts zu tun gab und daß es für ein so junges Mädchen doch ein Jammer wäre, sich nicht nach Kräften zu amüsieren, solange es ging. Schau dich doch ein bißchen in der Carnaby Street um und in der King's Road, Kind ...

Ein paar Tage später kam Felicity. Zunächst gedrückt und nachdenklich gestimmt, immer in der Angst, Esmond könnte erfahren, wo sie steckte, und könnte kommen, um sie zu holen, fand sie sogleich Gefallen an Cosette und redete sich ihren Kummer von der Seele. Ein Gespräch unter vier Augen war praktisch unmöglich, dazu war Cosette immer von zu vielen Menschen umringt, die auch nicht davor zurückschreckten, ihr zu unchristlich früher Morgenstunde, um drei oder vier, ins Schlafzimmer zu folgen, um auf der Bettkante Gespräche oder musikalische Darbietungen fortzusetzen. Doch Felicity ließ sich nicht abschrecken, sie nahm Cosette für sich in Beschlag und legte los, manchmal lag sie zu ihren Füßen, den Kopf in ihrem Schoß, manchmal saß sie ihr am Tisch gegenüber, lehnte sich vor, sah ihr ernsthaft in die Augen, und wenn man sich die Mühe machte hinzuhören, schnappte man einzelne Worte und Satzfetzen auf: »mein verdammter Ehemann...«, »seine Mutter, die alte Ziege...«, »Gefängnis...«, »lebendig begraben...«, »lebender Tod«, »Frust«, »Schmerz«, »Jammer«.

Zu dieser Zeit wohnten im Haus der Stufen Cosette, ich selbst, Dominic, Mervyn, Gary, Birgitte, Mervyns Freundin Mimi, Auntie und jetzt Felicity. Neun Personen. Zu Weihnachten kamen Diana Castle und ihr Lebensgefährte, sie wollten die Feiertage bei uns verbringen und blieben mehrere Wochen. Somit waren wir elf. Die beiden mußten in Schlafsäcken auf dem Fußboden des Vorderzimmers unter dem Dach kampieren. Natürlich hätte Cosette auch bereitwillig ein Bett für ihre Gäste gekauft, nur fand sich niemand – am allerwenigsten jemand aus dem Möbelgeschäft –, der es hundert Stufen hochgetragen hätte. Selbst Perpetua streikte, sie würde sich mit dem Geschleppe noch einen Bruch heben, prophezeite sie düster.

Sie und Dominic hatten eine Schlafcouch für Felicity nach oben gebracht und waren dafür jeder mit überschwenglichem Lob und fünf Pfund von Cosette belohnt worden. Es war das Zimmer über dem »Allerheiligsten«, wie Cosette es nannte, und Felicity wurde bei ihrer Ankunft sehr höflich ersucht, während der geheiligten Stunden vor zehn bis drei, wenn ich arbeitete, »mäuschenstill« zu sein. Früher war es eine Kammer für ein oder mehrere Dienstmädchen gewesen, ein kahler Raum mit schrägem Dach und mit den Zimmern in den unteren Stockwerken gar nicht zu vergleichen. Den Wänden und dem Holz war anzusehen, daß seit dem Einzug der ersten Bewohner dort niemand mehr einen Pinsel Farbe verstrichen hatte. Cosette drängte Gary, alles zu renovieren, ehe Felicity einzog, und gab ihm eine großzügige Anzahlung, aber es dauerte dann noch lange, bis er sich dazu aufraffte, und inzwischen war Felicity wieder bei Esmond und den Kindern.

Ein paar Tage im Haus der Stufen und die genußvollen Aussprachen bei Cosette hatten Wunder gewirkt, bald war Felicity wieder ganz die Alte, spottlustig, rasch begeistert, krittelig, mit unbrauchbaren, belanglosen Informationen um sich werfend, auf alle herabsehend, die weniger schnell im Denken waren als sie. Ich wurde in ihr Zimmer gebeten, um die Aussicht zu bewundern und mich darüber zu äußern, ob die Kuppel, die sie sehen konnte, zu Whiteley oder zur Griechisch-Orthodoxen Kirche gehörte. Das Fenster war schlimm, wenn man dicht davor stand und hinausschaute. Schlimmer noch war es, wenn man aus der Höhe von fünfzehn Metern in den Garten mit seinen graublättrigen, regentriefenden oder frostgeschwärzten Pflanzen hinuntersah. Unmittelbar unter dem Fenster waren Steinplatten gelegt, diesen Bereich nannte Cosette die Terrasse und Perpetua den Patio. Das Fenster hätte vielleicht nicht gar so beängstigend gewirkt, wenn darunter Rasen gewesen wäre oder ein Blumenbeet.

Felicity erzählte uns, sie habe auf dem schmalen Sims vor dem Fenster gestanden. Es war nämlich ein richtiges Fenster, keine Glastür, aber es war ungewöhnlich hoch und reichte bis knapp zwölf Zentimeter über den Boden, ein Schiebefenster mit einem Rahmen, den man auf und ab bewegen konnte, so daß entweder oben oder unten eine anderthalb Meter hohe Öffnung entstand. Draußen, sagte Felicity, auf dem Stein oder dem Sims oder was immer unter dem Fensterrahmen verlief, seien tiefe Löcher mit rötlich-rostigen Tropfspuren, in denen bestimmt früher die Stangen von irgendeinem Gestell oder Gitter gesessen hätten. Zu Cosettes Zeiten war es längst verschwunden. Wir überlegten, warum wohl die Unterkante des Fensters so nah am Boden war, und Felicity meinte – und zweifellos hatte sie damit recht –, daß irgendwann einmal der Boden verstärkt worden war. Zur Schalldämpfung? Um zwischen dem Boden dieses Zimmers und der Decke im Zimmer darunter mehr Raum zu schaffen? Weil die Mädchen, wenn sie früh aufstanden, einen Schläfer in seinem »Allerheiligsten« hätten stören können?

»Damals war es nicht üblich, die Fenster aufzumachen«, erklärte Felicity sehr summarisch, und dann, genüßlich bei dem Wort verweilend, »man brauchte deshalb keine Angst vor einem Fenstersturz zu haben.«

Ich glaube, der Ausdruck war mir bis dahin noch nicht untergekommen. »Hast du noch nie was von dem Fenstersturz von Prag gehört?« fragte Felicity. »Da wurde der Begriff geprägt, glaube ich. ›Defenestratio‹ heißt es auf Lateinisch. Im Dreißigjährigen Krieg war das. Die Protestanten warfen in Prag zwei katholische Bischöfe aus dem Fenster, aber es ist ihnen nichts weiter passiert, sie sind in den Burggraben gefallen.«

»Das hast du bestimmt für irgendein Quiz gebraucht«, meinte ich.

»Ich will dir mal was sagen, Elizabeth. Nachdem wir damals unterbrechen mußten, weil diese Bell Sanger hereinkam und sagte, daß Silas sich erschossen hat, habe ich kein einziges Quiz mehr gemacht. Damals ist mir einfach die Lust daran vergangen.«

»Was ist übrigens bei der gerichtlichen Untersuchung herausgekommen?«

»Selbstmord in einem Anfall von Geistesgestörtheit. Wenn du mich fragst, war eher seine Waffe gestört. Er hatte russisches Roulette gespielt.«

»Was ist das eigentlich?«

»Die weißrussischen Offiziere haben sich damit die Zeit vertrieben.« Sie war wieder mal groß in Form. »Du nimmst einen Trommelrevolver mit sechs Kammern und steckst nur in eine Kammer eine Kugel, so daß die Chancen, dich totzuschießen, theoretisch eins zu sechs stehen. Das ist ein ziemlich hohes Risiko. Wenn aber die Trommel korrekt frei läuft, zieht meistens das Gewicht die Kugel nach unten, und die Überlebenschancen sind besser, als man im allgemeinen denkt. Deshalb heißt es auch, daß das russische Roulette dem Tod ein Schnippchen schlägt.«

»Nur lief die Trommel bei Silas' Waffe nicht frei.«

»Ja, so hieß es bei der gerichtlichen Untersuchung, aber irgendwie kommt mir das komisch vor. Sehr komisch sogar. Silas war ein Waffennarr, er hat dauernd mit Waffen rumgespielt, er wußte genau Bescheid.«

»Vielleicht wollte er sterben.«

»Vielleicht. Armer Silas! Wäre er noch einen Tag länger geblieben, hätte er gewußt, daß er das Haus seines Vaters geerbt hatte, dann hätte er endlich was zum Leben gehabt.«

Ich sagte ihr nicht, daß ich das schon wußte. Sie machte das Fenster auf, indem sie den Schieberahmen hochstieß, und wir sahen in die Tiefe. Ich hatte mich sicherheitshalber auf den Boden gehockt, Felicity, die völlig schwindelfrei war, blieb stehen, im Minirock, die endlos langen Beine in roten Strumpfhosen, und sah ungerührt nach unten wie jemand, dem etwas aus der Hand auf den Gehsteig gefallen ist. Die Kälte trieb uns hinein, und wir machten das Fenster wieder zu, an dem der Wind Schneeschauer vorüberwehte.

10

Früher hätte ich Bells Hand gehalten, bis sie erwachte. Die ganze Nacht hindurch hätte ich sie gehalten, und wenn mir die Finger darüber eingeschlafen wären. Das ist vorbei. Früher hätte ich Angst gehabt, sie könne trotz aller Versprechungen doch nicht anrufen, jetzt aber wußte ich, daß sie sich melden würde. Es ändert sich, wie Cosette zu sagen pflegte. Sie schlief ein, erleichtert, so denke ich mir, daß sie mich gefunden hatte, daß ich bereit war, mit ihr zu sprechen, sie zu besuchen, mit ihr zu verkehren. Ich löste meine Hand aus der ihren, berührte mit dem Finger leicht ihre Wange und fuhr nach Hause.

Im Frühjahr sah ich mir mit Dominic die Vorstellung einer Schauspieltruppe an, die sich Globale Erfahrung nannte. Ich vermutete, daß die ganze Sache für Dominic unverständlich, ja, beängstigend sein würde, und wollte ihn eben deshalb mitnehmen. Es war unverzeihlich von mir, eine schändliche Lieblosigkeit. Bei den Leuten von der Globalen Erfahrung waren nämlich die Zuschauer in das Geschehen auf der Bühne voll einbezogen. In Musselingewänder gehüllt, die sich dadurch auszeichneten, daß sie weder Knöpfe noch Reißverschlüsse hatten, tanzte und spielte die Truppe und holte sich Partner aus dem Zuschauerraum, und dann standen oder saßen sich die Paare ernsthaft gegenüber, erfuhren sich durch gegenseitige Berührung, streichelten sich, erogene Zonen brav und prüde aussparend, Arme und Schultern und Haar. Auch Gegenstände betrachteten die Paare zusammen, wohl mit dem Ziel, zu einer neuen Sehweise zu gelangen, und ich weiß noch, daß mein Partner und ich (natürlich nicht Dominic!) uns nicht zu lassen wußten vor Entzücken über Struktur, Farbe und Geruch einer ganz gewöhnlichen, ziemlich mitgenommenen Jaffa-Apfelsine.

Ich hatte Bell seit Monaten nicht mehr gesehen, aber an jenem Abend war auch sie zu der Globalen Erfahrung gekommen. Aus irgendeinem Grunde – vielleicht weil man sich sehr konzentrieren muß, um einen Unbekannten zu streicheln und eine Apfelsine zu erforschen –, sah ich sie erst hinterher, als Dominic und ich in der Cafeteria *Liebesspeise* Apfelsaft tranken und gestiftelte rohe Möhren und Sellerie aßen. Wir wollten gerade gehen – der arme Dominic war mittlerweile total durcheinander und ernstlich vergrätzt –, als ich an einem Tisch in der hintersten Ecke Bell sitzen sah, zusammen mit zwei anderen jungen Frauen und zwei Männern. Der eine Mann sah ihr sehr ähnlich, er war dunkler, hatte aber ihre Züge, die gleiche kerzengerade Haltung, die gleichen anmutigen Bewegungen. Ehe ich ihren Tisch erreicht hatte, um ihr guten Tag zu sagen, war er aufgestanden und zur Bar oder an die Imbißtheke gegangen.

»Ist das dein Bruder?« fragte ich.

Sie wandte sich zu ihm um, zögerte, nickte. »Ja. Ja, ganz recht. Sieht gut aus, nicht?«

»Er ist wie du.«

»Könnte man so sagen. Interessiert? Ich kann ja mal sehen, was sich tun läßt.«

»Ich bin in Begleitung«, sagte ich, »und muß jetzt leider gehen. Komm doch wieder mal vorbei, ich würde mich schrecklich freuen.«

So sah ich Mark zum erstenmal. Vielleicht interessierte er mich wirklich, vielleicht war bewundernde Begehrlichkeit im Spiel bei dieser ersten Begegnung, ganz kurz nur, für wenige Sekunden. Das wäre jeder Frau so gegangen. Dominic kehrte prompt den Eifersüchtigen heraus und warf mir vor, mir sei es bei der Globalen Erfahrung nur um die Gelegenheit zu leichtfertigem Tun gegangen, wie er sich ausdrückte. Er war eben ein richtiger Ire, wohl häufig schweigsam, nie aber um ein treffendes Wort verlegen. Minuten später hatte ich Mark vergessen, ich hätte mir nicht träumen lassen, daß ich ihn je wiedersehen würde, und konnte selbstverständlich nicht voraussehen, welche Rolle er in unser aller Leben noch spielen sollte. Mich beschäftigte allein Bell und die Hoffnung auf ihren Besuch.

Etwa eine Woche später kam sie tatsächlich. In Cosettes Salon saß eine ziemlich große Gruppe zusammen: Diana Castle und ihr Freund, die wieder auf der Bildfläche erschienen waren, Mervyn und Mimi, Dominic, Birgitte und Felicity. Mervyn und Mimi waren eins dieser Liebespaare, die nicht fünf Minuten lang die Hände voneinander lassen können. Man hatte den Eindruck, ständig über die beiden zu stolpern – es war fast, als könnten sie an zwei oder drei Orten zugleich sein –, sie standen knutschend auf einem Treppenabsatz, lagen Mund an Mund und Hüfte an Hüfte auf einer Couch oder einem fremden Bett, hatten, dicht an einer offenen Tür, einander die Hände auf die Schultern gelegt und sahen sich seelenvoll in die Augen. Cosette hatte daran – ihrer neuen Rolle eingedenk – zunächst offenbar durchaus Spaß gehabt, mittlerweile aber gingen Mervyn und Mimi uns allen aus den verschiedensten Gründen auf die Nerven. Sie machten uns bewußt, was uns fehlte. Ich hätte gern einen Menschen gehabt, der mich liebte, nur sollte es nicht gerade Dominic sein. Dominic wollte mich haben und sonst niemand. Die Beziehung zwischen Diana und ihrem Freund lief schlecht, sie stritten sich ununterbrochen. Und Cosette, die arme Cosette, war ihrem Ziel, dem ersehnten Liebhaber, um keinen Schritt näher gekommen. Felicity wiederum hätte nur zu gern eine Liebschaft gehabt, aber sie traute sich nicht, »ich bin arg aus der Übung«, wie sie es mir gegenüber ausdrückte, zudem lebte sie in der ständigen Angst, Esmond könnte auftauchen und sie wegholen, ehe sie Gelegenheit gehabt hatte, sich für die langen Jahre der Repression schadlos zu halten. An diesem Abend dozierte sie über den Salzkrautbilch. Zunächst war das eine ganz lustige Geschichte gewesen, von der besonders Cosette sehr angetan war.

»Es ist eine russische Nagetiergattung, die in der Wüste lebt und erst 1939 entdeckt worden ist, stellt euch das mal vor. Da treiben sich diese kuscheligen Tierchen mit dem grauen Fell in der russischen Steppe herum, zu Millionen wahrscheinlich, und kein Mensch hat gewußt, daß es sie gibt. Sie kommen nämlich nur nachts raus. Aber das erstaunlichste am Salzkrautbilch ist die Tatsache, daß er sich nicht länger als ein paar Minuten der Sonne aussetzen kann, ohne krank zu werden.«

»Das kann ich mir nicht vorstellen, Felicity«, sagte Cosette. »Das hast du dir ausgedacht.«

»Ich schwöre es bei allem, was mir heilig ist«, sagte Felicity mit gänzlich unnötiger Emphase. »Ich kann jedes Wort beweisen. Schau in der *Encyclopedia Britannica* nach, wenn du willst.«

»Wir haben keine *Encyclopedia Britannica*.«

»Dann geh morgen in die Stadtbücherei.«

»Ich glaube dir ja, Liebes, aber komisch ist es doch. Im Grunde ist es eine rührende Geschichte, ganz bezaubernd. Arme Kerlchen! Werden krank, wenn die Sonne scheint...«

Das war vor ein, zwei Tagen gewesen. Aber Felicity ritt ständig darauf herum, sie mochte sich nicht von dem Thema trennen. Als Auntie am Vortag gestanden hatte, sie fühle sich nicht besonders, meinte Felicity, sie habe sich wohl wie der Salzkrautbilch zu lange an die Sonne gewagt. Einer von uns – Gary, glaube ich –, erwähnte nebenbei, er sei ein Einzelkind gewesen. Genau wie beim Salzkrautbilch, erklärte Felicity, der ist auch das einzige Mitglied der Familie *Seleviniidae*. Sie konnte sich darüber ausschütten vor Lachen. Dominic beäugte sie voller Unbehagen, er hatte den völlig unbegründeten Verdacht, das alles geschähe ihm zum Spott.

An jenem Abend trug Cosette den Blutjaspis. Ich hatte ihn vorher erst einmal an ihrer Hand gesehen. Diesmal hatte sie ihn wohl angesteckt, weil er so gut zu ihrem ziemlich grandiosen, leicht theatralisch wirkenden neuen Kleid paßte, einem langen Gewand aus dunkelgrün changierender Seide, das je nach Lichteinfall rötlich oder grünlich schimmerte. Noch immer schien der Ring zu schwer für ihre Hand, aber er wirkte nicht mehr unangebracht. Im

Kerzenlicht – und Felicity war gerade dabei, alle Kerzen anzuzünden – blitzten die roten Einschlüsse wie Funken im Dunkelgrün des Chalcedons.

»Hämatit«, sagte Felicity und griff nach Cosettes Hand, um sich den Ring näher anzusehen.

»Nein, ich glaube Heliotrop, Felicity«, sagte Cosette freundlich. »Das ist der Fachausdruck in der... wie nennt man das ... Petrologie?«

Doch da kam sie bei Felicity schön an. »Nein, bestimmt nicht. Es kommt von dem griechischen Wort für Blut, wie in Hämorrhagie, Hämophilie und so weiter. ›häma‹ heißt Blut und ›tit‹ heißt Stein.«

»Ja, aber nicht dieser Stein, Kind, das ist eine ganz andere Sorte, ein rötliches Mineral.« Cosette hatte übrigens recht, ich schlug es am nächsten Tag nach, aber sie machte kein Aufhebens davon, das war nicht ihre Art, um keinen Preis mochte sie den Eindruck der Besserwisserei erwecken. Sie brachte es ohne weiteres fertig, sich dafür zu entschuldigen, daß sie im Recht war, und tat häufig Abbitte für verabscheuungswürdige Handlungen (wie Henry James es ausdrückt), die sie nicht begangen hatte. Felicity, der solche Skrupel fremd waren, ließ sich in ihrer lehrhaften Art weiter über die griechische Sprache aus und die Ignoranz der heutigen Generation, die kaum mehr Griechisch lernte, sie schickte sich an, das Thema ebenso erschöpfend abzuhandeln wie die Lebensgewohnheiten der russischen Nager – aber da klingelte es unten an der Haustür.

»Das wird Walter sein«, sagte Cosette.

Um diese Zeit, gegen halb zehn, tauchte häufig Admetus auf. Ich ging ans Fenster. Es war Ende April und nicht richtig dunkel. Wenn ich auf den Balkon kam, konnte ich so gut wie sicher sein, daß der chevalereske Admetus sich in Positur warf, einen Schritt zurücktrat, die Hand aufs Herz legte und tönte, dies Fenster sei der Osten und Julia die Sonne. Ich hatte dagegen im Grunde nichts einzuwenden, und in diesem Moment kam mir der Gedanke, daß ich eine Chance hatte, Dominic loszuwerden, wenn ich etwas mit Admetus anfing. Ich machte die Balkontür auf, trat auf den Balkon, und als ich über das Ca'Lanier-Geländer blickte, sah ich Bell, die zu mir hochschaute. Das Lampenlicht fiel auf ihr helles Haar. Sie war in Schwarz, hatte sich aber fest in das schlamm- und granitfarbene Schultertuch gewickelt, das ich zum letztenmal gesehen hatte, als Esmond es über den toten Silas Sanger breitete. Ich hätte schwören können, daß es dasselbe Tuch war, ich hatte es sofort erkannt.

Bell kam mit mir nach oben, und als sie, kaum daß sich die Tür zum Salon geöffnet hatte, Felicity erblickte und ihr einigermaßen verwundertes: »Hallo, grüß dich!« vernahm, war sie sichtlich entgeistert.

»Was machst du denn hier?«

»Na hör mal!«, sagte Felicity. »Die Frage kann ich dir zurückgeben.«

»Ist Esmond auch da?«

Niemand antwortete. Mervyn und Mimi lagen eng umschlungen auf einem Teppich in einer Ecke. Dominic hatte sich eins von Garys Instrumenten vorgenommen und zupfte melancholisch auf einer Saite immer wieder denselben Ton. Bell warf einen flüchtigen Blick auf das Paar am Boden, hob die schmalen, geraden Schultern, lockerte das Tuch und schlang es sich um die Arme. Zu meiner Überraschung ging sie auf Cosette zu, schüttelte ihr die Hand und fragte sie nach ihrem Befinden. Doch mehr Zeit gedachte sie nicht zu vertun. Sie war zu mir gekommen und ließ daran, typisch Bell, auch keinen Zweifel.

»Können wir auf dein Zimmer gehen?«

Aus irgendeinem Grund dachte ich, sie meinte mein Arbeitszimmer, nicht das Schlafzimmer. Auf der Treppe – es waren, wie gesagt, 106 Stufen bis ganz oben, fünfundneunzig bis zu meiner Schreibstube – sagte sie: »Die kriegen alle den Hals nicht voll, was? Schlagen aus ihr heraus, was sie können. Weiß sie das?«

»Ich glaube, es stört sie nicht.«

»Also mich tät das schon stören, wenn sich zwei bei mir auf dem Fußboden vögeln. Ich würd' sie rauswerfen.«

»So etwas täte Cosette nie.«

Bell las keine Bücher. Ich glaube, sie hatte, seit sie aus der Schule gekommen war – wo und wann das auch gewesen sein mochte – kein einziges Buch mehr gelesen, aber wenn sie irgendwo Bücher liegen sah, griff sie danach und betrachtete sie neugierig und verwundert, wie jemand, der sich einen Zimmerschmuck ansieht. Wir zündeten uns Zigaretten an, sie ging hin und her und sah sich alles an, staunte, daß ich dabei war, einen Roman zu schreiben, warf einen flüchtigen Blick auf *Prinzessin Casamassima*, die ich zur Zeit las, griff nach ein, zwei Nachschlagewerken, die auf meinem Schreibtisch lagen, musterte die Wörterbücher, die Cosette beigesteuert hatte, und dann wandte sie der Literatur und ihren Rätseln den Rücken zu und widmete sich wieder mir und der Realität, denn da kannte sie sich aus.

»Felicity hat demnach Esmond verlassen, ja? Wenn sie sich zankten, hat sie immer gesagt, sie würde ihn verlassen, noch ehe sie fünfunddreißig ist. Aber ich sage dir, er kommt sie holen, und dann geht sie wieder zu ihm zurück.«

Ich war anderer Meinung. Felicity behauptete unentwegt, eine Rückkehr käme für sie nicht in Frage, nicht einmal, wenn das die unwiederrufliche Trennung von ihren Kindern bedeuten sollte. Sie hatte sich sogar einen Job als Bedienung in einem Lokal in Shepherd's Bush gesucht. Ich sollte noch erfahren, daß Bell in Fragen menschlicher Verhaltensweisen fast immer recht hatte. Sie kannte die Menschen und wußte um ihre voraussichtlichen Reaktionen. Da sie nicht süchtig nach Literatur war, ja, mit dem Begriff Literatur kaum etwas anzufangen wußte, hatte deren narkotische Wirkung ihr Wahrnehmungsvermögen nicht betäuben, deren falsche Realität ihre Menschenkenntnis nicht beeinträchtigen können.

»Sie will sich von ihm scheiden lassen«, sagte ich.

»Esmond wird nie seine Einwilligung geben.«

»Nach der neuen Rechtsprechung wird ihm wohl nichts anderes übrigbleiben. Nach fünf Jahren kann sie die Scheidung auch ohne seine Zustimmung durchsetzen.«

Bell antwortete nicht direkt. Sie hatte sich an dem Stummel der ersten Zigarette die nächste angezündet und sich mit dem Rücken zur Wand auf den Boden gesetzt. Bequemlichkeit war ihr nie sehr wichtig. »Wer weiß, wo wir alle in fünf Jahren sind«, sagte sie.

Als sie gehen wollte, goß es in Strömen. Ich sagte, sie solle doch bei uns übernachten, obgleich das bei der derzeitigen Überfüllung auch nur im Schlafsack möglich gewesen wäre. Aber sie mochte nicht bleiben, obgleich es fast Mitternacht war. Und sie mochte mir auch nicht sagen, wo sie wohnte. Halt, so pointiert darf ich es nicht formulieren, sie weigerte sich natürlich nicht ausdrücklich, es mir zu sagen, und ich fragte sie auch nicht ausdrücklich danach. Ich bat sie um ihre Telefonnummer, und sie sagte, sie habe kein Telefon. Aber vorhin hatte sie mir gesagt, sie sei zu Fuß gekommen. Allerdings war Bell, im Gegensatz zu mir, eine begeisterte Fußgängerin, sechs oder acht Kilometer waren für sie eine Kleinigkeit, Spekulationen über ihr Domizil hatten dadurch eine ziemlich große Spannweite.

»Du wirst doch nicht zu Fuß gehen wollen?« Und dann setzte ich nach: »Ich weiß ja nicht, wo du wohnst ...«

»Da drüben irgendwo.« Sie deutete unbestimmt in nordöstliche Richtung. »Ich könnte mir ein Taxi nehmen, aber eigentlich sind Taxen in meinem Budget nicht vorgesehen.«

»Wir bestellen telefonisch ein Taxi«, sagte ich, »Cosette macht das immer so.«

»Dann würde sie das Taxi zahlen. Das möchte ich nicht.«

Ich fand das erstaunlich, in Cosettes Umkreis war eine solche Reaktion ungewöhnlich. Wie unverdorben sie ist, dachte ich, wie geradlinig. Sie lächelte ihr kühles Lächeln. Es würde ihr schon genügen, sagte sie, wenn ich ihr eine Regenhaut oder einen Regenmantel, ja, vielleicht auch nur einen Schirm leihen könnte. Und so kam es, daß wir in mein Schlafzimmer gingen.

Auf dem Absatz im dritten Stock sahen wir in einem Alkoven, im Halbdunkel, ein Paar stehen, das an Figuren auf einem Sockel gemahnte, Venus und Adonis etwa: Mervyn und Mimi in inniger Umarmung. Ich hatte momentan vergessen, was an der Wand gegenüber der Tür hing, und machte auf. Das Licht ging an, und Bell hatte beim Eintreten unmittelbar den Bronzino im Blick. Sie trat langsam näher und blieb stumm vor dem Bild stehen, während ich im Schrank nach einem Regenschutz für sie suchte. »Das bin ja ich«, sagte sie dann.

Ich wich aus. »Das Bild ist vierhundert Jahre vor deiner Geburt entstanden.«

»Und trotzdem bin ich es. Wo hast du es her? Hast du es dort aufgehängt, weil es aussieht wie ich?«

»Ja.«

Ich hielt ihr den dünnen, seidigschwarzen Regenmantel hin. Sie wickelte sich mitsamt dem Schultertuch hinein, noch immer mit dem Rücken zu mir. Ich hatte die Tür nicht zugemacht, sie stand einen Spalt breit offen. Von unten kamen die gespenstischen Zupflaute der Sitar. Bell legte die Hände um mein Gesicht und küßte mich auf den Mund. Es war ein Mund-zu-Mund-Kuß, trotzdem hätte man ihn als ein reines Zeichen der Freundschaft und Zuneigung von einer Frau zur anderen annehmen und deuten können, nur zog er sich ziemlich lange hin, und ich glaubte – ich war mir nicht ganz sicher, aber ich glaubte, ihre Zungenspitze am unteren Rand meiner Oberlippe zu spüren. Das Schlagen einer Tür, das von unten heraufdrang, und der anschwellende Klang der Sitar trennten uns. Sehr bald, sobald sie aus dem Haus war, würde ich anfangen zu zittern, noch aber war es nicht soweit. »Unten in der Diele ist ein Schirm«, sagte ich leichthin. »Du sollst doch nicht naß werden.«

Sie entschied sich dann doch für ein Taxi, zufällig kam eins über den Archangel Place, als wir in die nasse, windgepeitschte Dunkelheit hinausplatschten. Ich hatte keinen Schlüssel, und die Tür fiel hinter mir zu, so daß Cosette herunterkommen und mich einlassen mußte.

»Dir ist kalt, Liebling«, sagte sie. »Du zitterst ja.«

Später habe ich Bell – bis zu dem Augenblick, als man sie abholte – nie wieder verloren. Nein, ich will es präziser sagen: Sie war später nie wieder spurlos verschwunden.

Es war ein ereignisreicher Sommer. Ein Verlag nahm mein Buch an. Felicity fand einen Liebhaber. Cosette gab die erste ihrer großen Partys. Birgitte fuhr heim nach Odense. Mervyn und Mimi zogen zusammen in einen Wohnwagen.

Sie habe nie daran gezweifelt, daß ich einen Verleger finden würde, sagte Cosette. Sie hatte das Manuskript gelesen und erzählte – was mir etwas peinlich war – überall herum, was für ein wunderbares Buch es sei. Eine Art Kreuzung zwischen *Vom Winde verweht* und *Mord im Orientexpreß*, sagte sie ohne jede Ironie, im Tone höchster Anerkennung. Und damit hatte sie nun wirklich ziemlich genau ins Schwarze getroffen. Nachdem ich einen unerwartet hohen Vorschuß kassiert hatte, würde ich mich, so glaubte ich, jetzt meinem kritischen Werk über Henry James widmen können. Da hatte ich mir meinen Vertrag noch nicht richtig angesehen, hatte noch nicht entdeckt, daß der Verlag eine Option auf meinen nächsten Roman besaß, den ich ihnen mehr oder minder innerhalb des nächsten Jahres in Aussicht gestellt hatte. Ich hatte bis dahin nicht gewußt, daß es Fallen im Leben gibt, die einen zwingen, sich ständig im Kreis herumzudrehen wie eine Maus in ihrem Laufrad.

Birgitte war beim Ladendiebstahl in der Lebensmittelabteilung von Harrods erwischt worden. Daran, daß sie zu Hause nicht genug zu essen bekam, kann es nicht gelegen haben, es stand wohl ein neurotisches oder zwanghaftes Motiv dahinter. Im Haus der Stufen waren die Mahlzeiten unregelmäßig, und meist mußte man sich selber nehmen, was man haben wollte, dafür aber quollen Kühlschrank und Speisekammer über, es gab die erlesensten Delikatessen, für die Jahreszeit ungewöhnliche Gemüse, Lachs und Fasan und Kaviar und Paté und Petits fours und Sahne und Erdbeeren. Cosette machte regelmäßig Ausfahrten mit Auntie, und bei dieser Gelegenheit gingen die beiden dann auch einkaufen. Birgitte war mit zwei leeren Harrods-Tragetüten in die Lebensmittelabteilung gegangen. In geradezu erschütternder Naivität hatte sie sich eingebildet, man würde denken, sie habe bezahlt, was darin war. Sie hatte Dosen mit Keksen und Schachteln mit Konfekt und ein Glas kandierte Früchte eingepackt, und dann hatte man sie geschnappt. Ich fragte mich, ob vielleicht Gary mit seinem Restensammeltick Birgitte auf die Idee gebracht hatte. Auch er war im Juli nicht mehr da, wie so viele andere zu jener Zeit hatte er sich zu dem goldenen Trip nach Indien aufgemacht. Und Mervyn hatte sich in seinen Wohnwagen zurückgezogen, er könne, so sagte er zu uns, keine Menschen mehr ertragen und Mimi auch nur in der Einsamkeit. Nach seinem Auszug fehlten uns zwei Flaschen Kognak und sechs Flaschen Rotwein, zu Cosette sagte ich nichts davon, aber ich glaube, sie hat es gewußt.

Felicitys Liebhaber hieß Harvey Sowieso. Er war einer

dieser mittelgroßen, mitteldünnen Mittdreißiger mit dunklem Strubbelhaar, Schnurr- und Kinnbart, abgewetztem Rollkragenpulli und geflickten Jeans, die heute wie damals in großer Zahl die Straßen des westlichen London bevölkern. Er war ein schüchterner Junge, der kaum den Mund aufkriegte und der vom Typ her eigentlich mehr zu Auntie als zu Felicity gepaßt hätte. Ich habe nie erfahren, wie sie ihn kennenlernte, und war auch nicht dabei, als sie ihn anbrachte. Eines schönen Tages war er einfach an ihrer Seite. Eben noch war sie solo, und plötzlich saß Harvey neben ihr und hielt Händchen. Fairerweise möchte ich annehmen, daß sie Cosette gefragt hat, ob er bleiben, das heißt, ob er zu ihr ziehen dürfe. Selbst gehört habe ich es allerdings nicht.

Man merkte, wie stolz sie war, daß sie sich einen Liebsten geangelt hatte. Es war wie damals, als Cosette Ivor Sitwell erobert hatte. Etwas in dem Sinne sagte ich zu Bell, als wir auf Cosettes Party nebeneinander auf der Treppe saßen. Bell war phantastisch herausgeputzt mit Federboa und künstlichen rosa Rosen an einem Kleid aus schwarzem Crêpe-de-Chine und Spitze, das sie für sieben Shilling Sixpence auf dem Kirchenbasar von St. Mary The Boltons erstanden hatte. Das war der Tag, an dem sie mir erzählte, Ivor sei gar kein echter Sitwell, wenngleich sie selbst sich unter einem echten Sitwell offenbar nichts Rechtes vorstellen konnte.

»Zwei Brüder und eine Schwester, die geschriftstellert haben, hat Eva gesagt.« Denn es war Eva Faulkner, Admetus' unnahbare Ex-Freundin, die die Katze aus dem Sack gelassen hatte. »Sie kann froh sein, daß sie ihn los ist«, sagte Bell und meinte Cosette. »Ob sie schon einen anderen hat?«

»Sie hätte gern jemanden, den sie lieben kann und der sie auch liebt. Das geht uns doch wohl allen so.«

Bell sah mich von der Seite an – es war ein sonderbarer Blick – und antwortete nicht. Vielleicht, weil sie dachte, daß ich keine Antwort erwartete, vielleicht aber auch, weil sie selbst nicht in diese Kategorie gehörte. Der Kuß hatte sich nicht wiederholt. In freundlich-distanziertem Gespräch saßen wir auf der Treppe und rauchten Kette, eine Flasche Wein, ein halbes Baguette und ein Stück Briekäse zwischen uns. Wir lästerten über die Gäste, die nach oben und nach unten gingen, die fünf Stufen unter uns saßen, die sich auf dem Vorplatz im ersten Stock ein Stelldichein gaben.

Dawn Castle und ihr Mann waren gekommen, sie paßten nicht hierher, waren aber grimmig entschlossen, sich zu amüsieren. Selbst Maurice Bailey war da, er rührte sich den ganzen Abend nicht aus dem Eßzimmer, wo er sich mit Auntie unterhielt. Walter Admetus hatte eine neue Freundin mitgebracht – soviel zu meiner Idee, ihn zu verführen! – und Fay, der Cosette längst verziehen hatte, einen neuen Freund. Besonders früh war ein Tänzerpaar gekommen, Cosettes neueste Errungenschaft. Sie waren Mann und Frau. Perdita Reed war so schön wie Bell, aber ein ganz anderer Typ, klein und zierlich, weißhäutig, das klassische Ballerinengesicht, rabenschwarzes Haar mit Nackenknoten und Mittelscheitel. Sie war auf dem Weg zu internationalem Ruhm gewesen, als sie sich in einen Tänzer aus Madrid verliebt hatte. Offenbar bestand sie darauf, daß er in all ihren Produktionen eine Rolle bekam, und das hatte wohl ihrer Karriere nicht gutgetan. Ich hörte, wie Fays neuer Freund etwas Despektierliches über Cosette äußerte und

Luis Llanos zwar nur mit einem Lächeln antwortete, sich aber nicht für sie ins Zeug legte. Obgleich sie in einer geliehenen Wohnung in Hampstead residierten, obgleich sie sich immer teuer und hochelegant kleideten, waren es arme, bedürftige Geschöpfe.

Viele Gäste waren, wie Bell bemerkte, zum Nassauern gekommen. »Eine Bande von Schnorrern und Speckjägern«, sagte sie.

Ich mußte an den *Großen Gatsby* denken, an die Stelle, wo alle Welt in sein Haus kommt und die jungen Damen Abfälliges über ihn sagen, während sie seine Rosen pflükken und seinen Champagner trinken. Bell dachte natürlich nicht an so etwas, sie hatte nie von Fitzgerald, ja, wohl auch sonst von so gut wie keinem Romanschriftsteller gehört. Manchmal denke ich, es wäre für alle Beteiligten besser gewesen, wenn auch ich nie von diesen Dingen gehört, wenn ich Geschichte studiert hätte oder Volkswirtschaft.

Das Essen war von einem Bewirtungsbetrieb angeliefert worden, aber für die Party galt das Prinzip der Selbstbedienung, auch bei den Getränken. Cosette, die selbst selten mehr als ein halbes Glas Wein trank, hielt das immer so, aber es war ein Fehler. Viele Gäste waren bis halb elf bereits total hinüber. Um diese Zeit stieg der süßliche Geruch von Marihuana im Treppenhaus hoch, und wenig später erschien auch Auntie auf der Treppe, die all das bei sich hatte, was alte Damen mitnehmen, wenn sie sich zu Bett begeben, Buch und Brille und Handtasche und Handarbeitsbeutel. Zu meiner Überraschung sprang Bell auf und reichte ihr den Arm. Auntie hatte sich ziemlich mühsam am Treppengeländer hochgezogen, ihr Gesicht war grau und hatte einen Ausdruck müder Ratlosigkeit, und Cosette, die ihr von unten nachsah, hatte ihr offenbar gerade folgen wollen, um ihr behilflich zu sein. So hatte ich Bell noch nie erlebt, ja, ich hatte noch nie erlebt, daß sie auch nur die mindeste Notiz von Auntie genommen hätte. Immerhin wußte sie offenbar, welches ihr Zimmer war, denn sie machte die Tür auf und brachte Auntie hinein. »Gute Nacht, Mrs. Miller«, sagte sie und wünschte ihr noch angenehme Ruhe.

Wir gingen nach unten, auf die Jagd nach Stoff, wie Bell unverblümt sagte. Der Vorplatz vor dem Salon war geräumiger als in den anderen Stockwerken. Auf einer Seite stand ein Empiresofa, auf der anderen eine Art Bettcouch ohne Lehne, aber mit senkrechten Seitenteilen. Mir war irgendwann eine Photopostkarte in die Hände gefallen, auf der Proust auf einem solchen Möbel abgelichtet war, und die Cosette derart begeistert hatte, daß ein Antiquitätenhändler in der Kensington Church Street ihr unter großem Kostenaufwand das gleiche Modell hatte besorgen müssen. Im Augenblick saßen Felicity und Harvey darauf, die sich – vielleicht Mervyn und Mimis Beispiel folgend – abknutschten und betatschten und befummelten. Auf dem Sofa gegenüber saß Admetus und trank Kognak. Seine Freundin hatte sich neben ihm ausgestreckt und ihren Kopf in seinen Schoß gelegt.

Überall bis ganz nach unten saßen Leute auf den Stufen, die meisten waren betrunken und viele mit dem beschäftigt, was Ivor einmal gestelzt »die Vorstufe zum Geschlechtsverkehr« genannt hatte. Maurice Bailey hatte offenbar genug davon und wollte heim. Er hatte seinen Sommerhut aus weißem Stroh aufgesetzt, schüttelte Cosette an der Haustür die Hand und sagte in sehr bestimmtem Ton, sie solle sich nicht übernehmen.

Eine kleine Weile gesellten Bell und ich uns zu dem Kreis der Raucher im Speisezimmer, in dem ein Joint herumgereicht wurde, auf eine Hutnadel mit einer Markasitrose gespießt, die vielleicht Cosette, vielleicht aber auch Auntie gehört hatte. Die Türen zum Garten standen offen. Es war eine milde Nacht, und ein großer orangefarbener Mond stieg langsam über den Dächern und Türmen von Notting Dale auf. Das Licht, das er verbreitete, war rätselhaft bleich. Während er allmählich wie eine große, leuchtende, nicht ganz runde Frucht zum Vorschein kam, hatte sich auch ein leichter Wind aufgemacht, der das graue Blattwerk bewegte und leise in dem Laub des Eukalyptusbaumes raschelte. Ein paar Gäste standen da, betrachteten dieses Bild und äußerten sich mit brünstiger Bewunderung über den Mondaufgang. Es gab damals viele Leute, die über die Natur, über fast jede Naturerscheinung, selbst ein ganz gewöhnliches blühendes Unkraut, ins Schwärmen gerieten, und immer waren es gerade diejenigen, die von Naturgeschichte nicht die leiseste Ahnung hatten. In der Ecke, auf der steinernen Bank, hinter der der Federmohn sich mit seinen bläulichen, weinlaubartigen Blättern und fedrigen orangefarbnen Blüten erhob, überwachten Gary und Fay einen Bekannten, der auf einen Acidtrip gegangen war. Sie hatten ihm das LSD in einem Löffel Marmelade verabreicht, und jetzt, da es zu spät war – allerdings war bisher noch nichts passiert –, war ihm eingefallen, weshalb er besser die Finger von Rauschmitteln gelassen hätte.

»Ich hab eine Phobie«, hörte ich ihn ängstlich sagen.

»Eine Arachnophobie. Was ist, wenn ich jetzt Spinnen seh? Könnte doch sein, daß ich Spinnen an meinem Körper seh. Ich dreh durch, wenn ich Spinnen an meinem Körper hab.«

Dominic wirkte ziemlich vereinsamt in dieser Gesellschaft und sah unglücklich, ja, nahezu fassungslos drein, wie ein heimlicher Christ auf einer römischen Orgie. Als er mich sah, wurde seine Miene vorwurfsvoll. Ich wußte, daß er bald ausziehen würde, daß seine Schwester ihm ein Zimmer in Kilburn besorgt hatte, nur eine Querstraße von ihrer eigenen Wohnung entfernt, und feige wie ich war, hoffte ich, mich vor einer Aussprache, einer Erklärung drücken zu können, weil ich, wie ich mir einredete, nichts so sehr fürchtete wie eine Trennung mit Zank und Streit. Deshalb sah ich schnell weg, wandte mich ab, nahm Bell am Arm und war dabei, mit ihr ins Haus zurückzugehen, als gleichzeitig zweierlei geschah. Die Uhr auf dem Turm der Kirche zum Hl. Erzengel Michael an der Ecke schlug Mitternacht, und es klingelte an der Haustür.

Es klingelte und klingelte und hörte gar nicht wieder auf, es war, als habe jemand den Finger auf den Klingelknopf gelegt und dächte nicht daran, ihn wieder wegzunehmen. Ich tippte auf weitere Besucher oder vielmehr ungebetene Besucher, denn es waren ebensoviel geladene wie ungeladene Gäste da, das war unvermeidlich, nachdem Cosette zu Gary und Fay und Dominic, zu Felicity und Harvey, ja, sogar zu den Tänzern gesagt hatte, sie sollten nur einladen, wen sie wollten.

»Jetzt kommen die Nachbarn und wollen sich beschweren«, sagte Bell.

Aber es waren weder die Nachbarn noch ungebetene Gäste. Es war Esmond Thinnesse.

Weder Bell noch ich ließen ihn ein, aber wir waren die ersten Bekannten, die er sah, ja, wir waren – abgesehen von seiner Frau – seine einzigen Bekannten dort, denn die Löwin Elsa hatte inzwischen geheiratet und war nach Frankreich gezogen. Dünn war er schon immer gewesen, aber seit ich ihn zuletzt gesehen hatte, war er noch dünner geworden. Er hatte etwas Asketisches, ja Priesterliches an sich, er sah aus wie ein Mönch, der lange in strenger Askese, striktem Fasten gelebt hat. Mir fiel ein, daß er als sehr fromm galt, und jetzt trug sein Gesicht den entrückten, tranceartigen Ausdruck eines Märtyrers auf einem Renaissancegemälde. So jedenfalls schien es in der nur von Mond- und Kerzenlicht erhellten Diele.

»Ich will meine Frau holen«, sagte er zu mir. »Wo ist sie?«

Hinter mir kicherte jemand nervös. Ich war einen Augenblick sprachlos. Was mich so verblüffte, war die erstaunliche Tatsache, daß ein derart konventioneller und in vieler Hinsicht altmodischer Mann wie Esmond es fertiggebracht hatte, unangemeldet mitten in der Nacht ein fremdes Haus zu betreten. Er spürte offenbar, was mir durch den Kopf ging, denn er sagte: »Ich hatte den ganzen Tag geschäftlich in London zu tun. Ich bin mit dem Wagen da. Als ich am Marble Arch war, bin ich spontan hergekommen. Es ist wohl das beste so.« Seine Stimme klang merkwürdig unbeteiligt, wie die eines Menschen, der so sehr gelitten hat, daß er keiner Emotionen mehr fähig ist. Oder vielleicht wie die eines Menschen, der, seinen Glaubenssätzen folgend, seine Last Gott zu tragen gab. »So kann es nicht weitergehen«, sagte er im gleichen Ton.

»Sie ist irgendwo da oben –« setzte ich an, aber Bell war schneller, ihr war wohl eingefallen, was Felicity da oben getrieben hatte, sie war schon halb den ersten Absatz hoch, ehe ich meinen Satz beendet hatte. Esmond folgte ihr und ich ihm, hinter mir eine Schlange von Gästen, die Melodramatisches witterten, denen die Party langweilig geworden war und die auf eine neue Phase, einen Höhepunkt oder zumindest eine Abwechslung hofften. Doch es war seltsam still geworden, zumindest auf der Treppe und auf dem ersten Absatz, wo über der Biegung des Geländers Gesichter auftauchten. Weiter oben ging der Trubel natürlich weiter, in diesem Moment noch verstärkt durch den Plattenspieler in Garys Zimmer im zweiten Stock, wo jemand in voller Lautstärke eine Platte der Rolling Stones aufgelegt hatte.

Bell kam zu spät. Felicity und Harvey, die längst von der Bettcouch in ein richtiges Bett übergewechselt waren und die ja nicht ahnten, was hier vorging oder wer eingetroffen war, kamen in diesem Augenblick aus Cosettes Schlafzimmer, leere Weingläser in der Hand und in beklagenswert aufgelöstem Zustand. Felicity, die unbeirrt an ihren Miniröcken festhielt, obgleich die Mode inzwischen passé war, hatte einen schwarzen Lederfummel mit halb geöffnetem Reißverschluß an. Das lange dunkle Haar fiel ihr offen über die Schultern, und ihr Gesicht – sie war immer stark geschminkt – sah aus wie eine Malerpalette nach einem intensiven Arbeitstag. Harvey hatte den Arm um ihre Schultern gelegt und quetschte und knetete mit der Hand ihre linke Brust, als wollte er sie melken.

»Wer ist das?« flüsterte Cosette mir zu.

»Ihr Mann.«

»Ach herrje. Wie die schlimmsten Exzesse im Römischen Kaiserreich, was?«

Felicity schrie auf, als sie Esmond sah. Ich sagte hinterher – zu Cosette, wenn ich nicht irre –, daß es schlimm für ihn gewesen sein muß, sie so schreien zu hören. Sicher hat er doch in diesem Moment an Augenblicke der Leidenschaft und Zärtlichkeit zwischen ihnen gedacht, vielleicht an die Anfänge ihrer Liebe oder an eine Zeit, als sein Anblick sie nicht veranlaßt hatte zu schreien und den Kopf in den Armen eines anderen Mannes zu verstecken, sondern ihm voller Freude entgegenzugehen. Doch sein Gesicht verriet nichts dergleichen. »Ich möchte, daß du mit mir heimkommst, Felicity«, sagte er. »Wenn du jetzt mitkommst, können wir in einer Stunde zu Hause sein.«

Man merkte, daß Harvey damit nichts zu tun haben wollte. Felicity klammerte sich an ihn, aber er hielt sie nicht fest. Er flüsterte ihr etwas zu, dann wich er zurück. Sie hob den Kopf von seiner Brust und wandte sich langsam um, gekrümmt, mit hängenden Schultern. Von oben kamen jetzt Leute herunter. Esmond sah sie wohl gar nicht, ich glaube, er nahm nur sich selbst und Felicity und vielleicht ein paar unbestimmte, vage menschenähnliche Erscheinungen wahr, einen gesichtslosen Tragödienchor.

»Bitte komm jetzt mit«, sagte er. »Es ist höchste Zeit.«

Ich dachte, er würde etwas von den Kindern sagen, aber ich wartete vergeblich. Er wiederholte nur seine Bitte. Auch in der Diele waren Kerzen und Mondlicht noch immer die einzige Beleuchtung, aber jetzt streckte Esmond, der noch nie zuvor in diesem Haus gewesen war, eine Hand aus und drückte auf den Lichtschalter, als habe er das seit Jahr und Tag jeden Abend getan. In der Diele hing eine Art Kronleuchter mit metallenen Schnörkelarmen und glitzernden Glasperlen. Das Licht, das er spendete, war so hell, daß Cosette es tunlichst vermied, ihn einzuschalten. Als der grelle Glanz uns überflutete, so daß wir blinzeln mußten und unser wirres Haar, unsere zerknitterten Sachen offenbar wurden, schrie Felicity noch einmal auf, diesmal aber war es ein Laut des Jammers, des Sichfügens. Esmond kam auf sie zu, er streckte die Hand aus. Sie zögerte. Und dann sagte sie etwas Unfaßbares: »Und all meine Sachen?«

Ich hätte mich nicht gewundert, wenn jemand gelacht hätte, aber bis auf das Lärmen von Mick Jagger, das von oben zu uns drang, herrschte Grabesstille. Mein Name und der von Bell waren die einzigen, die Esmond kannte, und er sagte, ohne uns anzusehen, ohne den Blick von Felicity zu wenden: »Elizabeth oder Bell werden sie dir nachschicken.«

Sie nahm seine Hand und ging mit ihm. An mir vorbei gingen sie die Treppe hinunter. Felicity sah müde und geschlagen aus. Neun Monate hatte ihre Freiheit gedauert, und ich möchte bezweifeln, ob sie Freude daran gehabt hat. Esmond sprach keinen von uns an und sie auch nicht. Die Haustür schloß sich leise hinter ihnen, ich hörte einen Wagen anfahren.

Zwei, drei Wochen danach schrieb sie mir einen kurzen Brief und bedankte sich für die zwei Pakete mit ihren Sachen, und ungefähr ein Jahr danach, etwas über ein Jahr danach, rief sie an, um Cosette und mich zu Weihnachten nach Thornham einzuladen. Aus unterschiedlichen Gründen lehnten wir ab, obgleich die Einladung uns eigentlich rührte. Später erzählte mir Elsa, daß Esmond die Wohnung am World's End – damals eine Adresse, die sehr »in« war – als eine Art Ausweichquartier für Felicity gekauft hatte. Ich hörte hin und wieder etwas über sie, aber nie direkt von ihr, und habe erst vor zwei Wochen wieder mit ihr gesprochen.

Als sie weg waren, bröckelte die Party allmählich ab. So ein Zwischenfall ist ebenso tödlich für die Stimmung wie der berühmte Geist, der sich auf einem leeren Stuhl an der Tafel niederläßt. Harvey haben wir nie wiedergesehen. Er hatte zwar im Haus der Stufen gewohnt, hatte mit in Felicitys Zimmer geschlafen, besaß aber offenbar noch einen anderen Unterschlupf, denn er verschwand mit den anderen, die sich davonmachten, als die Tänzer aufbrachen.

Nur Gary und Fay und ihr phobischer Freund waren noch da, nach wie vor saßen sie auf der Steinbank im Garten und sahen ins Mondlicht wie eine steinerne Figurengruppe auf einem Springbrunnen, nachdem das Wasser abgestellt worden ist. Die Arme ineinander verschlungen, mit baumelnden Köpfen, lagen sie hingegossen da, selbst der Acidfreak dämmerte stumpf und friedlich vor sich hin. Bell und ich sahen aus dem gefährlichen Fenster unter dem Dach, in Felicitys früherem Zimmer, auf sie hinunter. Ich hatte Bell hinaufgebracht und ihr das Bett angeboten, als sie sagte, es sei für sie zu spät zum Heimgehen. Wir schoben den unteren Rahmen hoch und lehnten uns, sicherheitshalber auf dem Bauch liegend, hinaus. Der Himmel war klar, aber man sah keine Sterne. Cosettes Garten war zur Müllhalde geworden, er lag voll leerer Flaschen, Glasscherben, Zigarettenstummel und Brotkanten.

»Ich kann nicht begreifen, weshalb manche Leute heiraten«, sagte ich, die eben dies drei oder vier Jahre später selbst tun sollte.

»Frauen heiraten, damit sie jemanden haben, der sie ernährt«, sagte Bell ganz ernsthaft. »Sie heiraten, weil sie sich Sicherheit wünschen.«

»Felicity hat einen Hochschulabschluß, sie könnte sich eine Stellung suchen. Wieso braucht sie jemanden, der sie ernährt?«

Bell lachte kurz auf, ein leises, trockenes Lachen. »Du weißt ja, wie ich darüber denke. Nicht jeder ist so wild aufs Arbeiten wie du, das siehst du ja an der Bande, die heute abend hier war.«

Ermutigt durch die Nacht und ihre Zugänglichkeit fragte ich Bell, warum sie geheiratet hatte. Warum hatte sie Silas geheiratet?

Sie sei an der Kunstakademie gewesen, sagte sie, am Leicester College of Art, und dort habe sie Silas kennengelernt. Er war ihr Lehrer, sie Studentin im ersten Jahr. Sie heirateten, weil sie schwanger war, aber später zwang er sie zu einer Abtreibung. Dann wurde Silas entlassen, oder man wies ihn darauf hin, daß die Entlassung kurz bevorstand oder dergleichen, wegen seiner Neigung zu gefährlichen Spielereien mit Schußwaffen, daraufhin hängte er den Job an den Nagel und versuchte, sich nur mit seiner Malerei durchzubringen.

»Du hast also nicht geheiratet, um jemanden zu haben, der dich ernährt«, sagte ich.

»Doch. Zum Teil jedenfalls. Ich wußte, daß er einen alten Vater hatte, der krank war und der ihm was vermachen würde. Eigentlich hatte ich mit mehr gerechnet. Aber im Grunde stimmt es schon. Ich hab' es bekommen, und ich kann davon mit Ach und Krach leben.«

Wenig später sagten wir einander gute Nacht, und ich ging in mein Zimmer und beglückwünschte mich dazu, daß ich endlich etwas über Bells Vorleben herausgebracht hatte. Damals hatte ich keine Ahnung – natürlich nicht, ich glaubte ja aufgrund ihrer freimütig-unverblümten Art wie jedermann, sie sei, um mit Esmond Thinnesse zu reden, kompromißlos aufrichtig –, daß fast nichts von dem, was sie mir in jener Nacht am Fenster erzählt hatte, der Wahrheit entsprach. Von den wirklich wichtigen Dingen war kein Wort wahr. Die meisten Menschen, die lügen, wenn sie von ihrer Vergangenheit erzählen, schönen die Fakten, um selbst besser dazustehen. Deshalb lügen sie. Die Wahrheit ist ihnen nicht glanzvoll genug, macht sie nicht zu den aufregenden, erfahrenen, erfolgreichen Menschen, als die sie erscheinen wollen. Bell war ein Sonderfall. Sie erfand eine Vergangenheit, die sie in ungünstigem Licht zeigte.

Ich denke, es war eine Marotte von Bell, sich der Wahrheit zu versagen.

11

In Venezuela gibt es ein Dorf, in dem die Hälfte der Einwohner an Chorea Huntington leidet. Grund für diesen hohen Prozentsatz ist die Inzucht an diesem abgelegenen Ort. Bis vor kurzem ahnten die Ärmsten nichts davon, daß ihre Krankheit erblich ist, und heirateten unbekümmert weiter untereinander, auch wenn ein Elternteil oder ein Elternteil des Partners erkrankt war. Die Leute in diesem verlorenen Nest an einem See glaubten auch, die Chorea Huntington – die sie dem Namen nach überhaupt nicht kannten – gäbe es nur in ihrer Gegend, und als sie erfuhren, es sei ein weltweites Leiden, war die Überraschung groß.

Das alles stand heute in der Zeitung, und unwillkürlich frage ich mich, ob auch Felicity es gelesen hat. Falls sie sich nicht grundlegend geändert hat, müßte das ein Leckerbissen für sie sein, bestens geeignet zur Beglückung ihrer Familie, so wie sie uns mit dem Salzkrautbilch und *stiletto fatalis* und dem Fenstersturz von Prag beglückte. Vielleicht hat sie das Thema aber auch schon längst entdeckt, denn die Tagespresse, Fernsehen und Zeitschriften sind neuerdings voll von Huntington, die Krankheit ist modern geworden und hat im Interesse der Öffentlichkeit die Multiple Sklerose und sogar die Schizophrenie verdrängt. Ich warf noch einen kurzen Blick auf den Artikel, ehe ich mich zu meinem Treffen mit Bell auf den Weg machte, sah mir die Photos der armen, verwirrten Leute an, las noch einmal den letzten

Absatz über den Test, den man jetzt machen lassen kann und die Beratungsmöglichkeiten, die für potentielle Opfer zur Verfügung stehen.

Wenn die Sechziger als die Ära der sexuellen Revolution galten und die Siebziger im Zeichen der Umweltzerstörung standen, so sind die Achtziger das Jahrzehnt der Selbsthilfegruppe und des Beraters. Für den heutigen Menschen – Mann oder Frau – dürfte es kaum ein Problem des Körpers und der Seele geben, für das keine Beratung zur Verfügung steht. Hätte ich in den sechziger Jahren ein Gespräch mit einem Berater führen können – wäre mein Leben dann anders verlaufen? Wer weiß. So aber war fast alles, was ich tat, bestimmt von der Erwartung grausiger Lähmungen und eines langsamen, qualvollen Todes: Die Produktion meiner schlechten, sensationellen, grobgestrickten Bücher für Geld, um in der Gegenwart leben, die Gegenwart genießen zu können; die Beziehungen zu Partnern, die ich häufig wechselte mit dem angreifbaren Argument, ich wolle nichts versäumen; meine Ehe, unter sträflich unredlichen Voraussetzungen eingegangen, die Augen vor der Wirklichkeit verschließend; meine Weigerung, ein Kind zu bekommen, und die unwahre Begründung dafür. Ja, und natürlich Bell...

Es klingt aberwitzig, aber vielleicht nimmt es mir der eine oder andere doch ab, wenn ich fast ehrlich, ja, wirklich fast hundertprozentig ehrlich sage: Hätte die Krankheit zugeschlagen, wäre all das gerechtfertigt gewesen, ich hätte zumindest sagen können, seht her, ich habe dies alles kommen sehen in Angst und Schrecken, und ich habe recht getan. Ich hätte recht getan, kein Kind zu bekommen, nicht noch ein

Wesen in die Welt zu setzen, dessen Chancen, an Chorea Huntington zu erkranken, fünfzig zu fünfzig gestanden hätten. Ich hätte recht daran getan, fünfundzwanzig Sex- und Schundromane in siebzehn Jahren zu schreiben, um in diesen Jahren ein angenehmes Leben führen zu können. Ich hätte recht daran getan, nicht einsam und halbverhungert in einem Untermietzimmer um jene Werke zu ringen, die in mir steckten, und davon zu träumen, daß sie vielleicht in irgendeiner fernen Rollstuhlzukunft erscheinen würden. (Dabei war der Profit in Wirklichkeit nie so groß, wie ich zunächst gedacht hatte, ich habe mir kein Vermögen, habe mir weder großen Erfolg noch Berühmtheit erschrieben; vielleicht bleiben diese Dinge eben doch all jenen Schriftstellern versagt – und das gilt auch für die Produzenten von Thrillern und Kitschromanen – die nicht mit dem Herzen schreiben.)

Nächste Woche werde ich vierzig und bin, wie Bell es ausdrückte, wahrscheinlich über den Berg. Um es zutiefst und rückhaltlos pessimistisch zu formulieren – wie ich es zuweilen gern tue: Ich habe mein Leben für nichts und wieder nichts verpfuscht. Doch es ist sinnlos, darüber nachzugrübeln, es ist albern und erbärmlich, sich in Selbstmitleid zu wälzen. Ich habe mich mit Bell getroffen, wie vorhin schon angedeutet, ich habe sie nach ihrem ersten Arbeitstag in dem Geschäft in der Westbourne Grove abgeholt.

Nicht, daß es mich dazu gedrängt hätte. Sie hat mich auch nicht darum gebeten, allerdings hat sie mich angerufen – gleich an dem Tag, nachdem ich von ihr gegangen war, während sie schlief – und mir recht kummervoll in Erinnerung gerufen, wann sie dort anfangen soll und wo das Geschäft ist. Ich hielt es für meine Pflicht. Die arme Frau hat Jahre hinter Gittern verbracht, da ist es wohl nicht zuviel verlangt, daß eine alte Bekannte sie im Auge behält, ihr eine kleine Hilfestellung leistet, bis sie sich in der für sie so neuen Welt zurechtgefunden hat. Wer jemals leidenschaftlich geliebt hat und sich jetzt bei dem Gegenstand seiner Liebe in der Schuld weiß, wer, einst von Begehren umgetrieben, sich jetzt von der Pflicht lenken läßt, wird wissen, was ich meine. Denn die Erregung, die brennende Sehnsucht, die ich empfand, als ich Bell in der Untergrundbahn und auf der Straße verfolgte, war doch nur ein flüchtiges Gefühl, war ein Strohfeuer gewesen, und was ich jetzt empfinde, ist mehr ein Auf-der-Hut-Sein, die Angst vor etwas Unbenennbarem.

Sie war überrascht, aber sie freute sich sehr. Wie glühend dankbar wäre ich früher für diese Anzeichen von Freude gewesen, das Leuchten, das über ihr Gesicht ging, die Hände, die sich mir entgegenstreckten. Früher hätte ich mich natürlich auch nicht verspätet, sondern wäre zehn Minuten vor Geschäftsschluß an Ort und Stelle gewesen, um sie zu erwarten. Aber als ich gerade aus dem Haus gehen wollte, läutete das Telefon, und dann fand ich einen meiner Kater auf den Stufen vor der Haustür, von deren Existenz die beiden Katzen eigentlich gar nichts wissen dürfen, und mußte ihn noch ins Haus bringen, so daß ich, im Laufschritt von der U-Bahnstation Westbourne Park kommend, mit Bell Ecke Ledbury Road zusammentraf.

Ich sah sie, ehe sie mich entdeckt hatte und, falls sie zum Notting Hill Gate wollte, in die falsche Richtung ging. Doch noch ehe ich sie ansprach, hatte ich begriffen – oder meinte zu begreifen: Sie mied Archangel Place. Wie tief das saß, wie weit das ging, wurde mir erst bewußt, als sie schlicht erklärte: »Ich weiß nicht mehr genau, wo es ist.«

Man sollte denken, daß sich einem jeden Menschen, der solche Dinge getan, solche Dinge erlebt hat, der Ort des Geschehens unauslöschlich, unvergeßlich eingeprägt hätte, soviel auch sonst dem Vergessen anheimgefallen ist. Daß er eine Landkarte mit gefährlichen Ecken und unheilverheißenden Orientierungspunkten und Wegweisern im Kopf hat, die ihm anzeigt, wovor er sich zu hüten hat. Doch Bell sagte: »Ich glaube, irgendwas stimmt mit meinem Gedächtnis nicht. Auf einem Londoner Stadtplan könnte ich es wahrscheinlich finden. Außerdem hat sich hier ja alles verändert.«

Im Grunde stimmt das nicht. Abgesehen von einigen Modernisierungen hat sich gerade in dieser Gegend nichts getan. Gemeinsam gingen wir nach Westen, in Richtung Ladbroke Grove.

»Wie war's?« fragte ich.

»Im Geschäft? Ich weiß nicht, ob ich es packe.« Sie lachte. Bells Lachen war schon immer leise und trocken, jetzt war es ein gespenstischer Laut, ein wisperndes Kichern am Ende eines dunklen Ganges. »Es ist ihr nicht geheuer, wenn ich mit Geld umgehe, das merkt man. Am liebsten hätte ich ihr gesagt, daß ich nicht deshalb im Knast war, weil ich in die Kasse gegriffen habe.«

»Vielleicht sagst du das besser nicht.«

»Keine Angst! Ich bin nicht mehr so offen wie früher, das darfst du mir glauben.«

Ich wußte nicht recht, wohin wir gingen. Mir schien,

wenn ich unsere jeweiligen Adressen bedachte, daß wir beide die falsche Richtung ansteuerten. Und dann dämmerte mir, daß ich ebensogut in Ladbroke Grove wie in Westbourne Park in die U-Bahn steigen konnte – und daß Bell die Absicht hatte, mit mir nach Hause zu kommen. Was hatte ich mir denn auch sonst gedacht? Mit ihr in irgendeinem Lokal eine Tasse Tee zu trinken und sie dann nach Kilburn zurückzuschicken? Sie ist ein Gespenst, dachte ich, nicht nur ihrem Lachen nach. Gespenster stellen wir uns immer blaß, weiß und schimmernd vor, und Bell ist ausgebleicht bis zur Geisterblässe, Haut und Haar, ja, sogar ihre jetzt vage blickenden Augen haben alle Farbe verloren. Nur ihre Kleidung ist noch immer tiefschwarz. Was mochte aus dem Schultertuch geworden sein, das sie trug, als sie zum erstenmal bei Cosette war, und das einst über Silas' Leiche gelegen hatte?

Sie rauchte im Gehen, am Bahnhof ging sie in ein Tabakgeschäft, um sich Nachschub an Zigaretten zu holen. In der Bahn schlief sie kurz ein, wurde aber, als wir zu Hause waren, wieder wacher. Sie ging im Haus herum und besichtigte alles. Die Katzen liefen schnurstracks auf sie zu, schienen sie auf Anhieb ins Herz geschlossen zu haben, kletterten auf ihr und den aschebestäubten Falten ihrer schwarzgebauschten Baumwolle herum. Ich habe den Verdacht, daß sie dabei buchstäblich der Nase nach gingen, Katzen lieben alles, was scharf riecht, egal wonach, und Bell stinkt nach kaltem Zigarettenrauch, sie riecht wie etwas, was man aus einem erkalteten Kaminfeuer gekratzt hat. Jetzt schläft sie wieder, die langen blassen Hände hängen über den Sessellehnen wie leere Ärmel.

Ich sitze ihr gegenüber, ein Glas mit Gin und trockenem Wermut in der Hand. Bell hat an ihrem Drink nur genippt, und ihre Zigarette ist im Aschbecher abgebrannt. Ich staune, daß wir fast zwei Stunden miteinander geredet haben, ohne daß sie auch nur mit einem Wort Cosette oder Mark erwähnt hat. Vielleicht aber ist das so erstaunlich nicht.

Cosette und ich hatten Felicitys Einladung ausgeschlagen, Bell aber hatte zugesagt, verbrachte die Weihnachtstage in Thornham und berichtete, daß dort alles genauso lief wie vor Felicitys Flucht. Nicht einmal die Kinder schien ihre lange Abwesenheit berührt zu haben, und Miranda zitierte noch immer mit salbungsvollem Stolz die Sentenzen ihrer Mutter: »Wachteleier zu essen ist abscheulich, sagt meine Mammi!« oder: »Nur alte Damen tragen Strümpfe, sagt meine Mammi.«

Die Party lief nach dem gleichen Muster ab wie in dem Jahr, als Silas gestorben war, nur wurde am 27. Dezember kein Quiz veranstaltet. Es wurde überhaupt kein Quiz veranstaltet. Aber es waren mehr oder weniger dieselben Gäste da. Zumindest die alte Julia Dunne war gekommen und der uralte Brigadegeneral mit seiner Frau und Rosalind und Rupert, Felicitys Schwester und Schwager. Und natürlich war Lady Thinnesse da, die sich Felicity gegenüber so verhielt wie eh und je. An Bells letztem Abend organisierte Felicity eine Debatte über die mögliche Wiedereinführung der Todesstrafe, bei der sich Esmond, wie Bell sagte, energisch für das Kontra einsetzte und Mrs. Dunne sich förmlich verjüngte und sprachmächtig das Pro verfocht.

Was mir unter anderem an Bell so sehr gefiel – ich meine das, was sich definieren läßt – war die Tatsache, daß sie sich ebensosehr für Menschen interessierte wie ich. Sie war die einzige aus meinem Bekanntenkreis, die sich wirklich wünschte, sie könnte ihren Mitmenschen in den Kopf sehen und nachschauen, was dort ablief, sie war die einzige, die stundenlang über andere Leute reden konnte, ohne sich zu langweilen, ohne das Thema sattzubekommen. Ohne jede Anleitung, ohne jede Ausbildung besaß sie ein ausgezeichnetes psychologisches Gespür. Bell hat mich einiges an Menschenkenntnis gelehrt, nur war ich leider nicht so einsichtig, in meinen Büchern Gebrauch davon zu machen, sondern habe meine Figuren in Stereotypen gepreßt. Und natürlich hatte und hat sie eine erstaunliche Phantasie.

Inzwischen hatte ich herausgebracht, weshalb sie mir nicht sagen mochte, wo sie wohnte, weshalb sie nicht wollte, daß ich sie besuchte. Sie war in der Wohnung ihrer Mutter in Harlesden untergekommen. Bell sagte oft, daß für sie alles westlich von Ladbroke Grove oder östlich der City nicht mehr London sei, ich konnte ihr deshalb nachfühlen, daß sie London West Zehn mit all seinen Untergliederungen verabscheute. Und dann war der Grund auch ihre Mutter selbst. Da sie nun mal beim Thema sei, sagte sie, wolle sie ganz offen sein, und es sei einfach so, daß es ihr peinlich wäre, wenn ich ihre Mutter kennenlernte.

»Wenn du sie auf der Straße siehst, hältst du sie für ein olles Pennerweib. Sie hält sich nicht mal sauber. Sie ist eine alte Cockneyschlampe –« Bell lachte trocken –, »– die ihr Gebiß in einer Tabakdose bei sich trägt.«

»So alt kann sie gar nicht sein«, sagte ich.

»Für eine Mutter schon. Sie war weit über vierzig, als sie mich bekam. Nachdem ich bei Admetus ausgezogen war, wußte ich einfach nicht wohin. Außerdem geht es ihr nicht gut. Man kann sie nicht mehr alleinlassen, und außer mir hat sie niemanden.«

Ich zögerte. Warum sollte ich es schließlich nicht sagen? »Aber du hast einen Bruder, nicht? Ich habe ihn gesehen, damals bei der Globalen Erfahrung.«

Sie lachte, wohl in Erinnerung an diese verrückte Darbietung. »Du meinst Marcus.«

»So heißt er?« Ich war entzückt von dem Namen. Eine Frau, die ihre Kinder Marcus und Christabel nennt, kann doch gar nicht von Grund auf schlecht sein, sagte ich.

»Damals vielleicht nicht, aber jetzt ist sie grundschlecht, ehrlich.«

Ich sagte, sie könne doch nicht ein Leben lang bei ihrer Mutter wohnen – und meinte das Leben ihrer Mutter.

»Keine Bange, das habe ich auch nicht vor«, sagte Bell.

Kurz nach diesem Gespräch fiel mir ein, was die Löwin Elsa mir erzählt hatte: daß Bell nach Silas' Tod nicht gewußt hatte wohin, daß sie keine Angehörigen besaß, die sie hätten aufnehmen können, daß ihre Eltern tot waren. Aber da sie sich ihrer Mutter so schämte und sie fast allen Leuten unterschlug, war es verständlich, daß sie sie Elsa gegenüber für tot ausgegeben hatte. Durchaus verständlich. Wie seltsam und wie traurig, daß sie ihre Mutter so sehr verabscheute, während ich meine Mutter, meine Adoptivmutter gewissermaßen, so sehr liebte. Denn im Frühling jenes Jahres war Cosette krank. Das heißt, eigentlich war sie gar nicht krank, es war ein Schreckschuß für sie und auch für mich, aber ich liebte sie so sehr, daß ich die Angelegenheit über alle Maßen aufbauschte und mir einredete, weil sie Unterleibsblutungen hatte, müsse sie an Krebs sterben. Ich vertraute meine Sorgen Bell an.

»Wann erfährst du, was sie hat?«

»In etwa einer Woche.«

Ich malte mir aus, wie es wäre, sie zu verlieren, malte mir ihre Angst vor dem Tod aus. Ich sprach mit Bell darüber, über Cosettes langes, verschlafenes Leben und die Chance, die sich ihr – vielleicht zu spät – geboten hatte, wirklich zu leben. Nicht auszudenken, daß der so kurzfristigen, vielleicht nicht einmal richtig ausgekosteten Freiheit der Tod so rasch ein Ende setzen sollte! Bell hörte zu, ruhig und aufmerksam. Manchmal machte sie ein Gesicht, als sei Liebe etwas, womit sie sich im Grunde nicht auskannte, und als überlege sie mit halb geöffneten Lippen, leicht zur Seite geneigtem Kopf, ob es ein lohnendes Studienobjekt sein könnte. Allerdings weiß ich nicht, ob ich damals so dachte, ob meine Einsicht damals so weit reichte.

Cosette ging ins Krankenhaus – es war die Harley Street Clinic –, dort machten sie eine Ausschabung, stellten fest, daß sie ein gutartiges Myom hatte, und entfernten es. Ich glaube – nein, ich weiß –, daß Cosette stolz darauf war. Es ließ sie jung erscheinen, erweckte den Anschein, als habe sie noch funktionsfähige Gebärorgane, und als ich sie besuchte – zusammen mit all den anderen, die sich um ihr Bett scharten –, machte mich ihr Gerede verlegen. Es war mir peinlich, wenn sie zu Dawn Castle und Perpetua sagte, daß sie »nichts rausgenommen« hatten, daß bei ihr »noch alles funktionierte«, daß sie nicht unfruchtbar geworden war.

Deshalb sprach ich mit niemandem darüber, nicht einmal mit Bell, ich sagte mir, daß mit der Sorge um Cosette auch das Interesse an ihrem Zustand aufgehört hatte.

Wir feierten ihre Heimkehr mit Blumen und einem Gelage. Wir stellten Blumen in den Salon und Blumen in ihr Schlafzimmer und in die große Jardiniere in der Diele im ersten Stock. Bell half mir dabei, die Blumen zu besorgen und zu stecken, sie half mir, den Tisch im Speisezimmer zu decken und die Lebensmittel einzukaufen. Natürlich war es Cosettes Geld, denn sie hatte ein Konto im Delikatessengeschäft und beim Blumenhändler, und weil sie immer auf ihre Linie achten mußte, aß sie weniger als alle anderen, aber daß ihr daran gedacht habt, das ist die Hauptsache, hätte sie wohl gesagt. Sie sah müde aus, als sie heimkam, und ziemlich benommen. Zu spät fiel mir ein, daß jemand sie mit ihrem eigenen Wagen hätte abholen sollen, statt sie mit einem unbekannten Taxifahrer heimfahren zu lassen. Aber damals hatte ich noch keinen Führerschein, und Gary, Fay und der LSD-Freak Rimmon (in Wirklichkeit hieß er Peter), die sich ungebeten bei uns eingenistet hatten, taten nichts dergleichen, sie waren nicht einmal daheim, als Cosette aus der Klinik kam.

Menschen wie Cosette, lieb, großzügig, selbstlos, geduldig, unverhältnismäßig dankbar für alles, was man für sie tut, und sei es noch so unbedeutend, werden stets ausgenutzt, übervorteilt, beiseitegeschoben. In den Romanen des 19. Jahrhunderts begegnen sie uns auf Schritt und Tritt, weshalb wir oft meinen, sie und ihr Schicksal seien Schriftstellerhirnen entsprungen. Aber nein, es gibt sie wirklich, sie überhäufen ihre Mitmenschen mit Wohltaten und lassen sich von denen treten, die ihnen am meisten zu verdanken haben. Und eben deshalb ist Cosettes weiteres Leben und Schicksal um so grotesker. Ihr weiteres Leben und Schicksal gestaltete sich für jedermann unerwartet, sprach allen Regeln Hohn, die da besagen, eine solche Frau könne nie leidenschaftliche, selbstlose Liebe, tiefstes Unglück, gewaltsamen Tod und letzte Ironie erleben, sondern nur Ausbeutung und Enttäuschung.

Von uns Jungen hatte sich während Cosettes Klinikaufenthalt keiner groß um Auntie gekümmert. Erst jetzt, im Rückblick, begreife ich, daß sie in Cosette fast so etwas wie ihre Beschützerin sah. Sie war so mausgrau, so still und verhuscht, daß sie selbst Bell und mir mit unserer unersättlichen Begierde zu erfahren, was in den Köpfen der Menschen vorging, mit unserer ständigen Persönlichkeitserforschung als eine Person ohne Gefühle erschien, ganz gewiß als eine Person, über die zu spekulieren nicht lohnte. Daß sie möglicherweise Angst hatte, während Cosette nicht im Haus war, Angst vor uns allen mit all den neuen Bräuchen, die wir einer Revolution verdankten und die sie nie begriffen hat, Angst vor unserer Jugend und unserer Musik, unserem Tun und Treiben und unserer sexuellen Freizügigkeit, – das wäre uns nie in den Sinn gekommen.

Gewiß, hin und wieder kam Perpetua. Jimmy, der Gärtner, schaute immer bei ihr vorbei und wechselte ein paar Worte mit ihr. Die alten Freunde aus der Wellgarth Avenue aber besuchten wohl Cosette, wären aber nie darauf gekommen, auch Auntie einen Besuch abzustatten. Bell war in jener Partynacht nett zu ihr gewesen, aber falls sie sich in

Cosettes Abwesenheit besonders um sie kümmerte, so habe ich davon nie etwas bemerkt. Hat eigentlich, solange Cosette nicht da war, um mit ihr zu sprechen, irgend jemand ein Wort an die alte Dame gerichtet? Wenn ich versuche, mir den Salon ohne Cosette vorzustellen, sehe ich ihn auch ohne Auntie, und deshalb denke ich mir, daß sich Auntie die meiste Zeit in ihrem Zimmer aufhielt, sich vor uns und den von uns ausgehenden Herausforderungen und Gefahren und Erschütterungen versteckte und ganz gewiß Cosettes Rückkehr herbeisehnte. Als dann Cosette den Salon betrat, hatte auch Auntie sich eingestellt. Ausnahmsweise zeigte sie sogar Gefühl, sie erhob sich aus dem rotsamtenen Sessel und ging mit ausgestreckten Armen auf Cosette zu.

»Warum hast du mich denn nicht besucht?« fragte Cosette, als die Umarmung beendet war.

Auntie antwortete nicht, vielleicht mochte sie nicht sagen, daß sie nicht die Mittel dazu gehabt hatte, daß keiner von uns den Vorschlag gemacht hatte, sie hinzubringen, ja, sich nicht einmal erboten hatte, ein Taxi zu bestellen und dem Fahrer Anweisungen zu geben. Sie konnte nur den Kopf schütteln und geheimnisvoll die Stirn in Falten legen, wie alte Menschen es tun, wenn sie ihre Bedürfnisse und Mängel vor den Jungen geheimhalten wollen.

Wir versammelten uns zum Essen im Speisezimmer, Cosette und Auntie, Bell und ich, Gary, der gerade aus Indien zurückgekommen war, und Fay und Rimmon. Für das Haus der Stufen war es ein kleiner Kreis, denn niemand war an die Stelle von Mervyn oder von Felicity und Harvey getreten. Eine Haustochter gab es nicht mehr. Die Funktion, so leer und bar aller Pflichten wie die eines Obersten in der Königlichen Leibgarde oder des Steward der Chiltern Hundred, war dennoch eine vakante Rolle, die unbesetzt geblieben war. Cosette hatte die Tänzer dazu bewegen wollen, in die Räume unter dem Dach zu ziehen, die aber zögerten verständlicherweise, ihre mietfreie Wohnung in Hampstead aufzugeben, deren Besitzer, wenn sie Glück hatten, vielleicht gar nicht mehr aus Südafrika zurückkam. Eine gewisse Audrey, eine Cousine von Admetus' neuer Freundin, hatte vage in Aussicht gestellt, den vakanten Posten und das vakante Zimmer zu übernehmen. Ich hatte den Eindruck, daß sie nicht recht glauben mochte, das große Zimmer im zweiten Stock sei kostenlos zu haben, ohne irgendwelche Gegenleistungen außer Reden und Zuhören und Kaffeekochen, und daß sie deshalb zögerte. Cosette sprach während des Essens mit einiger Wehmut von diesen Dingen.

Als wir mit dem Essen fertig waren, standen wir wie gewohnt auf, ohne abzuräumen oder ans Abwaschen zu denken. Perpetua hatte für den nächsten Tag abgesagt, und es war Bell, die häuslich-fürsorglich – und für sie sehr untypisch – den Vorschlag machte, sie und ich könnten doch das Geschirr spülen.

»Ach was, laßt es bis morgen früh«, sagte Cosette, was für sie nun überhaupt nicht untypisch war.

»Morgen früh bin ich nicht mehr da.«

»Aber Kind, ich denke, du wohnst jetzt hier!«

Das war keine Höflichkeitsfloskel. Cosette war ehrlich entsetzt, daß ihr Haushalt demnach noch kleiner war, als sie gedacht hatte.

»Bell muß bei ihrer Mutter bleiben. Zumindest vorläufig.«

»Für deine Mutter haben wir bestimmt auch noch Platz. Schau, wieviel Platz wir haben.«

Das war natürlich lächerlich. Cosette machte sich manchmal lächerlich, ihre Freigebigkeit grenzte gelegentlich ans Groteske, ja, ans Taktlose. Auch dann, wenn Bells Mutter nicht der bizarren Beschreibung entsprechen mochte, die ich von ihr hatte, war nicht einzusehen, weshalb sie ihr Heim aufgeben und in das Haus einer wildfremden Frau ziehen sollte. Bell ließ ihr trockenes Lachen hören.

»Ich werde mir dein freundliches Angebot durch den Kopf gehen lassen, Cosette.«

Dabei war es natürlich kein Angebot gewesen, sondern eine Vermutung. Nachdem sich aber der Gedanke einmal bei Cosette festgesetzt hatte, wollte sie Bell bei sich haben. Nicht in dem Zimmer der Haustochter, das blieb für Audrey reserviert, aber warum nicht in dem Zimmer unter dem Dach, über meiner Schreibstube, wenn sie mal ungestört sein wollte? Wir mußten allesamt zur Besichtigung nach oben gehen, Auntie allerdings verzog sich unterwegs in ihr eigenes Reich. Cosette, auf der Kante von Felicitys vormaligem Bett sitzend, außer Atem vom Treppensteigen, entschuldigte sich für das Zimmer, für die 106 Stufen, das schräge Dach, das gefährliche Fenster.

»Ich werde das Fenster vergittern lassen, ich werde eine Art Käfig dafür machen lassen, damit nichts passieren kann.«

Sie hat es nie getan. Weil Gary sagte, wie gräßlich das wäre, da käme man sich ja vor wie im Gefängnis? Oder weil

Bell sagte, für sie sei das nicht nötig, sie könne im Augenblick das Haus ihrer Mutter in Harlesden nicht verlassen? Offenbar aber kam ihre Mutter durchaus für ein, zwei Nächte allein zurecht, denn Bell übernachtete bei uns, und als ich am nächsten Tag aus dem Kinderhort kam, erzählte sie, eine alte Bekannte ihrer Mutter sei ihr über den Weg gelaufen, die vielleicht bereit wäre, zu ihr zu ziehen.

Nicht an diesem Abend, sondern eine gute Woche danach zog ich ihr Cosettes Kleid in dem »verblichenen« Rot an. Ich hatte vergessen, was Cosette damals gesagt hatte, nachdem wir zusammen den Bronzinodruck bewundert hatten: Sie habe irgendwo noch ein Kleid, das dem Gewand der Lucrezia Panciatichi ähnelte. Nun aber war Cosette von den Castles nach Glyndebourne eingeladen worden, und damals war dort für die Oper ein langes Abendkleid noch obligatorisch. Cosette wurde sehr selten eingeladen. Ich freute mich, daß die Castles daran gedacht hatten, auch wenn ich wußte, daß sie damit Cosette einen Kontrast zum Haus der Stufen vor Augen führen wollten. Auf einer Party, die Cosette zu Admetus' vierzigstem Geburtstag gab, hörte ich zufällig, wie Dawns Mann seiner Frau zuflüsterte: »Ob sie wohl weiß, daß es das Leben, das sie für diesen Zirkus aufgegeben hat, noch gibt?«

Bis zu dem Abend in Glyndebourne waren es noch zwei Monate, aber Cosette hatte sich vorgenommen, unverzüglich ein passendes Kleid herauszukramen und wenn sie keins fand, ein neues zu kaufen. Ich mußte an die alten Zeiten in Garth Manor denken, als Elsa und ich Cosettes Schmuck anlegten, hörte sie sagen, wenn eine von uns sich für irgendein Stück besonders begeisterte: »Es gehört dir!«

»Nimm es«, sagte sie immer wieder, wenn ich mich etwas länger bei der Betrachtung eines Dreißiger-Jahre-Fähnchens oder einer bodenlangen Nachkriegskreation aufhielt. »Nimm es doch ...« Ich aber lachte sie aus und schüttelte den Kopf. Was sollte ich mit einem Schalkragenkleid aus puderblauem Rayonkrepp oder einem schwarzen Ballerinarock mit Perlenstickerei anfangen? Dann stießen wir auf das Bronzinokleid, es war dem auf dem Bild sehr ähnlich. Gewiß, Lucrezias tiefer Ausschnitt ist mit Goldspitze besetzt, und der untere Teil ihrer Ärmel ist aus üppig gerüschtem schwarzem Satin, ansonsten aber war es das gleiche Kleid, ein enges Oberteil, Puffärmel, weiter Rock, das alles aus Seide in der Farbe einer reifen Frühpflaume.

»Nimm es«, sagte Cosette. »Du tust mir einen Gefallen damit, Kind. Ich bin so ein fürchterliches Hamsterwesen, ich bringe es einfach nicht fertig, etwas wegzuwerfen.«

Bell trug ihr rostig-stumpfes Schwarz. Ich betrachte sie, während sie in meinem Sessel schläft, und sehe keinen Unterschied zwischen dem, was sie heute trägt, und dem, was sie an jenem folgenreichen, gewaltig-wundervollen Tag anhatte, als sie am frühen Abend ins Haus der Stufen kam, nur hatte sie, weil es März war und recht kalt, ein schwarzes Cape um und hatte sich in ihr Schultertuch gewickelt. Cosette hatte uns zum Essen eingeladen, Rimmon und Gary kamen auch mit. Ich weiß nicht, wo wir aßen, vielleicht in dem russischen Lokal in Brompton. Die späteren Ereignisse haben wohl meine Erinnerung an Dinge wie Restaurants und Essen und Trinken weitgehend verdrängt.

Das Haus war fast leer. Auntie, die abends nie zum Essen ausging, hatte sich längst hingelegt. Gary und Rimmon waren noch einmal weggegangen, um einen Freund in Battersea zu besuchen, und wenn es mir heute sonderbar vorkommt, daß Leute abends um halb zwölf Besuche machten, so dachte ich mir damals nichts dabei. Wo Fay war, weiß ich nicht, vielleicht bei ihrem neuen Liebhaber, einem Inder, der ein schmuddeliges Hotel, eine Art Absteige, in der Nähe des Bahnhofs Paddington betrieb. Bell und Cosette und ich waren allein, und obgleich es erst Mitternacht war, dachte Cosette daran, schlafenzugehen. Sie ermüdete rasch, die nicht sehr schwere Operation hatte sie mitgenommen.

»Obgleich es kein verlockender Gedanke ist«, sagte sie zu meiner peinlichen Verlegenheit, »allein in dieses riesengroße Bett zu steigen. Manchmal nehme ich zur Gesellschaft eins der Kissen in den Arm.«

»Ich möchte, daß du das Kleid anziehst«, sagte ich zu Bell.

Zuerst wollte sie nicht. Sie meinte, das sei blöd, sie habe nicht die richtige Frisur und keinen Schmuck. Aber während sie vor dem Bild stand und es betrachtete, befreundete sie sich langsam mit dem Gedanken. Es würde eine Weile dauern, sagte sie, sie müsse sich das Haar flechten und aufstecken, und ich dürfe nicht dabei sein. Ich müsse zurückkommen, wenn sie fertig sei. Ich gab ihr die Kameenbrosche mit ihrem Profil und befestigte sie an einer Perlenschnur, denn eine ganz ähnliche Kette hatte Lucrezia getragen.

Während sie sich umzog, ging ich zu Cosette hinunter. Cosette saß, in einem weißbefederten Hollywood-Bettjäckchen aus den dreißiger Jahren, im Bett und las mein

Buch, das in der vergangenen Woche herausgekommen war. Sie hatte schon das Manuskript und die Fahnen gelesen, aber sie schwor Stein und Bein, jetzt sei es etwas ganz anderes, weil ich es ihr gewidmet hatte. Ich mußte eine Menge überschwengliches Lob über mich ergehen lassen, obschon ich bereits damals wußte, daß es wertloser Schund war. Ich wand mich vor Verlegenheit, und das geschah mir ganz recht.

In ihrem Bett mit den hochgetürmten satinbezogenen Polstern und rosa Kissen, der Tagesdecke aus rosa Seide und weißer Spitze, auf der Zeitschriften und Zellstofftücher und Brillen herumlagen und ein weißes Telefon stand, umgeben von Telefonbüchern, Adreßbüchlein, Briefpapier und Füllfederhalter, wirkte Cosette in ihrer flaumig-fedrigen Hülle, nach Joy de Patou duftend, in dem schmeichelnden rosafarbenen Lampenlicht viel jünger, fast mädchenhaft. Seit Ivor Sitwell verzichtete sie darauf, sich nachts Fettcreme ins Gesicht zu schmieren und ihr Haar auf Lockenwickel zu drehen, und hatte damit auch nach seinem Abgang nicht wieder angefangen. Ihr Haar, ein silbriges Gold, lag glatt auf ihren runden weißen Schultern. Die Falten in ihrem Gesicht waren kaum zu erkennen, und der traurige Ausdruck, der jetzt, da das Gewebe erneut erschlaffte, wieder deutlicher hervortrat, ließ sie leicht melancholisch, aber nicht alt erscheinen. Und mir fiel ein, was gegen Ende des Stückes jemand über Cleopatra sagt, daß sie »mit ihrer Reize künstlich-kräft'gen Schlingen den zweiten Mark Anton sich möchte fangen«. Vielleicht denke ich auch nur, es sei mir eingefallen, es hätte mir einfallen müssen – aber konnte ich wirklich so weit voraussehen?

Wir sprachen über das Buch, ich mit einigem Widerstreben, mir wäre es am liebsten gewesen, wenn ich das Geld hätte einstreichen und mein Machwerk so schnell wie möglich vergessen können, Cosette voller Begeisterung, als die Tür aufging und Bell hereinkam. Oder vielmehr – Lucrezia Panciatichi kam herein. Oder Milly Theale. Sie trug die Perlen und die Kameenbrosche und hatte außerdem noch eine Goldkette von mir herausgekramt und eine Perlenschnur für ihre geflochtene Haarkrone. Das rote Kleid war ihr zu weit, aber von vorn sah man das nicht, sie hatte es hinten und in der Taille geschickt zusammengesteckt. Ihre Haut hatte jene sehr helle, leuchtende Bräune, die Lucrezia so strahlend aussehen läßt. Statt über unser Entzücken zu lächeln – Cosette klatschte sogar Beifall –, blieb sie mit ernstem Gesicht zwischen den chinesischen Paravents stehen, dann ließ sie sich sacht in den hochlehnigen Sessel sinken und wurde vollends zu ihrem eigenen Bildnis, als die linke Hand sich über der geschnitzten Lehne schloß, während sie in der Rechten aufgeschlagen das ledergebundene Büchlein hielt, das sie mitgebracht hatte.

Cosette wollte ein Photo von ihr machen. Sie stand sogar auf und begann im ganzen Zimmer vergeblich nach Blitzlichtbirnchen zu suchen. Ich glaube, sie hat dann doch eine Aufnahme gemacht, obgleich uns allen klar war, daß sie nichts werden würde. Statt der Blitzbirnchen fand sie den Blutjaspis. Sie versuchte ihn Bell an die Hand zu stecken, aber Bell hatte sehr lange, schlanke Hände. Der Ring war zu groß für den Ringfinger und paßte nur an den Mittelfinger. Bell saß in seltsam-stiller Heiterkeit da, sie lachte nicht über Cosettes Bemühungen, sie lächelte nicht einmal. Es war, als hätten Lucrezia oder Milly von ihr Besitz ergriffen und eine altmodische Seelenruhe in sie einfließen lassen. Nach einer Weile, als Cosette wieder im Bett war, beteiligte sich Bell an dem Gespräch, müßigem Mitternachtsgeplauder, über Moden und wie unbequem es gewesen sein mußte, ständig solche Kleider zu tragen, aber solange sie das rote Kleid anhatte, rauchte sie nicht. Meine Zigaretten lagen auf dem Künstlerzimmer-Ankleidetisch mit dem Glühbirnchenkreis um den Spiegel, aber Bell nahm sich keine.

Cosette war müde und schläfrig. Es war nicht ihre Art zu sagen, sie wolle jetzt schlafen, und uns wegzuschicken. Sie nickte ein, schüttelte sich lächelnd, dann sank ihr Kopf wieder zurück. Schließlich hatten wir Erbarmen und machten uns davon. Im Hinausgehen knipsten wir an der Tür alle Lichter aus. Bell streifte den Ring vom Finger und legte ihn auf den Ankleidetisch.

Es war eine schwarze Nacht, mondlos und ohne Sterne. Ich war mir sehr stark der Stille im Haus bewußt, denn sonst kam um diese Zeit gewöhnlich noch von irgendwoher Musik, Stimmengemurmel, träges Lachen. In jener Nacht herrschte tiefes Schweigen, selbst das unablässige Rauschen des Verkehrs in der Ferne schien gedämpft. Die Glühbirnen im Treppenhaus hätten längst ausgewechselt werden müssen, das gehörte zu Perpetuas Obliegenheiten, sie hätte es auch gemacht, wenn sie davon gewußt hätte, aber nach Anbruch der Dunkelheit war sie nie im Haus. Wir nahmen, wie unsere Vorfahren, Kerzen mit, um den Weg ins Bett zu finden.

Bell war, nachdem sie das rote Kleid angezogen hatte, im Dunkeln nach unten gegangen, geleitet von dem Licht, das aus der Tür über ihr und der Tür unter ihr fiel. Auf der Treppe nahm sie meine Hand und führte mich. Der lange steife Rock raschelte, während wir uns vorsichtig nach oben tasteten. In meinem Raum empfing uns sanftes, mattes Licht, nur die Nachttischlampe brannte. Die gemalte Lucrezia sah auf die lebende Lucrezia herab. Ich dachte – nicht in diesem Moment, sondern am nächsten Tag –, wie seltsam das alles war. Wie unendlich rätselvoll wäre es dieser jungen Frau aus dem 15. Jahrhundert vorgekommen, wenn sie sich, in all ihrer Schönheit und ihrem Putz dem Maler Bronzino Modell sitzend, hätte vorstellen können, daß eine Kopie des Gemäldes, das er von ihr verfertigte, nicht weniger strahlend, nicht weniger lebensecht als das Original, einstmals in einem Zimmer hängen würde, in dem zwei Frauen, von denen eine ganz gewiß sie selbst war, sich in die Arme nahmen und sich liebten.

Bell stieß die Tür mit ihrer großen Zehe zu, einer nackten Zehe, die man unter der roten Seide bisher nicht gesehen hatte. Wir ruhig es war! Keine Worte, kein vernehmbarer Atemzug, nachdem unsere Lippen sich voneinander gelöst und unsere Lider sich halb geschlossen hatten, dann wie ein Aufbrausen in der Stille das Rauschen von Seidenkaskaden und das Klimpern von Gold und Steinen, als das Kleid fiel, der Schmuck fiel. Erschauerndes Entzücken auf seidiger Haut, die aneinanderstreift, dann traten wir in den Lichtkreis, den die einsame Lampe auf das Bett warf.

12

Heute ist Sonntag. Am Sonntag schreibe ich nicht, und Bell muß nicht ins Geschäft. Es wird Zeit, daß wir miteinander reden. Wer das verfügt hat? Es war eine Entscheidung, die wir offenbar beide gleichzeitig trafen, als hätten wir beide zur gleichen Zeit erkannt, daß wir es nicht mehr länger aufschieben können, daß kein Weg mehr daran vorbeiführt.

Die Arbeit im Geschäft strengt sie unsäglich an. Sie schläft ein, sobald sie heimkommt, und mit ›heim‹ meine ich mein Haus, denn hierher kehrt sie jeden Tag zurück. Am zweiten und am dritten Abend bestellte ich, als sie gegen zehn aufgewacht war, ein Taxi, das sie nach Kilburn, in das Haus unter der Eisenbahnbrücke, zurückbrachte. Doch ich kam mir grausam vor, vielleicht weil sie so sanft und gefügig war, sich gehorsam in die Ärmel ihres alten schwarzen Mantels helfen und zu dem wartenden Taxi bringen ließ, mir bereitwillig das Gesicht zu einem Kuß auf die kalte Wange bot. Deshalb habe ich ihr am Freitag das Bett im Gästezimmer bezogen, und dort schläft sie nun, vierzehn, fünfzehn Stunden hintereinander.

Dieser viele Schlaf und seine gesammelte Wirkung haben ihr nun doch gutgetan, so daß sie heute früh, als sie herunterkam, die erste Zigarette des Tages rauchend, nicht mehr ganz so gespenstisch aussah, daß sie gegenwärtiger, jünger und frischer wirkte. Sogar ein Lächeln brachte sie zustande.

Und als sich der größere, zutraulichere meiner beiden Kater auf ihren Schoß setzte, begann sie ihn zu streicheln, statt ihn teilnahmslos wegzuschieben. Später dann, als wir uns gegenübersaßen, kamen wir zu dieser gemeinsamen Entscheidung. Wir müssen miteinander reden. All das, was so lange auf Äußerung gewartet hat, muß jetzt ausgesprochen werden. Nur über die Reihenfolge waren wir unterschiedlicher Ansicht. Es war wohl vor allem Felicitys Anruf, der die Richtung unseres Gesprächs bestimmte. Gestern am frühen Abend, während Bell oben schlief und ich in meinem Arbeitszimmer zum vierten oder fünften Mal *Die Schätze von Poynton* las, meldete sie sich aus der Wohnung in World's End.

Ich hatte wirklich geglaubt, ich würde nie wieder etwas von ihr hören. Das Gerede über ein Treffen in London, über angeblich noch offene Fragen, die wir zu besprechen hätten, war für mich müßiges Geschwätz, leere Worthülse gewesen. Aber sie hatte es offenbar ernst gemeint. Sie sei heute, Samstag abend, mit Esmond in der Stadt, sie wollten in einem kleinen französischen Restaurant um die Ecke essen ... »Und da habe ich mir gedacht, warum fragen wir nicht Elizabeth, ob sie mitkommen will? Wir hatten eigentlich für vier Personen reserviert, aber es war natürlich von vornherein ziemlich aussichtlos, daß Miranda und Jeremy Lust haben würden, mit uns zu essen.«

Im Grunde lockte es mich schon. Wie mag sie jetzt wohl aussehen? Und er? Und wie mag es laufen mit den beiden? Während sie sprach, hörte ich wieder ihren Aufschrei, als Esmond Cosettes Treppe heraufkam, sah ich, wie sie ihr Gesicht an Harveys Schulter vergrub. Aber ich mußte an

Bell denken, die schlafen konnte, weil ich da war, weil sie mich im Haus wußte, tröstlich und greifbar. Ich schwindelte Felicity etwas vor, ich sagte ihr, ich sei schon verabredet. Sie schien über meine Ablehnung nicht untröstlich zu sein.

»Dann eben ein andermal«, sagte sie, und dann – es war unglaublich, ich mußte an mich halten, um nicht laut loszulachen – fügte sie noch hinzu: »Im übrigen ist heute unser Hochzeitstag, vielleicht wäre es Esmond gar nicht recht.«

»Das könnte ich mir auch vorstellen.«

»Ich melde mich wieder, so leicht kommst du mir nicht davon. Hast du übrigens von Bell Sanger gehört?« Der angehängte Nachname wird der armen Bell bei Felicity auf immer bleiben, er verleiht ihr eine Sonderstellung, separiert sie von dem Kreis der Freunde, in dem vielleicht kein Platz mehr für sie ist.

Warum log ich wieder? Warum lügen wir? Weil ich es mir einfacher machen wollte. »Nein«, sagte ich. »O nein.«

»Was wollte sie?« fragte Bell, als ich ihr von dem Anruf erzählte. Zwischen Schlafen und Wachen hatte sie das Telefon läuten hören oder hatte geträumt, sie hätte es gehört.

»Sie wollte mich fragen, ob ich mit ihnen ausgehen will.«

Sie sprang auf, und der arme Kater rollte von ihrem Schoß. »Sie kommt doch nicht her?«

»Nein, reg dich nicht auf. Aber wäre das denn so schlimm? Du hast doch schon mit ihr telefoniert.«

Ihre Antwort rührte mich. »Nur, um mich nach dir zu erkundigen.«

Felicitys Name aber führte sie in ein Stück Vergangenheit zurück, von dem ich nichts wissen will. Die Enthüllungen, die sie heute vormittag gemacht hat, sind nicht das, worauf ich sehnlichst warte. Immerhin – sie hat einen Anfang gemacht. Sie hat angefangen sich zu offenbaren.

»Hat sie etwas über Silas zu dir gesagt?«

»Was meinst du?« fragte ich zurückhaltend.

»Irgendwas. Hat sie ihn erwähnt? Ja, ich sehe es dir an. Hat sie dich gefragt, ob du dir je überlegt hast, daß ich die Schuld an Silas' Tod haben könnte?«

Weshalb hätte ich es leugnen sollen? Ich nickte und machte einen schmalen Mund, als ginge mir etwas so Schlimmes, so Überwältigendes nicht über die Lippen.

»Bei meinem Prozeß hat keiner davon gesprochen, ist dir das aufgefallen? Die Anklage hat nichts davon gesagt, daß ich mit einem Mann verheiratet war, der Selbstmord begangen hat. Aber all das über meine Kindheit ist rausgekommen. Und ich hatte es vergessen, stell dir das vor, ich hatte es total vergessen. Ich mußte einen Augenblick überlegen, wer Susan war. Es hätte eine Wildfremde sein können, irgendeine beliebige Zwölfjährige, über die sie sprachen. Aber deshalb habe ich eine so lange Strafe gekriegt. Ist es nicht schlimm, so viele Jahre ins Gefängnis zu gehen wegen einer Sache, die man vergessen hat? All diesen Dreck haben sie rausgebracht, aber nicht das über Silas, oder jedenfalls haben sie nie bezweifelt, daß er sich erschossen hat, obwohl sie inzwischen wußten, was für eine ich war.«

Sie nahm sich die nächste Zigarette und zündete sie an, dabei schwenkte sie das Streichholz nicht schnell genug, um die Flamme erlöschen zu lassen, sie mußte es brennend in den Aschbecher werfen. »Ja, ich habe ihn umgebracht. Ist das nicht naheliegend nach dem, was wir alle wissen?«

»Das hast du dir ausgedacht, Bell«, sagte ich.

»Wie käme ich dazu? Habe ich nicht genug Verbrechen begangen, bin ich nicht berüchtigt genug? Was hätte ich davon, mir etwas auszudenken?«

»Was hattest du je davon, dir etwas auszudenken?« fragte ich und hörte selbst, wie bitter das klang.

»Daß es besser für mich läuft natürlich. Daß es so läuft, wie ich es wollte. Verstehst du was von russischem Roulette?«

»Nur daß man dazu einen Revolver braucht, nur eine einzige Kugel in die Trommel einlegt und sie dann dreht. Das hat Felicity uns so erklärt.« Ich mochte nicht darüber sprechen. Es ist ein unerfreuliches Gefühl, einen Menschen zum Lügen zu ermutigen. Man kommt sich genasführt vor. »Ich habe mich nie wieder damit beschäftigt«, sagte ich. »Es interessierte mich nicht.«

»Nicht mal, nachdem du mich wiedergesehen hattest? Hast du dir da keine Gedanken gemacht?«

»Ich hatte mir eingebildet, in einer Gesellschaft zu leben, in der vielleicht jemand Selbstmord begeht, aber in der sich die Leute nicht gegenseitig umbringen.«

Sie ließ ihr distanziertes, trockenes Lachen hören. »Was glaubst du, wie die Chancen beim russischen Roulette stehen? Komm, schau nicht so ... so gequält. Du weißt mehr oder weniger, was ich angestellt habe, du müßtest eigentlich härter im Nehmen sein. Du weißt jetzt, daß du in einer Gesellschaft gelebt hast, in der zumindest eine Person es fertiggebracht hat, jemanden umzubringen. Was glaubst du, wie die Chancen bei einem Sechs-Schuß-Trommelrevolver stehen?«

»Sechs zu eins, würde ich sagen.«

»Eben nicht, diesen Fehlschluß begehen die meisten Leute. Wenn man nämlich eine gut freilaufende Revolvertrommel mit nur einer Patrone lädt, ist die Kammer mit der Kugel schwerer als die anderen, und wenn du die Trommel drehst, sinkt sie nach unten. Die Chancen stehen deshalb bei weitem nicht sechs zu eins. Eher hundert zu eins, wenn man sich auf den richtigen Dreh versteht.«

Irgendwie kam mir das vor, als hätte ich es schon mal gehört. Trotzdem fragte ich: »Was hat das mit Silas zu tun?«

»Silas hat es mir beigebracht.«

»Er hat dir wohl noch anderes beigebracht. Auf der Kunstakademie. Ehe er dich geschwängert und geheiratet und zur Abtreibung veranlaßt hat.«

»Hab' ich dir das erzählt?«

»Ach, Bell! Erinnerst du dich nicht mehr?« Die Nadelstiche waren sinnlos, ich wußte es wohl. Sinnlos, nicht grausam, da sie nicht darunter zu leiden schien, da es sie offenbar fast amüsierte, an eine ihrer kapitalen Lügen erinnert zu werden. Ich stichelte ohne Sinn und Zweck, und ich stichelte zu spät, sie würde es nie begreifen.

»Was hat dir Silas nun genau beigebracht?«

»Daß die schwerste Kammer nach unten geht, wenn man die Trommel dreht. Wenn man eine Bleikugel hat, meinte er, eine ganz gewöhnliche Bleikugel, keine Patrone, und sie in eine der anderen Kammern lädt, wird es erst richtig interessant. Denn wenn man jetzt die Trommel dreht, geht die Kammer mit der Bleikugel nach unten und nicht die mit der scharfen Patrone. Wenn man berechnen könnte, aus welcher Kammer die nächste Kugel in den Lauf geht, wenn die

Kammer mit der Bleikugel nach unten gezogen wird, sagen wir aus der übernächsten links, könnte man in die dann eine scharfe Kugel laden. Oder wenn die Patrone schon im Revolver ist, kann man berechnen, in welche Kammer man das Blei laden muß, damit die Patrone in den Lauf kommt.«

»Könntest du das noch mal ganz langsam sagen?« bat ich.

Sie tat es. Sie erbot sich, mir eine Zeichnung zu machen.

»Nein, danke, ich kann es mir auch so vorstellen. Aber mal angenommen, man macht nichts falsch oder die Revolvertrommel liefe nicht frei, wäre das dann kein Spiel mit dem Risiko mehr, sondern eine Gewißheit.«

Sie nickte. »Stimmt.«

Ich sah auf. Ihr Gesicht war gleichmütig wie das der Lucrezia Panciatichi, kühl und gesammelt, einer leicht gealterten Lucrezia, aber noch immer unverkennbar. »Ich verstehe nicht, was du gemacht hast«, sagte ich.

»Silas hatte in eine der Kammern eine Patrone geladen, dann hat er den Revolver aus der Hand gelegt und sich was zu trinken geholt, du weißt ja, was für ein unsägliches Gesöff er sich immer gemixt hat, Wein mit Methylalkohol, ein Teil rot gefärbten Fusel, zwei Teile Rotwein. Während er draußen war, habe ich in die übernächste Kammer die Bleikugel geladen.«

Stille. Bell nahm sich die nächste Zigarette und ließ sie einen Augenblick unangezündet zwischen den Lippen stecken. Sie griff nach Cosettes Geschenk, dem Wedgwood-Feuerzeug, und sah mich erwartungsvoll an.

»Die Polizei hätte sie gefunden«, sagte ich.

»Ich habe sie herausgenommen, als Silas tot war. Ehe ich zu euch gekommen bin.«

Ich wußte nicht recht, ob ich ihr glauben sollte oder nicht. Das Gerede über richtig freilaufende Revolvertrommeln und daß die schwerste Kammer nach unten geht – woher soll ich wissen, ob das so stimmt? Ich verstehe nichts von Schußwaffen. Ich kenne niemanden, den ich danach fragen könnte. Ist es denkbar, daß jemand eine Handfeuerwaffe lädt und sie dann einfach weglegt, um sich einen Drink zu holen? Bei Silas Sanger schon. Unter anderem deshalb, weil es vielleicht bei weitem nicht sein erster Drink gewesen war. Ich konnte es nicht glauben, aber ich konnte mir trotzdem vorstellen, daß Bell es getan hatte. Doch, durchaus.

»Angenommen, du hättest es getan – was ich dir wohlgemerkt nicht abnehme –, warum hast du es getan?«

»Ich war so sauer auf ihn, ich hatte ihn so satt. Er hat mich wahnsinnig gemacht. Er hat mich geheiratet, weil er eine Sklavin brauchte, ja, genau das bin ich für ihn gewesen, eine Sklavin und ein Fußabstreifer, ein Gebrauchsgegenstand, eine Magd. Ich war ihm dankbar, als er mich geheiratet hat, jetzt wird alles gut, hab ich gedacht, wird zehnmal besser als alles, was ich hätte erwarten können nach dem, was ich hinter mir hatte. Ich kannte sonst niemanden, meine Eltern wollten nichts mehr von mir wissen, ich hatte sie seit sieben Jahren nicht mehr gesehen, Freunde hatte ich nicht. Ich kannte nur Sozialarbeiter und ein, zwei Kids aus dem Heim. Du weißt das alles, es ist beim Prozeß rausgekommen. Ich hab gedacht, daß ich noch Glück hatte mit Silas, aber ich hab dazugelernt. In sechs Ehejahren kann man allerlei lernen, da kann man ganz schön erwachsen werden.«

»Es gibt auch so etwas wie Scheidung«, sagte ich.

Der Blick, den sie mir zuwarf, weckte die Erinnerung, jener schräge, schlaue Blick erinnerte mich an meine Verblendung. Bell hätte kein Interesse am Geld, hatte ich gedacht, kein Interesse an Materiellem. Inzwischen sind mir längst die Augen aufgegangen, nur noch staunend und voller Selbstverachtung denke ich daran, wie fest ich einst an die Lauterkeit ihrer Absichten glaubte. »Sein Alter lag im Sterben. Und der hatte Kohle. Nicht so viel, wie Silas immer tat, aber sein Haus war ganz schön was wert. Ich wußte, was Silas damit machen würde, er hatte es mir oft genug gesagt. Er würde sich in dieses Scheißjava verziehen und malen. Er war schon dagewesen, das Klima gefiel ihm. Deshalb saßen wir noch in Thornham herum, obgleich Esmond uns loswerden wollte. Wir warteten darauf, daß sein Alter abkratzte, damit Silas das Haus verscherbeln und sich in dieses Scheißjava verziehen konnte, wie dieser alte französische Pinselfritze, von dem er ständig gelabert hat.«

»Gauguin«, sagte ich. »Und es war Tahiti.«

Sie hörte gar nicht auf mich. Über Einwürfe dieser Art hatte sie sich schon damals geärgert, dieses »blöde Kulturgesabbel«, wie sie es nannte. »Ob ich mitkam oder nicht, kümmerte ihn nicht. Aber wenn ich nicht mitkommen wollte, sagte er, würde er mich nicht ernähren, ich könnte mir eine Arbeit suchen. Er hätte mich sechs Jahre ernährt, mehr könnte ich nicht erwarten. Und als dann das Telegramm kam, daß sein Vater tot war, habe ich es ihm nicht gezeigt. Ich habe es für mich behalten und die Bleikugel in seinen Revolver getan.«

»Heutzutage kann man nicht mehr telegrafieren«, sagte ich stupide. »Das heißt, man kann schon, aber es geht nicht schneller als ein Brief.« War ein Telegramm nach Thornham gegangen? Denkbar war es, aber wer würde sich heute noch daran erinnern? »Ich glaube dir kein Wort, Bell«, sagte ich.

»Mach, was du willst.«

»Daß du dir seinen Tod gewünscht hast – das nehme ich dir ab.«

»Wo liegt da der Unterschied?«

»Es gibt einen Unterschied.«

»Ich war nicht dabei, als er es gemacht hat. Ich war oben, wie ich gesagt habe. Er hat bestimmt nichts gemerkt, oder wenn er was gemerkt hat, für den Bruchteil einer Sekunde, hat er sich wohl gesagt, daß er jetzt eben alle ist, beim russischen Roulette mußt du wohl immer damit rechnen.« Sie griff nach dem kleinen Kater und liebkoste ihn, die langen Hände strichen fest an seinem Körper entlang, gerade so, wie er es gern hatte. »Seine Leber war sowieso kaputt, er hatte nicht mehr lange zu leben. Ein Glas von diesem roten Gesöff, und er stolperte über die eigenen Füße. Seine Leber machte nicht mehr mit, er wurde schon ganz gelb. Herrgott, wie ich ihn gehaßt habe.« Noch eine Zigarette. Der kleine Kater zuckte vor der Feuerzeugflamme zurück. »Felicity hat gesehen, wie das Telegramm kam.«

»Was soll das heißen, Bell?«

Sie antwortete nicht gleich. »Wäre Silas vor seinem Vater gestorben, hätte ich das Haus nicht gekriegt. Ich war ja nur die Schwiegertochter. Zumindest hätte ich darum kämpfen müssen. Wenn er aber erst tot war, gehörte es sozusagen automatisch Silas. Nur wäre Silas mit seinem Erbe umgehend nach Java gedüst. Und vielleicht hätte er mich nicht mal mitgenommen. Weshalb sollte er? Er hatte mich ebenso satt wie ich ihn.« Sie zog an ihrer Zigarette, Rauch stieg aus ihren Nüstern, als lodere Feuer hinter ihrem Gesicht. »Ihr wart gerade mit dem Mittagessen fertig«, fuhr sie fort, »und Felicity war oben und holte die Unterlagen für das Quiz aus ihrem Schlafzimmer. Sie schaute aus dem Fenster und sah den Boten mit seinem Fahrrad kommen. Ich glaube, es hat eine ganze Weile gedauert, bis sie geschaltet hat, sie hat es erst kapiert, als ich im April wegging. Sie fragte mich über den Alten und seinen Tod aus – ich wollte ja in sein Haus ziehen. ›Aber hast du nicht etwa eine Stunde, ehe es geschah, eine Depesche bekommen?‹ fragte sie. Ich habe zuerst gar nicht kapiert, was sie meinte. Hast du schon mal erlebt, daß jemand ein Telegramm eine Depesche genannt hat?«

»Nur in Büchern«, sagte ich.

»Bis das geklärt war, hatte ich ein bißchen Zeit zum Nachdenken. Der Bote hat sich in der Adresse geirrt, sagte ich, aber ich merkte, daß sie mir das nicht abnahm. Komisch, ich hatte eigentlich damit gerechnet, daß sie bei meinem Prozeß als Zeugin auftreten würde. Und dann hab ich gedacht, wenn ich freikomme, holen sie mich wegen einer anderen Sache, dann hängen sie mir den Mord an Silas an, und Felicity erzählt das von dem Telegramm.« Sie betrachtete seufzend ihre nikotingelb verfärbten Finger. »Hast du das Bild noch?«

»Was für ein Bild, Bell?« Aber natürlich wußte ich, was sie meinte.

»Das Bild von der Frau im roten Kleid, über die dieser Dingsda ein Buch geschrieben hat.«

Nicht dieselben Worte, aber Worte in der gleichen Richtung, dasselbe Unverständnis, dasselbe Staunen. Erstaunlich für mich ist, daß sie darüber sprechen kann. Nach dem Part, den sie dabei gespielt hat.

»Es hängt im Arbeitszimmer.«

»Da war ich noch nicht«, sagte sie und dann: »Könnten wir ausgehen? Ich möchte zu gern in ein Pub am Fluß. Könnten wir uns ein Pub suchen und dort essen? Da gibt es doch ein Pub, in dem so ein Typ den Text zu ›Rule Britannia‹ geschrieben hat.«

»James Thomson, und das Pub heißt *Die Taube*. Woher weißt du das?«

»Du hast es mir mal erzählt.«

Wir sprachen nicht darüber, aber wir dachten uns unser Teil. So stelle ich mir das jedenfalls vor. Ich dachte mir mein Teil, und Bells Verhalten zeigte, daß auch sie sich ihr Teil gedacht haben muß und daß unsere Gedanken in die gleiche Richtung gingen. Über das Warum aber wurde nicht gesprochen.

Hätte man mich danach gefragt, hätte ich geantwortet, ich sei heterosexuell. Ich hatte bis dahin nur mit Männern geschlafen. Einigen Männern. Etlichen. Ich würde gern sagen, daß ich sie nicht gezählt habe, daß ich sie nicht in diesem Licht betrachtete, mich nicht in diesem Licht an sie erinnerte, aber das wäre nicht die Wahrheit, denn diese Zahl kennen wir alle. Nach Dominic gab es einen Lektor in meinem Verlag, allerdings nicht den für mich zuständigen Lektor, und für eine Nacht – nur eine – gab es Gary. Wir waren weder betrunken noch high, wir waren nur zufällig allein zusammen im Haus, wir redeten, empfanden eine plötzliche wechselseitige Wärme und Komplizenschaft, ein Wirgefühl – und wir waren jung. Etwas Ähnliches – nur hundertfach überhöht – war es auch, was mich und Bell in jener stillen Nacht zusammenführte.

Ich habe weder vorher noch nachher eine andere Frau begehrt. Andererseits hatte ich nie das Gefühl, daß das, was wir taten, schockierend war oder unrecht oder pervers. Es kam mir ganz natürlich vor. Homosexuelle Männer, die gelegentlich mit Frauen schlafen, haben mir gesagt, es sei angenehm gewesen, es habe ihnen gefallen, aber so ganz das Wahre sei es eben nicht. Schrieb nicht Proust irgendwo, daß der Homosexuelle nur sündigt, wenn er mit einer Frau schläft? Ich erwartete deshalb hinterher so halb und halb, daß meine Liebeserfahrung mit Bell, so reizvoll, so vergnüglich sie auch gewesen war, auch für mich nicht ganz das Wahre sein würde. Aber ich reagierte ganz anders, Begriffe wie ›reizvoll‹ und ›vergnüglich‹ trafen nicht das Wesentliche, ich brauchte andere, bislang unentdeckte Worte. Und – nicht ganz das Wahre? Für mich war es eine große, wundervolle Wahrheit. Ich merke, daß es mir nicht gelingt, meinen Empfindungen, meinen Sehnsüchten, meiner Erfüllung Ausdruck zu geben. Vor mir breitet sich Leere wie eine dunkle Wasserfläche, ein Teich, auf dem geheimnisvoll funkelnde Erinnerungen und geflüsterte Worte treiben, ein Teich, in dem ich zu ertrinken drohe, so daß ich mich wie an einen dünnen Zweig an die rückschauende Erkenntnis klammern muß, daß ich verliebt war. Ich war verliebt in Bell, mit jener wilden, eifernden Leidenschaft, wie sie zehn Jahre Jüngere für eine Mitschülerin im Internat empfinden.

Psychologen würden sagen – ja, ja, ich weiß, was sie sagen würden –, ich sei aufgrund eines Schocks, einer traumatischen Enthüllung in meiner sexuellen Entwicklung stehengeblieben. Das ist zweifellos richtig, und vielleicht hat mich das Wissen um meine mögliche Huntington-Erblast tatsächlich in einer invertierten Phase blockiert. Doch ich empfand es nicht so, ich empfand es als Leidenschaft, als Verliebtheit, es *war* Verliebtheit, jene Verliebtheit, von der wir uns gern einreden, daß sie, wenn alles gut geht, ein Leben lang hält.

Natürlich ging nicht alles gut, wie sollte es auch?

Eine kleine Weile war alles eitel Wonne. Audrey war verschwunden, und Bell zog zu uns und übernahm die Rolle der Haustochter. Ich habe nie erfahren, ob Cosette es wußte, aber ich glaube es eigentlich nicht. Cosettes Einstellung Lesben gegenüber war typisch für ihre Generation: »Laß mich nicht mit ihr allein, Liebling. Was soll ich machen, wenn sie zudringlich wird?«

Nahm sie demnach an, alle heterosexuellen Männer, mit denen sie allein war, würden zudringlich werden? Vielleicht hoffte sie es, die arme Cosette. Ich habe nie ein Zurückweichen gespürt, wenn ich sie küßte, ich sah sie nie zucken, wenn Bell in ihre Nähe kam. Zweifellos sah sie uns lediglich als »Busenfreundinnen«, und die Eifersucht, die ich ihr anmerkte, erklärte sich daraus, daß Bell mich ihr wegnahm und – so unlogisch das klingen mag, aber wer kennt sich schon wirklich aus in den Menschen! – ich ihr Bell wegnahm.

Sie war sehr allein in jenem Sommer, der Bells und mein Sommer war, es kann gar nicht anders sein, obgleich ich das erst hinterher begriff. Nie wirst du so blind für die Einsamkeit anderer, als wenn du verliebt bist und wenn deine Liebe erwidert wird oder du dir das zumindest einbildest. Ich war unangenehm berührt, ich fand es – leider muß ich das sagen – fast ein bißchen unappetitlich, als mir klar wurde, daß Cosette manchmal mit Rimmon schlief. Sie war fünfundfünfzig, und er war siebenundzwanzig, er hatte kein Geld, und sie war eine reiche Frau. Wenn ich schon nichts von ihrer Einsamkeit begriff, so begriff ich noch weniger, daß in der Mitte des Lebens die Leidenschaften nicht zwangsläufig zur Ruhe kommen. Mit den Castles nach Glyndebourne zu fahren oder Auntie durch den Richmond Park zu kutschieren – das genügte ihr nicht.

Bell hat nie eins meiner Bücher gelesen. Sie hat kaum je ein Buch gelesen. Wenn ich ganz ehrlich bin, muß ich sagen, daß ich insgeheim froh bin, daß sie nie eins von mir gelesen hat, denn meine Bücher sprechen nicht meine Sprache, sie transportieren keine echten Emotionen, kein echtes Gefühl, sie behandeln Menschen nicht so, wie Bell und ich es taten, wenn wir von Menschen redeten. Jeder, der mich so genau kannte wie sie, wäre, nachdem er sie so gelesen hatte, wie Bell das hätte tun müssen, unweigerlich von mir enttäuscht gewesen und hätte mich der Heuchelei bezichtigt. Sinnlos, mit jemandem, dem Bücher so unvertraut sind wie Bell, von der Dichotomie zwischen Kunst und Leben des Schriftstellers zu sprechen – und all solchem Scheiß, wie Bell gesagt hätte.

Sie war bei mir im Zimmer, als ich gerade mein Schreibpensum für den Tag abschloß. Es war Spätsommer, Frühherbst, sie trug weißen Musselin, ein wallendes Gewand mit weiten Ärmeln, in der schmalen Taille mit einem geflochtenen Ledergürtel zusammengehalten. Während ich die letzten der eingeplanten zweitausend Worte tippte, hatte ich auf ihre Bewegungen über meinem Kopf gelauscht, mit denen sie sich bereitmachte, zu mir herunterzukommen, auf das Schließen des bewußten Fensters, das nie das versprochene Schutzgitter erhalten hatte, ihre durch den Teppich gedämpften Schritte, dann den Übergang auf das Holz, auf dem das Klacken ihrer Indiensandalen deutlich zu hören war, das Schließen der Tür, das Knarren der 104. Stufe, als sie die Treppe herunterkam. Denn so berückt Verliebtheit holder Wahn, wie es irgendwo heißt, und diesem Wahn war ich mit Leib und Seele verfallen.

Sie las, wie gesagt, keine Bücher. Aber sie nahm, auch das sagte ich schon, gern Bücher in die Hand und sah sie sich an. Glasklar steht mir das Bild vor Augen. Ich hatte den Plan, zwischen zwei Romanen meine Arbeit über Henry James zu schreiben, noch nicht aufgegeben, und schließlich habe ich ihn auch ausgeführt. Es war *The Awkward Age*, das Bell von meinem Schreibtisch nahm, ein Leihband aus der Bücherei in der Porchester Road, sie besah ihn sich interessiert, befühlte die Struktur, schätzte die Seitenzahl, las den Buchrücken, aber kein Wort Text, und dann fragte sie: »Ist das der Roman über die Frau, die aussieht wie ich?«

»Nein, du meinst *Die Flügel der Taube*.« Ich suchte mein Exemplar heraus und gab es ihr, nahm ihr das andere Buch aus der Hand, küßte die Hand und legte sie an mein Gesicht. Bell fühlte sich so gut an, ihre Haut duftete wie Kinderhaut. Wir blieben einen Augenblick dicht beieinander stehen, seitlich aneinandergeschmiegt. »Es ist das Bild, das aussieht wie die Frau, und du siehst aus wie das Bild.« Sie legte ihr Gesicht an das meine, lächelte in meine Wange hinein und sagte in ihrem spöttisch-skeptischen Ton: »Wann hat er das geschrieben, dieser Typ, auf den du so scharf bist?«

Ich wagte eine Schätzung, aber ich irrte mich um ein Jahr: »1901.«

»Ich verstehe nicht, wieso sie auf einem Bild sein kann, das fünfzehnhundertsowieso entstanden ist, wie du sagst, wenn er es erst 1901 geschrieben hat.« Sie betrachtete jetzt *Die Flügel der Taube*, und wenn es je einen Roman gegeben hat, der geeignet wäre, den Nichtromanleser, den Zeitschriftenschmökerer, den flüchtigen Zeitungskonsumenten abzuschrecken, dann ist es dieser. Während sie mit wachsender Bestürzung die kaum in Absätze unterteilten, von keinem Dialog unterbrochenen Textseiten musterte, nahm ihr Gesicht einen derart entsetzten Ausdruck an, daß ich, als ich zurücktrat, um sie genauer anschauen zu können, laut loslachte.

»Wovon handelt es?« fragte sie. »Es gibt überhaupt keinen Sinn, es könnte ebensogut in einer Fremdsprache sein.«

Und so setzte ich mich denn mit gekreuzten Beinen auf den Fußboden, während Bell sich neben mir niederließ, um mir nah zu sein, noch immer mit dem Buch in der Hand, noch immer ungläubig darin blätternd, und erzählte ihr die Handlung von *Die Flügel der Taube*. Das war alles, was ich tun konnte, wirklich. Es war weder die einzige noch die erste Romanhandlung, die ich ihr erzählte, denn ich erinnere mich, daß sie ein paar Wochen zuvor mit mir ins Electric Cinema hatte gehen wollen, wo *The Wanderer* lief, eine

Filmfassung von *Le Grand Meaulnes*, und auch von diesem Buch hatte ich ihr eine Kurzfassung gegeben. Milly Theale aber blieb ihr im Gedächtnis, Milly Theale merkte sie sich und Merton Densher und Kate Croy, obgleich ich, wenn ich mich recht erinnere, diese Namen nicht nannte. Das war auch nicht nötig, die Handlung war genug, die melodramatische Triebfeder des Romans, die bei James nicht sensationell gestaltet ist, sondern subtil und schwer greifbar wie das Leben selbst. Es war wohl das Bild, das die Geschichte in ihr verankerte, das Bronzinoporträt, das aussah wie sie und das aussah wie die arme, todgeweihte Milly Theale.

Sie sagte langsam und staunend: »Eine raffinierte Idee.«

»James war raffiniert. Der raffinierteste Romancier, den es je gab.«

»So, wie er rumlabert«, sagte sie, typisch Bell, »hätt' ich ihm das nie zugetraut.«

13

Als Mark zum erstenmal zum Archangel Place kam, wohnten im Haus der Stufen Cosette und ich und Auntie, Gary und Fay, Rimmon mit einem philippinischen Freund und natürlich Bell. Im Herbst 1972 war sie wegen irgendeiner Krise im Haushalt ihrer Mutter für eine Weile wieder nach Harlesden gezogen. Inzwischen weiß ich, weiß es seit Jahren, daß Bell keine verwitwete Mutter in Harlesden hatte, daß ihre Eltern zusammen in Southsea wohnten und sich bemühten, ihre schlimmen elterlichen Erfahrungen möglichst gründlich zu vergessen. Damals wußte ich das nicht. Ich glaubte Bell, als sie sagte, sie müsse »nach Hause«, um dort »etwas in Ordnung zu bringen«.

So gut ich mich auf Selbsttäuschungen jeder Art verstehe, – über die Stimmungen und Klimaveränderungen der Liebe habe ich mir nie irgendwelche Illusionen gemacht. Ich merke sofort, wenn das Wetter umschlägt. Zuerst ein winziger Bruch in der Zuwendung des Liebsten, keine Ablehnung, nichts so Offensichtliches, eher eine Art Zerstreutheit, etwas Unbestimmtes, dann die unvermeidliche, schmerzhafte Erkenntnis, daß es jetzt immer der andere ist, der sich zuerst aus einer Umarmung löst, die Zunge zurückzieht, die Lippen strafft und zurücknimmt, dessen Lachen nicht mehr leise und verschwörerisch ist, dessen Fingerspitzen nicht mehr mit unendlicher Muße umherwandern. Ich merke diese Dinge, ich mache mir nicht weis, es gäbe sie nicht. Die Selbsttäuschung setzt dann ein, wenn ich mir dessen ungeachtet einrede, dies sei nur eine Phase, ein vorübergehendes Stadium, ein bloßer Lapsus.

Bells Leidenschaft für mich, die (davon bin ich trotz allem überzeugt, noch immer überzeugt) einst so echt war wie die meine für sie, war abgeflacht. Bell war nicht mehr ganz bei der Sache, nahm sich zurück. Mein zweiter Roman war herausgekommen, diesmal schenkte ihm die Presse einige Beachtung, er sollte für einen Preis der Unterhaltungsliteratur vorgeschlagen werden, die amerikanischen Rechte waren verkauft, und all das hielt mich in Atem, allerdings nicht so sehr, daß ich nicht gemerkt hätte, wie oft sie nicht da war, daß sie Dinge trieb, von denen ich ausgeschlossen war. Was konnte sie zu tun haben, daß sie so oft nicht ins Haus der Stufen zurückkam? Wo war sie, wenn sie hin und wieder mich oder Cosette anrief, um Bescheid zu sagen, sie käme später, sie sei »aufgehalten« worden? Eigentlich hatte sie nie etwas zu tun. In dieser Hinsicht – wie auch in mancher anderen – ähnelte sie Cosette. Und was sagt das über Mark und mich aus?

Bell hatte keine Beschäftigung, keine Hobbys, keine Interessen. Ihr Interesse an Menschen und ihrem Verhalten füllte sie ganz aus. Sie sah sich gern in Geschäften und auf Ausstellungen schöne Dinge an. Kleider reizten sie nicht, aber bei dem Gang durch eine Stoffabteilung genoß sie es mit ausgesprochen sinnlichem Vergnügen, über die ausgefalleneren Gewebe zu streichen. Mark erzählte mir später, daß sie sich manchmal die Kronjuwelen im Tower ansah. Ging sie deshalb so oft aus dem Haus? Um sich die Menschen und die üppigen Schaufensterdekorationen in der

Bond Street anzusehen? Um Damast bei Liberty zu streicheln? Einen Rundgang durch das Victoria and Albert Museum zu machen?

Und dann zog sie wieder zu ihrer Mutter. Ich erinnere mich an einen trübseligen Abend, wir saßen zusammen in dem grauen Garten, Cosette und Auntie und ich, jede für sich sehr intensiv ihre Einsamkeit spürend, es war nicht einmal warm, es war feucht und kühl und roch nach Ruß und Eukalyptusblättern. Hätte jemand einen Blick über die hohe Ziegel- und Feldsteinmauer getan, er hätte uns für Vertreterinnen dreier Generationen einer Familie gehalten, Tochter, Mutter, Großmutter, aber niemand tat einen Blick über die Mauer. Der Himmel war wie weißer Marmor, die Nacht ließ lange auf sich warten. Und einmal sagte Cosette: »Warum kommt denn niemand mehr?«

Auntie lächelte ihr schüchternes, halb ängstliches Lächeln. Sie schien neuerdings immer weniger aufzufassen. In ihrer Verwirrung nistete die Angst, daß es keine Lauterkeit mehr gab auf der Welt, daß alles zu Scherz und Schabernack geworden war, von dem sie nichts verstand. Auch an jene bedauernswerten Zootiere erinnerte sie, die das Zusammenleben mit Exemplaren der gleichen Gattung in einer bestimmten Umgebung gewöhnt sind und sich plötzlich allein in einem fremden Käfig wiederfinden. Ich ging ins Haus, vorgeblich, um mir einen Pullover zu holen, stieg die Treppe hinauf, hörte mit dem ersten schmerzlichen Stich, dem noch so viele folgen sollten, das Knarren der 104. Stufe, betrat Bells Zimmer, legte mein Gesicht an eine ihrer dunklen Hüllen und sog ihren süßen Kinderduft ein. *Die Flügel der Taube*, ungelesen, auch später nie gelesen, natürlich nicht, lag auf einem Stuhl. Ich nahm das Buch mit nach unten.

Ein andermal stellte sich Cosette, als Auntie zu Bett gegangen war, vor den Spiegel im Salon und sagte zu ihrem Spiegelbild:

Sie seufzt: So ist denn dies das Wesen,
das Tag und Nacht sein Lob errang?
Ach, einsam ist die Nacht gewesen,
Vergessen schlief ich, der Tag ward mir lang.

Ich legte die Arme um sie und drückte sie an mich. Wie hätte sie das geniert, wenn sie von Bell und mir gewußt hätte! Aber sie lachte, über Tennyson und über sich selbst.

»Schrecklich, nicht? Ivor hat besser gereimt. Ein bißchen besser jedenfalls... ›Trist ist mein Leben, er kömmet nicht...‹« Der unaussprechliche, absolute Er, der Unvergleichliche, auf den sie seit jeher wartete. Sie hatte *Die Erbin vom Washington Square* gelesen – die natürlich ich ihr geliehen hatte – und identifizierte sich mit der armen Catherine Sloper. Die meisten Frauen geben nicht gern zu, daß sie einen Mann brauchen. Sie verleugnen, verdrängen ihr Bedürfnis, behaupten, sie könnten ohne weiteres einen Liebhaber, einen Ehemann bekommen, wenn sie nur wollten. Aber wozu die Mühe? Wozu sich anstrengen, ich bin mit meinem Leben ganz zufrieden. Anders Cosette. Sie erklärte frank und frei – nicht nur mir, sondern praktisch allen, mit denen sie sich unterhielt, Perpetua, Auntie –, daß sie sich nach der Liebe eines Mannes, nach männlicher Gesellschaft verzehrte. Trist ist mein Leben, er kömmet nicht...

Und zwei Tage später kam er dann. Er kam wie ein erhörtes Gebet, wie etwas, was man sich erträumt, aber nie zu erhoffen wagt. Er kam wie der Prinz, den ein Märchenbote einführt, und er war nicht einmal verkleidet. Jedenfalls sah man es ihm nicht an. Es war Bell, die ihn mitbrachte. Es gab keine Fanfarenklänge. Sehr beiläufig setzte sie Cosette in Kenntnis, kündigte dieses Geschehnis, das sich als so folgenreich erweisen sollte, in ihrer gewohnten nonchalanten Art an. Sie war nach einer Abwesenheit von zwei oder drei Wochen wieder im Haus der Stufen erschienen – warum sage ich zwei oder drei Wochen, da ich doch genau weiß, wie lange sie nicht da war, nämlich achtzehn Tage? – und schlenderte in den Salon, als sei sie nie fort gewesen. Sie trug den weißen Musselin und hatte ihre Zigaretten und Streichhölzer in der Hand. Ich habe Bell noch nie mit Handtasche erlebt. Cosette, Auntie und mich streifte sie mit einem flüchtigen Blick, als seien wir alle drei Zufallsbekanntschaften, die sie gutmütig, aber unbeeindruckt duldete.

»Mein Bruder kommt heute abend. Ihr habt doch nichts dagegen?«

Cosette aber sprach mit ihr wie mit einer Tochter. »Wie kannst du so etwas sagen, Liebes? Wir freuen uns alle sehr auf ihn.«

Mark ... wie soll ich ihn beschreiben? Er war kurz und schlicht der bestaussehende Mann, dem ich je begegnet bin, und einer der nettesten. So jedenfalls sah ich es lange Zeit, nur zum Schluß änderte ich meine Meinung ein wenig. Er gehörte zu den Menschen, in deren Gesellschaft man sich sofort wohl fühlt, die »sich immer gleich bleiben«, die ohne jede Spur von Eitelkeit sind, auch gar nicht wissen, worauf sie eitel sein sollten, er war gescheit und amüsant ohne Grausamkeit, immer lieb, von verführerischem Charme ohne die Verschlagenheit, die bewußte Verstellung, die ein solcher Begriff nahelegt. Beim Überlesen merke ich, daß ich einen Menschen gezeichnet habe, der Mark ganz unähnlich ist, denn Marks wichtigster Punkt, der springende Punkt gewissermaßen, war seine Natürlichkeit, die Tatsache, daß all diese bestmöglichen Eigenschaften eines jungen Mannes sich durch einen glücklichen Zufall in ihm vereint hatten und er sich ihrer nicht einmal bewußt war. Was er sagte, schien nie berechnend, sondern Ausdruck eines herzlichen, sanften Wesens zu sein. Hört sich das nach einem Trottel an? Ich glaube nicht, daß er ein dummer Mensch war, lange Zeit hielt ich ihn für intelligent, aber auch diese Ansicht habe ich geändert. So will ich denn nur sagen, daß Mark außergewöhnlich gut aussah, seine Geistesgaben aber bestenfalls Durchschnitt waren.

Er war etwas älter als Bell, in jenem Winter war er sechsunddreißig. Ich war inzwischen zu der Ansicht gekommen, daß er und Bell wohl skandinavischer Herkunft sein mußten, tatsächlich aber wirkte Mark mit seinen breiten, hohen Wangenknochen, der ganz geraden, für einen Mann ziemlich kurzen Nase, der kurzen Oberlippe, den vollen, aber straffen Lippen eigentlich eher slawisch. Er hatte braune Haut und nußbraunes Haar mit einer Silbersträhne, die von einer Schläfe aus über den ganzen Kopf ging. Wie sehr hat Cosette später diese Silbersträhne geliebt, wie wichtig sollte sie ihr werden!

Sie sah an diesem Abend nicht besonders gut aus. Der nächste Friseurbesuch war fällig, man sah das Grau am

Ansatz. Die Figur zu halten war für Cosette nicht so sehr ein hoffnungsloser Kampf als vielmehr eine lange Reihe von Scharmützeln, von denen sie etwa die Hälfte gewann. Bei der anderen Hälfte behielt der Speck die Oberhand, und der war zur Zeit im Vormarsch und hatte erst heute früh auf der Waage einen entscheidenden Sieg errungen. Sie trug einen seidenen Kaftan in einem hellen Rotton, der ihr nicht stand, und hatte sich zuviel Joy angesprüht. Fay hingegen, die das Plus hatte, fünfundzwanzig Jahre jünger zu sein, sah phantastisch aus. Sie hatte Phasen, in denen sie unscheinbar und verschlissen wirkte, hager und abgeschlafft, dann wieder blühte sie geradezu auf – je nachdem, wie sie sich pflegte. In letzter Zeit hatte sie wohl sehr auf sich geachtet, denn sie strahlte unter einer Make-up-Schicht, die ebenso dick, aber gekonnter aufgetragen war als seinerzeit bei Felicity, und statt der üblichen Jeans trug sie einen Rock, durch den ihre Beine und ihre schönen Fesseln zur Geltung kamen. Auch mit Perdita, die zu Hause geblieben war, während ihr Mann bei einer Wohltätigkeitsveranstaltung tanzte, konnte Cosette nicht konkurrieren. Perdita war immer eine exquisite Erscheinung, wie eine kostbare Sammelpuppe aus der Glasvitrine eines kleinen Mädchens, mit wächsernem Gesicht und himbeer-fuchsienfarbenem Mund, das Haar sah aus wie mit Lampenruß und einem feinen Pinsel aufgemalt, jede Geste war einstudiert, jede Pose probiert.

Ich habe bewußt »konkurrieren« gesagt, denn dieses Wort legten die drei nahe, als Mark hereinkam. Bell war, als er klingelte, auf den Balkon gegangen, um sich zu vergewissern, daß er es war, und ging dann hinunter, um ihn einzulassen. Er war der einzige Mann unter uns fünf Frauen. Man merkte deutlich, wie sehr er alle beeindruckte. Das lag nicht nur an seinem Aussehen, sondern auch an seiner Anmut. Er war sehr schlank und ging wie ein Tänzer – man stelle sich Nurejew vor, der inkognito einen Londoner Salon betritt – oder vielleicht eher wie ein Schauspieler, denn das war er von Beruf. Man hätte sich über die Reaktion der drei Frauen amüsieren können, wenn sie nicht zugleich auch etwas so Trauriges an sich gehabt hätte, denn in den wenigen Sekunden, ehe Mark zu ihr trat und ihr die Hand gab, konnte man erkennen, daß Cosette, gebeugt und gedemütigt, sich zur Kapitulation entschlossen hatte. Es war, als habe sie zum erstenmal ohne Selbsttäuschung das Aussehen der anderen beiden registriert, als sei sie sich in einem schmerzhaften Schock ihrer fünfundfünfzig Jahre und ihrer Reizlosigkeit bewußt geworden, und in dem Lächeln, mit dem sie ihm die Hand reichte, lagen Selbstironie und Resignation.

Er trat nicht zuerst zu ihr. Er wußte – typisch Mark –, was er der ersichtlich Ältesten unter uns schuldig war. Auntie war die erste, der er die Hand gab, Auntie, die so daran gewöhnt war, von allen bis auf Cosette übersehen zu werden – sogar an dieser Stelle habe ich von fünf Frauen gesprochen und nicht von sechs –, daß es ihr die Sprache verschlug, als er sie begrüßte. Bell stellte uns nicht vor, das hätte mich auch sehr gewundert, sie deutete nur auf ihn und sagte: »Das ist Marcus.«

Er sagte rasch, fast entschuldigend: »Nein... Mark, bitte.«

Und natürlich fand ich viel später heraus, daß es Bell gewesen war mit ihrer Vorliebe für hochgestochene, ausefallene Namen, die ihn latinisiert hatte. Cosette sagte ihm, wer wir waren. Etwas Ähnliches hatte sich beim ersten Besuch von Walter Admetus und von Luis Llanos abgespielt. Der Tänzer hatte uns alle nur mit seinem charmantesten Lächeln beglückt und »Hi!« gesagt, während Admetus von einem zum anderen gegangen und gewissenhaft die Namen genannt hatte – »Guten Tag, Gary!«, »Guten Tag, Mimi!«. Mark sagte nur zu Auntie guten Tag, uns andere begrüßte er einzeln mit einem Hallo. Ich hatte nicht den Eindruck, daß er Perdita oder Fay besonders bewundernd betrachtete. Auch Bell beobachtete ihn, ebenso fasziniert wie ich von den Feinheiten menschlichen Verhaltens.

Mark sprach nie von sich. Was er beruflich machte, erfuhr ich von Bell. Er hatte eine Rolle in einer Hörspielserie, ein unsicherer Job, da die Figur, die er spielte, ständig damit rechnen mußte, ›abgemurkst‹ zu werden. Immerhin saß er fester im Sattel als vorher, da hatte er Kleinst- und Statistenrollen beim Fernsehen und an Repertoirebühnen von Orten wie Colchester oder Gateshead gespielt. Ebensolange brauchte ich, um herauszubringen, wo er wohnte – in einer Einzimmerwohnung irgendwo in Brook Green – und wie alt er war, daß er allein lebte und noch keine Ehe hinter sich hatte. Marks Stärke war das Zuhören, oder zumindest lag es ihm nicht, mit seiner Lebensgeschichte und seinen Ansichten eine ganze Unterhaltung zu bestreiten, und eine Weile wußten wir von ihm nur, daß er reizend und interessant und »eine Bereicherung unseres Cercles« war, wie Cosette es viktorianisch parodierend ausdrückte.

»Warum hast du ihn uns so lange vorenthalten, Bell?« fragte Cosette, als wir alle unten im Speisezimmer bei einer unserer kalten Luxusmahlzeiten saßen, die der unerschöpfliche Kühlschrank uns spendete.

Sie zuckte die Schultern, aber sie betrachtete ihn mit der bescheidenen Genugtuung einer Frau, die für die Ausstellung zweifelsfrei das beste Stück beigesteuert hat. »Er hätte schon vorher kommen können. Er wußte ja Bescheid.«

»Glaubt ihr kein Wort! Sie hat nie etwas von all dem gesagt.«

Er umfaßte mit einer Handbewegung Cosettes Jugendstil-Hängelampe, die Wände mit dem Flora-Danica-Porzellan, die purpurnen Vorhänge, die nicht vorgezogen, sondern nachlässig zurückgeschoben waren, so daß man den grauen Garten sehen konnte, der in Lampenlicht und Winternässe gelbschimmrig glitzerte. Später einmal sollte er sagen, daß er das Haus der Stufen immer gehaßt hatte, aber an jenem Tag merkte man davon nichts. »Sie hat nie ein Wort von euch erzählt. Ich wußte nur, daß sie hier ein Zimmer hatte und eine Freundin.« Er warf mir einen charmanten Blick zu, einen bewundernden Blick, wie mir schien. »Es hätte ja auch eine Rumpelkiste sein können wie bei dem alten Walter, wo man nachts die Katzenflöhe auf dem Teppich tanzen sieht.«

»Vielleicht kommt daher der Ausdruck ›entrechats‹«, sagte Cosette und lächelte der Tänzerin zu, die ihren Blick verständnislos und mit dem gewohnten Ausdruck melancholischer Verwunderung erwiderte.

Mark lachte. Cosette war ihm so dankbar für dieses Lachen, daß ihr Gesicht förmlich erstrahlte. Sie saß nicht neben ihm, sie hätte es für selbstsüchtig gehalten, dieses Prachtexemplar neben sich zu plazieren, aber als wir mit dem Essen fertig waren, zwei eben erst geöffnete Flaschen Wein noch auf dem Tisch, wechselten wir nach unserer Gewohnheit die Plätze, und Bell, die zwischen Mark und mir gesessen hatte, erhob sich und bot Cosette ihren Platz an. Ich meinerseits tauschte mit Fay, vorgeblich, um neben Gary zu sitzen, der hereingekommen war, als wir gerade mit dem Essen angefangen hatten, in Wirklichkeit aber, um Cosette und Mark zu beobachten. Ich hatte Angst um sie. Schon damals hatte ich Angst.

Sie sprachen über Walter Admetus. Mark war zwar in seinem Haus gewesen, um Bell zu besuchen, kannte aber Admetus nicht persönlich, dafür kannte er sich in den Artikeln, die dieser für *Private Eye* und den *New Statesman* schrieb, besser aus als Cosette. Mit einem für einen Schauspieler seltenen intellektuellen Ansatz sagte er zu Cosette, was für ein guter Kritiker Admetus seiner Meinung nach sei, so überlegt und gründlich, nie würde er um eines Lachers willen und auf Kosten der Wahrheit mit Schlägen unter die Gürtellinie arbeiten. Ob Cosette wisse, daß er einen Roman geschrieben hatte, dem nie die ihm gebührende Aufmerksamkeit zuteil geworden war, fragte er. Erwartungsgemäß sang Cosette daraufhin überschwengliche Lobeshymnen auf meine unsterblichen Werke. Das war mir natürlich peinlich, aber zu meiner Überraschung stellte sich heraus, daß Mark von meiner schriftstellerischen Arbeit wußte, daß er mein erstes Buch und die einzige gute Besprechung – praktisch überhaupt die einzige Besprechung – gelesen hatte, und statt wie Ivor Sitwell hämische Bemerkungen zu machen oder wie Admetus ganz zu ignorieren, daß ich jemals etwas geschrieben oder veröffentlicht hatte, sagte er: »Ich habe die ganze Nacht aufgesessen, um dein Buch zu lesen. Ich mußte unbedingt wissen, wie es ausgeht. Den Preis hast du verdient.«

Ich murmelte einen Dank. »Hat Bell dir davon erzählt?«

Wäre das der Fall gewesen, hätte er direkt geantwortet. Aber er erwiderte: »Bell? Die ist ungebildet und auch noch stolz drauf. Und ich gehöre nicht zu den Lesern, die sich dein Buch aus der Leihbücherei holen und dann noch erwarten, daß du ihnen auf den Knien dafür dankst.«

Das war so treffend, daß ich lachen mußte. »Soll das heißen, daß du gutes Geld dafür bezahlt hast?«

»Den vollen Preis.«

Cosette verliebte sich an diesem Abend in ihn. So schnell ging das. Ich registrierte es bestürzt, sah entgeistert, als wir in den Salon gingen, um zur Feier irgendeines vergessenen Anlasses Champagner zu trinken, wie sie ihm einen Blick zuwarf, der mich an ein anderes Gesicht in einer ganz anderen Umgebung erinnerte. Cosette und ich waren zusammen in Italien unterwegs, und in Bologna betrat ein fahrender Sänger mit einer Gitarre das Restaurant, in dem auch ein kleines Mädchen mit ihren Eltern und einer älteren Schwester war, eine etwa Achtjährige. Sie verliebte sich auf den ersten Blick in den Gitarrenspieler und folgte ihm in stumm-anbetender Bewunderung von Tisch zu Tisch. Die Eltern und die ältere Schwester sahen sich das mit an, ohne ihre Belustigung zu verbergen. Als er die Kleine bemerkte, wandte er sich ihr zu und spielte nur noch für sie, er setzte sie allein an einen Tisch, spielte für sie eine bizarre Zupfversion von *Santa Lucia* und quittierte sichtlich erfreut und gerührt ihren bewundernden Blick. Cosette, die dem

Alter nach die Großmutter der Kleinen hätte sein können, hatte ebendiesen Blick, als sie Mark, der ihr ein Glas Champagner reichte, mit unverhüllter, staunender Glückseligkeit in die Augen sah.

Es geht vorbei, dachte ich, es muß vorbeigehen, es ist doch sicher nicht mehr als eine Schwärmerei, das Strohfeuer eines Abends, das in sich zusammenfällt, wenn es keine Nahrung mehr hat, das für die arme Cosette später nicht mehr sein wird als eine nostalgische Erinnerung: »Weißt du noch, der schöne Mann, der uns einmal besucht hat und so nett zu uns war? Ich war eine ganze Woche unsterblich in ihn verliebt ...«

Aber sie war fest entschlossen zu verhindern, daß es so weit kam. Sie würde ihn sich nicht mehr entgehen lassen. Bell war, das wußte Cosette nur zu gut, unstet und unzuverlässig, hin und wieder verschwand sie völlig von der Bildfläche, von ihr konnte Cosette nicht erwarten, daß sie dieses Juwel noch einmal mitbrachte. Und Cosette wußte auch, wie selten man von einer Einladung zu einem Besuch »irgendwann einmal«, »wenn sie gerade in der Nähe sind« Gebrauch zu machen pflegt. Mark mußte zu einem bestimmten Anlaß gebeten werden. Zu einer Party ... Sie würde eine Party geben, zu Bells Geburtstag, ihrem dreißigsten. Für Cosette war sie damit natürlich noch blutjung, allerdings weiß ich nicht recht, wie Bell dabei zumute war. Allzu glücklich mag sie nicht gewesen sein, daß dieser Meilenstein publik gemacht wurde.

»Ich wünschte, ich wäre noch einmal dreißig, dann wäre ich eine Männerheldin und würde allen Frauen die Ehemänner ausspannen.«

Daran erinnerte ich mich damals, als sie Mark zu Bells Geburtstagsparty einlud und natürlich auch Fay und Perdita. Ihr Gesicht strahlte noch immer. Sie glich insofern genau dem kleinen Mädchen in Bologna, als auch sie sich nicht die mindeste Mühe gab, ihr Entzücken zu verbergen. Es war, als habe sie noch nie zuvor einen Mann gesehen, als sei sie nie verheiratet gewesen, habe nicht ihre zwei, drei Liebhaber gehabt, sondern habe ihre Jugend im tiefen Wald verschlafen oder in einem Nonnenkloster vertan, und als riefe sie jetzt, Miranda gleich: »O schöne neue Welt, die solche Menschen hat!«

Als ich später neben Bell im Bett lag, sagte ich zu ihr: »Cosette wird sich in Mark verlieben.«

»Sie ist schon in ihn verliebt.«

»Das hast du gemerkt?«

»Komm, du doch auch.«

»Ich wünschte, wir könnten was dagegen tun.«

»Warum denn bloß? Weil du Angst um sie hast? Aber er ist ganz anders als dieser ekelhafte Ivor Dingsbums. Mark ist nicht gemein zu Frauen.«

»Ich meine damit, daß er nicht so empfinden wird wie sie, er wird ihre Gefühle nicht erwidern können.«

»Aber er wird gut zu ihr sein, das macht den Unterschied, du wirst sehen, was das ausmacht, er wird sehr lieb zu ihr sein.«

»Mir wäre wohler, wenn er keine Gelegenheit dazu hätte.«

»So? Cosette wäre da bestimmt anderer Meinung.« Sie drehte sich um und rückte von mir ab. »Ich schlafe jetzt. Gute Nacht.«

Heute vormittag waren wir zusammen einkaufen, Bell und ich, in dem Supermarkt, wo ich mein Katzenfutter hole. Als wir in der Schlange vor der Kasse warteten, deutete ich auf die Bilder in den blanken goldenen Rahmen, die man dort für 9,95 Pfund das Stück kaufen kann. Auf einem war ein Lieblingssujet von Silas Sanger zu sehen, ein Tier, das über eine Waldlichtung schreitet, allerdings war es hier ein Retriever vor einem besonnten Gehölz, während es bei Silas ein Raubtier mit bluttriefenden Lefzen in einem Regenwald gewesen wäre.

Auch sie dachte an ihn. »Silas ist immer ausgeflippt, wenn er so was gesehen hat. Grauenhaft, diese Machwerke, mir wird ganz schlecht davon.«

»So sieht man das am Leicester Art College, nicht?« sagte ich. Natürlich dürfte ich nicht jedesmal, wenn wir ein Thema aus ihrer Vergangenheit berühren, das sich als Lüge entpuppt hat, diese hämischen Bemerkungen machen, aber ich kann nicht anders. Und doch, ich muß mich zusammennehmen. Allerdings scheint es sie nicht zu stören, sie steckt diese Dinge weg, als hätte ich ein Recht, offene Rechnungen zu begleichen, und vielleicht stimmt das ja auch.

»Du weißt ganz genau, daß ich da nie war. Mich wundert überhaupt, daß du mir diesen Stuß abgenommen hast.«

»Du wirst staunen, aber die meisten Menschen tendieren dazu, das zu glauben, was man ihnen erzählt.«

Ihr Lachen ist jetzt so trocken wie das Knistern von Ästen, die gerade Feuer gefangen haben. Wir bezahlten das Katzenfutter und schleppten es nach draußen und warteten auf ein Taxi. Sie hat den Job in dem Geschäft in der Westbourne Grove nicht gepackt und ist zu mir gezogen, sie wohnt jetzt bei mir. Angesprochen wurde das nie, noch immer wird für das Zimmer unter der Eisenbahnbrücke Miete überwiesen. Sie drückt es so aus, daß sie bei mir zu Besuch ist, aber ich weiß, daß sie bleiben will. Es ist eine Ironie des Schicksals, die mich sehr amüsiert, denn ich weiß noch, wie selig ich einst gewesen wäre, wenn Bell zu mir gezogen wäre, wie glücklich es mich gemacht hätte zu wissen, daß Bell gern bei mir wohnen wollte, daß sie es sich mehr wünschte als ich. Aber so etwas war damals undenkbar, unvorstellbar.

Jetzt möchte ich es, ehrlich gesagt, gar nicht. Ich lege keinen Wert auf Bell als eine Art zeitweiligen, aber langfristigen Logierbesuch. Ich komme mit ihr nicht zurande, komme mit ihrer Vergangenheit nicht zurande, mit dem, was sie getan hat. Ich sträube mich dagegen. Wer täte das nicht? Die ganze Geschichte macht mich nervös, ist Streß, der – ja, was wohl? – einen Tic, ein Muskelzittern, Muskelzucken mit sich bringt. Je mehr ich mich deswegen quäle, desto schlimmer wird es. Chorea Huntington kündigt sich nicht auf diese Art an, aber es stört mich, und ich mache mir Gedanken. Ich weiß, daß ich noch nicht zu alt bin.

Mein vierzigster Geburtstag ist vorbei. Bell und ich waren zusammen essen und haben gefeiert. Wir gehen viel aus, mehrmals in der Woche, oft ins Kino, denn es gibt neuerdings viele gute Filme, *Mona Lisa* und *Zimmer mit Aussicht* und *Prick up your Ears.* Seit Jahren bin ich nicht mehr so oft im Kino gewesen. Und letzte Woche haben wir uns im Olivier *Antonius und Cleopatra* angesehen, eine Jahrhundertaufführung, wie es heißt, und haben im National Film Theatre am Fluß gegessen. Zwei recht gut erhaltene

Frauen in der frühen Lebensmitte, mögen die Leute denken, wenn sie uns sehen, nicht Schwestern, dazu sehen sie sich nicht ähnlich genug, auch nicht Vorortnachbarinnen. Niemand könnte Bell in ihren schwarzen Hüllen, ihren vielfältig gerafften, gebauschten und gebundenen schwarzen Stoffbahnen für eine Vorortnachbarin halten. Sie trägt jetzt nur noch Schwarz. Vielleicht trauert sie, wie Tschechows Marja, um ihr Leben.

»So ein Quatsch«, versetzte sie, als ich ihr das sagte. »Dein Unglück ist, daß du zu viele Bücher gelesen hast.«

»Du meinst wohl, *dein* Unglück ist, daß ich zu viele Bücher gelesen habe.«

Ich möchte sie dazu bringen, daß sie über Cosette und Mark spricht. Früher oder später werde ich, wenn sie auf meine Winke nicht reagiert, ihre Namen nennen, selbst von ihnen sprechen müssen, aber noch möchte ich das nicht. Nein, falsch: Ich habe Angst, ihre Namen zu nennen. Als wir nach Hause kamen, läutete das Telefon. Es war Timothy. Timothy, man erinnere sich, war der Mann, mit dem ich im Leith zum Essen war, an jenem Tag, als ich Bell gesehen hatte. Er bedeutet mir nicht viel, ich bin nicht in ihn verliebt und er nicht in mich, aber er ist ein guter Bekannter, und im Augenblick kann ich ihn nicht zu mir bitten. Ich kann niemanden mit Bell bekanntmachen, kann sie niemandem vorstellen. Die Leute mögen nicht wissen, wer sie ist und was sie getan hat, sie brauchen es auch nicht zu wissen, aber ich weiß es, und das hemmt mich.

Im Taxi rauchte Bell ununterbrochen, obgleich der Fahrer ein Schild angebracht hatte: »Danke, daß Sie auf das Rauchen verzichten.« Als sie so ein Schild zum erstenmal zu Gesicht bekam, hielt sie es für einen Witz. Der Fahrer hustete demonstrativ, und als wir vor meinem Haus hielten, sagte er: »Ich hätte Sie rausgesetzt, nur hab' ich altmodische Vorstellungen davon, was sich einer Lady gegenüber gehört. Andere Leute sind leider nicht so rücksichtsvoll.«

Ich dachte, Bell würde ihm einen Kraftausdruck an den Kopf werfen, aber sie sagte nichts, sie hatte wohl kaum hingehört. Sie ging zur Haustür und wartete, bis ich aufgeschlossen hatte, und als wir im Haus waren, sagte sie: »Soll ich dir erzählen, wie ich Silas wirklich kennengelernt habe?«

»Mach, was du willst.«

»Komm, das sage *ich* doch immer. Du klaust mir meinen Text!«

Ich mußte lachen. »Erzähl mir, wie du Silas wirklich kennengelernt hast.«

»Er kam zu uns ins Kinderheim. Es war ein großes Haus, eine Art Versuchseinrichtung – und eine einzige Katastrophe. Sie haben die Großen mit viel jüngeren und ganz kleinen Kindern zusammengesteckt, angeblich wie in einer Familie, so ein Quatsch. Gibst du mir mal meine Zigaretten?

Sie haben mich da hingebracht, als ich sechzehn war. Du weißt, wo ich vorher war und warum. Sie haben mich ganz heimlich hingebracht, angeblich war das alles sehr fortschrittlich und so weiter, die Zeiten hatten sich geändert, es war 1958, die Presse sollte nichts davon erfahren. Andere Medien gab es damals praktisch nicht. Aber so fortschrittlich, daß sie mich zur Schule geschickt hätten, waren sie nun auch wieder nicht. Ich bin zur Arbeit gegangen und habe in dem Heim gewohnt, und abends mußte ich helfen, die Kleinen ins Bett zu bringen. Ja, ehrlich. Zum Totlachen, was? Natürlich wollte ich da raus, aber ich wußte nicht, wann das ging, ob es überhaupt ging, mit achtzehn oder mit einundzwanzig oder was, oder ob es nur eine andere Art von Gefängnis war. Das war es aber nicht.

Silas hatte eine Verwandte, ihre Kleine war im Heim, aber am Wochenende durfte sie nach Hause. Manchmal brachte Silas sie zurück. Damals war Felicity seine Freundin. Sie studierte und fand es wohl toll und unheimlich geil, mit einem verrückten Säufer wie Silas rumzubumsen. Ja, und da habe ich ihn ihr ausgespannt. Ich bin schwanger geworden, das stimmt so, wie ich es erzählt habe, und die Heimleiterin hat ihn gezwungen zu versprechen, daß er mich heiratet. Sie haben ihm gesagt, wer ich bin, sie haben es so hingestellt, als ob es ganz schlimm von ihm war, daß er mich auch nur angefaßt hat. Wie von einer Aussätzigen haben sie von mir geredet, als wenn er sich bei mir angesteckt hätte und wir nun gefälligst gemeinsam damit fertigwerden sollen. Am Hochzeitstag hatte ich eine Fehlgeburt, im Standesamt kriegte ich Blutungen.«

»Stimmt das, Bell?«

»Was?«

»Alles.«

»Natürlich stimmt es. Du hast doch selber gesagt, daß selbst Lügner öfter die Wahrheit sagen als Märchen erzählen.«

Die Muskeln in meinem Nacken und meinen Schultern zuckten. Ich versuchte, sie unter Kontrolle zu bekommen, und atmete tief. »Wo war Mark damals?« fragte ich. »Was hat Mark gemacht?«

Sie sprang auf und lief aus dem Zimmer, die Tür knallte hinter ihr zu.

Mark kam zu der Geburtstagsparty, die Cosette für Bell gab. Irgendwie ging es dabei gesetzter zu als bei der Party, von der Esmond Thinnesse seine Felicity weggeholt hatte. Natürlich tranken viele Leute mehr, als sie vertragen konnten, und Rimmon ging auf seinen LSD-Trip, aber das war schon eine feste Gewohnheit, er leistete sich jede Woche einen. Soweit ich mich erinnere, verschwand kein Paar in einem Schlafzimmer wie seinerzeit Felicity und Harvey. Ich denke manchmal, daß diese Party einfach deshalb nicht so orgiastisch verlief, weil Mark da war. Natürlich will ich damit nicht sagen, daß er prüde Ansichten gehabt hätte oder etwas Repressives oder Mißbilligendes von ihm ausgegangen wäre. Nein, das war es nicht. Es war mehr so, daß er mit seiner bloßen Anwesenheit den anderen das Gefühl vermittelte, es sei möglich, sich gut zu amüsieren, ohne sich vollaufen zu lassen oder high zu werden oder aneinander herumzufummeln, Gespräche und ein netter Umgang mit den anderen Gästen seien eine vernünftige, wenn auch etwas aus der Mode gekommene Alternative. Natürlich ist mir klar, daß ich damit Mark ziemlich anspruchsvolle Motive unterstelle, und vielleicht irre ich mich auch, vielleicht verlief die Party nur deshalb so, weil weder Admetus noch Felicity, Fay oder Gary dabei waren.

Cosette hatte Bell gedrängt, ihre Freunde einzuladen. Ihr lag sehr viel daran, daß die Mutter von Mark und Bell dabei war, und sie ging sogar noch weiter. Weil es Bells Geburtstag war, wollte sie Bells Mutter vorher schon zu sich bitten, wollte sie in die Vorbereitungen einbeziehen. Bell lud niemanden ein. Jetzt begreife ich das natürlich, damals aber fand ich es doch recht eigenartig. Abgesehen von Mark waren die Gäste alle aus Cosettes alter Clique, die Leute aus der Wellgarth Avenue, Oliver und Adele und die Tänzer und Perpetua mit viel Anhang, unter anderem auch Dominic, und Mervyn und Mimi und ein paar Nachbarn aus den Archangel Mews.

Bei dieser Party bekam Bell von Cosette den Blutjaspisring als Geburtstagsgeschenk. Er passe viel besser an Bells Hand als an die ihre, sagte sie, und damit hatte sie recht. Bell bedankte sich und sah auf den Ring an ihrem Finger und dann sah sie zu Cosette hoch, aber ohne zu lächeln, ohne besondere Freudenbezeugungen. Fast jede andere Frau hätte Cosette geküßt, wäre ihr um den Hals gefallen und hätte ihr einen Kuß gegeben. Ich wunderte mich nicht, daß Bell nichts dergleichen tat, aber ich fand es schade. Auch daß sie den Ring später nie trug, fand ich schade, jedenfalls habe ich selbst es nie erlebt, daß sie ihn getragen hätte. Als ich sie das nächstemal sah – und ich glaube, in Zukunft immer –, waren ihre Hände unberingt.

Mark blieb nicht bis in die frühen Morgenstunden. Er ging kurz nach Mitternacht. Cosette drängte ihn, am nächsten Abend zum Essen zu kommen, man könnte über die Party reden.

»Ich denke, ich sollte morgen nicht kommen«, sagte er.

So, wie er es sagte, war es keine glatte Ablehnung. Cosette hakte sofort nach.

»Wenn du das Gefühl hast, du dürftest nicht kommen, weil du schon zweimal hier warst, dann ist das Unsinn. Hier kommen alle, so oft sie wollen. Wir stehen hier nicht auf Förmlichkeiten. Bitte komm.«

Er lächelte sie an. »Trotzdem ... morgen nicht.«

Ich ärgerte mich über ihn. Mir schien, daß er sich zierte. War das eine Art, eine reiche Frau zu behandeln, eine Frau, die alt genug, nahezu alt genug war, um seine Mutter zu sein? Das war nicht nett von ihm. Oder machte er sich absichtlich rar, spielte er den Unerreichbaren, um dadurch um so begehrter zu sein? Er sagte nichts weiter. Cosette blickte ihm nach, sie blickte auf den langen, dünnen Schatten, den seine Gestalt im Licht der Straßenlampen warf. Sie machte die Tür zu. Wir waren allein in der Halle, oben ging die Party weiter, die Musik spielte.

»Ich würde alles darum geben, meine Jugend zurückzubekommen«, sagte Cosette. Es war ein heftiges, drängendes Flüstern. »Meine ganze Zukunft würde ich herschenken und den Tod am Schluß in Kauf nehmen, wenn ich noch ein Jahr lang dreißig sein könnte.«

Es dauerte fast eine Woche, bis sie wieder etwas von ihm hörte. Wie war sie in dieser Woche? Traurig wahrscheinlich, einfach traurig. Sie sprach nicht über ihn, sie sagte nichts, aber man konnte sich vorstellen, was sie dachte. Wenn ich nur ein paar Jahre jünger wäre, muß sie überlegt haben, und er ein bißchen älter, wenn der Altersunterschied nur fünf oder sechs Jahre betrüge, ja dann ... So aber kann ich nichts machen, ich kann ihn nicht mal anrufen, wie ich Walter angerufen hätte oder Maurice Bailey oder sonst einen Mann, das geht einfach nicht, ich könnte die Demütigung, könnte eine Ablehnung nicht verkraften. So ähnlich muß es in ihren Gedanken zugegangen sein. Manchmal ertappte ich sie dabei, wie sie Bell ansah, als sei die ihre einzige Hoffnung. Bell war der Schlüssel zu Mark. Wie viele Fragen hätte sie beantworten, welche Lebensgeschichten erzählen, wie kenntnisreich sein bisheriges Verhalten analysieren können! Doch Cosette stellte keine Fragen, und auch ich fragte nicht. Mir schien – eine völlig irrige Ansicht, wie ich inzwischen weiß –, daß zwischen Bell und mir schönstes Einvernehmen geherrscht hatte und daß Marks Kommen dieses Einvernehmen zunichte gemacht hatte. Ich hatte Angst, Fragen zu stellen, und sie war nicht bereit, Erklärungen abzugeben. Dadurch, so glaubte ich, entstand eine Sperre zwischen uns. Tatsächlich gab es diese Sperre, durch Mark begannen wir uns zu entfremden, aber durchaus nicht so, wie ich vermutete.

14

Man kann, sagt Henry James, nur bis zu einer gewissen Grenze straflos mit der Wahrheit jonglieren.

Hier könnte ich Zweifel anmelden. Er hat Bell nicht gekannt, diese Meisterjongleurin in der Manege dieser Welt. Seltsam, daß wir unsere Schlüsse ziehen nicht nach den Eindrücken, die uns vermittelt werden, sondern nach denen, die wir in uns aufnehmen. Für mich war es selbstverständlich, daß Bell eine erfahrene, weltgewandte Frau war, überaus beschlagen in vielerlei Bereichen des Sexuellen, robust und lebensklug. Gesagt hat sie mir das nie. Gab sie sich so, oder las ich es in sie hinein? Fest steht, daß sie mir erzählt hat, sie sei an der Kunstakademie gewesen, habe lange vorher schon Liebhaber gehabt, sei vaterlos und mit einer verschrobenen Mutter, angeblich einer Konzertsängerin, aufgewachsen. Ihr Mädchenname war natürlich der von Mark gewesen, Henryson.

Ich kam zu dem Schluß, daß sie durch ihr Leben mit Silas eine Abneigung gegen Männer gefaßt hatte. Noch als sie mit ihm zusammengelebt hatte, mit ihm verheiratet gewesen war, hatte sie ihre Liebe Frauen zugewandt, wahrscheinlich mehreren Frauen nacheinander. Und als er tot und sie wieder frei war, konnte sie der Liebe zum eigenen Geschlecht freien Lauf lassen. Ich hielt es für wahrscheinlich, daß dies und nicht so sehr die Fürsorge für ihre Mutter die Erklärung für ihre häufige Abwesenheit war und ich deshalb kurz nach unserer Begegnung in Admetus' Haus ihre Spur wieder verloren hatte. Damals hatte sie eine Geliebte gehabt, an der sie sehr hing, mit der sie aber schließlich gebrochen hatte, um zu mir zu kommen. Denn wenn ich unser gemeinsames Leben und die Vielzahl der Themen, über die wir gesprochen hatten, Revue passieren ließ, konnte ich mich nicht erinnern, daß sie je einen Mann – mit Ausnahme von Silas – erwähnt hatte, abgesehen von ihrem Bruder Mark, und wenn auf ihn die Rede kam, war sie nicht sehr gesprächig.

Ich dachte, ich würde ihn nie wiedersehen, und war, als ich ans Telefon ging, überrascht, seine Stimme zu hören. Er erkannte meine Stimme sofort. Mark gehörte nicht zu den Menschen, die, obwohl sie einen kennen, am Telefon ohne Umschweife verlangen: »Kann ich bitte Soundso sprechen?«, als verhandelten sie mit einer Sekretärin oder Wirtschafterin. Mark sprach mich mit meinem Namen an, fragte, wie es mir ginge, und war hörbar verblüfft, als ich sagte, Bell sei nicht zu Hause.

»Ich rufe nicht wegen Bell an. Ich dachte, ich könnte vielleicht Cosette sprechen.«

Er hatte angerufen, um sie zum Essen einzuladen. Nur sie beide, keine Clique, nur er und sie, er dächte es sich nett, zur Abwechslung einmal sie einzuladen, nachdem er zweimal ihr Gast gewesen sei. Cosettes Reaktion kam mir völlig unerwartet. Auch Bell kam sie unerwartet. Ich will nicht sagen, daß ich Bell inzwischen kannte. Das wäre eine törichte Behauptung angesichts der ungeheuren Täuschung, der ich erlag, aber ich kannte bestimmte Seiten an ihr, ich wußte, was es zu bedeuten hatte, wenn sie jemanden mit diesem kühl-interessierten Blick fixierte. Dann registrierte sie insgeheim die Dummheiten, die der andere machte, und überlegte, wie weit er es damit noch treiben würde. Nachdem sie gesehen hatte, wie Cosette – ja, es läßt sich kaum anders ausdrücken –, wie Cosette ihm schöne Augen gemacht und ihn angehimmelt, wie sie an seinen Lippen gehangen hatte und auf seine Ansichten eingegangen war, erwartete sie neue Narreteien. Sonderbar, aber in diesem Augenblick begann ich zu begreifen, daß Bell Cosette nicht mochte. Daß jemand Cosette nicht mochte, kam äußerst selten vor, es war fast unmöglich, sie nicht zu mögen, ich hatte deshalb die Anzeichen bisher nicht ernst genommen, ich dachte nur immer daran, wie freundlich und höflich Bell Cosette gegenüber gewesen war, als sie sich kennenlernten. Jetzt sah ich in Bells Augen leise Verachtung, und ich erkannte, daß sie enttäuscht war, weil Marks Einladung Cosette nicht in helle Aufregung versetzt hatte, weil sie sich nicht den Kopf darüber zerbrach, was sie anziehen, wann sie zum Friseur gehen, wie sie sich herrichten sollte, weil sie nicht jammerte, sie wäre so gern ein bißchen jünger.

Es war wohl so, daß Cosette den Kampf aufgegeben hatte. Wahrscheinlich hatte sie sich lange und gründlich im Spiegel betrachtet und war zu dem Schluß gekommen, daß es die Mühe nicht lohnte. *Dieser Mann war zu wertvoll für solche Mühen.* Bei Ivor Sitwell war das etwas anderes gewesen, für so einen Mann ließ man sich liften und hungerte sich ab und kaufte sich neue Sachen, aber nur, um wieder ins Rennen zu kommen. Rimmon? Der war allenfalls das, was Bell einen Zwischenfick nannte, ein Imbiß zwischen zwei Hauptmahlzeiten. Ich glaube, es gab da noch einen anderen

Mann, einen Spezi von Admetus, aber auch den nur für eine Nacht. Mark dagegen war der Richtige, und eben weil er der Richtige war, hatten alle Mühen keinen Sinn. Besser, ihn als Freund zu gewinnen, sich seine Achtung, seine so beglükkende Gesellschaft zu sichern, als sich zur Vogelscheuche zu machen, zur lächerlichen Weibsperson mit zuviel Parfüm und zuviel Schminke, und sich dadurch nur seine Verachtung einzuhandeln.

»Ich versuche zu lernen, daß es mich nicht stört, wenn die Leute im Restaurant mich für seine Mutter halten«, sagte sie zu mir. »Nein, noch besser: Ich lerne damit zu rechnen und Gefallen daran zu finden. Ich hätte wirklich gern einen Sohn wie Mark gehabt. Stell dir vor, wie anders jetzt alles für mich wäre, wenn ich einen Sohn wie ihn hätte.«

»Es hat dir nie gepaßt, wenn man mich für deine Tochter gehalten hat, und er ist zehn oder elf Jahre älter als ich.«

»Jetzt würde es mir schon passen. Ich fange an, umzudenken, es bleibt mir gar nichts anderes übrig. Ich möchte mit Anstand alt werden.«

Interessant war, daß sie ohne das dicke Make-up und ohne die zementierte Frisur viel netter und sehr viel jünger aussah. Sie hatte ihr Haar (so wie Bell es jetzt trägt) im Nacken zu einem einfachen, lockeren Knoten geschlungen, sich einen Hauch sanfte Farbe ins Gesicht getupft, ein schlichtes dunkelgrünes Kleid angezogen und trug dazu die Perlen, das letzte Geschenk von Douglas. Sie sah stattlich und distinguiert aus, und nur ein sehr schlechter Beobachter hätte sie dem Alter nach für Marks Mutter gehalten – sie müßte denn in einer Gesellschaft aufgewachsen sein, in der man die Mädchen mit zwölf verheiratet.

Übertrieben chevaleresk, ehrerbietig, ja, servil wie etwa Admetus war Mark nie. Er holte Cosette nicht ab, sondern verabredete sich mit ihr in dem Restaurant, das er ausgesucht hatte, einem kleinen Bistro auf der Queensway, keine Spur von *grande cuisine*. Ich sah sie weder beim Gehen noch bei ihrer Rückkehr. Bell und ich waren zu Elsas «Scheidungsfête» eingeladen, einer Party, mit der sie die mühsame Loslösung von ihrem französisch-katholischen Ehemann feierte. Am nächsten Vormittag – es war schon spät, weil wir erst am frühen Morgen heimgekommen waren – war Mark bei Cosette und Auntie im Salon, er und Cosette saßen sich gegenüber, waren in eine angeregte Unterhaltung vertieft und sahen sich dabei tief in die Augen. Ich schnappte ein, zwei Sätze auf. »Aber ich habe keine Ahnung von Schönberg«, sagte Cosette gerade, und Mark erwiderte: »Ich auch nicht. Noch nicht. Wir können uns mit ihm beschäftigen. Wir können zusammen etwas dazulernen.«

Sie waren – zumindest Cosette – nicht erbaut, als Bell und ich hereinkamen. Natürlich tat sie so, als freue sie sich, das war nun mal ihre Art, aber ich merkte es ihr an. Wenig später verließen sie das Haus, um Auntie irgendwohin zu fahren. Es war Cosettes Auntie-Tag, und Mark hatte gesagt, er würde mitkommen. Auntie ging brav mit, in dieser roboterhaft-gehorsamen Art, die eigentlich ihr ganzes Verhalten kennzeichnete – sie tat praktisch nur das, was man ihr sagte –, aber ich hatte den Eindruck, daß sie nicht ganz so konfus wie sonst war. Ein Mensch wie Mark war ihr verständlich, er zog sich nicht komisch an, er führte keins jener Worte im Munde, die in ihrer Kindheit tabu gewesen waren, er rauchte kein merkwürdiges Zeug und machte keine mißtönende Musik. Und er sprach mit ihr, er tat nicht so, als sei sie gar nicht vorhanden.

Ich trat auf den Balkon, um ihnen nachzusehen und auch, weil ich wissen wollte, ob Mark fahren würde, aber er saß nicht am Steuer, jedenfalls nicht dieses Mal. Er saß hinten.

»Er hat offenbar die Nacht hier verbracht«, sagte Bell in diesem seltsam ausdruckslosen Ton, den sie manchmal hatte.

»Bestimmt nicht.«

»Warum nicht?«

»Das habe ich im Gefühl. Sie hätten sich anders benommen. Cosette hätte sich anders benommen.«

Es stellte sich heraus, daß ich recht gehabt hatte. Bell fragte Gary direkt danach. Ich fand diese unverblümte Nachfrage recht sonderbar. Gary schlief nicht viel, er ging immer sehr spät zu Bett und war meist kurz nach sieben schon wieder auf den Beinen. Mark sei am vergangenen Abend um elf mit Cosette gekommen, sagte er, sei zehn Minuten geblieben und heute früh um zehn wiedergekommen. Gary hatte ihn selbst ins Haus gelassen.

»Man könnte denken, ihr spioniert für seine Frau«, sagte Gary.

»Er hat keine Frau«, sagte Bell.

»Wollt ihr wissen, ob er ihr einen Gutenachtkuß gegeben hat?«

»Sei nicht albern«, sagte ich, um ihn zu bremsen. »Wir sprechen hier schließlich über Cosette. Über *Cosette*, ist das klar?«

»Na und?« fragte er einigermaßen unerwartet. »Der Wein, den sie trinkt, ist auch nur aus Trauben gemacht.«

»Vielleicht, aber er wird kaum denselben Wein trinken.«

»Warum nicht?« fragte Bell nachdenklich. »Warum eigentlich nicht?«

»Cosette ist weit über fünfzig. Sie rechnet nicht damit, sie würde sich so etwas nie träumen lassen.«

»*Träumen* tut sie bestimmt davon«, sagte Gary.

Mark war nur ein guter Bekannter, was sonst? Zumindest war er kein Schnorrer und Speckjäger. Er lud Cosette zum Essen ein, oder er besuchte sie im Haus der Stufen, wenn das Abendessen vorbei war. Nur ganz selten kam er mit, wenn Cosette uns alle einlud, aber bei diesen abendlichen Vergnügungen hielt er sich sehr zurück, er trank wenig und aß möglichst das Billigste. Er rauchte nicht, er trank keine harten Sachen. Wenn er dabei war, spürte man, daß die Zeit der Fettlebe vorbei war, die Zeit des grünen Chartreuse und der verbrannten Geldscheine.

Weil ich ihn und Bell einmal zusammen gesehen hatte, bildete ich mir ein, die beiden stünden sich nah. Doch das schien nicht der Fall zu sein. Fest stand, daß er nicht ins Haus kam, um seine Schwester zu besuchen. Sie schenkten einander nicht mehr Beachtung, als sie ihrerseits Gary oder den Tänzern schenkten, eher weniger, denn Mark war zu Cosettes Bekannten immer höflich und entgegenkommend. Nur Bell gegenüber verhielt er sich indifferent, ja, mehr als das, er brachte es fertig, sie zu ignorieren, wenn sie ins Zimmer kam. Manchmal sah ich, wie er aufblickte, zur Kenntnis nahm, wer hereingekommen war, und wie er dann ohne ein Nicken, ohne ein Wort den Blick abwandte.

Ich weiß nicht warum, aber irgendwie bildete ich mir ein, das sei Bells Schuld, Bell müsse irgend etwas angestellt haben.

Ich fragte ihn mal, wie Bell als kleines Mädchen gewesen war.

Er lächelte. »Ich habe keine Ahnung.«

»Aber du bist doch ihr Bruder.«

Wenn Cosette dabei war, schlug er, vermutlich ihr zuliebe, seinem Alter häufig ein paar Jahre zu. »Ich bin so viel älter als Bell.« Er sagte es, als betrage der Altersunterschied zwanzig Jahre und nicht sechseinhalb. »Ich war im Internat.« Er mochte ganz offensichtlich nicht darüber reden.

Am gleichen Tag schlug ich Henryson im Telefonbuch nach. Mark war eingetragen, unter der Adresse in Brook Green, Amt Riverside, aber eine Mrs. Henryson in Harlesden fand ich nicht. Weshalb auch? Ich hatte nie erlebt, daß Bell ihre Mutter angerufen hätte, vermutlich hatte sie gar kein Telefon. Ich war naiv, ich war arglos. Ich glaubte an Bell, weil ich Freimut mit Ehrlichkeit verwechselte.

Dieser Freimut hat sie veranlaßt, mit mir über Silas und ihr gemeinsames Leben zu sprechen. Wir sind ein Stück weitergekommen. Noch nicht bis zu Cosette oder Mark, auf diese Namen reagiert sie wie ein Tier, das einen Schuß hört, aber bis zu ihr und zu mir.

»Nein, vor dir hat es keine Frauen gegeben«, meint sie. »Danach übrigens auch nicht.«

»Wie war das? Bitte sag das nochmal!«

»Ich bin keine Lesbe. Manchmal wär's mir ganz recht gewesen. Im Knast lief da so allerlei.«

»Aber warum –«

Sie sagte schlicht: »Weil du eine warst.«

»Niemals. Nie vor dir.«

Das spröde Lachen rasselte in ihrer Kehle, ein ›dreckiges Lachen‹, ätzend und voller Selbstverachtung.

»Es überkam mich einfach«, sagte sie, »an dem Abend, als ich das Kleid anhatte. Du würdest Spaß daran haben, dachte ich mir, und so war's ja dann wohl auch.«

»Du nicht?«

»Doch, sicher, ich fand es toll, aber es war nie so ganz das Wahre. Hast du das auch so empfunden?«

»Nein. Für mich war es ganz das Wahre. Aber das, was du sagst, habe ich auch von anderen Wechselwählern gehört.«

»Wechselwählern?«

»Schwulen, die es auf die normale Art versuchen, Normalen, die mal auf schwul machen wollen.«

»Hab ich dich vergrätzt, Lizzie?«

»Du hast mir einen Schock versetzt.«

Ich konnte ihr nicht ins Gesicht sehen. Es ist also nicht wahr, daß sie mich ebenso geliebt hat wie ich sie. Gewissen Leuten muß so etwas häufiger passieren: daß ein Liebhaber nur aus Gefälligkeit mit ihnen schläft oder um etwas Bestimmtes zu erreichen. Reichen alten Frauen etwa und reichen alten Männern und reichen häßlichen Menschen beiderlei Geschlechts. Ich aber war damals jung und arm und auch hübsch, wie manche meinten . . .

»Warst du je in mich verliebt?« Ich brauchte eine gute Stunde, bis ich mich zu der Frage aufgerafft hatte, und als ich sie stellte, klang meine Stimme sehr sonderbar, heiser und gepreßt vor Angst. »Ich war in dich verliebt. Und du?«

Ihre Kanten haben sich ein bißchen abgeschliffen, in den schlimmen Haftjahren wahrscheinlich. Sie bemüht sich, mir nicht allzu weh zu tun. »Ich weiß nicht ... Ich hab dich sehr gern gehabt. Ich fand den Sex gut, ich fand es gut, etwas ... Sündiges zu machen.«

War sie schon immer so taktlos, so dickfellig? War sie es in diesem Augenblick? Sie faßte mich an. Sie legte ihre Hand auf meine Schulter, meinen Nacken. Ich zwang mich, nicht schreiend aufzuspringen, wie Cosette es vorausgesagt hatte für den Fall, daß eine Frau ihr zu nahe treten sollte. Ich nahm nur die Hand und streifte sie ab, nicht so heftig, wie man es mit einem Insekt machen würde, das aus dem Geäst auf einen herunterfällt. Ich streifte sie ab, wie Cosette einst meine Hand von ihrem Arm gestreift hatte.

»Das wäre das Letzte«, sagte ich. »Ich weiß zwar nicht genau, was du im Sinn hast, aber ich bin nicht interessiert. Nicht, wenn du und ich die letzten Menschen auf einer einsamen Insel wären.«

»Um so besser. Ich nämlich auch nicht. Weder mit dir noch mit sonstwem, Mann oder Frau. Schon bei dem Gedanken krieg ich eine Gänsehaut.«

Je häufiger Marks Besuche wurden, je öfter er ins Haus kam und je öfter Cosette mit ihm ausging, je mehr Zeit sie miteinander verbrachten, desto breiter wurde die Kluft zwischen Bell und mir. Damals wußte ich ja noch nicht, was ich jetzt weiß, daß sie mich nicht liebte, mich nie geliebt hatte, mich als – ja, es hat keinen Sinn, die Augen davor zu verschließen – eine Art perversen Luxus betrachtete, den sie sich leistete, als Partnerin in einem nicht ganz stubenreinen

Spiel. Ich glaubte, die Liebe, die sie für mich empfunden hatte, sei im Schwinden, ich glaubte, Bell sei meiner überdrüssig geworden. Aber war ich damit wirklich besser bedient als mit der Wahrheit? Nie geliebt worden zu sein ist irgendwie leichter zu verkraften als die Erkenntnis, daß man zu den Leuten gehört, die Liebhabern schnell lästig werden.

Wir redeten auch nicht mehr so viel miteinander. Die vertraulichen Gespräche hörten auf, Gespräche über die Leute im Haus, über ihr Verhalten, ihre Äußerungen. Es war Bell, die damit aufhörte. Wenn ich fragte, warum Gary das und das gesagt hatte oder was wohl Cosettes Bruder Oliver mit dieser oder jener Bemerkung gemeint hatte, bekam ich als Antwort ein Achselzucken oder ein gleichgültiges: »Ist doch egal.«

Cosette hatte – reichlich spät – einen Fernseher angeschafft, der eigentlich für Auntie gedacht war. Er stand nicht im Salon, das ließ Cosette nicht zu, sondern im Vorderzimmer zu ebener Erde, einem Raum, der bis dahin keine bestimmte Funktion gehabt hatte und nur hin und wieder zu musikalischen oder halluzinogenen Zeremonien benutzt worden war. Jetzt wurden ein Sofa und Sessel hineingestellt, und Cosette kaufte einen riesigen goldgerahmten Spiegel, den sie an eine Wand hängen ließ. Bell verbrachte viel Zeit in diesem Zimmer vor dem Fernseher. Mir kam er vor wie ein siegreicher Rivale, an den ich sie verloren hatte. Bell und Auntie, die ansonsten keinerlei Gemeinsamkeiten hatten, die bisher kaum miteinander ins Gespräch gekommen waren, saßen jetzt gewöhnlich Seite an Seite dort unten in bequemen Sesseln und wechselten sporadisch einige wenige ganz und gar mattscheibenbezogene Worte.

»Soll ich auf den anderen Kanal schalten?«

»Wenn du willst. Heute läuft unsere Serie.«

Um zehn ging Auntie meist schlafen. Bell blieb bis nach Mitternacht oder auch länger, wenn der Fernseher noch etwas zu bieten hatte. Und ich lag im Bett und wartete auf sie. Zuerst hörte ich Cosette und Mark nach Hause kommen. Manchmal, aber nicht immer, ging Mark mit ihr hinauf in den ersten Stock, auf einen Drink oder um noch ein paar Worte mit ihr zu reden. Dann klappte die Haustür, und zu guter Letzt hörte ich Bells Schritte auf dem ersten Treppenabsatz, auf dem zweiten Treppenabsatz, an meiner Tür. Die Schritte gingen vorbei, stiegen weiter, immer weiter nach oben, bis zu dem Zimmer unter dem Dach.

Mein Herz war wund. Ich hatte meine Träume gehabt, hatte absurde Pläne geschmiedet. Unser Verhältnis – oder wie immer man es nennen mochte – hatte keine Zukunft, das wußte ich wohl, aber ich hatte die romantische Vorstellung, daß es immer eine besondere Bindung zwischen uns geben würde, daß auch in späteren Jahren wir beide uns immer am nächsten sein würden. Ein gewisses Zeremoniell würde sich herausbilden, wir würden uns beispielsweise einmal im Jahr treffen und miteinander schlafen, wir würden immer in dieser einzigartigen Freundschaft verbunden sein, unsere geheime Beziehung würde unser beider Leben bereichern, eine besondere Empathie würde zwischen uns entstehen, so daß die eine – wie man es getrennt lebenden Zwillingen nachsagt – aus der Ferne spüren würde, wenn der anderen ein besonderes Glück zuteil wurde oder Gefahr drohte.

Damit es so weit kam, glaubte ich, war eine Veränderung unserer Lebensumstände nötig, die zur Trennung führte. Ein Umzug von Cosette beispielsweise, meine Krankheit oder für Bell die Notwendigkeit, sich um ihre Mutter zu kümmern. Jetzt mußte ich erfahren, daß es andere Dinge gab, die ein Paar wie uns trennen konnten, Flüchtiges, Subtiles, das der Beziehung das Wesentliche nahm und Leere hinterließ. Denn wir hatten uns – wie echte Schwule – in der Öffentlichkeit stets äußerst sittsam verhalten. Das halten, wie ich beobachtet habe, alle homosexuellen Paare so, wenn sie nicht unter ihresgleichen sind. In Gesellschaft von Heterosexuellen fassen sie sich nicht an, wechseln keinen Blick, vermeiden es sogar, nebeneinander zu sitzen. Deshalb hatte sich nach außen hin bei Bell und mir auch nichts geändert. Wir hatten uns nie vor Cosette und Auntie berührt oder gestreichelt. Jetzt unterblieb das auch nachts, wenn wir allein miteinander waren. Ich wußte nur, daß ich keinen männlichen Nebenbuhler hatte, denn Bell ging selten aus, sie wurde weder angerufen noch führte sie selbst Telefongespräche. Sie sah fern.

Sie war so wortkarg in jenem Frühjahr und Sommer – mir schien, daß Wochen vergingen, ohne daß sie mich ansprach –, daß mir nur eine halbwegs bedeutungsvolle Bemerkung in Erinnerung geblieben ist. Wir begegneten uns auf der Treppe, ich wollte zu meinem Agenten – bei dem mich die Kunde erwartete, daß niemand meine Monographie über Henry James herausgeben wollte –, und sie war in der Halle gewesen, um die Post aufzuheben, die durch den Briefschlitz gefallen war. Bell sah blaß und kränklich aus, weil sie nie an die frische Luft kam. Es war warm draußen, schwül und windstill, aber sie zog es vor, im Haus zu bleiben, stundenlang auf ihrem Bett zu liegen, das gefährliche Fenster so weit wie möglich geöffnet. Das staubige Schwarz, das sie trug, erinnerte mich an die Kleidung orientalischer Frauen.

»Ich würde am liebsten abhauen – aber wohin?«

Ich sagte – und bereute es, sobald die Worte heraus waren: »Wir könnten zusammen wegfahren, Urlaub machen.«

Sie sah mich scharf an. »So habe ich es nicht gemeint.«

Es soll vorkommen, daß die Schwester auf den Bruder eifersüchtig ist – jeder kann auf jeden eifersüchtig sein –, und ich überlegte, ob es sie vielleicht störte, daß Mark so viel Zeit bei Cosette verbrachte. Hatte Cosette sie getrennt? War es das, was ihr Verhältnis getrübt hatte, nachdem ich sie bei jenem ersten Besuch zusammen gesehen hatte? Nicht ausgeschlossen, daß Cosette sich als eine Art Schwester in Marks Leben etabliert hatte. Vielleicht war seine leibliche Schwester kühl und abweisend geworden, war nicht mehr der Kamerad von früher, so daß Cosette diese Rolle übernommen hatte. Nichts wies darauf hin, daß sie und Mark etwas anderes als gute Freunde waren. Mark, der uns nach seinen ersten Auftritten als der ideale Nachfolger für Ivor Sitwell erschienen war, hatte diese Nachfolge nie angetreten, sondern sich eher zurückgezogen. Und Cosette, die ihm damals so viele schmachtende Blicke zugeworfen hatte, die so offensichtlich bereit gewesen war, die hingebungsvoll Anbetende zu spielen, ging mit ihm jetzt nicht anders um, als sie mit Gary oder Luis umging. Wie es schien, hielt sie sich an das, was sie damals gesagt hatte: Sie wolle lernen zu akzeptieren, daß sexuelle Beziehungen zwischen ihnen unmöglich waren, und sie wolle versuchen, mit Anstand alt zu werden. Ihr Lohn war seine Zuneigung.

Er mochte sie um ihrer selbst willen. Sie war seine liebste, beste Freundin. So schien es uns. Wahrscheinlich war er der Sohn, den sie nie gehabt hatte, und sie die Mutter, die er gern gehabt hätte. Viele hätten es so gesehen. Daß junge Männer die Bekanntschaft mit älteren Frauen pflegen, ohne daß dabei Sex im Spiel ist, kommt ja gar nicht so selten vor. Natürlich darf man das nicht verallgemeinern, wer wird so abgeschmackt sein ... Sie mochten sich.

Sie besuchten Konzerte, wohl um sich mit Schönberg vertraut zu machen, wie Mark damals gesagt hatte. Sie gingen ins Kino. Sie fuhren Auntie spazieren. Essengehen als Lebensform kam damals gerade in Mode, und sie aßen gewöhnlich auswärts. Nur hin und wieder hatte Cosette das unbehagliche Gefühl, daß sie uns vernachlässigte, und dann wurden wir zu einer recht formellen Ausgehgruppe zusammengetrommelt und ins Marco Polo geführt oder auch in etwas sehr Vornehmes wie das Ecu de France. Mark aber glänzte an diesen Abenden regelmäßig durch Abwesenheit. Es war völlig anders als in der Wellgarth Avenue und auch wieder anders als in der ersten wildbewegten, dekadent-chaotischen Zeit im Haus der Stufen.

Ich mußte an Cosettes Geschichte vom sterbenden Buddha denken: »Es ändert sich.«

Mark übernachtete nie bei uns, auch nicht in dem Gästezimmer unter dem Dach, neben Bell. Ich war mir so sicher, wie man einer solchen Sache nur sein kann, daß er nie mit

Cosette geschlafen, ihr noch nie einen Kuß gegeben hatte, höchstens auf die Wange. Oder vielleicht nicht einmal das? Eines Tages sprach er mit mir über Cosette. Wir waren beide allein zusammen, was selten und dann auch immer nur von kurzer Dauer war. Bell hatte keine Lust zum Ausgehen gehabt. Gary war irgendwo unterwegs, für Auntie war es zu spät gewesen, aber Mervyn war wieder aufgetaucht, er und Mimi waren immer noch zusammen, hatten sich aber inzwischen aneinander gewöhnt und benahmen sich wie ein altes Ehepaar. Die beiden, Mark und Cosette und ich waren essen gegangen, und Mervyn und Mimi tanzten. Cosette stand auf und ging die Rechnung bezahlen. Sie hatte gelernt, das auf diese diskrete Art zu erledigen, so daß man denken konnte, es gäbe gar keine Rechnung, die bezahlt werden mußte. Mark musterte die Tanzenden, und ich musterte ihn. Ich sagte schon, daß es ihm gleichgültig war, was er anhatte, Kleidung bedeutete ihm nichts, aber er war immer der Umgebung und der Gelegenheit entsprechend angezogen, und an jenem Abend trug er eine graue Flanellhose, eine Jacke aus locker gewebtem dunkelblauem Stoff, nicht neu, aber auch nicht abgeschabt. Als Mann trug man damals lange Haare, nach damaligen Maßstäben hatte Mark einen Kurzhaarschnitt. Weil er so schlank war, wirkte er besonders elegant. Ein gerader Männerrücken hat, wenn er nicht zu sehr mit Fleisch gepolstert ist, etwas sexuell Erregendes. Mark hatte ungeheuer aufregende Schulterblätter. Ich spürte das sehr stark, als er sich über den Tisch beugte und den Kopf hob. Seine Hände waren lang und schlank, aber nicht weichlich, dazu standen die Knöchel zu stark vor.

Er wandte den Kopf und sagte: »Merkwürdig, daß wir uns nie über den Weg gelaufen sind, Cosette und ich, obgleich wir beide in London gewohnt haben. Schade um die vergeudete Zeit.«

»Das könnt ihr ja jetzt nachholen«, sagte ich und dachte, daß vor noch nicht allzu langer Zeit Cosette einen Ehemann gehabt hatte, der Mark unter den Gästen in Garth Manor gewiß nicht gern gesehen hätte.

»Das tun wir auch.« Er sah rasch über die Schulter. Um sie in der Menge zu suchen, oder um sich zu vergewissern, daß sie noch nicht im Anzug war? Marks Augen, dunkelblau-lapislazulifarben, waren klar wie Wasser, aber wie Wasser, das über eine Vielzahl von Lebendigem fließt. »Ich habe nie einen Menschen wie sie kennengelernt«, sagte er. »Sie ist einfach wunderbar. Sie hat alles.«

Bis auf Jugend, setzte ich für mich hinzu und dachte, er würde es aussprechen. Ich hörte ihn förmlich voller Wehmut sagen: Wenn sie nur ein bißchen jünger wäre... Ich wartete gespannt, aber ich wartete vergeblich. Er blieb bei seinem Thema.

»Alle Gaben, alle Reize. Man findet so selten eine Frau ohne Gehässigkeit. Cosette weiß gar nicht, was Neid ist.« Ich hätte ihm widersprechen können. Sie beneidete alle jungen Frauen, die ihr begegneten, aber es war keine Bosheit dabei. Er hätte meine Gedanken unsinnig gefunden. »Aber sie hat ja auch keinen Grund zum Neid.«

Dann war Cosette wieder da. Sie sah müde und erschöpft aus, fand ich, ihr Make-up war verlaufen und verschmiert, das Haar strähnig, und sie trug den unkleidsamen roten Kaftan, den sie bei jener ersten Begegnung angehabt hatte.

Aber als sie Mark sah, leuchtete ihr Gesicht auf, als habe er mit seinem Lächeln eine helle Lampe dahinter angeschaltet. Er sagte – und es klang für seine Verhältnisse ziemlich schroff: »Es wird Zeit, daß du nach Hause kommst, du bist müde. Laß uns gehen.«

»Aber sie tanzen noch, Mark, und sie haben doch so viel Spaß, schau nur...«

Sie nannte ihn nie Liebling oder Liebes, das war für alle anderen. Aber ihr Gesicht verriet alles, unverhüllt war die Liebe, die in ihren Augen stand und sehnsuchtsvoll die Arme ausstreckte. »Entweder fahren sie jetzt mit uns, oder sie sollen sehen, wie sie heimkommen.«

Sie fand das herrlich, man merkte es ganz deutlich, sie fand ihn herrlich, diesen Mann, der so gebieterisch zu reden verstand und zuerst an das dachte, was für sie das beste war. Hatte das irgendeiner vor ihm getan? Nicht einmal Douglas. Aber am Archangel Place – natürlich waren Mervyn und Mimi mitgekommen, sie waren gern bereit, ihr Vergnügen zu opfern, um nicht Geld für den Bus oder die Untergrundbahn ausgeben zu müssen – kam Mark nur mit bis in die Diele, wo er Cosette erstaunlich förmlich meiner Obhut übergab und mich mit seiner gewohnten schlichten Höflichkeit bat dafür zu sorgen, daß sie jetzt zu Bett ging, daß sie sich gründlich ausschlief. Er würde morgen früh anrufen und sich nach ihrem Befinden erkundigen.

Auf sein Wort war Verlaß. Wenn er sagte, er würde anrufen, dann rief er an. Zufällig war ich am Apparat, es war ein bißchen früh für Cosette, und sie schlief noch. Woher sollte er auch wissen, welche Zubettgeh- und welche Aufstehgewohnheiten Cosette hatte? Es schien ihm irgendwie Spaß zu machen – ich könnte mich totlachen, so hätte mein Vater es ausgedrückt –, daß sie noch im Bett lag. Nein, auf keinen Fall solle ich sie wecken. Ich möge ihr nur sagen, er habe angerufen, habe fragen wollen, wie es ihr ging.

»Soll ich ihr liebe Grüße von dir ausrichten?«

Eine Pause. »Du wirst schon wissen, was sie gern hören möchte.«

Cosette ließ sich nie die Hörspielserie entgehen, in der er sprach. Er hatte eine ziemlich wichtige Rolle und war mindestens an drei von fünf Abenden in der Woche zu hören. Sie hatte nie ein Radio besessen, kaufte aber eins, nachdem sie Mark knapp eine Woche kannte. Dann saß sie allein und lauschte seiner Stimme, während Bell und Auntie sich lieber unten vor den Fernseher setzten. Einmal kam ich herein, als er gerade den letzten Satz einer Folge zu sprechen hatte. Er hatte sich unter vier Augen mit der Heldin unterhalten, und seine Worte berührten mich unter den gegebenen Umständen sehr eigenartig, sie wirkten aufwühlend und peinlich zugleich. Es war beunruhigend, es machte mir eine Gänsehaut, Marks Stimme zu hören: »Du mußt wissen, daß ich dich liebe. Ich liebe dich seit zehn Jahren, seit wir uns kennen ...«

Bei diesem Stichwort schwoll die Musik an und schlug wie eine Welle auf den Strand. Das war der Abgesang, und mit dieser Musik würde morgen die nächste Folge einsetzen. Cosette schaltete das Transistorradio aus, es war sehr still, bis auf das dumpfe Grummeln und Rumsen, das von Aunties Fernseher heraufdrang.

Cosette sprach im allgemeinen nicht von sich, sie ließ sich nicht ständig über ihre Gefühle aus. Immer waren ihr die

Anliegen der anderen wichtiger, sie hatten in ihren Gesprächen weitaus das Übergewicht. Ich habe von dem unbestimmt-geheimnisvollen Lächeln erzählt, das sie aufsetzte, wenn man sie etwas fragte, worauf sie nur ungern eine Antwort gab. Sie verstand es meisterhaft, das Interesse von sich weg auf andere zu lenken. Ich glaube, daß sie wirklich dachte, in ihren Kreisen und in ihrem Alter sei ihre eigene Person nicht mehr geeignet, Interesse zu wecken, Neugier hervorzurufen. An jenem Abend aber, in diesem Augenblick, als wir Marks Stimme gehört hatten und Cosette unvermittelt die Musik zum Verstummen brachte, ahnte ich, daß Geständnisse in der Luft lagen, Enthüllungen bevorstanden.

Plötzlich sagte sie zornig – es war, als wollte sie mich am Kragen packen, dabei hatte sie sich nicht bewegt, und wir waren ein paar Meter auseinander –: »Ich liebe ihn so sehr, es bringt mich noch um.«

»Mark?« fragte ich stupide. Aber war es wirklich eine so stupide Frage? Ich hatte mir inzwischen eingeredet, daß sie gute Bekannte, gute Freunde waren, daß ihr wie ihm lediglich an einer Freundschaft gelegen war.

»Ich wußte nicht, was es ist«, sagte sie. »Ich habe das noch für keinen Menschen empfunden. Nein, auch nicht für Douglas, nie, nie, ich hätte mir so etwas nicht träumen lassen. Mach nicht so ein Gesicht, Lizzie. Warum schaust du mich so an?«

»Entschuldige«, sagte ich.

»Ich denke Tag und Nacht an ihn. Wenn er nicht bei mir ist, denke ich an ihn und unterhalte mich mit ihm, denke mir lange Gespräche mit ihm aus. Schau nicht so jämmerlich drein, Liebes. Ich brauche kein Mitgefühl von dir. Es macht mich nicht unglücklich, es macht mich glücklich. Ich bin noch nie im Leben so glücklich gewesen. Gibt es etwas Beseligenderes, als verliebt zu sein? Es wäre mir unerträglich, es nicht zu sein, ich würde sterben.«

Ich erinnerte sie nicht an ihre Bemerkung von vor kaum fünf Minuten, daß die Liebe sie noch umbringen würde. Statt dessen riet ich zu Vorsicht und Bedachtsamkeit.

»Du gehst das am besten recht langsam an.«

»Warum? Wie meinst du das?«

Ich zögerte. Mir war ein Wort von Stendhal in den Sinn gekommen. Er wünschte, er sei verliebt, hatte er irgendwo geschrieben, er sehne sich nach der Glückseligkeit dieses Zustandes, und wenn es das häßlichste Küchenmädchen in ganz Paris wäre, das gälte ihm gleich, wenn er nur in sie verliebt wäre und sie seine Leidenschaft erwiderte. Behutsam sagte ich: »Vielleicht ist das Verliebtsein nicht so toll, wenn es nicht auf Gegenseitigkeit beruht... Ich meine, wenn der andere nicht ebenso empfindet.«

Ihre Antwort gab mir einen Ruck, ich hatte das Gefühl, daß der Boden unter meinen Füßen schwankte. Cosette hat eine sanfte Stimme, aber jetzt schrie sie fast: »Wer behauptet, daß er nicht ebenso empfindet?«

Ihr flehendes Gesicht, das sie mir entgegenhob, die gleichsam bittend ausgestreckten Hände jagten mir kalte Schauer über den Rücken, ließen Übelkeit in mir aufsteigen.

»Cosette...«

»Cosette, Cosette... Gibt es einen vernünftigen Grund, weshalb man mich nicht lieben könnte? Bin ich nicht liebenswert?« Ich sah plötzlich nicht in ein abgehärmtes, ich sah in ein junges Gesicht. Es war, als sei für kurze Zeit eine junge Cosette aus der gealterten Haut geschlüpft.

»Ich will nicht, daß du unglücklich wirst«, entfuhr es mir.

Ihre Stimme bebte. »Wenn ich ein Mann wäre und Mark eine Frau, würde sich kein Mensch etwas dabei denken, daß ich fünfzehn Jahre älter bin.« Die arme Cosette war in einem Stadium angelangt, da sie den Altersunterschied zu verkleinern pflegte. Daß sie bei jeder Gelegenheit auf Marks Silbersträhne hinwies, ging in die gleiche Richtung. »Warum nimmt man das umgekehrt so wichtig? Wir leben länger als Männer. Warum müssen wir so viel länger alt sein?«

In den letzten Jahren ist einiges geschehen, um das Gleichgewicht wieder herzustellen. Elsa hat einen elf Jahre jüngeren Mann geheiratet, und alle finden, daß er sehr glücklich darüber sein kann. Ziemlich lahm sagte ich zu Cosette: »Man sieht ja, wie gern er dich hat.«

»Wie ich dieses Wort hasse!«

Mir wollte nichts mehr einfallen, deshalb ging ich zu ihr und drückte sie an mich. Wir hielten uns in einer festen, liebevollen Umarmung umfangen, in die ich mich jetzt ohne weiteres hineindenken, hineinspüren kann, an die ich mich deutlicher erinnere als an alle Liebesstunden mit Bell.

15

Wir haben zweimal Besuch gehabt, Bell und ich. Sie wohnt jetzt seit zwei Wochen bei mir, und bis gestern war niemand bei uns gewesen. Wir waren allein, und täglich habe ich mich vormittags in mein Zimmer gesetzt und versucht zu schreiben – das heißt, ich habe versucht, den Roman zu schreiben, an dem ich zur Zeit arbeite, einem Schmöker um internationale Ränke, Sex und Abenteuer, der in Wien und Mauritius spielt. Ich habe kein Wort davon zu Papier gebracht. Ich schreibe nur an diesem Rapport, diesem Rechenschaftsbericht, wie immer man es nennen will. Was Bell inzwischen treibt, weiß ich nicht, aber ich höre, wie sie das Haus verläßt, wahrscheinlich geht sie spazieren, streift durch die Straßen Westlondons. Seit sie hier ist, habe ich von ihr noch kein herabsetzendes Wort über Vororte gehört oder daß mein Haus zu weit westlich sei.

Gestern kam mein Vater. Zweimal im Jahr kommt er zu einem medizinischen Check-up nach London. Er hat einen Herzschrittmacher und könnte die Untersuchungen ohne weiteres und wohl auch bequemer in einer Klinik an der Südküste machen lassen, bildet sich aber ein, daß in London alles besser ist, besonders in der Klinik von Hammersmith, deren Innere Abteilung einen glänzenden Ruf für Herzkrankheiten hat. Für seine dreiundsiebzig Jahre ist er rüstig und unternehmungslustig, aber die Menschenmassen in London verwirren ihn, und ich hole ihn immer in Waterloo ab und bringe ihn in die Klinik. Nach der Untersuchung kommt er dann zu mir und übernachtet in meinem Haus.

Es mag verwundern, daß er, obgleich Bell und ich uns so nahestanden, nichts von ihr wußte, daß er bis gestern nicht einmal gewußt hat, daß es sie gibt. Aber ich brauchte bei ihrem Prozeß nicht auszusagen, dafür hatten sie andere Zeugen. Er muß zwar flüchtig von ihr gehört haben – jeder Zeitungleser, jeder Fernsehzuschauer hat von ihr gehört –, aber er hat keine Veranlassung, zwischen der düsteren, zurückhaltenden Frau in Trauerkleidung, die ich ihm einfach als Bell vorstelle, und Christine Sanger eine Verbindung herzustellen. Sagte ich schon, daß Christabel auch eine ihrer Erfindungen war, daß sie in Wirklichkeit gar nicht Christabel, sondern Christine hieß, daß Ivor Sitwell, als er ihr diesen Namen gab, unbewußt das Richtige tat? Dann sage ich es jetzt.

Mein Vater hat sich verändert. Er hat sein Unglück weit von sich geschoben. Wenn er weiß, daß zeitlich gesehen seine Tochter immer noch den Weg gehen kann, den seine Frau gegangen ist, läßt er sich davon nie etwas anmerken. Manchmal spricht er sogar von der fernen Zukunft, *meiner* fernen Zukunft, spricht voller Genugtuung von dem Glück, das mich erwartet. Denn obwohl er seit Jahren eine Freundin hat, die ein paar Jahre jünger ist als er, eine Witwe, die in derselben Seniorensiedlung wohnt, drei Häuser weiter, weigert er sich, noch einmal zu heiraten, weil er mich damit meines rechtmäßigen Erbes berauben würde. Sein Bungalow und die paar tausend Pfund in Investmentfonds sind für mich bestimmt, und vergeblich sage ich ihm immer wieder, daß ich sie nicht brauche, daß er sie so verwenden soll, wie er möchte und sie, wenn er will, auch einer Ehefrau vermachen kann.

Er kam, wie immer, wenn wir zusammen sind, auf das Thema zu sprechen, wir saßen vor dem Fernseher, Auslöser war der Werbespot einer Bank.

»Es steht alles in meinem Testament, schwarz auf weiß«, sagte er. »Das habe ich gemacht, damit du nicht den ganzen Umstand und Ärger mit der Nachlaßverwaltung hast.«

»Bis dahin ist noch viel Zeit«, meinte ich.

»Das sagt sich so leicht in deinem Alter, wenn man nicht weiß, was Krankheit ist. Ich habe im Krankenhaus einen Mann kennengelernt, der hatte seinen Termin immer an demselben Tag wie ich, schon seit drei Jahren, solange ich hingehe, ein komischer Zufall eigentlich. Heute war er nicht da, und was soll ich dir sagen? Er ist vor einem Monat auf dem Weg in den Urlaub nach Ibiza tot umgefallen, im Duty-free-Shop. Einfach umgekippt, und weg war er.«

Wir wandten uns wieder der Mattscheibe zu, Bell etwas langsamer als mein Vater und ich. Sie hatte ihn staunend betrachtet. Wohl weil sie es erstaunlich fand, daß er sich weigerte, die für mich nach wie vor bestehende Gefahr zu akzeptieren, dachte ich zunächst, aber vielleicht war das gar nicht der Grund, vielleicht erinnerte sie das, was er sagte, an den Abend, an dem sie sich nach Cosettes Testament erkundigt hatte. Ich fragte nicht nach. Als er zu Bett ging und wir etwa eine halbe Stunde allein waren, sprach ich sie darauf nicht an. Ich bin noch nicht bereit, ein Gespräch über Cosette oder über Mark zu erzwingen. Die beiden müssen sich noch eine Weile gedulden.

Heute vormittag habe ich ihn zum Bahnhof gebracht. Als

ich durch meine Straße zurückging, sah ich, wie vor meinem Haus ein Taxi hielt und eine Frau ausstieg. Ich erkannte sie nicht. Es war eine füllige dunkle Person, groß und grobknochig, man kennt diese Figuren, bei denen der Bauch sich fast so stark vorwölbt wie der Busen. Ihr Haar war rabenschwarz gefärbt und so gebauscht, daß man von weitem den Eindruck haben konnte, sie trage einen breitrandigen schwarzen Seidenhut. Sie zahlte das Taxi und wandte sich meinem Haus zu, sah prüfend zum Dach hoch und in den kleinen Vorgarten hinein, als erwäge sie, Haus und Grundstück zu erwerben. Sie machte das Gartentor auf und ging über den kleinen Weg zur Haustür. Als sie mich hinter sich hörte, wandte sie sich um. Es ist möglich, daß ich mich ebenso stark verändert habe wie sie, aber sie war mir gegenüber im Vorteil. Wenn ich hier wohnte, konnte sie mit ziemlicher Sicherheit davon ausgehen, daß ich Elizabeth Vetch war. Ich erkannte die Stimme, als sie meinen Namen nannte.

»Felicity«, sagte ich.

Ich saß an der Schreibmaschine in meinem Arbeitszimmer im Haus der Stufen und lauschte Bells Bewegungen über mir. Hörte mit schwerem Herzen, wie die Tür sich schloß und die 104. Stufe knarrte, denn ich wußte, daß nun geschehen würde, was immer geschah. Sie würde an meiner Tür vorbeigehen, ohne den Schritt zu verhalten. Es war Spätsommer, die Tage staubdürr und lastend, die Londoner Luft reglos und abgestanden. Unten in dem grauen Garten konnte ich, wenn ich, wie jetzt, ans Fenster trat, in dem einen Liegestuhl Aunties weißen Chrysanthemenkopf sehen und, leicht an die Leinenbespannung des anderen gelehnt, Cosettes frisch blondierten Knoten, auf den ein silbernes Eukalyptusblatt gefallen war, wie ein Haarschmuck, den sie sich eigens angesteckt hatte.

Diesmal aber gingen die Schritte nicht an meiner Tür vorbei, sondern wurden langsamer. Sie muß einen langen Moment dort gestanden haben – mit welchen Gefühlen, welchen Gedanken? Vielleicht von Zweifeln geplagt angesichts der ungeheuerlichen Frage, die zu stellen sie gekommen war. Ich hielt den Atem an. Bell klopfte, und das tat unsäglich weh. Sie hatte noch nie an die Tür eines Zimmers geklopft, in dem ich war. Mein geflüstertes »Herein!« war so leise, daß ich es wiederholen mußte.

Sie betrat das Zimmer ganz unbefangen, wenn man es nicht als ein Zeichen von Befangenheit werten will, daß sie dicht an der Tür stehenblieb und sich eine Zigarette anzündete. Falls sie das Gefühl hatte, daß sie mir eine Erklärung für ihre ablehnende Haltung schuldete, so ließ sie es sich nicht anmerken. Die Taschenbücher auf meinem Schreibtisch und auf dem Tisch hatten gewechselt, seit sie das letzte Mal in meinem Zimmer gewesen war. Es war lange her. Sie griff nach *Maisie*, drehte den Band um, betrachtete ihn prüfend, wie man den Stempel auf einem Gegenstand aus Silber betrachtet. Am Fenster warf sie einen Blick nach unten, sie wollte wohl sichergehen, daß Cosette noch weit weg, noch außer Hörweite war.

»Vermutlich«, sagte sie ohne Einleitung, »wird Cosette dir ja alles vermachen, was sie hat.«

»Wie bitte?«

»In ihrem Testament, meine ich. Du weißt doch, was ich

meine. Wenn sie stirbt, bekommst du das Haus und ihr Geld.«

»Ich weiß *nicht*, was du meinst. Wahrscheinlich hat sie gar kein Testament gemacht. Wozu denn? Sie wird doch nicht sterben.«

Bell trat wieder ans Fenster, das einen Spalt breit offenstand. Sie machte es zu, blieb mit dem Rücken zum Fenster stehen. »Sie hat doch Krebs, nicht?«

»Wie kommst du denn darauf?«

Sie sagte nichts, und ihr Schweigen ließ schreckliche Ahnungen in mir aufsteigen. Ich sprang auf.

»Wer hat dir das gesagt? Verheimlichst du mir etwas?«

»Ich weiß nicht mehr als du. Ich denke, sie haben Krebs gefunden, bei der Ausschabung oder was es war?«

»Sie haben überhaupt nichts gefunden, alles war normal. Sie ist inzwischen zur Nachuntersuchung gewesen, und alles ist in Ordnung. Wahrscheinlich hat sie noch dreißig Jahre zu leben, länger als ich.«

Langsam, anscheinend tief in ungeheuerliche Gedanken versunken, Möglichkeiten erwägend und verwerfend, entschlossen, den rechten Augenblick abzuwarten, sagte sie: »So ist das also.« Und noch einmal: »So ist das also.«

Diesen Moment sehe ich als den Beginn meiner Wut auf sie, meines Widerwillens, eines Gefühls, das an Haß grenzte. All dies ist ja mit Liebe durchaus vereinbar. Ich war wütend auf sie, weil das, was sie gesagt hatte, meine Befürchtungen zu bestätigen schien, daß sie Cosette nicht mochte, daß Cosettes Generosität keine Erkenntlichkeit ausgelöst hatte, daß sie dank Cosettes Freigebigkeit mietfrei wohnen konnte, sich keine Sorgen um Heizung und

Verpflegung zu machen brauchte – und dennoch für Cosette nicht die mindeste Zuneigung, nicht die mindeste Herzlichkeit empfand. Ich sagte – und so hatte ich noch nie mit ihr gesprochen: »Ich bin mitten in der Arbeit und möchte gern weitermachen. Würdest du bitte gehen?«

Als sie draußen war, konnte ich nicht arbeiten. Gewissenhaft, Wort für Wort, wiederholte ich mir alles, was sie gesagt hatte, und der Hinweis, den ich in ihre Bemerkung hineinlas – daß sie erwartete, ich würde Cosettes Erbe antreten, ja, daß sie sich das wünschte –, mäßigte meinen Zorn nicht, machte den Schmerz nicht geringer. Mir schien, daß sie die Frage gestellt hatte, um sich Gewißheit über die Vermögensverhältnisse der »Freundin« zu verschaffen, bei der sie sich einzunisten gedachte. Wenn sie Glück hatte, wenn sie ihre Karten richtig ausspielte, hatte sie auch nach Cosettes Tod hier eine Bleibe, ja, ein noch großzügigeres, noch geräumigeres Heim, wenn das Haus erst mir gehörte. Ich fühlte mich ausgenutzt, war vielleicht von Anfang an ausgenutzt worden. Hatte Bell womöglich die Bekanntschaft mit mir gesucht, hatte sie dann bewußt unsere Beziehung zu dem gemacht, was sie einige Monate lang gewesen war, nur weil sie in mir die Adoptivtochter und logischerweise Erbin einer reichen Frau sah?

Natürlich war das völlig falsch. Ich schmeichelte mir, maß mir eine Bedeutung bei, die ich nicht besaß. Das Motiv für Bells Frage lag außerhalb meiner Vorstellungskraft. Ich hörte sie die Treppe hinuntergehen, hörte, wie sie die Haustür lauter als gewöhnlich schloß, fast zuknallte. Ich habe mich oft gefragt, wohin sie damals gegangen ist; vielleicht war sie nur spazieren oder schöne Sachen ansehen, ist übe die Kensington Church Street, die Kings Road und Camden Passage geschlendert. Um sechs war sie wieder da, um mit Auntie fernzusehen, während sich Cosette ein Stockwerk darüber Mark in seinem Seriendrama anhörte. Dic Figur, die er spielte, hatte inzwischen geheiratet und war gerade von der Hochzeitsreise gekommen.

Am gleichen Abend, ein, zwei Stunden später, starb Auntie.

Ich war nicht dabei, ich war nicht im Haus, in meinem erbitterten Zorn auf Bell hatte ich einen Mann angerufen, den ich vor einer Woche auf einer Party kennengelernt hatte und der sich danach telefonisch gemeldet und bei Mervyn eine Nachricht hinterlassen hatte. Er hieß Robin Cairns, und drei Jahre später sollte ich ihn heiraten. Daran war damals noch nicht zu denken, aber er kam mir gerade recht, um mich von meinem unablässigen Grübeln über Bell abzulenken.

Auntie saß in dem Sessel neben Bell, sie sahen die neueste Folge einer Krimiserie, die in San Francisco spielte. Irgendwann im Laufe der Verfolgungsjagd die berg- und talbahnähnlichen Straßen hinauf und hinunter, während Schüsse fielen und Auoreifen platzten und Männer sich mit verzerrtem Gesicht an blutende Wunden griffen, lehnte sich Auntie zurück und starb. Ihr Tod war dem von Douglas nicht unähnlich. Könnten wir doch alle so gnädig, so sanft sterben! Bell sah, wie ihr die Brille von der Nase fiel. Da Auntie sie an einer Kette um den Hals trug, fiel sie nicht weit. Meist kümmerte sie sich nicht weiter um Auntie, sie antwortete wohl, wenn Auntie sie ansprach, aber sie selbst begann offenbar nie ein Gespräch mit ihr, es war nie Bell, die als erste eine Bemerkung zu einer Sendung oder über einen Schauspieler machte.

Mark kam um neun, aber er warf keinen Blick in das Zimmer, in dem Bell war, obgleich die Tür immer einen Spalt breit offenstand. Mimi ließ ihn ins Haus, und er ging durchs Speisezimmer gleich in den Garten, auf der Suche nach Cosette. Die Dämmerung war schon fast in Dunkelheit übergegangen, es war inzwischen September, aber der Tag war heiß gewesen, heiß wie im Juli, und die Hitze hing noch in der Luft. Es muß stark und aromatisch nach Eukalyptus gerochen haben, wie immer an warmen Abenden. Ich weiß, daß der Mond schien, denn Robin und ich sahen ihn aufgehen, einen rauchig-roten Vollmond, ungewöhnlich groß und leuchtend, als wir die Kensington Gore entlanggingen.

Mimi erzählte mir, was dann geschah. Sie ging vor Mark her zurück in den Garten und in die Ecke, wo sie und Mervyn eine Decke auf die Steinplatten gelegt hatten und Robiniensamen rauchten. Mervyn hatte von jungen Leuten in Philadelphia gehört, die angeblich Rauschzustände davon bekommen hatten, und hatte sich von drüben einen Beutel mitbringen lassen. Genau wie Rimmon rauchten die beiden alles, was eine Bewußtseinserweiterung versprach. Sogar mit den Eukalyptusblättern hatten sie es – allerdings erfolglos – probiert. Mimi sah, wie Mark auf Cosette zuging, ihr einen Kuß auf die Wange gab und sich dann ihr gegenüber an den weiß gestrichenen Eisentisch setzte, sie hörte, wie er etwas über die Sterne sagte, die heute besonders deutlich zu sehen waren, helle Lichtpünktchen am dunkelblauen Himmel, der sie in London sonst so oft zu verdecken und verbergen scheint. Ein paar Sternbilder hingen strahlend über ihnen, und sie sahen beide nach oben, die Stühle eng aneinandergerückt, Schulter an Schulter, während Mark mit leicht ausgestrecktem Zeigefinger hindeutete. Und dann kam Bell in den Garten.

Sie ging rasch, aber nicht im Laufschritt, über den Plattenbereich zu Cosette hinüber. Ich glaube nicht, daß sie bewußt grausam handelte. Es war nur Gedankenlosigkeit, Dickfelligkeit. Sie hatte nichts für Auntie empfunden, hatte sie aufgrund ihrer achtzig Jahre, aufgrund ihrer Zurückhaltung kaum als menschliches Wesen betrachtet. Und ich hatte Bell noch – vielleicht fälschlicherweise – von meiner Theorie erzählt, daß Cosette ihre Tante nur ins Haus genommen hatte, um im Gegensatz zu ihr jünger zu erscheinen. Vor Cosette blieb Bell stehen und sagte: »Auntie ist eben gestorben. Sie ist tot.«

Man muß bedenken, daß Bell mit dem Tod vertraut war. Sie hatte ihn in beängstigenderer Form erlebt, den Tod von Silas und jenen anderen Tod, von dem ich noch nicht erzählt habe, aber nur Geduld, ich komme noch dazu. Im Vergleich damit war Aunties Sterben still und unauffällig, etwas fast Alltägliches, nicht wichtiger zu nehmen als eine unerwartete, aber nicht allzu aufregende Meldung in den Fernsehnachrichten.

Cosette schrie auf und legte eine Hand vor den Mund. Mark wandte sich Bell zu. »Wie meinst du das?« fragte er schroff.

»So, wie ich es gesagt habe. Auntie ist tot. Sie hat sich zurückgelehnt und ist gestorben, beim Fernsehen.«

»Wie kannst du dich hinstellen und es ihr auf diese Weise sagen?« ereiferte sich Mark.

Das habe Bell nicht gepaßt, erzählte Mimi. Sie sei zusammengezuckt, habe die Stirn gekraust und die Hände an den Kopf gelegt. Ich konnte sie mir vorstellen, ich sah die Bewegung vor mir, mit der sie sich an das üppige helle Haar faßte, als sei es eine Perücke, die der Sturmwind fortzutragen drohte. Cosette wandte stumm ihr Gesicht Mark zu. Sie waren beide aufgestanden. Marks Reaktion kam Mimi unerwartet. Auch für sie waren er und Cosette nur gute Freunde, ein Sohn für die Mutter, die nie einen eigenen Sohn gehabt hatte, eine Mutter für den Sohn, dessen leibliche Mutter unzulänglich war. Mark nahm sie in die Arme und hielt sie fest, und sie legte ihre Arme um seinen Hals und schmiegte sich an ihn. Sie standen dicht beieinander, Trost und Linderung suchend, und Bell betrachtete die beiden.

Als ich etwa zwei Stunden später zurückkam, war der Arzt dagewesen und hatte Aunties Tod bescheinigt. Es war ein schwerer Schlaganfall gewesen. Er und Mark hatten sie auf das Sofa gelegt für den Fall, daß die Totenstarre einsetzte, ehe der Mann vom Bestattungsinstitut kam. Das Sofa war knapp einen Meter fünfzig lang, aber es war reichlich Platz darauf für Aunties kleine, geschrumpfte Gestalt. Cosette war untröstlich, sie weinte nicht und gab sich keinem lauten Jammer hin, aber sie war überwältigt von Kummer, schon geplagt von Schuldgefühlen. Sie hatte sich nichts vorzuwerfen. Wenn Auntie ihr in den letzten Jahren eine Mutter gewesen war, so war Cosette ihr eine gute Tochter gewesen. Wir anderen hatten Auntie vernachlässigt, hatten sie wie ein Möbelstück behandelt, wir hätten allen Grund zu Gewissensbissen gehabt, aber natürlich hatte die keiner von uns. Und mit einem Mitgefühl, das völlig fehl am Platze war, sorgte Cosette sich um Bell.

»Die Ärmste«, sagte sie zu mir. »Es tut mir so schrecklich leid. Stell dir vor, wie ihr zumute gewesen sein muß, als sie gemerkt hat, daß Auntie tot ist. Ich hätte dabei sein müssen, ich hätte sie nicht allein lassen dürfen.«

Es hätte nichts genützt, Cosette zu sagen, daß sie erstens nicht allein gewesen war und daß zweitens Auntie das Fernsehen heiß und innig liebte, daß nur äußerste Erschöpfung sie veranlassen konnte, widerstrebend ihren Posten vor dem Gerät zu verlassen. Das Jahr mit dem Fernseher, sagte ich statt dessen, dürfte für Auntie das glücklichste in ihrem späteren Leben gewesen sein. Um so schlimmer, erwiderte Cosette, sie hätte Auntie schon vor fünf Jahren einen Fernseher kaufen sollen.

Mark kam herein und sagte, Cosette solle sich hinlegen, bis zum nächsten Morgen gäbe es nichts mehr zu tun. Sie solle sich hinlegen und versuchen zu schlafen, und gleich morgen früh sei er ja wieder da. Cosette drehte sich zu ihm um und sagte ganz naiv, mit der Unschuld eines kleinen Mädchens: »Du willst wirklich gehen? Und ich hatte so fest damit gerechnet, daß du bleibst.«

In diesem Moment fiel mir auf – trotz der Erschütterung und der Trauer, die Tränenspuren auf ihren Wangen hinterlassen hatten –, wieviel jünger sie in letzter Zeit aussah. Wieviel jünger als vor einem Jahr, meine ich. Und ich dachte an ihr Geständnis, daß sie Mark liebte, daß sie verliebt war und die Liebe sie schier umbrachte. Liebe hin, Verliebtheit her, dachte ich, noch hat es sie nicht umgebracht, erst einmal hat es ihr die Falten weggenommen und die Schatten, es läßt ihre Augen glänzen und ihr Gesicht leuchten, es hat ihr, weiß der Himmel wie, wieder jugendlichen Schwung geschenkt.

»Wenn du möchtest, bleibe ich natürlich«, sagte er.

Es gab mir einen Stich. Bei ihr, in ihrem Zimmer, dachte ich, in ihrem Bett, und das war mir nicht recht, ich hatte Angst davor. Es war mir wichtig, mit ihnen die Treppe hinauf bis zu Cosettes Zimmer zu gehen, um sie im Auge zu behalten. Bell war, wie mir jemand gesagt hatte, Mimi wahrscheinlich, längst auf ihr Zimmer gegangen. Selbst sie, bemerkte Mervyn, würde sich nicht neben Aunties Leiche vor den Fernseher setzen. Das tat mir weh, ich fand es unfair, denn er war ja in diesem Hause nun wirklich kein leuchtendes Vorbild an Edelsinn gewesen.

Cosette nahm Marks Arm, als sie die Treppe hinaufging, aber nicht wie eine alte Frau, sondern eher wie ein junges Mädchen, das eine Verletzung erlitten hat. Es überraschte mich, daß er nicht einmal genau wußte, hinter welcher Tür ihr Zimmer war. Sie machte die Tür auf und blieb stehen, dann sagte sie unvermittelt: »Ich habe so ein dummes Gefühl, daß wir sie nicht allein dort unten lassen dürften.«

»Wirklich ein dummes Gefühl«, bestätigte Mark, aber sehr sanft.

»Es tut mir leid, daß ich mich so töricht benehme. Mach kein so besorgtes Gesicht, ich werde schlafen. Ich werde – leider! – gut und fest schlafen.«

Sie löste sich von ihm, machte, noch immer seine Hand haltend, einen Schritt ins Zimmer hinein. Einen kurzen

Moment wurde der Händedruck fester, dann löste er sich. Ich atmete auf, nun war alles gut. Mark sagte zu mir: »Unter dem Dach ist ein Zimmer, in dem ich schlafen kann, nicht?«

Ich nickte. »Neben Bell. Die rechte Tür. Bells Zimmer ist auf der linken Seite.«

Er küßte Cosette nicht. Seltsam ernst sahen sie sich an, und er sagte: »Gute Nacht, Cosette.«

Ihre Stimme war sehr leise. »Gute Nacht, lieber Mark.«

Das alles erleichterte mich doch sehr. Ich sah ihm nach, wie er den nächsten Absatz hinaufging und hinter der Biegung verschwand. Nun wußte ich, daß alles in Ordnung war. Cosette schlief in ihrem Zimmer und Bell in dem ihren und Mark nebenan, in der Kammer, die einst Felicity bewohnt hatte, und alles war so, wie es sein sollte. So dachte ich damals.

Ich lag im Bett und phantasierte mir eine Zukunft für Mark und Cosette zusammen. Sie würde in seinem Leben immer eine ganz besondere Stellung haben, eine einmalige Rolle spielen. Gewiß, eines Tages würde er heiraten, und das würde ihr bitter weh tun, aber sie würde sich daran gewöhnen, sie würde sich anpassen, und zu guter Letzt würde sie auch seine Frau liebgewinnen. Ich stellte sie mir als Patin seiner Kinder vor, als hochgeehrte Stammesmutter in seinem Heim. Um mich nicht als allzu einfältig hinzustellen, als kleine Ehrenrettung für meine Person muß ich dazu sagen, daß ich mir auch vorstellte, wie ich all das Bell erzählen und wie Bell es mit einem ihrer typischen Ausdrücke als großen Pipifax abtun würde.

Am nächsten Tag kam dann der Mann vom Bestattungsinstitut, und Perpetua kam, die mit Cosette trauerte, wie wohl niemand sonst es gekonnt hätte, und noch etwas Schlimmes passierte. Mark verlor seinen Job. Oder besser gesagt, die Figur, die er spielte, sollte aus der Serie »herausgeschrieben« werden, sollte am Ende der folgenden Woche zu Tode kommen. Laut Bell – Mark selbst erzählte keine Einzelheiten – hatte die Schauspielerin, die die Rolle seiner Frau sprach, einen Hollywoodvertrag ergattert, und der Produzent hatte gemeint, die beste Lösung sei wohl, die beiden vermittels eines Flugzeugabsturzes ins Jenseits zu befördern.

Cosette hörte sich die letzte Folge an, in der er sprach. Wir hörten sie uns zusammen an. Ohne allzu große Rücksicht auf Lebenswahrheit sah das Drehbuch vor, der von Mark verkörperten Figur sollte ein Traumjob – zu dem er einfach nicht Nein sagen konnte – im Fernen Osten angeboten werden. In dieser für Mark letzten Folge begleiteten sein Schwager und seine Schwiegereltern ihn und die Frau, mit der er seit zwei Monaten verheiratet war, nach Heathrow. In der nächsten Sendung sollten die Hörer miterleben, wie diese Verwandten die Nachricht von der Flugzeugkatastrophe erhielten. Wir beschlossen, sie uns nicht anzuhören.

»Mark hat bestimmt keine Mühe, wieder etwas zu finden«, sagte Cosette zu mir, nachdem sie abgeschaltet hatte. »Er ist so ein phantastischer Schauspieler.«

Vielleicht stimmte das sogar, aber aus ihrem Munde wa es keine zuverlässige Aussage. Menschen, die Cosette nahestanden, waren in ihren Augen unweigerlich perfekt in ihren Berufen. Und in Herzensdingen hatte ihr noch ni jemand so nahegestanden wie Mark. Ich stimmte ihr zu, wir wollen es hoffen, sagte ich, aber sehr zuversichtlich war ich nicht.

»Er wird zum Fernsehen gehen«, sagte Cosette. »Er ist jetzt soweit, er muß das machen.« Sie redete, als habe es Marks erfolglosen Ausflug in dieses Medium nie gegeben, als sei dieser Schritt allein von seiner Entscheidung abhängig.

Ich rechnete damit, daß sie ein pompöses Begräbnis für Auntie veranstalten würde, vor allem auch, um ihr Gewissen zu beschwichtigen. Aber das Fesselnde an Cosette waren ihre ständigen Abweichungen von der Norm. Lange Zeit verhielt sie sich völlig erwartungsgemäß, bis man sie in- und auswendig zu kennen glaubte, jeden ihrer Schritte voraussagen konnte, und dann konnte man plötzlich nur noch staunen. Es war Bell, die mich einmal darauf hingewiesen hatte, damals, als wir noch lange Gespräche über Menschen und menschliches Verhalten geführt hatten. Statt vor versammelter Mannschaft zu verkünden, die Trauerfeier würde in der und der Kirche sein und die Urnenbeisetzung da und da und der Leichenschmaus in diesem oder jenem Hotel, teilte Cosette das Notwendige unter der Hand nur mir und wohl auch Mark mit. Es gab kein Getue um die passende Garderobe, keine üppigen Blumenbestellungen. Cosette bereitete mir eine weitere Überraschung, indem sie fragte: »Würde es dir sehr viel ausmachen, Bell nichts zu sagen?«

»Du meinst, daß heute die Beerdigung ist?«

»Sie würde wahrscheinlich nicht kommen, aber ich ... Es wäre mir einfach lieber, wenn sie nicht dabei wäre.«

Keine Angst, hätte ich sagen können, sie wäre sowieso nicht hingegangen, aber ich schwieg. Deutlicher hatte Cosette nie anklingen lassen ... nicht so sehr, daß sie Bell nicht mochte oder daß Bell ihr unsympathisch war, sondern daß einiges an Bell sie zutiefst verunsicherte. Ich versprach, nichts zu sagen, glaube allerdings, daß Bell bis dahin – etwa eine Woche, nachdem Auntie in ihrem Beisein gestorben war – schon vergessen hatte, daß es diese Frau je gegeben hatte. Cosette und Mark und ich gingen zusammen zum Krematorium. Cosettes kleines Kreuz aus weißen Chrysanthemen – es muß wohl ein Zufall gewesen sein, daß sie an Aunties hübschen weißen Lockenkopf erinnerten – lag einsam und allein auf dem Sarg. Mehr Blumen, mehr Trauergäste gab es nicht. Wer hätte auch kommen sollen?

»Die ganze Meute vom Archangel Place«, flüsterte Mark mir zu, als ich ihm die Frage stellte. »Sehr vernünftig, daß Cosette ihnen nichts gesagt hat.«

Im Grunde, fand ich, war das eine Frechheit. Was dachte er sich eigentlich dabei, in diesem herablassenden Ton über ihren Bekanntenkreis zu sprechen, zu dem doch auch er gehörte? Ich sah Mark aufgrund seiner Arbeitslosigkeit mit etwas anderen Augen an. Für mich hatte er sich auch deshalb von der »Meute« unterschieden, weil er arbeitete, weil er sich allein durchbrachte. Als die Wochen vergingen, ohne daß er Arbeit fand, da er etwas anderes als die Schauspielerei nicht in Betracht ziehen mochte – wie ich Cosettes Bemerkungen entnahm, die empört bestätigte, das habe er doch nicht nötig –, ertappte ich mich immer öfter dabei, daß ich ihn argwöhnisch beobachtete. Ich wartete darauf, daß er sich Geld von ihr lieh (obgleich ich das möglicherweise gar nicht gemerkt hätte), daß er die großen Abendgesellschaften wieder aufleben ließ, an denen er dann natürlich teilnehmen und bei denen selbstverständlich Cosette die Zeche zahlen würde, daß er zu uns zog und natürlich, daß er endlich das Unvermeidliche tat und mit ihr schlief.

In jenem Herbst wurde Cosette auf einen Schlag noch reicher.

Ich habe nicht viel über Cosettes Einkommen, über ihr Vermögen gesagt, habe vielleicht nur den Eindruck vermittelt, daß sie einfach eine Menge Geld hatte. Aber ganz so war es nicht. Douglas hatte alle möglichen Werte hinterlassen, unter anderem auch erloschene Firmen, die aber noch an der Börse geführt wurden, und einiges an scheinbar lästigem Grundbesitz. Damit meine ich, daß es Grundstücke in äußeren Vororten waren, auf denen verfallene Industrieanlagen und dergleichen standen. Eine dieser Firmen war schon aufgekauft worden, dem Käufer ging es um die Börsennotierung, er zahlte etwa einen Halfpenny pro Aktie. Das war kurz vor der Dezimalisierung der Währung, die Anfang 1971 eingeführt wurde. Natürlich brachte das Cosette nicht viel Geld ein, als um so einträglicher aber erwies sich das dazugehörige Grundstück. Sie hatte die paar Morgen Land irgendwo am Rand des südlichen London schon ganz vergessen. Von dem Wirtschaftsprüfer, der ihre Vermögensverwaltungen übernommen hatte, erfuhr sie – »und freuen wir uns, Ihnen mitteilen zu können ...« –, daß eine Tankstellen- und Servicekette einen enormen Betrag für dieses Grundstück geboten hatte. Eine neue Straße war geplant, an die Cosettes ehemaliges Industriegelände unmittelbar angrenzte.

Die genaue Summe habe ich nie erfahren. Vielleicht war sie nicht einmal Cosette selbst bekannt. Verschwiegenheit war ihre Sache nicht, und sie verbreitete die frohe Kunde von diesem »warmen Regen«, wie sie es ausdrückte, in der ganzen Bekanntschaft.

»Hunderttausende von Pfund...« Präziser wurde sie nie. »Damit bin ich eine echte Millionärin.«

Bell war dabei und natürlich auch Mark. Ich sah sie an und erwartete eigentlich, daß sie meinem Blick begegnen würde, während sie überlegte, inwieweit es sich auszahlen würde, gut Freund mit mir zu bleiben, aber sie schaute nicht in meine Richtung, sie sah Cosette an. Eigentlich erstaunlich, dachte ich, daß jemand wie Bell, die so stolz auf ihre Beobachtungsgabe war, sich einreden konnte, eine Frau mit Cosettes Aussehen könnte Krebs haben. Denn so unglücklich Cosette auch einerseits sein mochte, von Gewissensbissen geplagt und ehrlichen Herzens um Auntie trauernd, die ihr fehlte, wie einem die Mutter fehlt, so war sie doch andererseits strahlend glücklich, und dieses Glück verschönte sie. Verliebte neigen dazu, weniger zu essen, und Cosette war ohne Anstrengung schlanker geworden. Ihre Haut strahlte, ihr Haar glänzte. Es kann wohl nicht sein, daß Glück die Gesichtsmuskeln strafft, aber man hatte diesen Eindruck, wenn man Cosette vor sich sah. Mark hat bestimmt nie Kleider mit ihr ausgesucht, aber seit sie ihn kannte, hatte sich ihr modischer Geschmack gebessert. Ich staunte, was für hübsche Beine sie hatte, aber ich hatte sie ja bisher auch nie in hauchdünnen Strümpfen und unauffälligen hochhackigen Schuhen gesehen. Sie hatte sich ein paar schlichte Kleider aus Seide oder feiner Wolle gekauft, und dazu trug sie neuerdings den Schmuck, um den Elsa und ich sie einst beneidet hatten. Sie war elegant geworden – ein Wort, das einem früher in Verbindung mit Cosette nie in den Sinn gekommen wäre. Aber von uns allen dort im Haus der Stufen hatte nur noch ich die kräftige, korpulente Frau mit dem eisgrauen Haar und den gleichfarbigen Schneiderkostümen in Erinnerung.

Bell, die Cosette stumm beobachtet hatte, während Mervyn hoffnungsvoll meinte, das müsse ja wohl gefeiert werden, stand jetzt auf, fuhr sich mit den Fingern durch das wirre Ringelhaar und verkündete, sie würde über die Feiertage zu Felicity fahren, morgen schon. Und Cosette sagte, als wollte sie diesen kalten Ton mit besonderer Herzlichkeit ausgleichen: »Du wirst uns sehr fehlen, Liebling. Aber es ist ja schon eine liebe alte Gewohnheit, daß du Weihnachten dort bist, nicht?«

Bell sah sie an und hob mit undefinierbarem Gesichtsausdruck erst die Augenbrauen und dann die Schultern. Als liefe ihr ein kalter Schauer über den Rücken? Oder als habe sie eine seltsame Vorahnung, daß es das letzte Mal sein würde?

Fest steht, daß Felicity mich heute vormittag nicht besucht hat, um Bell oder mich oder uns beide zu Weihnachten einzuladen. Selbst für sie wäre Juli etwas früh. Und wie immer sie zu mir stehen mag – Bell kann nie mehr mit einer Einladung rechnen. Bells Anblick überraschte sie, es gab ihr förmlich einen Ruck, sie erkannte Bell sofort, ohne jede Mühe. Ehe wir ins Wohnzimmer gingen, wo ich – zu Recht – Bell vermutete, versuchte ich, ihr eine Warnung zuzuflüstern, nur drei Worte: »Bell ist da!«, aber Felicity, die viel überheblicher, viel selbstherrlicher geworden ist, gab mir keine Gelegenheit dazu, sie ging rasch vor mir her und bemerkte mit weithin schallender Stimme, wie reizend man doch diese kleinen Häuser herrichten könne, wie schnukkelig ich es hier hätte, daß es doch geradezu ans Wunderbare grenze, was aus diesen früheren Handwerkerkaten zu machen sei. Bell hatte keine Möglichkeit zur Flucht, für zwei Zugänge zum Wohnzimmer hatten die Mittel der Handwerker damals wohl nicht gereicht.

Bell, die, wie Henry James es ausdrückt, auf nahezu unversöhnlichem Fuß mit dem gedruckten Wort steht, sah fern, es gab irgendeine unsägliche Vormittagssendung. Der kleine Kater lag auf ihrem Schoß und betrachtete den großen, der sich auf dem Fernsehapparat ausgestreckt hatte. Vielleicht betrachtete er aber auch den Löwen auf der Mattscheibe, der sich langsam an ein Weißschwanzgnu heranpirschte. Bell hat noch immer diese beneidenswerte Haltung. Kein Gedanke an jähes Aufspringen, nicht einmal aufzustehen versuchte sie. So, wie sie Felicity ansah, war ich mir sekundenlang nicht sicher, ob sie vielleicht wirklich nicht wußte, wer sie war.

»Na so was«, sagte Felicity. »Da staune ich aber.« Woher wußte ich schon in diesem Moment, daß sie um keinen Preis Bell beim Namen nennen würde?

»Wieso?« fragte Bell. »Ich habe mit dir telefoniert. Du wußtest doch, daß ich Elizabeth suchte.«

»Ja, schon.« Felicity ließ einen kurzen, unerfreulichen Lacher hören, an den ich mich von früher nicht erinnern konnte. »Ich staune auch eigentlich mehr über Elizabeth als über dich.« Diese Art zuckersüßer Biestigkeit war Cosette zutiefst verhaßt, und von ihr habe auch ich gelernt, sie zu verabscheuen. Felicity setzte sich, ihr Rock rutschte hoch und ließ viel stämmiges Bein und schwarzen Strumpfrand sehen. Es ist schlimm, denn sie ist Cosette überhaupt nicht ähnlich und war es nie, aber ihre Art, sich zu kleiden, auffällig und unpassend, ja, *neckisch*, erinnert mich an Cosettes erste Versuche, nach dem Auszug aus der Wellgarth Avenue und ehe Mark auf der Bildfläche erschien. »Ich bin mit einer Bekannten in Barnes zum Essen verabredet«, sagte sie zu mir. »Das Taxi fährt praktisch an deiner Tür vorbei. Warum nicht, habe ich mir gesagt. Wenn ich warte, bis sie anruft, bekomme ich sie nie zu Gesicht.«

Eine merkwürdige Fahrtroute vom Glebe Place nach Barnes, dachte ich, aber ich sagte es nicht laut. Ich war froh, daß ich sie nicht zu bewirten brauchte. »Ich wußte, daß ich dich erwischen würde, weil du um diese Zeit beim Schreiben bist«, verkündete sie frohgemut, als brauche man auf die selbstbestimmten Arbeitszeiten eines Schriftstellers keine Rücksicht zu nehmen.

Bell machte zum erstenmal den Mund auf und sagte hart und kalt: »Irrtum, was? Das mit dem Schreiben, meine ich. Nicht das, daß du sie erwischt hast.«

Ich erzählte von dem Besuch meines Vaters. Es war etwas, worüber man reden konnte, ich wußte nicht, was ich vor diesen beiden reden sollte, vor Bell, die anscheinend derart an ihrem Leben verzweifelte, daß sie sagte, was ihr gerade durch den Kopf schoß, ohne sich um die Folgen zu kümmern, vor Felicity, die von Rachsucht erfüllt war und Bells bloßes Dasein mißbilligte. Ich fürchtete, Felicity würde eine Bemerkung über Cosette machen, es lag so nahe, war fast nicht zu vermeiden, allerdings würde sie wohl kaum so weit gehen, Mark zu erwähnen. Jetzt erst sah ich, daß sie außer ihrer großen schwarzen Lacklederhandtasche und einem Paar alberner weißer Handschuhe die erste Ausgabe eines Abendblattes mitgebracht hatte, den *Standard*, der vor wenigen Stunden ausgeliefert worden war. Ich hatte das Blatt schon auf dem Bahnhof gesehen, der Aufmacher war der Mord an einem Kind, von einem Kind begangen. Mit einem elend flauen Gefühl in der Magengrube sah ich, daß Felicity die Handtasche auf den Tisch legte und die Handschuhe daneben, so daß jetzt nur das noch zusammengefaltete Abendblatt auf ihrem unschönen Wulst von Schoß lag. Nur zwei Worte der fetten schwarzen Schlagzeile waren zu sehen, aber es waren die entscheidenden Worte: »Kind« und »ermordet«.

Vielleicht hatte auch Bell sie gesehen, ich weiß es nicht. Felicity sagte: »Wäre es wohl möglich, den Fernseher auszuschalten?«

Bell stand auf, den kleinen Kater um den Unterarm gelegt wie einen Muff, und ihre Reaktion hätte nicht verletzender sein können, wenn sie die Frage glatt verneint hätte. Sie drehte die Lautstärke herunter, bis nur noch ein leises Raunen zu hören war. Felicity entfaltete die Zeitung, ich weiß nicht recht warum, ich kann mir kaum vorstellen, was sie zu sagen oder zu tun beabsichtigte. Wollte sie den Artikel vorlesen? Wollte sie Bell in ihrer lehrhaften Art fragen (immer mußte sie belehren, sie hatte den Beruf verfehlt, und das schlug immer wieder durch), was sie zu sagen habe? Wollte sie (denn bestimmt lebte sie immer noch in einer Welt der

Quizspiele) eine Liste kleiner Monster, kindlicher, jugendlicher Meuchelmörder herunterbeten?

Doch Bell kam ihr zuvor. Noch immer stehend, während der Kater wie knochenlos an ihrem Arm baumelte, ein federnder, mit schwarzem Fell bezogener Gummiring, sagte sie: »Du hast es offenbar weit gebracht, seit du bei Cosette nassauern warst und dieser Schmalzbubi mit dem Sauerkrautbart mit dir rumgefickt hat.«

Daß sie Cosettes Namen genannt hatte, schockte mich mehr als das, was sie sagte. Sie hatte sich auf gefährliches Terrain gewagt, sie hatte sich einen schmerzhaften Ruck gegeben, war ins kalte Wasser gesprungen.

Man sah es auch an ihrem Gesicht, den geweiteten Augen, dem jähen Erschrecken, als habe eine andere diese Worte ausgesprochen. Felicity war natürlich tief gekränkt. Aber sie sprang nicht auf, um empört das Haus zu verlassen. Diese Reaktion ist in Wirklichkeit wohl ziemlich selten. Die meisten Leute ziehen es vor, sich Möglichkeiten offenzulassen. Sie brachte sogar ein kurzatmiges, mißlauniges Lachen zustande.

»Genassauert«, sagte sie. »Du liebe Güte, was für Ausdrücke! Als ob gewisse Leute – ich will ja niemanden scharf ansehen! – nicht Jahr für Jahr bei mir genassauert hätten. Damit muß man sich wohl abfinden, wenn man etwas besser gestellt ist als der Durchschnitt.«

Dann stand sie auf und bot uns genüßlich die ganze erste Seite der Zeitung samt Schlagzeile zur Betrachtung dar: »Opfer in Tyneside von Kind (10) ermordet«. Sie ließ das Blatt im Sessel liegen. »Nein, behalt es nur«, sagte sie zukkersüß, als ich sie darauf aufmerksam machte. Ich hatte

Felicity eigentlich immer ganz gern gehabt, ihre Begeisterungsfähigkeit, ihr Aufbegehren, ihren Überschwang, ihre Wutanfälle. Von all dem ist ihr anscheinend nichts geblieben. Sicher hat sie es, um mit Esmond in Thornham leben zu können, um wenigstens ein gewisses Maß an Zufriedenheit zu erlangen, über Bord werfen müssen. Vielleicht stand sie vor der Wahl, all das über Bord zu werfen oder den Verstand zu verlieren, wer kann das sagen ... Ich brachte sie zur Tür. Der Abschied fiel frostig-zurückhaltend aus. Von einem Wiedersehen war natürlich nicht die Rede.

Ich hatte Angst, echte Angst, wieder hineinzugehen. Aber man kann wohl nicht ein Leben lang das eigene Wohnzimmer meiden. Ich gab mir einen Ruck und machte die Tür auf. Die Zeitung lag auf dem Boden, neben Bells Sessel, der kleine Kater saß auf dem Zeitungsrand und putzte sich. Bell hatte den Kopf in die Hände gelegt und die Finger in dem grauen drahtigen Haar vergraben. Ich wußte nicht, was ich machen sollte. Ich setzte mich und wartete und schwieg und dachte an das friedliche, stille, maßvollarbeitsame Leben, das ich geführt hatte, ehe sie aus dem Gefängnis gekommen war und ich sie gefunden hatte. Nach einer Weile ließ sie die Hände sinken und sah mich an und sagte mit ganz normaler, alltäglicher Stimme: »Bin ich eine Psychopathin? Es muß wohl so sein, das sagen alle. Aber ich fühle mich nicht so, ich fühle mich wie alle anderen auch.« Was sie gesagt hatte, kam ihr wohl albern oder oberflächlich vor, denn sie verbesserte sich: »Das bilde ich mir jedenfalls ein.«

16

Seit Bell bei mir ist, habe ich mir etwas Neues angewöhnt: Ich schaue mir Leute an und überlege, wer von ihnen so sein könnte wie sie. Wie Bell in dem Sinne, daß sie einen Mord begangen haben und dafür im Gefängnis waren, ihre Strafe verbüßt haben und wieder draußen sind. So etwas gibt es noch nicht lange. Früher wurden Mörder gehenkt.

Jetzt werden sie in die Freiheit entlassen und leben – oder existieren – wieder unter uns. Ich schaue mir die Leute an, und ich überlege: Jedes Jahr werden – wir lesen täglich davon – soundsoviele Morde begangen. Nach zehn Jahren – Bell war ungewöhnlich lange in Haft, aus einem bestimmten Grund – sind die Straftäter, wie sie amtlich heißen, wieder draußen, ganz gewöhnliche Leute, die aussehen wie du und ich, ganz gewöhnliche Jobs haben, womöglich nebenan wohnen. Aber diese Frau, der ich in der U-Bahn gegenübersitze, hat vielleicht ihren Liebhaber erschossen. Der Mann mit dem finsteren Gesicht, der, die Arme über einer muskelbepackten Brust verschränkt, an einer Hauswand lehnt, hat vielleicht bei einer Straßenschlägerei einen Menschen erstochen. Wie viele haben das Kind in der Wiege erstickt oder einen lästigen Alten aus dem Weg geräumt? Menschen wie Felicity und ich und Elsa kennen sie, wir verkehren weiter mit ihnen, wir gewöhnen uns. Dabei sollte man denken, daß Mord das einzige ist, woran sich niemand gewöhnt, dem niemand Zugeständnisse macht.

Sie hatte mich gefragt, ob ich sie für eine Psychopathin hielte, vielmehr, sie hatte die Frage ins Blaue hinein gestellt oder vielleicht an den lieben Gott. Ich konnte nur den Kopf schütteln und sagen, ich wisse es nicht. Ich habe gehört, daß Psychopathen Freude daran haben, Tiere zu quälen. Nach ihrer Frage, nach ihren verzagten Worten wandte sich Bell von mir ab und lockte den kleinen Kater wieder zu sich. Er sprang auf ihren Schoß, und sie begann ihn zu streicheln, wie er es am liebsten hat, mit langen, festen Handbewegungen, energisch genug, um ihn in die Hocke zu zwingen. Dann, als er sich zusammengerollt und in die dick gebauschten schwarzen Falten ihres Rokkes geschmiegt hatte, ließ sie ihre Hände mit einer ganz zarten, ganz liebevollen Bewegung auf seinem glänzenden Rücken ruhen. Nie hätte ich den Begriff Zärtlichkeit mit Bell in Verbindung gebracht. Sinnlichkeit, Leidenschaft, eine gewisse tragische Größe, das ja, aber nicht Zärtlichkeit. Mit meinen Katzen aber geht sie zärtlich um, so staunend und dankbar und versunken wie manche Frauen mit Babys umgehen.

»Ich war noch nie mit Tieren zusammen«, sagte sie, als habe sie in meinen Gedanken gelesen. »Ich wußte nicht, daß ich sie mag.«

»Admetus hatte eine Katze«, sagte ich. »Mit Katzenflöhen.« Und ich dachte an Mark und an Cosettes bemühtes Witzchen über ›Entrechats‹. »Und in Thornham gab es Hunde.«

»Groß und laut und anmaßend wie die alte Schnepfe, der sie gehörten. Sie hätte dich eingeladen, wenn ich nicht hier gesessen hätte.«

»Ich wäre nicht hingegangen«, sagte ich, und dann: »Wie war es an ... an jenem letzten Weihnachtsfest?«

Früher haben wir über Menschen gesprochen, sie und ich, warum jemand just in diesem Augenblick eben diese Bemerkung machte, warum jemand anders gerade jenes sagte, welche Motive dahinterstanden, und wie seltsam das alles war. Das alles scheint sie kaum mehr zu interessieren. Mit den Menschen ist sie nicht zu Rande gekommen, Tiere sind ihr jetzt lieber.

»Wie immer, nur ohne Quiz«, sagte sie. »Wie im Jahr davor. Es war immer dasselbe. Ich weiß nicht, weshalb ich hingefahren bin.«

»Wirklich nicht?«

Ihr Blick hatte etwas Kaltes, Störrisches. Warum soll ich reden, wenn ich nicht will, mag sie gedacht haben, warum soll ich Erklärungen abgeben? »Du bist hingefahren, um die beiden nicht zusammen zu sehen«, sagte ich. »Um nicht dabeizusein, als es passierte.«

»Du bist genauso schlimm wie ich«, höhnte sie. »Du bringst ihre Namen auch nicht raus. Aber ich sag's. Mark und Cosette ... So!«

»Schon gut«, sagte ich. »Du brauchst nicht zu schreien.«

»Als es passierte ... Du redest wie eine prüde alte Jungfer, wie *ihre* Tante. Warum sagst du nicht, was du meinst, daß ich nicht dabeisein wollte, wenn er sie zum erstenmal fickt? Als ob mich das gekratzt hätte! Ich wollte nur, daß es vorwärtsgeht. Gott, was hat der Mann rumgetrödelt! Wie einer dieser Typen in so 'nem alten Wälzer. Wenn du es genau wissen willst, ich hab gedacht, es geht schneller, wenn ich nicht dabei bin.«

»Es spielte keine Rolle, ob du im Haus warst oder nicht.«

Sie zuckte die Schultern. »Es tut nicht mehr weh. Das alles trifft mich nicht mehr.«

»Ich möchte etwas wissen. Wenn es nicht weh tut, kann ich es ja fragen.«

Sie sah mich an. Jetzt lächelte sie. »Frag, was du willst. Ich brauche ja nicht zu antworten.«

»Hast du«, sagte ich, vorsichtig die Worte wählend, »hast du Cosette umbringen wollen? Ich meine, hattest du das damals schon geplant?«

»Ich dachte, sie würde eines natürlichen Todes sterben.«

»Aber dann, als du wußtest, daß daran nicht zu denken war, hast du es da geplant?«

Sie antwortete ganz freimütig, unverhüllten Hohn in der Stimme. »Geplant? Ein Komplott oder so? Du weißt, daß ich so was nicht mache.«

»Ich bitte dich, Bell! Was war denn diese Zeit im Haus der Stufen anderes als ein einziges Komplott?«

»Ich meine den Plan, jemanden umzubringen. Das mache ich«, – sie sagte es ganz stolz, als sei von einer unter großen Mühen erworbenen Fertigkeit die Rede – »ganz spontan. Selbst das mit Silas ... Gedacht habe ich oft daran, aber geplant habe ich dann nur fünf Minuten. Das mache ich nur, wenn ich es gar nicht mehr aushalte oder wenn ... wenn ich irgendwas sehr, sehr gern haben will.«

Sie stand auf, der kleine Kater hing über dem einen Arm, den großen, der noch auf dem Fernseher saß, hängte sie sich über den anderen. Das macht sie jetzt oft, wenn sie auf ihr Zimmer geht, abends oder wenn sie zwischendurch ruhen will. »Ich mag kein Mittagessen«, sagte sie. »Ich leg mich mal hin.« Sie ist eine seltsame Erscheinung in ihren schwarzen Hüllen, mit der aschfarbenen Haarkrone, die Katzen um die Arme gewickelt wie eine lebende Pelzboa, nur die erschütternde Schlankheit bewahrt sie davor, schrullig auszusehen.

Hier, in meinem Haus in der Macduff Street, hat sie wieder das Zimmer über meinem Arbeitsraum, es ist reiner Zufall, daß da das Gästezimmer ist. Der Unterschied, einer der Unterschiede, besteht darin, daß es hier nur sechzehn Stufen bis oben sind und nicht 106. Während ich an meinem Schreibtisch sitze, höre ich nur einmal die Bettfedern schwingen, als sie sich auf der Matratze ausstreckt, es klingt wie ein schwerer Seufzer. Die Katzen werden eine Weile bei ihr bleiben, dann werden sie aus dem Fenster auf das Schieferdach der Küche klettern und versuchen, Stare zu fangen. Wenn sie aufwacht, sind sie nie da.

An jenem letzten Weihnachtsfest fehlte mir der Klang ihrer Schritte über meinem Kopf, das Knarren der 104. Stufe, das Geraune des Fernsehers, vor dem sie jetzt, da Auntie nicht mehr da war, stets allein saß. Das Haus war voll. Diana Castle war mit einem neuen Freund gekommen, und Birgitte tauchte, trotz der Peinlichkeiten von damals, mit einem Jungen wieder auf, den sie als ihren Vetter vorstellte. Die Tänzer und Walter Admetus gingen nur zum Schlafen heim. Cosette weigerte sich, einem der Besucher Bells Zimmer zu überlassen, das sei nicht recht, fand sie, und als ihre Nichte, Leonards Tochter, aufkreuzte, mußte die, da außerdem Gary und Fay, Mervyn und Mimi und Rimmon ständig bei uns wohnten, auf dem Sofa im Fernsehzimmer nächtigen. Rimmon versuchte, die Nichte in sein Bett zu bekommen, indem er ihr sagte, auf diesem Sofa sei Auntie aufgebahrt gewesen, erreichte aber damit nur, daß sie fluchtartig das Haus verließ.

Doch die Tage der rauschenden Feste, der abendlichen Gelage in Restaurants waren vorbei. Wenn Cosette und Mark ausgingen, gingen sie allein. Von Saturnalien also keine Spur, nichts mehr erinnerte an jene orgiastischen Feiern, und doch herrschte im Haus eine hochromantische Stimmung. Der Winter ist – herkömmlichen Meinungen zum Trotz – eine sinnlichere Jahreszeit als der Sommer, es schlafzimmert allenthalben bei zugezogenen Vorhängen und schwellenden Polstern und künstlicher Wärme, die Kälte bleibt draußen, im Haus ist es heimelig, die Tage sind kurz und bläßlich, die Nächte dafür herrlich lang. Man achtet mehr auf solche Dinge, wenn man niemanden hat, der zu einem gehört, denn damals gehörte Robin nicht zu mir, bedeutete er mir nicht viel. Hatte es jemals im Haus der Stufen so viele Liebende zur gleichen Zeit gegeben?

Da waren zunächst einmal Gary und Fay, die lange nur Hausgenossen gewesen waren und jetzt plötzlich eine turbulente Beziehung hatten. Ständig trennten sie sich für immer, um wenig später auf wunderbare Weise wieder zueinander zu finden. Diana und Patrick, frisch verliebt, befanden sich im Stadium des ständigen Anfassenmüssens, des leidenschaftlichen In-die-Augen-Sehens, der fast unerträglichen Pein, wenn die Körper sich einmal voneinander trennten. Brigitte und ihr »Vetter« waren zwei kichernde Kinder, die miteinander kuschelten, aber auch noch anderes trieben. Mervyn und Mimi gehörten zu den seltenen Paaren, bei denen man das Gefühl hat, nichts auf der Welt sei ihnen auch nur halb so wichtig wie der Partner. Von all den Liebenden, die ich damals kannte, sind nur sie noch zusammen. Ich habe sie vor ein paar Monaten auf der North End Road gesehen, händchenhaltend, sie hatte einen etwa achtjährigen Jungen und er ein etwa sechsjähriges Mädchen an der anderen Hand. Ich winkte, aber sie haben mich nicht gesehen.

Und dann natürlich Mark und Cosette. Wer sie zusammen sah, konnte nicht daran zweifeln, daß sie verliebt waren, und zwar er in sie ebenso heftig wie sie in ihn. Sie waren gesetzter als die anderen Paare. Sie sah man nie in Ekken stehen, fast schmerzhaft eng aneinandergepreßt, mit offenen Mündern, die einander verschlangen, Lippen und Zungen, die sich gierig ineinander verbissen, Fingern, die grabbelten und grabschten, als suchten sie nach jenem Stoff, der den Appetit weckt und die Liebe hervorbringt. Sie sah ich allenfalls hin und wieder Hand in Hand oder sah, wie einer dem anderen einen Finger auf die Wange legte. In ihrem Alter hielt es schwerer, die Würde zu wahren, und auf Würde legten sie Wert. In ihrem Alter? Mark war nur ein Jahr älter als Dianas Patrick. Aber so wie Cosette scheinbar jünger geworden war, um ihm entgegenzukommen, so war er älter geworden, um ihr zu begegnen. Nicht so sehr vom Äußeren her – sein gutes Aussehen mit dem leicht slawischen Flair, seine schlanke, gerade Figur war unverändert –, aber in seiner Haltung, so daß er, ohne etwas von seiner Anmut zu verlieren, seriöser und zielstrebiger wirkte.

Sie waren kein Liebespaar in dem von uns landläufig verwendeten Sinn, ich glaube es jedenfalls nicht. Gewiß, Cosette ging mit ihm aus, sie waren stundenlang nicht da, es ist denkbar, daß sie nicht im Theater oder im Kino oder im Restaurant waren. Es könnte sein, daß sie in Marks Wohnung in Brook Green gingen. Aber ich hatte und habe sehr stark das Gefühl, daß dies nicht der Fall war. Zu Hause, im Haus der Stufen, war Cosette gewissermaßen Tag und Nacht von Anstandswauwaus umgeben. Damit meine ich natürlich nicht, daß sich jemand in ihre Belange eingemischt oder versucht hätte, sie an irgend etwas zu hindern, aber man hätte es gewußt, jeder hätte es gewußt. Es war eine seltsame Situation. Das Haus war voll von Liebenden, nachts hatte jeder außer mir einen Partner, die Liebe lag in der Luft wie ein alles durchdringender Duft, lasziv und süßlich und seltsam ermattend, aber Cosette, die verliebter wirkte als alle anderen, deren ganzes Wesen bei aller Zurückhaltung nach Liebe schrie, fand keine Erfüllung, blieb eine Art wiederauferstandene Jungfrau.

Ich machte mir Gedanken darüber, ich begriff es nicht. Sie war bereitwillig mit Ivor und übrigens auch mit Rimmon ins Bett gegangen, mit Männern, an denen ihr im Grunde nichts gelegen hatte, die Lückenbüßer gewesen waren. Jede Bewegung, jedes Wort, ob Mark es hörte oder nicht, bezeugte ihre Leidenschaft für ihn. Und sie war weder eine kalte Frau noch eine Moralistin, die noch den Vorurteilen ihrer Jugend angehangen hätte. Für sie sei Liebe, so hatte sie oft genug gesagt, etwas, was so schnell wie möglich vollzogen werden müsse. War demnach Mark der Zauderer? Und wenn er sie nicht wollte, was wollte er dann? Weil ich mich einsam fühlte und keinen Menschen hatte, der für mich da war, tröstete ich mich damit zu beobachten, wie sie miteinander umgingen und habe es, wie ich hoffe, diskret getan. Natürlich war ich eifersüchtig auf Mark. In Cosettes liebendem Herzen hatte er – in einem Maße wie keiner seiner Vorgänger – meinen Platz eingenommen. Soviel für diejenigen, die glauben, ich sei selbst in ihn verliebt gewesen ...

Lange hatte ich mir gesagt, daß es ihm nicht um Cosettes Geld ging. Zufällig hatte sie Geld, einen Haufen Geld sogar, aber auch wenn sie nicht so reich gewesen wäre, hätte er Freude daran gehabt, mit ihr zusammenzusein, hätte er sie gern gehabt. Das glaubte ich jedenfalls. Andererseits – wer zahlte, wenn sie essen, wenn sie ins Theater gingen, was ja sehr häufig geschah? Er hatte noch immer keine Arbeit und auch nichts in Aussicht. Ich erinnerte mich, wie Ivor in dem Restaurant um Geld gebeten hatte, wie Rimmon einmal mit einem Scheck für Acid abgespeist worden war. Mark schien über all das erhaben, hocherhobenen Hauptes schritt er an allen Versuchungen vorüber.

Das alles änderte sich, und es vollzog sich so offen wie früher bei der Hochzeitsnacht, wenn die Braut zu Bett geleitet, der Bräutigam ihr zugeführt und der Gästeschar eine notwendige feierliche Zeremonie aus nächster Nähe dargeboten wurde. Es war ein paar Tage nach Weihnachten. Draußen war es kalt und dunstig, seit kurz nach drei war es dunkel. Wir waren alle noch faul von dem gerade erst überstandenen Festmahl und schliefen lange. Walter Admetus hatte mich geweckt, als er um zwölf unten klingelte. Er wollte uns zu einer improvisierten Party einladen, auf der einer Kiste mit spanischem Sekt, die er irgendwie organisiert hatte, der Garaus gemacht werden sollte. Inzwischen wohnte er in Fulham, in einer umgebauten Remise, und hatte sich wieder mit Eva Faulkner zusammengetan. Ich mochte nicht mitgehen, ich wußte im voraus, daß ich mich auf dieser Art von Party allein nicht wohl fühlen würde, und arbeitete bis spätabends an meinem Buch. Gary und Fay sagten zu, aber Cosette und Mark, auf die Walter es eigentlich abgesehen hatte, erklärten, sie wollten zusammen essen gehen, nur sie beide.

Sie kamen sehr spät nach Hause. Wir alle waren im Salon. Diejenigen, die nicht verzückt am Körper ihres Partners klebten – Mervyn, Mimi, Rimmon und ich – saßen an Cosettes Tisch und tranken Wein. Das Zimmer muß damals ständig verraucht gewesen sein, nur fiel das offenbar niemandem auf, oder es störte keinen. Diana und Patrick, wie ein Zweileiberpuzzle ineinander gefügt, hielten das Sofa besetzt, eine lastende, stumme, fast unbewegliche Okkupation. Birgitte und Mogens lagen nebeneinander, hin und wieder berührten sich ihre Lippen, ging ein Flüstern hin und her, einer hatte die Hand auf den Nacken des anderen gelegt. Von Zeit zu Zeit spielte Mervyn uns auf Garys Okarina etwas vor oder begleitete die Musik vom Plattenspieler. Ich hatte ihn noch nie spielen hören und staunte. Er spielte gut. Nach einer Weile stand er auf und legte eine LP von *Carmen* auf, und an der passenden Stelle erhob sich Perdita, die ohne ihren Mann gekommen war und in ihrer stillen, gesammelten Art auf Aunties rotem Lehnstuhl gesessen hatte, und begann wortlos die *Seguillada* zu tanzen.

Es kam selten vor, daß sie für uns tanzte, und wir empfanden es wohl alle als eine Ehre, daß wir in privatem Rahmen diese einstmals große Tänzerin sehen durften, die ihr Leben verpfuscht hatte, die vor der letzten Sprosse von der Erfolgsleiter heruntergestiegen war, der Liebe halber, einer

Liebestorheit halber, wenn man so will. Ich glaube, sie tanzte Flamenco. Ich weiß nur, daß dies alles – die Musik, der Tanz, die einzige Lampe und das Kerzenlicht, der Wein und die Wärme und die Liebenden – ungeheuer romantisch war.

Sie war eine winzigkleine Person mit kerzengerader Haltung, schwarzhaarig, wie es sich für eine Carmen gehört, ihr Kleid hatte einen Volantbesatz mit vielen roten Rüschen. Sie wollte, daß wir im Takt klatschten, während sie tanzte, aber das brachten wir nicht fertig, es schien uns nicht zu der Atmosphäre, der Distanz, der Andersartigkeit dieser Musik zu passen. Die uralten feierlichen Schritte, die stilisierten Bewegungen, die langsamen Drehungen nahmen ihren vorgeschriebenen Verlauf, die Musik, untermalt durch den seltsam betörenden Beiklang von Mervyns Instrument, nahm ihren Fortgang, und die Kerzenflamme flackerte in der bewegten Luft. Und dann ging ganz sacht die Tür auf, und Mark und Cosette kamen herein und blieben, als sie sahen, was vorging, auf der Schwelle stehen. Die Tänzerin hielt nicht inne, und sie standen nebeneinander und sahen zu, rückten fast unmerklich immer näher zusammen, bis sich ihre Körper berührten und Mark den Arm um Cosettes Taille legte.

Wir klatschten alle, als es vorbei war. Ich schenkte Mark ein Glas Wein ein und Cosette auch, die ausnahmsweise nicht ablehnte. Gesprochen wurde nichts. Das war nicht ungewöhnlich im Haus der Stufen, wo wir uns alle kannten und wußten, was die anderen meinten und dachten, wo kein Bedarf an seichter Konversation bestand. Es war ein Haus, in dem man zusammensitzen und jeder still für sich ein

Buch lesen konnte. An jenem Abend aber schien mir, als herrsche eine besondere Wortlosigkeit, als vollziehe sich Kommunikation mit anderen Mitteln, durch Berührungen, Blicke, Musik. Die Liebenden hatten nur Augen füreinander, und wir drei Einzelgänger hatten unsere innere Welt, in der wir uns verlieren konnten. Rimmon glitt damals schon in jene Betäubung mit ihren grausigen Schimären, aus der er nie mehr ganz herausfinden sollte, die Tänzerin mochte mit ihren Erinnerungen, ihrem Opfer beschäftigt sein, und ich dachte an Bell und an das, was Felicity gesagt hatte, daß Carmen, wie Silas, keine andere Wahl gehabt hatte, daß ihm kein anderer Ausweg geblieben war als der Tod.

Eine andere Platte wurde aufgelegt, etwas von Massenet. Unten klingelte es, das war der Taxifahrer, der die Tänzerin nach Hause fahren sollte. Ich dachte, nun würde auch Mark gehen, aber er begleitete sie nur nach unten, zu ihrem Taxi, und obschon er nichts Besitzergreifendes an sich hatte, war es bestimmt das erstemal, daß er sich wie ein Hausherr gebärdete. Als er zurückkam, setzte er sich nicht wieder an seinen Platz, sondern auf die Lehne von Cosettes Sessel, strich mit der Hand ganz sanft über das goldene Haar und ließ den Arm auf ihrer Schulter liegen. Sie sah zu ihm auf, aber sie lächelte nicht, das, was da auf sie zukam, war wohl zu ernst. Die Musik war sanft, intim, verführerisch geworden. Statt ihren langen verzückten Blick zu erwidern, ließ er seine Augen in dem großen, warmen, nur von Kerzen erhellten Zimmer herumgehen, von dem ineinander verschränkten Puzzlepaar auf dem Sofa zu dem schmusenden, schnäbelnden Paar auf dem Teppich, zu Mervyn und Mimi, die am Tisch saßen, sie mit dem Kopf auf seiner Schulter, während er sie im Arm hielt. Das Licht fing sich in der Silbersträhne, die sich durch sein braunes Haar zog. Mark wandte den Kopf und begegnete Cosettes Blick. Ich hätte schwören mögen, daß sie in diesem Augenblick aussahen, als seien sie gleich alt. Ich hätte schwören mögen, daß die Leidenschaft bei beiden gleich groß war.

Er beugte sich vor und gab ihr einen langen Kuß auf die Lippen. Es klingt vielleicht nicht sehr glaubhaft, wenn ich sage, daß ich schockiert war, immerhin aber sah ich ihnen zum erstenmal beim Küssen zu. Ich ertappte mich dabei, daß ich sie erst fasziniert anstarrte und dann wegsah, und ich war froh, daß der Wein mich leicht benebelt hatte und das Schmerzliche dieser Erfahrung ein wenig milderte. Cosette war rosig angehaucht, als der Kuß zu Ende war, sie war stolz in dieser Gruppe, als deren Haupt sie sich fühlte. Sie lächelte und sagte nur seinen Namen: »Mark ...«

Er gab ihr die Hand. »Es wird Zeit«, sagte er und zog sie sanft hoch.

Zeit, daß er nach Hause geht, dachte ich. Sie würde ihn zur Haustür bringen, wenn er es zuließ, was nicht immer der Fall war. Manchmal schüttelte er den Kopf und bedeutete ihr mit einer Handbewegung, sie solle bleiben, wo sie war, und dann fügte sie sich bereitwillig. Doch in jener Nacht hakte sie sich bei ihm ein, ganz so, als hätten sie einen harmlosen Spaziergang vor. Und mir schien – vielleicht scheint es mir aber auch nur jetzt so, im Nachhinein –, daß eine leichte Befangenheit, eine leise Scheu sie überkam.

Aber als sie zu mir sagte: »Sorg doch bitte dafür, daß alle Lichter aus sind, Liebes«, klang ihre Stimme ganz normal, und sie fügte in ihrer zerstreuten Art hinzu: »Die Kerzen meine ich. Du weißt ja, wie ich mich immer wegen der Kerzen sorge.«

Dabei sah sie aus, als könne ihr nichts auf dieser Welt mehr Sorge bereiten. Sie barg ihr Gesicht an Marks Hals, und er senkte den Kopf und legte seine Lippen auf ihre Stirn, sie erinnerten mich an ein Bild von Paolo und Francesca, das ich mal irgendwo gesehen hatte.

»Gute Nacht«, sagte sie, und Mark sagte: »Gute Nacht.«

Sie schlossen die Tür nicht ganz hinter sich. Türen wurden im Haus der Stufen selten geschlosssen, die einzige Ausnahme waren Schlafzimmertüren. Ich dachte wirklich immer noch, ich würde ihre Schritte die Treppe hinuntergehen hören, und nur ein Paar Schritte würde wieder heraufkommen. Aber sie stiegen nach oben. Wir saßen alle stumm da und horchten, selbst die Liebe, selbst das Begehren war vergessen über diesem stummen Zwang zu horchen, um zu *wissen*. Ihre Tür schloß sich, und niemand kam herunter. Mimi stieß in einem langen, zitternden Seufzer die Luft aus.

Verrückt, nicht wahr? Hier brach nun ein Paar das Eis des ersten Miteinander, durchlebte oder überwand Befangenheit und Seligkeit des ersten Zusammenseins, das um so feierlicher, um so spannungsreicher war, als es so lange hinausgeschoben worden war. Es war unsinnig, soviel davon herzumachen. Aber ich berichte hier, wie es sich zutrug, und so, wie es sich zutrug, war es in mancher Hinsicht so groß und wichtig wie die Hochzeitsnacht eines gekrönten Hauptes. Ich zitterte bei dem Gedanken an Bell, ich fürchtete sogleich um Cosette.

In die Furcht und das Zittern, in die Seufzer und die Befangenheit brachen Gary und Fay ein, die nur fünf Minuten nach dem Abgang von Mark und Cosette die Haustür zuknallten. Sie kamen heftig streitend, unter gegenseitigen Beleidigungen und Verwünschungen, die Treppe zum ersten Stock herauf, wo wir sie, als sie in den Salon stürmten, mit dem Finger auf den Lippen empfingen, als lägen oben Babys, die wir endlich, nach langem Singen und Wiegen, zur Ruhe gebracht hatten.

17

Es schien mir wichtig, Bell abzufangen und sie zu warnen, bevor sie es selbst merkte. Wann sie zurück sein wollte, wußte ich nicht genau, und ich rechnete auch nicht damit, daß sie uns vorher Bescheid geben würde, dazu kannte ich sie zu gut. Sie würde kommen, wann es ihr paßte, würde die Treppe hinaufsteigen, alle hundertsechs Stufen, vielleicht müde, vielleicht mit Schwung und ohne unterwegs haltzumachen, und würde in ihrem Zimmer verschwinden. Vielleicht würde ich erst an den Schritten über meinem Kopf merken, daß sie wieder da war.

Ich traf sie dann ganz zufällig. Es war noch früh, und im Haus schlief alles. Ich war nach unten gegangen, um die Post zu holen, weil ich einen Brief von meinem Verleger erwartete. Zeit bedeutete für Bell nicht viel, sie kannte keinen geregelten Tagesablauf, vielleicht weil sie nie gearbeitet hatte, vielleicht aus anderen Gründen. An jenem Morgen mußte sie um sieben in Thornham losgefahren sein, denn um neun war sie da. Es war Anfang Januar und kalt, und sie brachte einen Schwall eisig-rauher Luft mit, als sie die Haustür aufschloß und hereinkam. Sie hatte eine Reisetasche aus gewebtem Stoff mit, solche Taschen waren bei Hippies damals Mode, aber ihre war abgewetzt und verschossen, und über ihren schwarzen und braunen Stoffschichten trug sie einen synthetischen Fuchspelz, ich kannte ihn, es war ein alter Mantel von Felicity. Für mich ein klarer Fall: Sie war mit der üblichen Lumpensammlung aus Baumwollblusen und Flohmarktpullis nach Thornham gefahren, hatte aber nichts auch nur annähernd Wärmendes mitgenommen bis auf das Schultertuch, das schon als Leichendecke für Silas Dienst getan hatte.

Ich stand am Dielentisch und las meinen Brief. Wir sahen uns an, und Bell sagte – vielleicht weil in peinlichen Momenten das Wetter ein bewährter Nothelfer ist –: »Scheißkalt heute.«

Jetzt, da es soweit war, traf mich die Begegnung unvorbereitet, und ich suchte krampfhaft nach passenden Worten. Sie ließ die Reisetasche fallen, schälte sich aus dem langen grauen Schal, den sie sich um den Kopf gewunden hatte, und fuhr mit den Fingern durch das wirre helle Haargelock. Bell hat das noble Gesicht der Lucrezia Panciatichi, aristokratisch und heiter, das Verhältnis der kleinen geraden Nase zu den vollen, aufgeworfenen Lippen, den großen Augen, der hohen Stirn ist nahezu vollkommen. Wie kann jemand wie sie ein so nobles Gesicht haben?

Sie reckte die Arme hoch. »Was sagst du dazu?«

»Zu dem Mantel? Hat Felicity ihn dir geschenkt?«

»Ich brauchte was. Sie hat so viele, auf einen mehr oder weniger kommt's ihr da nicht an. Das hat sie selbst gesagt. Wortwörtlich. Eine echte Scheußlichkeit, was? Aber geschenktem Barsch guckt man nicht hinter die Kiemen. Er ist nicht halb so warm wie was Echtes.«

»Was Echtes würde Felicity wahrscheinlich nicht tragen«, sagte ich und dann, weil ich die Hoffnung auf ein bißchen Liebe oder Freundschaft noch immer nicht aufgegeben hatte: »Ich kaufe dir einen Mantel, Bell.«

»Nein, danke bestens.« Sie machte keine Umschweife. »Wenn ich nicht was ganz Tolles, Sündiges haben kann, Schneeleopard vielleicht, etwas, was *du* nicht bezahlen könntest, meine ich, nehme ich lieber die abgelegten Klamotten der Dame Thinnesse.«

»Das war ehrlich.«

»So bin ich doch immer, alles andere bringt ja nichts. Ich bin sehr arm, wußtest du das? Wahrscheinlich hast du dir darüber nie Gedanken gemacht. Das Geld, das ich aus dem Haus von Silas' Altem habe, ist nicht mehr das, was es vor fünf Jahren war. Was es mir bringt, ist nicht mehr soviel wert wie früher. Ich hab mit Esmond darüber gesprochen. Er sagt, es hat was mit der Dezimalisierung zu tun, und in den nächsten Jahren kann es nur noch schlimmer werden.«

Es war ziemlich konfus ausgedrückt, aber ich begriff vage, was sie meinte. »Reden ist witzlos«, sagte sie. »Völlig witzlos, denke ich oft. Egal worüber.« Sie griff nach der Tasche, ging an mir vorbei zur Treppe und begann den Aufstieg, der mit dieser Tasche und in diesem Mantel lang und mühselig zu werden versprach. Ich ging ihr nach. »Bell.«

»Ja?«

»Ich dachte, es interessiert dich vielleicht, ich meine, ich möchte nicht, daß es eine ... eine zu große Überraschung ist.« Um ein Haar hätte ich »Schock« gesagt. »Mark ist da oben. In Cosettes Zimmer.«

Ich weiß nicht, was ich erwartet hatte. Jedenfalls nicht das, was ich zu sehen bekam: ein zufriedenes Lächeln, das erste Lächeln, seit sie das Haus betreten hatte, ein Ausdruck ehrlicher Freude, als habe sie soeben von einem großen Glück für eine gute Freundin oder deren bevorstehenden Hochzeit gehört.

»Und seit wann geht das schon?«

»Seit einer Woche.«

»Wird auch Zeit.«

Wir gingen zusammen hinauf. Sie zog den Kunstpelz aus, und ich trug ihn. »Erzähl mal.«

»Erzählen? Was denn?«

»Na, wie das alles gekommen ist, was sie gemacht haben, woher ihr es wißt, all das. Du weißt schon ...«

Es war wie früher, als wir uns noch Ansichten und Meinungen anvertraut hatten, von denen sonst niemand wußte. Aber jetzt waren wir vor Cosettes Tür, und ich legte einen Finger an die Lippen, wie wir es an jenem ersten Abend getan hatten, um Gary und Fay zur Ruhe zu ermahnen. Bell flüsterte mir zu, ich solle mit auf ihr Zimmer kommen. Das Haus war so still und stumm wie andere Häuser mitten in der Nacht. Selbst Gary, der fast immer früh auf war, schlief noch. Wir stiegen bis unters Dach. Vor ihrer Tür erzählte ich, daß Cosette nicht zulassen wollte, daß jemand dort schlief, während Bell verreist war, obgleich im ganzen Haus drangvolle Enge geherrscht hatte, und Bell sagte nur, das sei ja nett von ihr, aber es hätte ihr nichts ausgemacht, wieso auch? Und als wir in ihrem Zimmer standen, fragte ich mich natürlich auch, wieso es ihr etwas ausmachen sollte, es war ein so kahler Raum, nichts darin verriet etwas über seine Bewohnerin, wenn man von Silas' Werken absah, die umgedreht an der Wand lehnten. Keine Bilder, keine Bücher, keine Zeitschriften, kein Zimmerschmuck, keine verstreuten Kleidungsstücke, nur das Bett, ein Stuhl, auf dem

Nachttisch ein Aschbecher, groß wie eine Suppentasse – tatsächlich *war* es eine ausgediente Suppentasse –, leer, aber mit schwärzlichen Schmierspuren. Es roch abgestanden und muffig, aber draußen war es zu kalt, um das Fenster aufzumachen. Von dort, wo ich stand, sah man nur den Himmel, einen weißen, grau geäderten Himmel, aus dem dünne feuchte Fäden fielen, die ebensogut Schnee wie Regen sein konnten.

Ich erzählte ihr von der Nacht der *Seguillada*, und sie hörte beifällig zu, hin und wieder lachte sie, lachte schallend an Stellen, die ich nicht zum Lachen fand. Dabei packte sie die Reisetasche aus, warf die undefinierbaren dunklen Stoffmassen beiseite, das zerknautschte, verblaßte Gewalle, in das sie sich kleidete. Dann schloß sie die Tür ab. Sie ließ sich neben mir aufs Bett fallen, streckte sich neben mir auf dem Bett aus.

»Ist doch bestens, nicht?«

»Für sie?«

»Für alle.«

Sie nahm mich in die Arme. Es war seit Monaten das erste und sollte für alle Zeiten das letzte Mal sein.

Mark wohnte jetzt im Haus der Stufen, hatte aber, wie ich glaube, seine Wohnung noch behalten. Im Februar, zu einer denkbar ungünstigen Jahreszeit, obgleich das wohl für Flitterwöchner keine große Rolle spielt, fuhr er mit Cosette für zwei Wochen nach Paris, von Cosettes Geld vermutlich. Sie wohnten im George v. Dieser Punkt machte mir nach wie vor zu schaffen, ich dachte ständig daran, daß Mark von ihr ausgehalten wurde wie die anderen, obgleich er – wenn auch unausgesprochen – deutlich gemacht hatte, daß er das nicht wollte.

Die anderen, ja... Man stelle sich vor, wer auftauchte, kaum daß die beiden wieder da waren: Ivor Sitwell! An einem frühen Abend stand er unangemeldet vor der Tür. Cosette war zu glücklich, um ihm Vorwürfe zu machen. Er hatte sie betrogen und schändlich behandelt, aber das war jetzt, da sie Mark hatte, belanglos geworden. Er hatte sie mit Fay betrogen, und mit Fay war sie schon lange gut Freund. Sie freute sich offenbar wirklich, ihn zu sehen, und traf sogleich Anstalten, uns alle zum Abendessen einzuladen. Keiner, der länger als fünf Minuten mit den beiden zusammen war, nicht einmal ein so dickfelliger Mensch wie Ivor, konnte übersehen, daß Mark Cosettes Geliebter war. Mit ihr und Ivor hätte ein Außenstehender stundenlang zusammensein können, ohne den wahren Sachverhalt zu ahnen, aber jetzt war alles ganz anders. Man merkte es nicht nur daran, wie sie Mark ansah, sondern wie Mark sie ansah. Obgleich ich nach wie vor fürchtete, er könne feil und verführbar und ehrvergessen sein, mußte ich zugeben, daß er sie ansah, als ginge es ihm nicht um ihr Geld, sondern als sei er leidenschaftlich verliebt.

Die ersten Exemplare meines neuen Buches waren gekommen, und Cosette sah sich gerade den Band an, den ich ihr geschenkt hatte, als Ivor kam. Natürlich lobte sie mich überschwenglich, und Ivor nahm ihr das Buch aus der Hand und bemerkte, ich schriebe ja »immer noch diese Schmöker am laufenden Band«. Er war so unausstehlich wie eh und je, allerdings verzichtete er diesmal darauf, die Familie Sitwell zu erwähnen. Zweifellos war er mit seinen

Märchen entlarvt worden, und zwar nicht nur von Bell und ihrer Informantin. Als wir beim Essen saßen, versuchte er einen Flirt mit Bell in Gang zu bringen, aber wie weit er damit kam, läßt sich leicht denken. Als er mit Cosette zusammengelebt hatte, war er nie so nett zu ihr gewesen wie jetzt, als er sie an der Seite eines anderen Liebhabers sah.

Wir waren eine große Gruppe, zu elft saßen wir bei Tisch, und das Unglück wollte es, daß ich neben Ivor zu sitzen kam. Bell saß auf der anderen Seite, neben ihr Mark, und neben ihm Cosette. Als Bell mit ihrer niederschmetternden Direktheit seinen Komplimenten und Annäherungsversuchen ein Ende gemacht hatte (»Komm, verpiß dich, ja?«), wandte er sich an mich und bemerkte, wie nett es für Cosette sei, einen so bezaubernden »Liebsten« zu haben.

»Für ihn ist es auch nett«, sagte ich.

»Aber ja, und das weiß er bestimmt auch. Was macht er denn beruflich?«

Ich sagte es ihm. Ivor meinte, er habe sicher seine Stimme schon gehört, aber Fernsehen sei eben doch etwas anderes. »Im Augenblick macht er wohl Pause?«

Wir unterhielten uns eine Weile. Ich wußte mir nicht anders zu helfen. Bell hätte sich zu helfen gewußt, sie hätte einfach nicht geantwortet. Sie saß recht isoliert da, aß, trank ziemlich viel Wein und schwieg, da sie niemandem zum Reden hatte, denn den guten Ivor hatte sie ja abgewiesen, und von Mark war sie abgewiesen oder zumindest zeitweilig alleingelassen worden. Er hatte nur Augen, nur Worte für Cosette. Als er mit dem Essen fertig war, drehte er sich auf seinem Stuhl herum und redete in leisem, liebevollem, sehr intimem Ton, der kaum mehr als ein Flüstern war, auf sie ein. Ich weiß noch, daß ich damals dachte, wie ähnlich sie und Bell sich waren, ähnlich genug, um sie für Verwandte halten zu können, nur war Cosette natürlich weit älter und bei weitem nicht so schön – was nicht nur eine Frage des Alters war. Physisch aber war Cosette der gleiche Typ, eine blonde Nordlandschönheit mit dem Gesicht einer Walhalla-Göttin, einer Freya oder Brunhilde. Ihre rechte Hand lag auf dem Tischtuch, eine runde weiße Hand, die der von Bell allerdings ganz und gar unähnlich war, und Mark legte die seine zärtlich darüber. Sie antwortete etwas, und seine Reaktion hätte der ganze Tisch mithören können, ein dankbares, entzücktes, glutvolles: »Liebste!«

»Na ja, er ist eben Schauspieler«, sagte Ivor trocken.

Es war eine gehässige Bemerkung, aber sie traf genau das, was ich dachte. Und doch, und doch ... Als ich in der Schule Thackerays *Esmond* las, überlegte ich oft, wie Lady Castlewood, die »alt« und blatternarbig ist, ganz plötzlich hatte schön werden können. Auch Cosette war schön geworden, und zweifellos aus dem gleichen Grund. Sie zahlte, und Mark ließ sie gewähren. Es blieb ihm wohl auch nichts anderes übrig. Cosette erzählte mir wenig später, sie hätten letzthin Probeaufnahmen fürs Fernsehen mit ihm gemacht, aber er lasse sich nicht gut photographieren. Vielleicht sollte ich eher sagen, er lasse sich nicht gut filmen, eigentlich erstaunlich bei diesen Wangenknochen und diesem Mund.

»Er ist zu schön«, sagte sie. »Eine große Rolle könnten sie ihm nicht geben, er ist schließlich kein Star, und für Nebenrollen sieht er zu gut aus, er würde sämtlichen Stars die Schau stehlen.«

Mag sein, daß etwas daran war. Es hörte sich ein bißchen an wie aus dem Hollywood der dreißiger Jahre. Vielleicht war eben Mark einfach kein besonders guter Schauspieler, und soweit ich weiß, hat er danach nie mehr gearbeitet. Aber er hatte vielfältige Interessen, er las, er lief gern, er hielt sich, noch ehe das große Mode geworden war, in einem Sportstudio fit, er war theaterbesessen und ging mit Cosette zu Matineen und in die Vorstellungen von Experimentierbühnen. Er kochte, so daß die teuren Delikatessengelage bald der Vergangenheit angehörten. Merkwürdigerweise schien er selbst keine Freunde zu haben, oder wenn er welche hatte, ließ sich keiner von ihnen je im Haus der Stufen sehen. Aber er übernahm – anders als Ivor oder Rimmon – unwidersprochen die Rolle des Hausherrn.

Damit meine ich nicht, daß er despotisch oder auch nur streng gewesen wäre. Er fing nicht plötzlich an, alle herumzukommandieren oder Cosette Weisungen zu geben, so war es nicht, aber wenn eine Entscheidung anstand, war er es, der sie traf. Und nach und nach – ich weiß, das klingt sinister, war es aber nicht, weil Mark alles andere als ein sinistrer Typ war – ließ er deutlich erkennen, daß nicht alle, die im Haus der Stufen wohnten, gern gesehene Gäste waren.

Gary und Fay beispielsweise. »Er hat mich gefragt, ob ich auch nur einmal Cosettes Wagen geputzt habe«, sagte Gary zu mir. »Das sei verabredet gewesen, als ich herkam, hat er gesagt.«

»Es ist nicht so, daß Gary es übelnimmt, wenn man so was zu ihm sagt«, meinte Fay. »Er ist kein Paranoiker. Aber es kommt drauf an, wer es sagt. Cosette würde er es nicht übelnehmen.«

»Nur kann man sich bei Cosette nicht vorstellen, daß sie so was sagen würde. Ich hätte die Karre ja wirklich ab und zu mal saubergemacht, wenn Cosette mir nicht immer gesagt hätte, ich soll es lassen.«

Birgitte und Mogens wurde er leichter los. Wie er es gemacht hat, weiß ich nicht, aber ich nehme an, er hat sie einfach weggeschickt. Sie waren sehr jung, und Mogens sprach, was bei Dänen sehr selten ist, kaum Englisch. Sie wußten nicht wohin und hatten so gut wie kein Geld, und Birgitte weinte, als Mark sie aus dem Haus eskortierte, ich mußte an eine »Vertreibung aus dem Paradies« denken, Adam gramgebeugt, Eva in Tränen aufgelöst, während der Racheengel sie vor sich hertreibt. Cosette wußte nichts davon, er verschwieg es ihr, und als sie es erfuhr, war sie bestürzt. Es würde ihnen schon nichts passieren, sagte er zu ihr, sie müßten eben den dänischen Konsul um Hilfe angehen.

»Alls Gute hat mal ein Ende«, sagte er.

Cosette sah ihn erschrocken an. »Sag nicht so etwas!«

»Ich meinte die beiden und nicht uns.«

Mervyn und Mimi hatten nur einen verlängerten Weihnachtsbesuch gemacht und waren schon wieder weg. Rimmon ging es nicht gut. Es war nicht so, daß er süchtig nach einer bestimmten Droge gewesen wäre, er hatte sich wohl mit all dem Stoff vergiftet, den er in den letzten zwei, drei Jahren geschluckt und gespritzt hatte. Er war unheimlich dünn und aß sehr wenig, er hatte keinen Appetit, bleich und hohläugig irrte er tatenlos durchs Haus. Mark weigerte sich, ihn Rimmon zu nennen, er bestand darauf, ihn mit seinem richtigen Namen Peter anzureden. Rimmon nahm alles, was man ihm sagte, sehr schwer, auch wenn die Kritik noch so vorsichtig verpackt war, und als Mark sagte, so könne es mit ihm nicht weitergehen, er brauche psychiatrische Hilfe, das sei ganz klar, fing er an zu weinen. Nun war Mark nie laut oder aggressiv, im Gegenteil, er war immer rücksichtsvoll, man hatte den Eindruck, daß er sich stets sehr genau überlegte, was er sagte, aber Rimmon weinte trotzdem und konnte offenbar gar nicht wieder aufhören, die Tränen tröpfelten langsam, aber stetig. Schließlich holte Mark einen Arzt für ihn – natürlich hatte Cosette einen privaten Hausarzt –, und der arme Rimmon verschwand in einer psychiatrischen Abteilung und ward – jedenfalls von mir – nicht mehr gesehen.

Wer würde der nächste sein? Gary und Fay waren noch da, aber sie hatten begriffen, daß sie nur noch geduldet waren, daß der Marschbefehl bereitlag und sie gut daran täten, sich so schnell wie möglich anderswo eine Wohnung oder ein Zimmer zu suchen. Zu Cosettes Freunden von draußen war er ganz anders. Admetus und Eva Faulkner, die einige Monate später heirateten, nahm er sehr freundlich auf, ebenso Perdita und Luis und die Castles und Cosettes Brüder. Sie alle waren mehr oder weniger ehrbare Leute, sie hatten einen Beruf oder zumindest eine Berufung, sie nahmen keine Drogen, hatten keinen absonderlichen Tagesablauf, kauften sich ihre Kleidung nicht auf dem Flohmarkt und liebten sich nicht in der Öffentlichkeit. Manchmal sah ich, wie Mark nachdenklich Bell musterte, wenn sie auf Cosettes Sofa lag und Kette rauchte oder sich in das Zimmer zurückzog, in dem der Fernseher stand, oder wenn er sie in Felicitys Kunstpelz auf der Treppe traf. Und dann überlegte ich, ob der Gedanke, ihre Tage im Haus der Stufen könnten gezählt sein, zu weit hergeholt war.

»Sie werden heiraten«, sagte sie eines Abends zu mir, als wir zufällig allein im Salon waren. Mark und Cosette wollten sich ein Stück an einer Vorortbühne ansehen. »Du wirst es sehen.«

»Sie möchte es wahrscheinlich.«

»Sie möchten es beide. Du kennst meine Ansichten. Die Ehe ist ein Wirtschaftsvertrag. Wenn du nicht so sentimental wärst, hättest du das längst begriffen.«

»Du meinst, daß sie ihn und er ihr Geld haben will.«

»So ruppig, wie du das sagst, könnte es von mir sein, aber ja, okay, so ungefähr ist es. Ich hab dir ja gesagt, daß er lieb zu ihr sein wird, er wird sie gut behandeln.«

»Sie ist neunzehn Jahre älter als er. Wenn sie siebzig ist, ist er erst etwas über fünfzig.«

Bell warf mir einen sonderbaren Blick zu. Es war, als hätte ich etwas ganz und gar Unfaßbares gesagt, als hätte ich von einer Möglichkeit gesprochen, die nicht nur unwahrscheinlich, nein, die völlig ausgeschlossen war. Damals verstand ich diesen Blick nicht, ich dachte, sie hätte etwas ganz anderes gemeint.

»Meinst du, daß es unwichtig ist, weil er sich sowieso andere Frauen nimmt?«

»Es ist doch wohl unwahrscheinlich, daß er ihr ein Leben lang treu bleibt!«

»Es würde sie umbringen.«

»So leicht ist der Mensch nicht umzubringen«, sagte Bell, als sei das eine bedauerliche Tatsache. »Es würde viele Probleme lösen, wenn die Leute an Eifersucht oder an einer Zurückweisung sterben würden, nicht? Stell dir vor, es wäre eine lebensbedrohende Krankheit: ›Sie hat Eifersucht im letzten Stadium‹, oder: ›Jetzt, wo er einen Korb gekriegt hat, macht er's nicht mehr lange.‹ «

Ich fragte nicht, was sie meinte. Ich dachte, sie habe Silas im Sinn, vielleicht sogar Esmond Thinnesse. Als dann zwei Stunden später Mark und Cosette kamen, erwartete ich fast eine Mitteilung über ihre bevorstehende Eheschließung. Es hätte mich nicht überrascht, wenn er oder sie es uns gesagt und uns für den kommenden Samstag ins Standesamt von Kensington eingeladen hätte oder – immerhin war Cosette romantisch veranlagt, und Mark hatte etwas Formelles, Feierliches in seinem Wesen – zu einer Trauung nach anglikanischem Ritus in der Kirche zum Hl. Erzengel Michael.

Nichts dergleichen geschah. Das Zimmer war vollgeraucht, und Mark machte die Balkontür auf. Es war kalt, wir hatten April, und die roten Samtvorhänge schudderten und bauschten sich im Wind. Heute wäre das nichts Ungewöhnliches, ungewöhnlich wäre ein derart exzessives Rauchen, aber damals war das normal, alle im Haus rauchten, bis auf Mark. Seine Geste und die übertriebene Art, sich mit der Hand das Gesicht zu fächeln, wirkte wie ein Vorwurf, ja, mehr als das, denn er warf Bell einen angeekelten Blick zu, als wüßte er genau, daß sie die meisten Zigaretten geraucht hatte. Er sah sie an, als wünschte er sie weit weg.

Bell antwortete mit einem ihrer klassischen Blicke, Unverschämtheit lag darin und Herausforderung. Ich habe dich hergebracht, schien dieser Blick zu sagen, ich habe dir dieses Glück ermöglicht, und wehe dir, du vergißt es. Mich wirst du nicht vertreiben, wie du Birgitte vertrieben hast.

Natürlich bildete ich mir das alles nur ein, und ich bildete mir das Falsche ein. Bells Blick sagte sehr viel – aber nicht das.

Kurz darauf ging sie hinaus. Mir war schon aufgefallen, daß sie nicht gern mit ihnen zusammen war, ich hatte sie sogar gefragt, warum sie Cosette nicht mehr mochte. Ihre Antwort machte mich frösteln:

»Es ist nicht so, daß ich sie nicht mag. Sie ist mir gleichgültig.«

Ich hätte sie wohl fragen müssen, wie sie es mit dieser Einstellung vereinbaren konnte, weiterhin von Cosettes Freigebigkeit zu leben, aber ich tat es nicht. Ich tat es nicht, weil ich sie liebte, weil ich sie brauchte, weil ich hin und wieder mit ihr zusammensein, mit ihr reden, vor mir selbst die Illusion aufrechterhalten wollte, sie sei nach wie vor meine beste Freundin. Und ich fürchtete sehr, sie könne das Haus verlassen, entweder freiwillig oder weil etwas sie hinaustrieb. Mark würde sie hinaustreiben, und davor hatte ich große Angst.

Wenig später lud er mich zum Essen ein.

Für den Tag, den er vorschlug, war Cosette zu der Hochzeit einer Nichte eingeladen, eben jener Nichte, die im Haus der Stufen gewesen war und der Rimmon erzählt hatte, sie schlafe auf dem Sofa, auf dem Auntie gestorben sei. Es sollte eine große Hochzeit werden, irgendwo in Kent, abends mit einer Disco, und Cosette hatte versprochen, dazu noch eine Weile zu bleiben. Mark war nicht eingeladen. Leonard und seine Frau kannten ihn, hatten ihn im Haus der Stufen kennengelernt, und Mark hatte sie sehr zuvorkommend behandelt, aber ich hatte den Eindruck, daß ihnen die ganze Geschichte ziemlich peinlich war. Sie hatten wohl nicht fragen wollen, ob er nur ein Bekannter war oder eine Art Gesellschafter oder Cosettes »Verlobter« oder was. Daß er mit Cosette zusammenlebte, war ihnen vermutlich gar nicht klar. Jedenfalls war er nicht zur Hochzeit gebeten worden. Ich fand es recht erstaunlich, daß er mich für den ersten Abend, den er ohne Cosette verbrachte, zum Essen einlud. Flüchtig dachte ich an Bells Bemerkung, es sei wohl unwahrscheinlich, daß er Cosette ein Leben lang treu sein würde. Aber ich sah mich beim besten Willen nicht als mögliche Kandidatin, ich reizte ihn bestimmt ebensowenig wie er mich.

Wahrscheinlich will er eine größere Gruppe zusammentrommeln, dachte ich, das wird es sein. »Hast du es Bell schon gesagt?« fragte ich.

Bildete ich mir das nur ein, oder war es wirklich so, daß er schon bei der Nennung ihres Namens – nein, nicht direkt zusammenzuckte, aber sich zurückzog, sich versteifte, sich zu einer Erwiderung zwingen mußte.

»Wir werden nur zu zweit sein, du und ich«, sagte er. »Ich möchte dir etwas sagen.«

Gut möglich, daß es ein Ultimatum war. Ich war die nächste, die er weghaben wollte. Bei einem feinen, mit Cosettes Geld bezahlten Essen sollte ich gefragt werden – charmant und taktvoll, mit Rücksicht auf den besonderen Platz, den ich in ihrem Herzen einnahm –, ob ich nicht auch meinte, daß es an der Zeit sei, meine beiden hübschen Zimmer zu räumen und mir eine eigene Bleibe zu suchen.

Man wird noch sehen, daß mir Mark inzwischen nahezu

unsympathisch geworden war. Ich sah ihn als Bedrohung, als einen Liebesdieb, der sich zwischen mich und Cosette gestellt hatte. Ich sah – und darauf hatten sie es ja angelegt – alles verkehrt herum.

18

Wir wohnten im gleichen Haus, aber wir gingen nicht gemeinsam. Wir trafen uns in dem Restaurant, es war ein Bistro nicht weit vom Bahnhof Paddington, nichts Großartiges, aber auch nicht primitiv. Aus irgendwelchem Grunde – wahrscheinlich, weil ich keine Gelegenheit dazu hatte, weil ich sie gar nicht zu Gesicht bekam –, sagte ich zu Bell nichts von Marks Einladung, und später war ich froh darüber.

Daß Cosette nichts von unserer Verabredung wußte, stand für mich fest, und deshalb staunte ich, als Mark zu mir sagte – es waren fast seine ersten Worte: »Es war Cosettes Idee, daß wir uns nicht im Haus zusammensetzen. Du kennst das ja, man weiß nie, ob einen jemand hört.«

Sein Lächeln mit hochgezogenen Augenbrauen hatte etwas Elegisches. Schrecklich, diese Meute, schien es zu sagen, die sich im Haus herumdrückt, lange Ohren macht, nassauert... Und so ganz falsch war das natürlich nicht, denn Gary und Fay waren noch immer nicht ausgezogen, und zu seiner Bestürzung waren eines schönen Tages Diana Castle und ihr Freund aufgekreuzt und hatten Cosette angefleht, sie für eine Woche unterzubringen, länger bestimmt nicht, und natürlich hatte Cosette eingewilligt. Daß er von ›Cosettes Idee‹ sprach, machte mich sofort mißtrauisch. Es schien mir sehr unwahrscheinlich, daß sie Mark beauftragen würde, mich vor die Tür zu setzen, andererseits war nicht zu leugnen, daß er großen Einfluß auf sie hatte, und dieser Einfluß wurde mit jedem Tag größer. Sie war – und damit übertreibe ich nicht – völlig in seinem Bann.

»Was wolltest du mir sagen, Mark?«

»Es sind eigentlich mehrere Punkte.«

Er wartete. Er, der sonst so Wortgewandte, schien nicht recht zu wissen, was er sagen sollte, und meine Besorgnis wuchs. Mir kam sein Gesicht jetzt fast bedrohlich vor, ein veritabler Unglücksbote, dachte ich. In diesem Augenblick schlugen meine Erwartungen um, und obschon er gesagt hatte, unser Treffen ginge auf Cosettes Vorschlag zurück, hatte ich das Gefühl, daß er mir den bevorstehenden Bruch mit ihr eröffnen wollte, eine Beziehung mit einer anderen, vielleicht sogar die geplante Heirat mit dieser anderen Frau. Sein Schweigen war bleischwer, ich hielt es nicht mehr aus, ich beugte mich vor und sagte eindringlich, als müsse ich ihn aus einer Trance zurückholen: »Mark, was ist los?«

Er schüttelte lächelnd den Kopf. »Nichts weiter. Es ist nur ... manches, finde ich, sagt sich so schwer.«

Und dann sagte er es. Ich hätte nicht schockierter sein können, wenn er mir eröffnet hätte, er wolle das Haus der Stufen auf Nimmerwiedersehen verlassen, um zu den Antipoden zu gehen. Die Worte kamen hastig, überstürzten sich fast.

»Du mußt ja inzwischen gemerkt haben, wie verliebt ich in Cosette bin.«

Ich sah ihn nur an. Ich sagte kein Wort.

»Das war nicht von Anfang an so«, fuhr er fort. »Natürlich hatte ich sie gern, ich hatte sie unheimlich gern. Und dann ... ja, dann habe ich mich verliebt.« Er lachte kurz auf.

»Zuerst konnte ich es nicht recht glauben. Es schien so ... unwahrscheinlich.« Warum? Weil sie so viel älter war? Weil er nicht der Typ war, der sich verliebte? Er sagte nichts Näheres dazu, aber er überwand seine Zurückhaltung und wohl auch eine gewisse Befangenheit. »Ich habe versucht Schluß zu machen, ich habe mir gesagt, daß es lächerlich ist. Natürlich konnte ich nicht Schluß machen. Natürlich würde ich jetzt nicht Schluß machen wollen, allein die Vorstellung ist unmöglich, ist lachhaft. Du siehst mich so überrascht an. Hast du es nicht gemerkt? Ich dachte, es wäre jedem meiner Worte, jedem meiner Blicke anzumerken.«

Es war ihm völlig ernst. Er war ebenso leidenschaftlich bewegt wie Cosette es gewesen war, als sie mir eröffnet hatte, sie liebe ihn so sehr, es brächte sie noch um. Er beugte sich über den Tisch und sah mich glutvoll an. Der Ober, der gerade zu uns kam, muß gedacht haben, daß der Blick mir galt. Ich war so verblüfft, daß ich nur stumm den Kopf schütteln konnte. Wenn jemand sagt: »Ich bin verliebt«, wissen wir sofort, was gemeint ist, auch wenn wir uns mit einer genauen Definition vielleicht schwer tun. Es ist nicht dasselbe wie »Ich liebe« – nicht nur vom Ausmaß, sondern auch von der Art her, es ist nicht schwächer, sondern stärker als die verstiegenen Floskeln »Ich bete sie an ...« »Ich bin verrückt nach ihr ...« Der Begriff impliziert zwanghafte Bindung. Er schließt Versklavung ein, Blindheit, totale Akzeptanz, absolute Treue, unfreiwillige Exklusivität. Er bedeutet Geborgenheit, die Welt bleibt draußen und kann nicht hinein. Als ich aus tiefer Fassungslosigkeit wieder zu mir selbst gefunden hatte, als ich glaubte, meiner Sache ganz sicher sein zu dürfen, war ich ungeheuer erleichtert – erleichtert um Cosettes willen, weil sie nun nichts zu fürchten hatte.

»Ich möchte im Grunde nicht, daß man es merkt«, sagte er. Es war ein Geständnis von einiger Tragweite, das ich erst später richtig begreifen sollte.

»Hast du deshalb gesagt, daß es lächerlich ist?«

Weil sie alt ist, dachte ich, weil sie so leicht rumzukriegen war. Das hatte er, wie sich später herausstellte, nicht gemeint, aber er hatte offenbar vergessen, daß er es überhaupt gesagt hatte.

»Habe ich das gesagt? Lächerlich in meinem Alter, wahrscheinlich.«

Und was ist mit ihrem Alter? »Warum sagst du mir das?«

»Weil du mehr als eine Freundin für sie bist, du bist fast eine Adoptivtochter.«

Wir fingen an zu essen. Was er gesagt hatte, erstaunte mich, mehr und mehr freute es mich auch, aber irgendwie hatte es mir trotzdem den Appetit verschlagen. Ich pickte nur auf meinem Teller herum, ich trank meinen Wein.

»Es gibt einiges, was ich tun will«, sagte er, »und einiges, was ich nicht tun will. Ich halte es für richtig, wenn ich dir das sage. Was die anderen darüber denken, ist unwichtig. Zunächst einmal werde ich nicht heiraten.«

Danebengetippt, Bell, dachte ich.

»Wenn man so empfindet wie ich, wäre es wohl das Richtigste, sich öffentlich zu seiner Beziehung zu bekennen. Ich tue es nicht, weil Cosette ...« Er hielt inne, suchte nach dem richtigen Wort, »... weil Cosette sehr reich ist. Ich finde, es wäre nicht ... nicht ehrenhaft, sie zu heiraten. Verstehst du, wie ich das meine?«

Ich hätte fast laut aufgelacht. Viele ältere Leute, die ich kannte, mein Vater beispielsweise und Cosettes Brüder, waren der Meinung, daß praktisch das einzig Ehrenhafte einer Frau gegenüber die Ehe war. Wenn eine Frau erst mal mit einem Mann zusammengelebt hat, pflegten sie zu sagen, macht er bestimmt keine »ehrbare Frau« mehr aus ihr. Und Mark saß da und verkündete, seiner Meinung nach sei es nicht ehrenhaft, eine reiche Frau zu heiraten. Trotzdem begriff ich, was er meinte. Ich fand es sogar überaus bewunderungswürdig, und in diesem Moment erschien er mir als ein willensstarker, disziplinierter Mann.

»Manche würden denken, du hättest es nur auf ihr Geld abgesehen«, sagte ich.

»Ja – wenn du es so brutal ausdrücken willst.« Er war offenbar nicht entzückt, daß ich es so ausgedrückt hatte. »Wenn ich mit ihr zusammenlebe – und ich habe vor, so lange mit ihr zusammenzuleben, wie sie mich haben will, ein Leben lang, wie ich hoffe –, bleibe ich zwangsläufig von ihrem Reichtum nicht unberührt, ich werde Vorteile daraus ziehen, das läßt sich gar nicht vermeiden. Aber zumindest... werde ich kein Recht darauf haben.« Er redete, als sei das Gesetz zum Schutz des Eigentums verheirateter Frauen nie verabschiedet worden, aber auch diesmal wußte ich, was er meinte. Der Ober trat an unseren Tisch, und Mark bestellte noch eine Flasche Wein. Wir tranken erschreckend viel, wahrscheinlich, um gegen die Ergriffenheit anzukämpfen. Mark sah mich an, dann warf er den Schwulst von sich, mit einer kurzen Schüttelbewegung, wie man einen Mantel von den Schultern gleiten läßt, und sagte sehr schlicht: »Ich bin so glücklich. Noch nie bin ich so glücklich gewesen.«

»Das sehe ich.«

»Als nächstes möchte ich sagen, daß wir nicht mehr in Cosettes jetzigem Haus wohnen werden.« Er hatte es nie das Haus der Stufen genannt, ganz plötzlich, in diesem Augenblick wurde mir das klar. »Ich habe Archangel Place Nummer Fünfzehn nie gemocht.« Er hatte die Adresse mit einer theatralischen Betonung versehen. Die Begeisterung, die er bei seinem ersten Besuch an den Tag gelegt hatte, schien vergessen. »Das Haus ist sehr unbequem, Cosette gibt ein Vermögen aus, um es instand zu halten, hauptsächlich für andere Leute – damit meine ich nicht dich, Elizabeth –, und im Grunde ist es doch nur ein mordsmäßig großes Treppenhaus, an dem ein paar Zimmer hängen, ein ganz verrückter Kasten.«

»Cosette hat das Haus früher sehr gern gehabt.«

»Es ist aufschlußreich, weshalb sie es gekauft hat. Als Heilmittel gegen die Einsamkeit nach dem Grundsatz, daß leerer Raum sich mehr oder weniger von selbst füllt. Und so war es ja auch. Jetzt möchte sie gottlob mit mir zusammensein, sie wünscht es sich ebensosehr wie ich.«

»Allein mit dir?« Ich dachte an Bell, aber er glaubte natürlich, ich hätte meinetwegen gefragt. Er antwortete rasch und mit einem geradezu unübertrefflichen Klischee: »Du wirst bei uns immer ein Zuhause haben, Elizabeth.«

Ich kam mir schon fast vor wie Auntie. Die Vorstellung, mit diesen beiden Turteltauben unter einem Dach zu leben, behagte mir ganz und gar nicht. »Wohin wollt ihr ziehen?« fragte ich.

»Wir hatten an eins der kleinen Häuser in den Mews gedacht.«

Dort würde kein Platz für Bell sein. Und ich würde sie für immer verlieren. Das war der Bruch, und es war eine Trennung ohne Aussicht auf ein neuerliches Zusammenfinden, das spürte ich. »Bell wird sich für dich freuen«, sagte ich. »Sie hat geglaubt, ihr würdet heiraten, insofern hat sie sich geirrt, aber im Prinzip hatte sie schon recht.«

Ein Schatten ging über sein Gesicht. Es war, als sei vor seinem strahlenden Glück ein Rolladen heruntergegangen. Sein Blick war ein helles Zimmer voll fröhlicher, feiernder Menschen gewesen, und jetzt hatte sich die Tür geschlossen. »Ich wäre dir dankbar, wenn du vorläufig noch nichts zu Bell sagen würdest.«

»Von dem Umzug, meinst du?«

»Von all dem. Es macht nichts, wenn sie glaubt, daß wir heiraten wollen. Es überrascht mich nicht, daß sie das erwartet.«

»Du meinst, weil sie eine von denen ist, die denken könnten, es ginge dir ums Geld, wenn du heiratest?«

Der Alkohol hatte meine Hemmschwelle herabgesetzt, deshalb konnte ich so reden. Das hörte er nicht gern. »Ich sagte, daß es unwichtig ist, was andere Leute denken.«

»Ich soll also Bell nichts davon sagen, daß du in Cosette verliebt bist, daß du mit ihr leben, sie aber nicht heiraten willst und daß ihr das Haus der Stufen aufgeben wollt?«

Ja, sagte er widerstrebend, das sei richtig, aber er hatte daran zu schlucken. Marks Redeweise, seine auffallende Wortgewandtheit, seine scheinbare Zielstrebigkeit, seine Entscheidungsfreude, wenn Cosette schwankte – das alles hatte mich zu der Ansicht gebracht, Mark sei ein starker Charakter. Jetzt begriff ich, daß dem nicht so war. Er war ein schwacher Mensch. Stark war er nur, wenn es keine Anstrengung kostete, keine Schranken zu überwinden waren. Cosette war viel stärker als er. Mir kam ein seltsamer Gedanke. Konnte es sein, daß die Kraft von Cosettes Liebe, einer Liebe von verzehrender Stärke, in die sie sich mit Körper und Seele eingebracht hatte, eine gleiche Liebe in ihm geweckt, daß sie Leidenschaft entzündet hatte, wo vorher nur ein glimmender Funke gewesen war? Er sah schwach aus, wie er da am Tisch saß, jung und voller Furcht und seltsam beklommen, als habe er gefunden, wonach er sein ganzes Leben lang gesucht hatte, und lebe jetzt in der ständigen Angst, man könnte es ihm wieder wegnehmen. Gewiß, Cosette war ihm eine Mutter und er ihr ein Sohn, das gehörte dazu und war wichtig, aber es war nur ein kleiner Teil des komplexen Ganzen. Der unentschlossene, besorgte Ausdruck verschwand, seine Züge festigten sich merklich. Er lächelte.

»Natürlich werden wir es Bell zu gegebener Zeit sagen. Es ist nur so, daß es uns lieber wäre, wenn du es im Augenblick noch nicht erwähnen würdest. Cosette hat das Gefühl, daß sie Bell irgendwie entschädigen müßte. Sie denkt daran, ihr eine Wohnung zu kaufen, so eine Einzimmerwohnung, du weißt schon ...«

Ich sagte nichts weiter. Ich glaube, wir haben nicht mehr viel davon gesprochen. Mark und ich hatten uns seit jeher wenig zu sagen. Er spielte nach Kräften den höflichen Gastgeber, während wir unseren Käse aßen und die dritte Flasche Wein tranken. Er war kein Trinker, und seine Zunge wurde immer schwerer, während er von diesem Schauspieler, jener Schauspielerin aus seiner Bekanntschaft erzählte, von einem Stück, mit dem er auf Tournee gewesen war, und wie der Autor irgendeine Szene hatte herausnehmen müssen, um den guten Leuten von Krähwinkel nicht auf die Füße zu treten. Zusammen mit dem Brie und Crackers versuchte ich zu verdauen, was ich gerade von ihm erfahren hatte, daß Cosette Bell für den Verlust ihres Zimmers entschädigen würde, indem sie ihr eine Wohnung kaufte. Zuerst fand ich es fast unvorstellbar.

Nicht, daß sie es tun wollte, das war typisch, genau das würde sie tun, wenn sie meinte, daß ein Mensch in Not war, man denke nur an Auntie. Zuerst aber mußte jemand sie auf die Idee gebracht haben. Wie käme sie darauf zu glauben, es sei ihre Pflicht, eine junge gesunde Frau, die ihr nichts bedeutete, die ihr sogar Abneigung entgegenbrachte, über den Verlust eines Zimmers hinwegzutrösten, für das sie nie auch nur einen Penny Miete hatte zahlen müssen? Hatte Mark sie darum gebeten? Ich war nur froh, daß offenbar nicht daran gedacht war, mich mit einer Wohnung abzufinden.

Bell also sollte von all dem nichts erfahren, nicht einmal, daß sie sich mit ihren Heiratsplänen für Mark und Cosette geirrt hatte. Sie sollte in ihrem Irrtum verharren. Wenn dann das Haus der Stufen verkauft war, würde man sie informieren und mit einem Kaufvertrag für eine Einzimmerwohnung samt Küche und Bad in North Kensington abspeisen. Ich beschloß, Cosette danach zu fragen, ich war nicht auf Mark als Vermittler angewiesen. Während ich allein im Taxi heimfuhr – Mark war, ebenfalls per Taxi, nach

Victoria oder Waterloo gefahren oder wo immer er Cosette abholen wollte –, ertappte ich mich dabei, daß ich ziemlich abenteuerliche Pläne schmiedete. Ich würde ein Haus kaufen und Bell anbieten, zu mir zu ziehen. Natürlich würde sie nein sagen, sie würde es nicht tun. Ich stellte mir vor, wie sie erneut verschwinden, wie sie eines Tages das Haus verlassen und nicht zurückkommen würde, und wie ich sie in zehn Jahren auf einer Party wiedersehen würde, vorbereitet vielleicht von einem Ivor-Sitwell-Double, das verkündete, die schönste Frau, die ihm je begegnet sei, werde gleich kommen.

Darin täuschte ich mich. Auch in dem, was ich mir für die Zukunft von Mark und Cosette ausmalte, habe ich mich getäuscht. Ich hatte sogar schon die Straße ausgesucht, in der sie wohnen würden, eine schmale Straße mit rustikalen Cottages nördlich der Westbourne Grove, eins dieser Häuschen wäre das richtige für sie, vielleicht das mit dem hohen gelbblühenden Baum im Garten.

Später – viel später, denn jahrelang hatte ich mir solche Gedanken strikt verboten – habe ich manchmal überlegt, wie ihr gemeinsames Leben wohl ausgesehen hätte.

Es wäre ein gemeinsames Leben gewesen, sie wären zusammengeblieben, davon bin ich überzeugt. Und Mark hätte sie geheiratet, und sei es auch nur, weil sie es sich inzwischen so sehr wünschte. Er hätte es nie fertiggebracht, sie zu enttäuschen. Er hätte sich zum Lebensziel gesetzt, sie glücklich zu machen, wie er es jetzt schon tat. Ich denke mir, daß es ein recht zurückgezogenes Leben gewesen wäre, eine jener Beziehungen, von denen es heißt, daß die Partner »ganz ineinander aufgehen«. Mieter, die keine

Miete zahlten, nichtzahlende Gäste, Besucher, die für eine Nacht kamen und ein Jahr blieben, hätte es gewiß nicht mehr gegeben. Hin und wieder wären die üblichen Besucher gekommen, ich selbst, Bell natürlich, Luis Llanos und Perdita Reed, Walter und Eva Admetus vielleicht, Cosettes Brüder, Marks Freunde, von denen er manchmal sprach, die wir aber nie zu Gesicht bekamen. Ab und zu hätte man Mark und Cosette an dem einen oder anderen Gedenktag in einem exklusiven Restaurant gesehen, im Connaught vielleicht oder Le Gavroche, den Tag ihres Kennenlernens, die erste Liebesnacht, den Hochzeitstag feiernd, blind für ihre Umgebung, hingebungsvoll einander in die Augen sehend, Hand in Hand, die Finger auf dem Tischtuch verflochten. Und dann wäre es Mark gewesen, der die Rechnung zahlte oder so tat als ob, der den Scheck unterschrieb oder die Kreditkarte vorlegte. Denn inzwischen hätte sie sich so sehr daran gewöhnt, in allen praktischen Fragen ihn entscheiden zu lassen, alles in seine Hände zu legen, daß sie beide mehr oder minder vergessen hätten, wem das Geld früher gehört hatte.

»Willst du wirklich Bell eine Wohnung kaufen?« fragte ich Cosette.

»Viel lieber würde ich dir eine kaufen, Liebling.«

»Ich komme schon allein zurecht. Dank dir schön, aber ehrlich, ich muß mich allmählich selbständig machen, es wird höchste Zeit. Willst du das wirklich für Bell tun?«

»Ja, weißt du, Mark meint offenbar, sie würde es dann nicht so schwer nehmen.«

»Schwer nehmen? Was denn?«

»Er glaubt wohl, daß sie es nicht gern sieht, wenn wir das

Haus verkaufen und ausziehen. Jedenfalls glaube ich, daß er es so meint, es ist mir nicht ganz klar. Ich habe den Eindruck, daß er ziemlich durcheinander ist. Er denkt offenbar, daß Bell es sich nicht so zu Herzen nehmen würde, wenn sie eine Entschädigung bekäme.«

»Warum sollte sie es sich zu Herzen nehmen?«

»Sie verliert doch dann ihr Zuhause. Er bildet sich eben ein, daß sie dieses Haus liebt. Das verstehe ich ja, ich liebe es auch, aber es war nur eine Phase in meinem Leben, etwas, was ich tun mußte, und jetzt tue ich den nächsten Schritt. Es war so etwas wie ein Traum, den ich verwirklichen mußte, und jetzt ist es mein Traum, mit Mark allein in einem kleinen Haus zu wohnen, in dem wir nah zusammenrücken müssen, weil für ein Leben auf Abstand einfach kein Platz ist. Findest du das ganz und gar verrückt? Weißt du, er empfindet genauso, und beide können wir doch eigentlich nicht verrückt sein ... Erinnerst du dich, was ich mal gesagt habe? ›Ich liebe ihn so sehr, es bringt mich noch um.‹ Aber jetzt ... ich liebe ihn so sehr, er ist mein ganzes Leben! Ich habe ja so ein Glück, Elizabeth, manchmal kann ich es gar nicht glauben. Ich kann nicht glauben, daß jemand so glücklich sein kann wie ich und daß es immer so bleibt und daß er ganz genauso für mich empfindet.« Cosette, die früher selten über sich gesprochen hatte, für die immer erst die anderen dagewesen waren, lenkte jetzt jedes Gespräch um auf das, was sie, und natürlich auf das, was Mark dachte und fühlte. Bell war vergessen.

Es fiel mir nicht schwer, Marks Bitte zu erfüllen, denn ich sah Bell kaum noch. Ich hörte sie nur, hörte das eintönige Murmeln des Fernsehers in dem Zimmer zu ebener Erde, das Knarren der 104. Stufe, ihre Schritte über meinem Kopf. Sie ging mir aus dem Weg, ich glaube, sie ging allen aus dem Weg. Ich war dabei, mir etwas Eigenes zu kaufen, finanziell konnte ich es mir ohne weiteres leisten, ich verdiente gut an meinen Büchern, viel besser, als wenn ich meinen erlernten Beruf ergriffen hätte und Lehrerin geworden wäre, besser als auf dem Posten einer Schulleiterin oder an einer Hochschule. Nachdem ich lange die Schaufenster von Grundstücksmaklern studiert hatte, raffte ich mich schließlich dazu auf, Angebote einzuholen.

Im Haus der Stufen ging es jetzt ruhig, ja, gesetzt zu. Zuweilen hatten mich früher, wenn ich in meinem Zimmer gesessen und versucht hatte zu arbeiten, der Lärm, die Musik, die treppauf und treppab eilenden Schritte, das Rufen und das Geschrei und das Türenknallen zur Verzweiflung gebracht. So wunderlich bestellt ist es um den Menschen, daß mir das alles jetzt fehlte. Die Einsamkeit trieb mich zu Robin (in einem meiner Romane hätte ich gesagt, sie trieb mich in seine Arme), und wir kamen uns näher, als das bei unseren sehr gegensätzlichen Temperamenten normalerweise der Fall gewesen wäre. Und dann zog Elsa zu uns.

Ich glaube, ich bin lieber mit Frauen zusammen.

So etwas gab man Anfang der siebziger Jahre nicht zu. Wenn man sagte, man sei gern mit Frauen zusammen, meinten die anderen, man mache aus der Not eine Tugend, weil man keinen Mann abbekommen habe. Heute ist das natürlich ganz anders, es gilt als akzeptabel, als durchaus vernünftig, ja, als ein Zeichen von Intelligenz, wenn man den Umgang mit Frauen vorzieht. Als Elsa kam, freute ich mich sehr. Sie war immer meine beste Freundin gewesen und ist es noch. Zum erstenmal nutzte ich den Vorteil meiner Stellung als Tochter des Hauses, um jemanden einzuladen, ohne zuerst Cosette zu fragen. Es war ohnehin unvorstellbar, daß Cosette nein sagen würde.

Elsa war in einer Mietwohnung untergekommen, bis sie ihre Eigentumswohnung beziehen konnte. Damals war manches schon leichter, aber für eine geschiedene, alleinstehende Frau war der Erwerb einer Wohnung auf Hypothekenbasis nicht der vergleichsweise unkomplizierte Vorgang unserer heutigen Zeit. Es gab Verzögerungen, und der auf drei Monate abgeschlossene Mietvertrag lief aus, eine Verlängerung war nicht möglich.

»Es könnte für einen Monat sein oder sogar noch länger«, sagte Elsa, als ich sie einlud.

»Cosette hofft bestimmt, daß es länger ist.«

Mark hoffte das nicht. Er war nicht sehr erbaut. Aber er sagte sich offenbar, daß es damit ohnehin bald ein Ende hatte, ein Ende haben mußte, wenn sie in einem Haus ohne Gästezimmer wohnten, ich merkte es ihm deutlich an. Bell spürte nichts davon. Sie schien auf etwas Bestimmtes zu warten, sich in Geduld zu fassen. Sie beobachtete Mark, aber Mark sah sie nicht einmal mehr an.

Wir gaben Elsa das Zimmer unter dem meinen, Aunties früheres Zimmer. Aunties Sachen waren alle noch da, die Schondeckchen auf den Sesseln, das Radio in dem lackierten Holzgehäuse. Wir sollten nur alles so lassen, sagte Elsa, es sei doch sehr nett, aber Perpetua nahm den Fliegenfänger von der Lampe. Mich faszinierte das, was im Haus der Stufen vor sich ging, ich hätte gern darüber gesprochen, aber im Gegensatz zu Bell ist Elsa an den Aktionen und Motivationen ihrer Mitmenschen nicht sonderlich interessiert.

»Ist das so wichtig?« pflegte sie zu sagen, wenn ich sie fragte, warum jemand ihrer Meinung nach dieses oder jenes gesagt oder getan hatte. »Er wird schon seinen Grund gehabt haben.«

Bell ließ deutlich erkennen, daß sie nichts mehr mit mir zu tun haben wollte. Es war, als hätte ich meine Rolle ausgespielt, meinen Zweck erfüllt, als habe sie jetzt andere Bedürfnisse, so daß ich überflüssig geworden war. Wenn sie auf der Treppe an mir vorbeiging, sagte sie beiläufig: »Hi!« An dem großen Tisch im Speisezimmer reichte sie mir eine Platte und fragte mich, ob ich etwas nehmen wollte. Wenn ich sie ansprach, bekam ich eine Antwort. Das war alles. Mein Trost war es – soweit das überhaupt ein Trost sein kann –, daß sie die anderen auch nicht besser behandelte. Wenn wir uns im Salon zusammensetzten, was noch hin und wieder vorkam, war sie nie dabei. Einmal betrat sie den Salon, als ich mit Elsa und Mark und Cosette dort saß und Kaffee trank, den Perpetua gekocht und uns nach dem Mittagessen gebracht hatte.

»Kann ich den Fernseher mit auf mein Zimmer nehmen?« fragte sie Cosette.

Unten, in dem Raum, in dem Auntie gestorben war, sah nie jemand fern. Cosette schien ihr dankbar für die Frage zu sein. Ich glaube, sie war dankbar, daß Bell mit ihr gesprochen hatte. Bei diesen kalten, wortkargen Menschen kann uns schon ein Hauch von Wärme, ja, schon eine ganz gewöhnliche Bemerkung beglücken.

»Aber natürlich, Liebes, wenn er da oben funktioniert. Was meinst du, Mark?«

»Keine Ahnung«, sagte der.

»Und versuch bitte nicht, ihn allein hochzutragen«, sagte Cosette. »Mark wird dir behilflich sein.«

Er lehnte nicht ab, aber er versprach es auch nicht. Seine Stimme klang gepreßt. »Warum kaufst du dir nicht selber ein Gerät, wenn du fernsehen willst, Bell?«

»Ich möchte mit dir sprechen«, sagte sie zu ihm. »Unter vier Augen.«

Ich dachte, er würde einwenden, es gäbe nichts, was sie ihm nicht in Gegenwart von Cosette sagen könnte, aber der Einwand kam nicht. Allerdings waren ja Elsa und ich dabei. Er zögerte, dann stand er auf und ging mit ihr hinaus.

»Es ist wegen eines Schlüssels für ihr Zimmer«, sagte Cosette. Ich war sicher, daß es nicht darum ging. »Sie hat neulich mal erzählt, daß sie ihn verloren hat.«

Elsa half Bell, den Fernseher die 106 Stufen hochzuschleppen. Am gleichen Abend traf ich sie in der Küche, als sie, vorgeblich auf der Suche nach dem verlorenen Zimmerschlüssel, in den Schubladen herumkramte.

»Spar dir die Mühe«, sagte ich. »Ich komme schon nicht hinein.«

Ich habe sie nur dieses eine Mal rot werden sehen. Sie ließ die Schubladen offenstehen, ging an mir vorbei und knallte die Küchentür hinter sich zu. Über mir hörte ich nun, wenn ich arbeitete, den Fernseher. Sie ließ ihn laufen, solange gesendet wurde, was zum Glück für mich damals nicht so lange war wie heute. Elsa saß bei mir im Arbeitszimmer, während ein Zeichentrickfilm für Kinder über unseren

Köpfen quakte und schnatterte. »Mark ist ein ziemlicher Schlappschwanz, nicht?« sagte sie.

Eine so kritische Bemerkung sah ihr gar nicht ähnlich.

»Wie kommst du darauf?«

»Zunächst mal hat er Angst vor Bell. Morgen erwartet er jemanden, der das Haus schätzen will, und sie soll nichts davon wissen. Er möchte, daß ich mit ihr irgendwohin gehe, damit sie nicht im Haus ist, wenn dieser Mann kommt. Er sagt, daß nur ich es tun kann, weil ich die einzige hier bin, mit der sie sich noch halbwegs versteht.«

»Früher oder später wird er es ihr sagen müssen.«

»Er wird ihr mehr als das sagen müssen«, meinte Elsa. »Was es ist, weiß ich nicht, aber ich spüre es. Gestern hat sie mich gefragt, ob ich irgendwas von Heiratsplänen gehört hätte, da konnte ich nur sagen, ich hätte noch gar nicht gewußt, daß sie überhaupt heiraten wollen.«

»Wenn ich nur wüßte, was da vorgeht . . .«

Sie zuckte die Schultern. »Wart ein wenig, sagte der Dornbusch.«

Bell muß einiges erraten haben. Zumindest wußte sie, daß etwas schiefgegangen war. Als gute Menschenkennerin muß sie um seine Schwäche gewußt haben, um das Schwammige im Kern seines Wesens, das ihn überhaupt erst für ihre Planungen anfällig gemacht hatte. Sie muß gewußt haben, daß eben dies ihn jetzt davon abhielt, ihr etwas Wichtiges zu offenbaren. Darüber hatte sie unter vier Augen mit ihm sprechen wollen, und höchstwahrscheinlich hatte ihn bei diesem Gespräch wieder der Mut verlassen, so daß er ihr nur versichert hatte, alles ginge glatt, sie müsse sich nur noch ein bißchen gedulden. Ich kann sie all das jetzt nicht fragen, ich bringe es nicht fertig. Ja, zumindest soviel muß sie erraten haben, daß Mark nicht heiraten würde. Aber sie glaubte, er habe Cosette nicht dazu überreden können, ihn zu heiraten. Vielleicht hatte er ihr das sogar bei jenem Gespräch unter vier Augen gesagt, hatte sie gebeten, noch ein Weilchen zu warten, dem Dornbusch gleich, bis seine Überzeugungskraft das Werk vollbracht hatte.

Man stelle sich vor, was es ihn gekostet haben mag, den armen, schwachen Mark, so zu handeln, so zu reden, da er doch Cosette von ganzem Herzen liebte.

19

»Was ist aus Silas' Bildern geworden?« fragte ich.

Das war heute vormittag, wir waren in Bells Zimmer in Kilburn, unter der Eisenbahnbrücke.

»Als ich ins Gefängnis mußte, hat mein Anwalt mich gefragt, was er mit meinen Sachen machen soll, ich habe ihm gesagt, er soll sie verbrennen, das hat er dann wohl auch getan. Sie hätten nie was gebracht.«

»Ich hätte sie dir aufgehoben.«

Sie lächelte mir zu. Manchmal hat sie diese Art mich anzusehen, als sei ich ein unberechenbares Kind, das zu treuherzigen, entzückend naiven Aussprüchen neigt. Nachdem sie ins Gefängnis gekommen war, beantragte ich eine monatliche Besuchserlaubnis und fuhr regelmäßig hin, aber nach einiger Zeit bat sie mich, nicht mehr zu kommen. Sie brauche keine Besucher, sagte sie, sie brauche niemanden. Die Zeiten haben sich geändert. Sie braucht mich. Welche Ironie des Schicksals: Jetzt braucht sie mich. Wir sind in ihrem Zimmer und räumen es aus, packen ihre wenigen, manche würden sagen mitleiderregend wenigen Habseligkeiten in einen meiner Koffer. Denn Bell zieht zu mir. Sie hat ihrer Bewährungshelferin Bescheid gesagt, daß sie zu mir kommt, nicht auf eine Woche oder zwei oder für ein paar Monate, sondern für immer. Weil sie es möchte und ich es nicht fertigbringe, nein zu sagen. Die Vergangenheit läßt es nicht zu, daß ich nein sage. Es ist, als würde ich mit einem

Nein der Vergangenheit, meinen einstigen Gefühlen, Schwüren, Sehnsüchten Gewalt antun.

Ich bin nicht sehr angetan davon. Wenn ich es mir leisten könnte, würde ich mein Haus verkaufen und ein größeres nehmen, damit wir uns nicht, wie man so schön sagt, zu dicht auf der Pelle sitzen. Aber ich kann es mir nicht leisten. Bell und ich werden Seite an Seite in vier Räumen leben müssen. Sie ist mittellos und völlig von mir abhängig. Noch habe ich ihr kein Bargeld gegeben, kein Taschengeld für ihre Zigaretten, aber das mag noch kommen. Bezieht sie Sozialhilfe? Ich habe sie nicht danach gefragt. Auch was aus dem Geld geworden ist, das sie seinerzeit für das Haus von Silas' Vater bekommen hat, habe ich sie nicht gefragt. Das hat sie mir von sich aus gesagt.

»Es ist für meine Verteidigung draufgegangen. Sie wollten mir keine Rechtshilfe geben, nachdem rausgekommen war, daß ich eigene Mittel hatte.«

Wir legten ihre Sachen in den Koffer. Auch eine Kette war dabei, die Cosette ihr geschenkt hatte, eine lange Kette aus Bernsteinkugeln, kein echter Bernstein, möchte ich annehmen, nur bernsteinfarben, und ich habe sie nie an Bell gesehen. Sie lag in einem länglichen glänzenden schwarzen Kästchen, Japanlack nennt man so etwas wohl, in dem wahrscheinlich früher mal lange Handschuhe gewesen waren. Sicher war die Kette in dem Kästchen, als Cosette sie Bell schenkte. Und in einer Ecke lag, in einen Rest der Stoffbahnen gewickelt, aus denen Bells Kleidung besteht, der Blutjaspis.

Das Dunkelgrün ist Chalcedon, die roten Einschlüsse

sind Jaspis. Im Mittelalter war der Schmuckstein bei Malern sehr beliebt für Flagellationsszenen und als Symbol für das Blut der Märtyrer. Das klingt nach Felicity, wahrscheinlich habe ich meine Weisheit tatsächlich von ihr. Ich legte den Ring in meine Handfläche und betrachtete ihn zum erstenmal aus nächster Nähe. Die Fassung besteht aus vielen Goldsträngen, die für den Ring selbst parallel gelegt und da, wo sie den Stein umgeben, gebogen und geflochten sind. Ich überlegte, woher er wohl kommen mochte, ob er sich in unserer Familie vererbt hatte, vielleicht von einem erkrankten Mitglied zum nächsten, bis hin zu Douglas' Mutter, der Tante meiner Mutter. Und ich erinnerte mich, wie Cosette ihn Bell zum dreißigsten Geburtstag schenkte, auf jener Party, als Mark zum zweitenmal ins Haus der Stufen kam, und wie Bell ihn gleichgültig, mit einem gemurmelten Dank, entgegennahm.

»Hast du ihn je getragen?« fragte ich.

Sie ging nicht auf meine Frage ein. »Du kannst ihn haben«, sagte sie. »Nimm ihn doch.«

»Na schön«, sagte ich etwas ungnädig, denn eigentlich war es ja Cosettes Sache, ihn zu verschenken und nicht die ihre.

Was sie tat und was sie sagte, kam mir unerwartet. Sie steckte mir den Blutjaspis an den Finger. »Mit diesem Ring bist du mir angetraut«, sagte sie und lachte ihr staubtrockenes Lachen. Oft verstehe ich sie nicht, dann weiß ich nicht, was sie will. Sie kann mich noch immer in Erstaunen versetzen. So überrascht mich immer wieder, wie wenig von dem täglichen Kram, mit dem man normalerweise lebt, sie für ihr Leben braucht. Wir packten diesen einen Koffer voll und eine einzige Plastiktragetasche, dann war das Zimmer leer.

»Stell dir all das Zeug vor, das jemand wie Felicity hat«, sagte ich. »Dieses große Haus voller Sachen, und dann noch die Wohnung ...«

»Wenn ich nicht das haben kann, was ich gern hätte«, sagte Bell, »und das kann ich nicht, weil ich es mir nicht leisten kann, will ich lieber gar nichts haben.«

Das höre ich von ihr nicht zum erstenmal. Damals aber wußte ich noch nicht, was ich heute weiß. Eine Gänsehaut überlief mich, ein kurzer kalter Schauer, aber sie sah mich nicht an, sie hatte vergessen, daß sie es schon einmal gesagt hatte. Sie blickte sich noch einmal kurz um, der Raum ließ sie so unberührt wie wohl alle Räume, die sie im Laufe ihres Lebens bewohnt hat. Und Mark hatte mir weismachen wollen, sie liebe das Haus der Stufen, eine Trennung würde ihr schwerfallen! Wir gingen nach unten und sahen uns nach einem Taxi um. Manchmal kommen von der Cricklewood Lane her Taxen vorbei, die ins West End wollen. Im Augenblick war keine zu sehen. Wir gingen in südlicher Richtung die Kilburn High Road entlang, ich trug den Koffer und sie die Tragetasche, aber beide Stücke waren nicht schwer, es war ein warmer feuchter Tag, mit stickiger Luft und dunstiger Sonne. Wir hätten auch in Kilburn Park in die U-Bahn steigen können. Es war Bell, die den langen Hang nach Maida Vale hinuntersah und die Freundin erwähnte, die dort gewohnt hatte.

»Wo wir schon hier sind, könnten wir mal bei Elsa vorbeigehen.«

Von mir hätte man diesen Vorschlag eigentlich eher

erwarten können. Bis heute hatte sie noch kein einziges Mal den Wunsch geäußert, mit Menschen aus ihrer Vergangenheit zusammenzutreffen, und als Felicity bei uns war, ist sie fast ausfallend geworden. Sie hat nach niemandem gefragt, sie reagiert – und das verstehe ich ja! – mit vielleicht durchaus naheliegendem Horror, wenn ich die Namen Cosette und Mark nenne. Aber Admetus? Eva? Will sie nicht wissen, wie es Ivor Sitwell und Gary und dem Tänzerpaar ergangen ist? Als ich nichts sagte, stieß sie mit unterdrückter Wut hervor: »Ich hätte nie rausgehen sollen, aus dem Knast, meine ich. Da drin lief alles ganz gut, da hab ich mich ausgekannt. Am besten geh ich wieder rein.«

Was soll man darauf antworten? Früher war ich schnell bei der Hand mit dem Austeilen von Trostpflästerchen und Beruhigungspillen, aber in meiner derzeitigen Stimmung ist daran nicht zu denken. Ich deutete die Carlton Vale hinunter. »Da wohnt Elsa. Willst du erst anrufen?«

»Wozu, wo wir praktisch schon vor der Tür stehen? Wenn sie uns nicht haben will, kann sie uns ins Gesicht hinein ebenso gut anschwindeln wie per Telefon.«

»Mich schwindelt sie nicht an«, sagte ich gekränkt und war froh, etwas anderes zu spüren als stumpfe Gleichgültigkeit. Der Koffer fühlte sich plötzlich schwer an. Wie kam ich eigentlich dazu, mich damit abzuschleppen? »Ablösung vor!« Ich streckte ihr den Koffer hin, und die roten Einschlüsse des Blutjaspis blitzten auf. »Gib mir die Tasche.«

Elsa hält mich auf dem laufenden – über Ereignisse und Leute. Sie erzählt mir von gewissen Menschen, mit denen ich nicht mehr zusammenkomme, nur so erfahre ich überhaupt etwas. Sie ist meine beste Freundin, und doch können manchmal Monate vergehen, ohne daß wir uns sehen. Ich habe, seit Bell wieder in meinem Leben ist, noch nicht einmal mit ihr telefoniert. Ich glaube, außer mir benutzt niemand mehr den Namen Löwin, den Namen aus unserer Schulzeit. Eins meiner Bücher ist ihr gewidmet, das über den Safaripark: »Der Löwin in Liebe zugeeignet.«

Sie sieht aus wie eine Löwin, kraftvoll, geschmeidig und muskulös, bernsteinfarbene Katzenaugen, Mundwinkel, die einen Drall nach oben haben. Daß Bell bei mir wohnt, wußte sie natürlich schon, Felicity muß es ihr gesagt haben, denn Felicity ist ihre Cousine, oder vielmehr Esmond ist ihr Cousin, und wie er uns einmal ernsthaft erläuterte: »Die Frau deines Cousins ist deine Cousine, Mann und Frau sind ein Fleisch.« Sie meldete sich über die Sprechanlage, und als ich unsere Namen nannte, sagte sie nur: »Kommt nach oben.« Sie erwartete uns im ersten Stock, vor ihrer Wohnung, ein Handtuch in der Hand, das rötlichgelbe Löwenhaar noch naß vom Waschen. Ehe sie auch nur den Mund aufmachen konnte, sagte Bell: »Ich merke schon, du erkennst mich nicht, ich habe mich ja auch unheimlich verändert. Ein Bild des Jammers, was?«

Aus irgendeinem Grund hätte ich sie am liebsten geschlagen, hätte am liebsten losgeschrien. Solche Gelüste sind für mich neu und beängstigend. Natürlich tat ich es nicht, das heißt, ich sah nur Elsa an und schlug die Augen gen Himmel, dabei ließ eine Art panischer Haß auf Bell mein Inneres erbeben, obgleich ich äußerlich still und starr und eiszapfenkalt war. Elsa sagte liebenswürdig – man merkt eben doch, daß sie Esmonds Cousine ist! –:

»Schön, dich zu sehen, Bell. Ich hoffe, ihr könnt zum Essen bleiben, Elizabeth und du.«

So liebenswürdig sprach sie mit einer Frau, die gemordet und sich damit selbst aus dem Kreis zivilisierter Menschen ausgeschlossen hat. Und ohne mit der Wimper zu zucken ging sie uns in ihre Wohnung voraus.

Es ist nicht die Wohnung, in die sie damals, als sie im Haus der Stufen wohnte, noch nicht hatte einziehen können, die lag weit unten in Chelsea, praktisch schon in Fulham, noch weiter westlich als das Thinnesse-Apartment. Inzwischen hat sie wieder geheiratet und wartet auf die nächste Scheidung. Sie interessiert sich nicht sonderlich für Motivationen, wohl aber für sexuelle Beziehungen. Und sie liebte Cosette, sie freute sich, daß Cosette glücklich war.

»Er scheint überhaupt keine eigenen Freunde zu haben«, sagte sie zu mir.

»Hierher kommen sie jedenfalls nicht.«

Natürlich hätte man dagegenhalten können, daß auch Bell keine Freunde hatte, aber so ganz stimmte das nicht. Die Thinnesses waren ihre Freunde und die Admetuses, zumindest kannte sie die beiden Ehepaare und verkehrte mit ihnen. Ich war ihre Freundin und Elsa. Mark aber schien niemanden zu haben, und ich kann mich auch nicht erinnern, daß er in der Unterhaltung die Namen von Freunden genannt hätte, er sprach immer nur unbestimmt von Leuten aus seiner Bekanntschaft. Auch über seine Vergangenheit redete er nicht. So wenig wußten wir über seine Herkunft, als sei er vor zwei Jahren als Sechsunddreißigjähriger zur Welt gekommen oder als habe Pygmalion-Bell ihn eigens deshalb erschaffen und zum Leben erweckt, damit ich bei der *Globalen Erfahrung* einen Blick auf ihn tun konnte. Es war ein richtiger Schock für mich – einer von der angenehmen Art –, als ich bei Recherchen in der British Newspaper Library für eine ganz andere Sache, beim Durchblättern alter Ausgaben der *Radio Times*, seinen Namen im Darstellerverzeichnis eines vor fünf Jahren gesendeten Hörspiels fand. Es war Ibsens *Rosmersholm*, Mark Henryson hatte dort den Peter Mortensgaard gesprochen.

Er hatte mir nichts von seiner Vergangenheit erzählt, aber warum sollte er auch? Cosette hatte er es vermutlich erzählt, Cosette kannte höchstwahrscheinlich seine ganze Lebensgeschichte, von der Kindheit bis zur Gegenwart. Woher sollte ich es wissen? Ich war kaum je allein mit ihr, Mark war immer dabei.

Elsa verweigerte sich Marks Plan, Bell aus dem Haus zu schaffen, wenn der Schätzer kam, denn Elsa ist wahrhaft aufrichtig, wahrhaft offen. Mag sein, daß sie hin und wieder flunkert, wie Bell heute andeutete, aber sie würde sich nie dazu hergeben, eine Freundin aus niedrigen Beweggründen zu täuschen. Daß Bell der Gedanke unerträglich war, das Haus der Stufen zu verlassen, weil sie so sehr daran hing, glaubte Elsa ebensowenig wie ich. Inzwischen war ihr wohl klar geworden, daß Mark sie nicht gern im Haus sah, auch wenn es nur für zwei, drei Wochen war, obgleich sie – was bei Cosettes Gästen selten genug vorkam – Lebensmittel für den gemeinsamen Haushalt kaufte, den Weinvorrat auffüllte und sich selbst um ihre Wäsche kümmerte. Scharfsichtiger als ich, neu im Haus und darum unbeeinflußter, betrachtete sie Mark mit einigem Argwohn. Sie sagte so liebenswürdig, daß es ihren Worten den Stachel nahm: »Deine Schmutzarbeit mußt du schon selber machen.«

Das Ende vom Lied war, daß er überhaupt nichts unternahm, der Schätzer wollte gar nicht alle Räume sehen, und Bell hatte sich auf ihr Zimmer zurückgezogen und ließ den Fernseher laufen. Drei Tage später stand der Mitarbeiter einer Grundstücksgesellschaft, die sich für das Haus interessierte (der Schatten kommender Ereignisse ...) zur Besichtigung vor der Tür. Es war ein glücklicher Umstand für Mark, daß Bell zufällig auf einem ihrer langen Spaziergänge war, dem ersten seit Wochen. Als sie zurückkam, waren Mark und Cosette auf Haussuche gegangen, jedenfalls nahm ich an, daß sie deswegen weggefahren waren. Sie machten ein großes Geheimnis daraus, weil Bell es nicht wissen sollte.

»Wie sie das lösen wollen«, sagte ich zu Elsa, »ist mir schleierhaft. Es sei denn, daß sie Bell kurzerhand um die Ecke bringen.« Ich schrieb damals an einem Buch, in dem jemand ermordet werden mußte, weil ich nur so den Roman noch retten konnte, deshalb kam ich wohl darauf.

»Das möchte ich denn doch bezweifeln«, sagte sie.

An jenem Abend wollten uns die Tänzer zum Abendessen ausführen. Ungefähr einmal im Jahr luden sie Cosette ein, um sich für deren Großzügigkeit erkenntlich zu zeigen. Da sie mindestens einmal in der Woche mit ihr aßen und von ihr ins Theater, in Konzerte und ins Kino mitgenommen wurden, war das als Ausgleich nur ein Tropfen auf den heißen Stein, aber es beschwichtigte wohl ihr Gewissen. Sie hatten sich damit abgefunden, dazu alle gerade greifbaren

Hausbewohner mitzunehmen, denn Cosette hätte ihre Einladung sehr freundlich und taktvoll abgelehnt, wenn ihr »Hofstaat«, wie Ivor es rüde zu nennen pflegte, sie nicht hätte begleiten können.

So vieles ist mir in Erinnerung geblieben, aber ich erinnere mich nicht mehr, in welchem Restaurant wir damals waren. Es mag in Soho gewesen sein oder in der Charlotte Street. Und Luis und Perdita hatten Glück, denn sie hatten nur fünf Gäste, während es früher gut und gern zehn sein konnten. Zu meiner großen Überraschung hatte auch Bell zugesagt. Es war erstaunlich, wie sehr sie zur Außenseiterin, zum fünften Rad am Wagen geworden war, fast zum Geist beim Festmahl. Wir hatten uns wie selbstverständlich paarweise zusammengetan, Cosette und Mark, Luis und Perdita, Elsa und ich. Bell blieb übrig. Sie war vermutlich der schlechtestgekleidete Gast im Raum – in unserer Gruppe war sie mit Sicherheit am schlechtesten angezogen, ein Paket aus zusammengeschnürten, packpapierfarbenen Stoffschichten –, aber man sah sich nach ihr um. Man sah sich unweigerlich nach ihr um. Das machten ihr Gang – kerzengerade schritt sie dahin, hocherhobenen Hauptes –, die Krone aus wirrem hellglänzendem Haar und das unvergängliche Gesicht, das Kameenprofil.

Ich möchte ein Wort dazu sagen, wie wir an jenem Abend saßen. Sie hatten drei Tische für uns zusammengestellt, und am Kopfende saß Luis, links von ihm Cosette, rechts von ihm Bell. Neben Cosette saß Mark – so saßen sie immer, sie waren unzertrennlich –, neben ihm Elsa. Auf der anderen Seite saß Perdita zwischen Bell und mir, so daß Elsa und ich uns gegenübersaßen.

Wir aßen nichts damals, keiner kam zu seinem Abendessen. Luis nahm ein paar Bissen von seinem Brötchen, und wir tranken alle irgendwas als Aperitif. Bell trank Kognak. Eigenartig, wie deutlich ich mich daran erinnere. Alle anderen nahmen Wein oder Sherry, und Cosette nahm natürlich ihren Orangensaft, Bell aber nahm Kognak, sie bestellte sich einen doppelten Kognak, mit verzweifelter Ungeduld, als sei sie am Zusammenbrechen. Cosette trug ein neues Kleid, hellgelber Batist mit weißen Streublümchen, sie sah sehr nett aus, ihr Gesicht war heiter und gelöst. Das gedämpfte Licht schmeichelte ihr. Sie war beim Friseur gewesen, das Haar sah so fein und seidig aus wie das von Bell. Ausnahmsweise unterhielt sie sich nicht mit Mark, benahm sich nicht, wie so oft, als gäbe es außer ihm und ihr nichts und niemanden auf der Welt, sondern führte ein freundschaftliches Streitgespräch mit Luis darüber (ausgerechnet!), ob Gibraltar an Spanien gehen sollte oder nicht.

Ein Ober nahm unsere Bestellungen auf, Luis hatte gerade einen Witz erzählt, der damals die Runde machte, Franco, erzählte er, habe gesagt, die Briten könnten Gibraltar behalten, wenn sie ihm nur Torremolinos zurückgeben würden, als eine Frau an Mark herantrat und ihm auf die Schulter tippte. Sie war um die vierzig, brünett und attraktiv, konventioneller und konservativer gekleidet als wir alle. Er sah sich um, schob jäh seinen Stuhl zurück und stand auf. Sie gab ihm einen Kuß auf die Wange.

Es wäre ein schöner Effekt, wenn ich schreiben könnte, daß er blaß wurde. In meinen Büchern wäre alle Farbe aus seinem Gesicht gewichen, oder er wäre »tief errötet«. Marks Gesicht wurde völlig ausdruckslos. »Hallo Sheila«, sagte er, und dann nannte er ziemlich langsam und tonlos unsere Namen. Man hatte den Eindruck, daß er sich krampfhaft bemühte, einen Schock zu verkraften. »Cosette, Elsa, Elizabeth, Perdita...« Aber sie unterbrach ihn: »Natürlich kenne ich Bell!«

Sie sah Bell an und lächelte. Bell hielt ihr Kognakglas in beiden Händen und sah starr vor sich hin. Inzwischen war klar, daß etwas schiefgelaufen war oder schieflaufen würde. Das heißt, unserer Gruppe war es klar, nicht aber der Frau namens Sheila, die mit dem Kopf nach rechts und nach links ruckte, mit schriller Stimme Hallo und Guten Tag sagte und dann: »Ich bin Sheila Henryson. Ich bin Marks Schwägerin.«

Sie wandte sich um und winkte einem Mann an einem Tisch, um den fast so viele Leute saßen wie bei uns. Er stand auf und entschuldigte sich bei seiner Nachbarin. Im Gesicht sah er Mark überhaupt nicht ähnlich, und er war viel korpulenter, aber wenn man es wußte, erkannte man, daß er Marks Bruder war. Und damit doch wohl auch Bells Bruder sein mußte, nicht wahr?

Sheila Henryson muß eine sehr dickfellige Person sein. Das Schweigen an unserem Tisch war jetzt fast mit Händen zu greifen, aber sie schien es nicht zu merken. Ihr Mann murmelte Mark etwas zu und klopfte ihm auf den Rücken. Seltsamerweise habe ich nie erfahren, wie Marks Bruder hieß, ich weiß es auch jetzt noch nicht. Eifrig begann sie zu erklären. Sie lebten im Ausland, in Riad oder Bahrain, irgendwo in dieser Ecke der Welt, und hatten ein paar Wochen Heimaturlaub. Sie hatten versucht, Mark schriftlich und dann telefonisch zu erreichen, hatten aber, wie sie es ausdrückte, »eine Niete gezogen«, was nicht weiter verwunderlich war, denn Mark ließ sich in der Wohnung in Brook Green nie mehr sehen. Sie wollte die beiden Gruppen vereinen, wir müßten uns zusammensetzen, sagte sie, der Geschäftsführer würde das schon machen, sie seien mit Bekannten von Mark da, die würden sich bestimmt freuen, ihn zu sehen ...

Cosette fand als erste aus unserer Gruppe die Sprache wieder. Sie sah verstört aus. Nicht unglücklich, nein, das nicht, aber verstört. Jetzt unterbrach sie, was ihr gar nicht ähnlich sah, Sheilas Redefluß und sagte zu Marks Bruder: »Dann ist Bell Ihre Schwester?«

»Nein«, erwiderte er. »Wie kommen Sie darauf?«

Ich hörte den Laut, den Bell ausstieß, einen Laut nicht so sehr des Jammers als des Unmuts. Cosette wurde nicht blaß, sie wurde auch nicht rot, aber das Alter setzte sich in ihrem Gesicht fest, sie alterte vor unseren Augen. Sie streckte eine Hand nach Mark aus. Er stand noch immer da wie angewurzelt, den Blick auf einen fernen Punkt im Raum gerichtet. So wie er dastand, flankiert von Bruder und Schwägerin, sah er aus wie einer, der im nächsten Augenblick seine Festnahme erwartet. Cosette streckte die Hand aus und zog sie wieder zurück, ohne ihn zu berühren. Marks Bruder lachte verlegen auf.

»Irgendwie bin ich wohl jetzt ins Fettnäpfchen getreten«, sagte er.

In diesem Moment erschien ein Kellner, eine Platte in jeder Hand, die ersten der von uns bestellten Vorspeisen. Cosette warf einen Blick auf die Artischockenherzen, die er ihr hingestellt hatte, legte eine Hand über den Mund, stand auf und verließ den Raum. Sie ging rasch und stolpernd, sie ging wie eine Blinde, lief in Gäste hinein und stieß Stühle beiseite und mühte sich mit der Tür, die geräuschvoll hinter ihr zufiel.

Plötzlich redeten alle auf einmal, Luis und Perdita wollten wissen, was los war, Elsa schlug den Blick gen Himmel, wäre ich bloß nicht mitgekommen, sagte sie, Bell trommelte wie eine Verrückte mit den Fäusten auf den Tisch und sagte: »Scheißscheißscheiß, verdammter Scheiß!«

Der Bruder fragte Mark: »Aber was hab ich denn um Himmels willen angestellt?«

Mark gab keine Antwort. Er ging Cosette nach. Ich habe manchmal überlegt, ob Louis und Perdita, die Ärmsten, das Essen zahlen mußten, von dem niemand etwas hatte, denn ich glaube, nicht einmal sie rührten es an. Ich hörte, wie Luis etwas von schlechten Nachrichten sagte und daß die Herrschaften leider nicht bleiben könnten. Perdita habe ich nie wieder gesehen, wohl aber Luis, doch das ist eine andere, spätere Geschichte. Es täte mir leid, murmelte ich, aber wir müßten auch gehen, und dann ließ ich sie mit dem Bruder und seiner Frau allein, die nun die Tänzer anflehten ihnen zu verraten, was eigentlich los war, und folgte Elsa und Bell. Cosette war verschwunden und Mark auch. Elsa stellte die Frage, für die mir die Worte gefehlt hatten: »Warum hast du gesagt, daß er dein Bruder ist?«

Bell zuckte mit einer übertriebenen Bewegung die Schultern, dann zeigte sie mit dem Daumen auf mich: »Es war ihre Idee. Ist er dein Bruder, hat sie gefragt. Warum nicht, habe ich mir gedacht, dann funktioniert es um so besser, und es hat ja auch funktioniert, bis diese blöde Kuh alles vermasselt hat.«

»Funktioniert es um so besser? Wie meinst du das?« fragte ich.

Darauf gab sie keine Antwort. »Er ist mein Liebhaber«, sagte sie.

Ich glaube, ich habe nach Luft geschnappt. »Seit wann?« Auch ich war ja persönlich engagiert, fast so stark wie Cosette.

»Seit Jahren.«

Demnach saßen Cosette und ich in einem Boot. Wie lange war es her, seit ich die beiden bei der Globalen Erfahrung zum erstenmal gesehen hatte? Drei Jahre ...

»Er ist doch nicht immer noch dein Liebhaber?« sagte ich heftig.

»Das mußte ...« Sie zögerte, suchte nach einem Wort, fand das denkbar unpassendste, »vorübergehend eingestellt werden.«

Wir gingen durch irgendeine Straße, ich weiß nicht mehr welche. Eine Straße mit Restaurants und Nachtklubs und kleinen Geschäften. Es war warm, ja, drückend und noch lange nicht dunkel, es war Hochsommer und so hell wie am Nachmittag. Von so einem Schock kann man Schmerzen bekommen, die wie Stiche sind, Seitenstiche von schnellem Laufen. Ich hatte das Gefühl, als sei ich gelaufen, ich wollte mich hinsetzen, ich suchte mir eine Türschwelle und setzte mich. Elsa blieb stehen und sah mich an, freundlich und besorgt, aber ziemlich ratlos, und Bell stand etwas abseits. Müßte ich beschreiben, wie sie in diesem Augenblick aussah, fiele mir nur das Wort linkisch ein, und ein solcher Zustand war für Bell sehr unüblich.

»Ich packe das nicht«, sagte sie.

Elsa sah aus, als hätte sie am liebsten zugeschlagen. »Sei still«, sagte sie. »Verzieh dich, ja?«

Bell entfernte sich hocherhobenen Hauptes. Sie bog nach rechts in eine Nebenstraße ein und war gleich darauf nicht mehr zu sehen. Elsa und ich blieben noch eine Weile auf der Schwelle sitzen, und ich überlegte, was es für mich bedeutete, daß Mark Bells Liebhaber war, und was es für Cosette bedeuten würde, und dann winkten wir uns ein Taxi heran und fuhren heim. Das Haus schien leer zu sein. Ich ging noch einmal hinaus, um nach Cosettes Wagen zu sehen. Es war immer noch ein Volvo, aber nicht der, mit dem sie hergezogen war, sondern der Nachfolger des Nachfolgers. Die Parksituation am Archangel Place wurde immer prekärer, aber irgendwo auf der Straße selbst oder in den Mews fand man immer noch etwas. Ich sah die Straße hinauf und hinunter, ich sah in die Mews hinein, aber der Wagen war nicht da, und das tröstete mich irgendwie, vielleicht sind Cosette und Mark zusammen weggefahren, dachte ich mir. Es tröstete mich zumindest im Hinblick auf Cosette.

Elsa und ich machten uns etwas zu essen, und dann warteten wir. Sie stellte keine Fragen, sondern nahm einen der neuen Romane vom Tisch, die Cosette gekauft hatte, und fing an zu lesen. Ich glaube, Elsa ahnte, daß meine emotionelle Beziehung zu Bell etwas ganz anderes war als die Freundschaft mit ihr. In diesem Moment war mir das egal, ich gab mir keine Mühe, es zu verbergen. Ich konnte nicht lesen, ich konnte mich nur in meinem Sessel zurücklehnen und auf die überladene Stuckdecke starren und grübeln und unglücklich sein. Gegen Mitternacht sagte ich: »Ich habe das Gefühl, daß wir Bell nie wieder sehen werden.«

»Und wenn schon ...«

Ich sagte nichts. Sie wußte genau, daß die Sache für mich damit nicht abgetan war. »Sie wird nicht wieder herkommen«, sagte ich. »Ihre Sachen läßt sie sausen, die sind ihr nicht wichtig. Sie wird irgendwo unterkriechen, sie wird zu ihrer Mutter gehen.«

»Weißt du genau, daß sie eine Mutter hat?«

»Nein. Nein, das weiß ich nicht.« Und dann: »Ich dachte, sie hätte einen Bruder.«

»Als ich sie in Thornham kennenlernte«, sagte Elsa, »hat sie mir erzählt, sie hätte keine Eltern. Seit ihrem zwölften Lebensjahr hätte sie keine Eltern mehr gehabt. Ich fand es ein bißchen verdächtig, als du von ihrer Mutter gesprochen hast.«

»Sie kann dich ebensogut angelogen haben.«

»Ja, aber sie kann nicht in beiden Fällen gelogen haben.«

»Was ist denn passiert, als sie zwölf war? Ich meine, hat sie erzählt, ob ihre Eltern bei einem Unfall ums Leben gekommen sind oder was? Was ist mit ihr geschehen?«

»Sie hat mir nur gesagt, sie hätte ihre Eltern verloren. Sie war in irgendeiner Anstalt.«

»In einem Kinderheim, meinst du?«

Elsa warf mir einen eigenartigen Blick zu. »Ich glaube nicht, daß es ein Kinderheim war, nicht in dieser Phase, das kam später. Ich weiß nicht, was es war.«

Während sie noch sprach, widerstrebend, zaudernd, als zerre jemand jedes Wort einzeln aus ihr heraus, hörten wir unten die Haustür gehen. Wir saßen im Salon, und wir dachten wohl beide, es sei Cosette oder Mark, oder besser noch, es seien Cosette *und* Mark. Die Schritte, ein einzelnes Paar, kamen die Treppe zum ersten Stock herauf und gingen an der Tür vorbei. Es mußte Bell sein. Wir hörten sie weitergehen, ihr Tritt war ungewohnt schwer, und deshalb wußten wir nicht ganz genau, ob sie es wirklich war, und gingen vor die Tür, um zu lauschen. Wie Figuren in einer Gespenstergeschichte, die ein unbegreifliches Geräusch gehört haben, den geisterhaften Klang von Schritten, standen wir da, hielten uns aneinander fest und sahen mit geweiteten Augen nach oben. Es war albern und hysterisch, aber uns schien es, als ob sich hier etwas Hochdramatisches vollzog, und wir hielten den Atem an. Bis zu uns hörte man die 104. Stufe knarren. Bells Tür klappte zu.

Elsa brachte ihr schiefes, ironisches Lächeln zustande und löste die Spannung. »Sie hat keine Mutter«, sagte sie.

Wir gingen wieder in den Salon – inzwischen war es nach eins, aber an Schlafengehen war nicht zu denken –, machten die Glastür auf und traten auf den Balkon. Die Nacht war warm und sehr still, aber wenn man der Stille eine Weile hinterherhörte, konnte man in der Ferne zwei verschiedene Arten von Musik unterscheiden und noch andere Geräusche, schwaches Verkehrsgebrumm, ein leichtes, rhythmisches Hämmern, als baue da einer, der den ganzen Tag zur Arbeit aus dem Haus gewesen war, nachts seine Regale und Schränke zusammen. Die Hecken standen dicht wie auf einem Landweg, die Bäume waren schwere, hängende Massen regloser Blätter. An einem Haus gegenüber rankte Wein hoch, Trauben glänzten blaßgrün im Lampenlicht.

Es gab uns einen Ruck, als wir den Volvo entdeckten. Er stand in der Parklücke, die Elsa und ich beim Hereinkommen gesehen hatten. Wir konnten nur das Dach sehen und hätten natürlich nicht sagen können, wie lange er dort schon stand. Plötzlich kam ich auf die Idee, ins Zimmer zurückzugehen und das Licht auszumachen. Ob ich damit etwas in Gang gebracht hatte oder ob das Löschen des Lichts unbemerkt geblieben war, weiß ich nicht, jedenfalls öffnete sich ein paar Sekunden später die Fahrertür, und Mark stieg aus. Ich schnappte fast hörbar nach Luft, eine schier unerträgliche Spannung schnürte mir die Kehle zusammen. Was war aus ihr geworden? Wo war sie? Vielleicht hatte er sie gar nicht gefunden, vielleicht war er nur zurückgekommen, um den Wagen zu holen und sich auf die Suche nach ihr zu machen.

Er ging um den Wagen herum zur Beifahrertür. Ich hatte nicht mehr an seine nie versagende, schlichte Höflichkeit gedacht. Cosette stieg aus, ohne sich von ihm helfen zu lassen, ohne nach seiner Hand zu greifen. Aber sie waren zusammen, sie waren gemeinsam zurückgekommen. Er machte die Wagentür zu, sie standen einen Augenblick da und sahen sich an, und dann – mitten auf der Straße, wo jeder zuschauen konnte, vielleicht kümmerte es sie auch nicht, ob jemand zuschaute – nahmen sie sich in die Arme, standen einen Augenblick Wange an Wange.

Dann legte er ihr einen Arm um die Taille und führte sie ins Haus.

Elsa ist so höflich und liebenswürdig zu ihr, als hätte Bell sich allenfalls des Schwarzfahrens in der U-Bahn schuldig gemacht. Erinnert sie sich an jenes Abendessen, an Bells Flucht und meinen Jammer? Wir sind alle mit Anstand ins Vorfeld der mittleren Jahre hineingewachsen. Beim Kaffee nach dem Essen beobachtete ich Bell. Stattlich und würdevoll saß sie da, kühl und ... harmlos. Was sie zu Elsa gesagt hatte, daß sie ein Bild des Jammers sei, war Unsinn. Vielleicht hatte sie es eben deshalb gesagt, denn sie hat die Last vieler Jahre abgeworfen seit jenem Tag, als ich ihr in der U-Bahn gefolgt bin, seit ich sie in ihrem Zimmer in Kilburn besucht habe. Sie ist verjüngt, neu belebt. Ich sah, wie Elsa ihren Blick von ihr zu mir gehen ließ. Es mag Spekulation, es mag Einbildung sein, aber ich hatte den Eindruck, daß Elsa Vergleiche anstellte. Wie ist es möglich, mag sie gedacht haben, daß Bell nach dem vielen Leid, das sie erfahren hat, so aussieht, während Elizabeth, die so wenig durchgemacht hat ...

Natürlich sagte sie nichts, vielleicht hat sie so etwas auch nie gedacht. Wir hatten alle unverfänglichen Themen abgehandelt, wir hatten zwei Stunden geredet, und ich hatte noch immer nicht die Frage angebracht, die ich Elsa bei jedem Treffen stelle, denn ich habe sonst keine Möglichkeit, eine Antwort zu bekommen. Sie hat uns von ihrer neuen Stellung erzählt und von ihrem neuen Mann, vielleicht ist es jetzt endlich der Richtige, aber heiraten wird sie ihn nicht, sie will nie mehr heiraten. Wir sprachen von dem, was wir heute vormittag gemacht hatten und von unseren Zukunftsplänen, unserer Absicht, vielleicht zusammen auf Urlaub zu fahren. Ich erzählte von meinem Vater und seinem Besuch. Und dann stand Bell auf und fragte Elsa nach dem Badezimmer.

»Hast du ein Badezimmer?« fragte sie, als sei es denkbar, daß die Bewohnerin dieser bildhübschen, geschmackvoll eingerichteten Wohnung ein Gemeinschaftsklo und die öffentlichen Bäder benützen müßte.

Elsa lächelte mir zu, als sie aus dem Zimmer war, und ich wußte, daß sie dasselbe dachte wie ich. Was immer sonst aus Bell geworden sein mochte, taktlos und dickfellig war sie geblieben und völlig unbekümmert im Umgang mit derlei gesellschaftlichen Feinheiten. Rasch stellte ich meine Frage.

Elsa hatte offenbar verstanden. Ihr Blick ging zu der geschlossenen Tür. »Sehr gut, soviel ich weiß. Wir haben vor zwei Wochen telefoniert.«

»Das freut mich«, sagte ich. »Das freut mich immer. Ich nehme an ...« Wie oft habe ich diese Frage gestellt, stets mit derselben ungeschickten Formulierung – »... ich nehme an, daß nicht von mir die Rede war?«

Sehr nützlich, diese Passivform, nicht wahr? Man kann auf Namen verzichten für den Fall, daß jemand das Ohr am Schlüsselloch hat.

»Nein, Lizzie, es tut mir leid.« Ich nickte leicht. »Ich habe den Eindruck, es wäre sehr ... schmerzlich, dich auch nur zu erwähnen.«

»Bell hat nicht gefragt«, sagte ich. »Ich möchte nichts sagen, bis sie fragt.«

Ich hörte sie zurückkommen, hörte, wie sie zögerte, ehe sie die Hand auf den Türknauf legte. Es ist ihr durchaus zuzutrauen, daß sie lauscht. Elsa und ich verstummten, sahen uns an, warteten auf ihr Kommen, eingeschüchtert von ihr und von dem Wissen, daß sie hinter der Tür stand in der Hoffnung, Geheimnisse zu erfahren, die nicht für sie bestimmt waren.

20

Das Telefon läutete, als wir ins Haus kamen. Das war vor drei Tagen, aber es kommt mir vor, als läge ein ganzes Leben dazwischen. Die Witwe, die mein Vater gern mag, die er aber nicht heiratet, weil er mich nicht um mein Erbe bringen will, war am Apparat. Mein Vater war erkrankt, er hatte einen Schlaganfall erlitten. Bells Verhalten gab mir Rätsel auf. Seit wir Elsas Wohnung verlassen hatten, war sie still und in sich gekehrt gewesen. Als sie hörte, daß mein Vater krank war, daß ich sofort nach Worthing fahren würde, wo er im Krankenhaus lag, fragte sie: »Wird er sterben?«

»Es sieht so aus.«

»Dann bin ich ja ganz allein hier«, sagte sie. »Ganz allein im Haus. Ich weiß nicht, ob ich das packe.«

»Du hast ja die Katzen«, sagte ich.

Im Moment bin ich im Haus meines Vaters. In seiner Siedlung beträgt das Durchschnittsalter angeblich siebzig Jahre. Ich bin daran gewöhnt, ich komme jedes Jahr auf eine Woche her, allerdings habe ich früher immer versucht, meinen Besuch zeitlich so einzurichten, daß ich gerade recht zum Arundel Festival kam oder daß im Theater von Chichester ein gutes Stück lief, damit ich etwas zu tun hatte. Einmal, vor vierzehn Jahren, haben ich und meine Schreibmaschine einen ganzen Monat bei ihm verbracht, ich habe mir die größte Mühe gegeben, etwas zu schreiben und einen normalen Eindruck zu machen. Der Ärmste wird sich gefragt haben, ob er mich nun jahrelang, vielleicht ein Leben lang am Hals haben würde. Ich konnte ihm schlecht erklären, daß ich mein Zuhause verloren hatte, meine Bindungen, mein Leben, aber meine Ausrede, ich hätte nicht in einem Haus bleiben wollen, in dem ein Mord geschehen war, klang wohl recht überzeugend.

Den größten Teil des Tages verbringe ich im Krankenhaus, in dem mein Vater liegt, halb gelähmt, mit grotesk verzerrtem Gesicht. Daß einem so zumute ist wie mir, wenn der eigene Vater im Sterben liegt, ist sicher normal. Und dennoch ... meine Depression ist so schwer, daß ich körperlich darunter leide, und das habe ich noch nie erlebt. Eine große Müdigkeit hat mich erfaßt, und ich schlafe viel, wie Bell, nachdem sie aus dem Gefängnis gekommen war. Ich schlafe auf dem Stuhl am Bett meines Vaters ein, und wenn ich abends wieder in seinem Haus bin, schlafe ich im Sessel vor dem Fernseher. Nachts aber schlafe ich nicht gut. Nachts liege ich mit schmerzendem Kopf wach und grüble. Und ich sehe mit offenen und mit geschlossenen Augen Erscheinungen und Gestalten aus der Dunkelheit treten, sehe Männer und Frauen, die ich noch nie zuvor gesehen habe, unbekannte Gesichter, den Gesichtern der Fremden gleich, die wir manchmal in Träumen sehen. Verblüffend eigentlich, daß unser Geist sich Menschen für unsere Träume erfinden kann. Oder sind es keine erfundenen Menschen? Haben wir sie alle schon einmal irgendwo gesehen, hat eine Kamera in unserem Kopf sie aufgenommen? Zwischen den unbekannten Gesichtern, aus einer großen Menge hervortretend, sehe ich manchmal das Gesicht von Cosette und manchmal das von Mark, aber sie sind nie zusammen, immer sind sie durch eine große fremde Menschenschar getrennt.

In jener Nacht vor vierzehn Jahren schlief ich rasch und erleichtert ein. Als ich aufwachte, war mit klar, daß für Cosette vielleicht noch alles gut werden konnte, nicht aber für mich. Sie hatte Mark, ich aber hatte Bell verloren. Er war Bells Geliebter gewesen. Wann war das letzte Mal gewesen, wann hatten Mark und Bell zum letztenmal zusammen geschlafen? Ganz plötzlich wußte ich es: In der Nacht, als Auntie gestorben war, als Cosette Mark flehentlich gebeten hatte zu bleiben und ich ihn in aller Harmlosigkeit in das Zimmer unters Dach geschickt hatte, in das Zimmer neben Bell.

In jener anderen Nacht, nach der Szene im Restaurant, waren er und Cosette ziellos herumgefahren, hatten angehalten und waren weitergefahren, waren ausgestiegen, um ein Stück zu laufen oder sich auf eine Parkbank zu setzen, und er hatte ihr alles erzählt. Es blieb ihm nichts anders übrig, es war das Mindeste, was er tun konnte, es gab keine andere Möglichkeit. Er gestand ihr alles, Bells Pläne und die von ihm mit wachsendem Widerstreben betriebene Ausführung. Und Cosette hatte ihm verziehen. Warum auch nicht? Es fällt nicht schwer, einem Menschen zu verzeihen, der dir sagt, die Liebe zu dir habe ihn vor der äußersten Niedertracht bewahrt. Doch in so einem Fall müssen andere bezichtigt werden. Nicht der geknickte Liebhaber, sondern Sündenböcke. Mark war bei seinen stundenlangen Erklärungen und Entschuldigungen genötigt gewesen (nach seiner Methodologie), eine Schuldzuweisung vorzunehmen, zu gestehen, daß er zwar zum Teil für die Aktionen, nicht aber für die Strategie, die ursprüngliche Konzeption verantwortlich war.

Es war nicht Cosettes Art, einen herbeizuzitieren, zu einem Gespräch zu bitten, Erklärungen zu verlangen. Sie litt, aber sie litt stumm. Sie litt, aber sie hatte Mark, der ihre Leiden lindern, der jeden Schlag abfangen würde. Ich war ahnungslos, ich wußte nicht, daß auch ich zu Cosettes Kummer beigetragen hatte. Ich fühlte mich sogar ausgeschlossen, ja, überflüssig. Nie wäre es mir in den Sinn gekommen, daß sie für mich etwas anderes empfinden könnte als die liebevoll-zerstreute Herzlichkeit, die eine Mutter einem ihrer Kinder entgegenbringt, wenn ausnahmsweise einmal ihre eigenen Sorgen sie in Anspruch nehmen. Wenn sie mir über den Weg läuft, dachte ich, nehme ich sie in die Arme und halte sie ganz fest.

Am frühen Nachmittag des folgenden Tages traf ich sie auf der Treppe. Es waren so viele Stufen, und die Treppe nahm so viel Platz ein im Verhältnis zu den übrigen Räumen, daß wir uns, wenn das Haus voll war, beim Hinauf- oder Hinuntergehen ständig dort trafen. Jetzt waren wir nur zu fünft, und Bell hatte sich seit der nächtlichen Heimkehr nicht mehr aus ihrem Zimmer gerührt. Elsa war zur Arbeit gegangen, das Haus war still und stumm. Ich war ziemlich spät mit meinem Vormittagspensum fertiggeworden und kam aus meinem Arbeitszimmer, und Cosette kam aus dem Salon und wollte zurück ins Schlafzimmer. Sie trug einen Morgenmantel, einen japanischen Kimono, grün mit weißen Blumen, und ihr helles, glänzendes Haar hing ihr offen auf die Schultern. Ihr Gesicht war blaß und elend, man sah, daß sie geweint hatte, aber schon vor längerer Zeit, wohl noch ehe sie sich hingelegt hatte.

Sie wäre wortlos an mir vorbeigegangen, ohne einen Blick des Vorwurfs, denn ein solcher Blick bedeutet ja, daß eine künftige Vergebung nicht ausgeschlossen ist. Ich streckte meine Hand aus, um sie am Arm zu fassen. Daß sie mir etwas vorwarf, ahnte ich ja nicht. Wenn ich mir überhaupt einer Schuld bewußt war, dann nur insofern, als ich – wie die anderen auch – Zeugin jener Szene am vergangenen Abend geworden war. Sie hätte mir im Vorübergehen nicht einmal einen Blick gegönnt. Nun ja, sie war müde, sie war ausgelaugt – und müssen denn, wenn man sich so nah ist, wie wir es waren, Mutter und Kind, unter einem Dach lebend, müssen dann immer Begrüßungen, Erkundigungen, Signale sein? Liebe hat – im Gegensatz zum Verliebtsein – auch etwas mit Loslassenkönnen zu tun. Aber ich sprach sie an. »Ist alles in Ordnung, Cosette?«

Sie war stehengeblieben und sah mich an. Hinter ihrem Kopf hing der verschnörkelte Lüster mit den Behängen aus Muranoglas, der in jener Nacht, als Esmonds Hand zum Lichtschalter gegangen war, so grellen Glanz verbreitet hatte. Sie streifte meine Hand von ihrem Arm, wie man eine Klette abstreift. Sie sah mich an, aber ihr Blick war stumpf, ohne Empfindung, ohne Wärme. Ihr Blick war, wenn je so ein Ausdruck bei Cosette denkbar wäre, voller Gleichgültigkeit.

Ich formulierte meine Frage neu. »Was ist, Cosette? Was ist los?«

Es ist schon sonderbar: Wenn ein Mensch, den du liebst, dich beim Namen nennt, dich mit deinem Vornamen anspricht, weißt du, daß alles in Ordnung ist, daß alles wieder gut werden kann. Cosette nannte mich nicht beim Namen, sie hat es nie wieder getan. Sie sagte: »Du hast diese Frau hergebracht.«

»Bell?« Schon wurde mir kalt vor Angst. »Aber ich habe es doch nicht gewußt.« Selbst jetzt noch mochte ich nicht von dem Betrug sprechen, den sie begangen hatte. »Ich habe es nicht gewußt, ich bin ebenso getäuscht worden wie du.«

Cosette bewegte die Schultern. Sie hielt sich am Geländer fest und sah an den Windungen der Treppe entlang nach oben. Ihre Stimme klang unverändert sanft, dagegen konnte sie nichts machen.

»Es war deine Idee, daß Mark sich als ihr Bruder ausgeben sollte.« Ich schüttelte den Kopf, aber sie fuhr fort: »Du hast ihr ein Buch zu lesen gegeben.«

»Bell? Die hat in ihrem Leben noch kein Buch gelesen.«

»Sie brauchte es gar nicht zu lesen«, sagte Cosette leise und erbittert, »du hast ihr erzählt, wovon es handelt, du hast sie auf diese glorreiche Idee gebracht. Wahrscheinlich hast du ihr klargemacht, wie ähnlich die Situation hier war. Nur mit dem Unterschied, daß ich nicht jung und nicht schön bin und daß ich nicht den Tod vor Augen habe.«

Es war reichlich viel auf einmal, und es dauerte ein paar Sekunden, bis ich es in mich aufgenommen, bis der Vorgang des Begreifens eingesetzt hatte. Während ich dastand und sie ansah, während sie den Blick von der gewundenen Höhe löste und auf ihre Hände senkte, die nebeneinander um das Geländer gekrümmt waren, kam aus dem Schlafzimmer über uns, durch die Tür, die einen Spalt breit offen stand, Marks Stimme: »Cosette, wo bist du?«

Sie lief zu ihm hinauf und ließ die Tür hinter sich zufallen. Ich blieb noch einen Augenblick stehen und ging dann langsam hinunter. Ich hatte einen Schock erlitten und wußte, daß mir eine große Ungerechtigkeit widerfahren war. Vielleicht war ich gerade deshalb davon überzeugt – so rasch fangen wir uns wieder –, daß es mir gelingen würde, alles zu erklären, alles wieder in Ordnung zu bringen. Auch sie hatte einen Schock erlitten. Wart ein Weilchen, hätte Elsa wohl gesagt, wart ein Weilchen.

Unten in der Küche, wo ich mir ein spätes Mittagessen hatte machen wollen, setzte ich mich an den Tisch und überdachte das, was Cosette gesagt hatte. Der Appetit war mir vergangen, aber ich schenkte mir eiskalten Wein ein, es war eine Flasche vom Vortag, aus der nur ein Glas getrunken worden war und die über Nacht im Kühlschrank gestanden hatte. Ich goß den Wein hinunter, schenkte mir das nächste Glas ein und konnte plötzlich verstehen, daß es Leute gibt, die sich dem Trunk ergeben. Mark hatte mich verraten, nein, das war so nicht richtig, Verrat setzt voraus, daß der andere etwas Unrechtes getan hat. Mark hatte mich preisgegeben, er hatte mich den Wölfen zum Fraß vorgeworfen, er hatte falsches Zeugnis wider mich abgelegt. Offenbar hatte er Cosette erzählt, ich hätte Bell und ihm das, was die Verschwörer in *Die Flügel der Taube* getan hatten, als praktisch durchführbaren Plan anempfohlen. Während ich vor meinem Weinglas saß, erinnerte ich mich daran, wie Bell in meinem Arbeitszimmer das Buch in die Hand genommen und gefragt hatte, wovon es handelte, und ich erinnerte mich meiner Antwort.

»Der junge Mann und die junge Frau sind verlobt, aber

sie können nicht heiraten, weil sie kein Geld haben. Dann gibt es da noch ein junges Mädchen namens Milly Theale, sie ist todkrank und steinreich. James schreibt nicht ausdrücklich, was sie hat, er schreibt nur, daß es nicht das ist, was man annehmen könnte – nämlich Tuberkulose. Ich denke, daß es Leukämie gewesen sein muß. Die Verlobte schlägt ihrem Bräutigam vor, er solle Milly heiraten. Wenn sie stirbt, würde sie ihm ihr Vermögen hinterlassen, und er und sie könnten heiraten und sich ein schönes Leben machen.«

Bell hatte gedacht, Cosette litte an Krebs. Mark würde Cosette heiraten, Cosette würde sterben, er würde ihr Vermögen erben, und davon würden er und Bell leben. Mir fiel ein, wie Bell gesagt hatte, wenn sie keine schönen Sachen haben könnte, wolle sie lieber gar nichts haben. Jetzt also würde sie gar nichts haben. Deshalb, dachte ich, lag ihr so viel daran, daß Mark mit Cosette schlief, deshalb brachte sein Zaudern sie auf. Sie hatte auf eine rasche Heirat gesetzt. Wie aber hatte sich ihre relativ späte Entdeckung, daß Cosette gar keinen Krebs hatte, daß Cosette nicht in absehbarer Zeit eines natürlichen Todes sterben würde, auf ihren Plan ausgewirkt? Nicht wesentlich. Sicherlich hatte sie es sich so gedacht, daß sie nach der Hochzeit weiterhin – oder wieder – Marks Geliebte sein würde und in dieser Rolle von Cosettes Gebefreude ebenso profitieren konnte wie er. Vielleicht war auch das Teil ihres Planes gewesen. Oder hatte sie Cosette beseitigen wollen?

Damals dachte ich daran nicht. Diese Überlegungen kamen viel später, als ich mehr über Bell wußte, als die Fakten über ihre Schwester Susan bekannt- und Zweifel an Silas' Selbstmord lautgeworden waren. An jenem Sommertag im Haus der Stufen dachte ich nur, daß Bell und Mark versucht hatten, die Handlung eines Romans nachzuvollziehen, und daß dies fehlgeschlagen war – so wie das Komplott in *Die Flügel der Taube*.

Schrieb ich schon, daß es ein sehr warmer Tag war? Ich glaube nicht. Die Küche im Souterrain war der kühlste Raum im Haus. Ich machte überall die Fenster auf, aber es half nicht viel. Ich hatte den Eindruck, daß statt der dumpfen Schwüle, die im Haus lastete, nur neue Schübe dumpfer Schwüle hereinkamen. Kein Hauch bewegte die Vorhänge, nachdem ich die Balkontüren aufgemacht hatte. Im Haus gegenüber betraten ein Mann und zwei junge Frauen das Flachdach über der Vorhalle, sie breiteten eine Decke aus, legten sich darauf und tranken Wein. Ich hatte meine Weinflasche in der einen und das Glas in der anderen Hand, und während ich nach oben ging, um die Fenster aufzumachen, schenkte ich mir fleißig nach und trank, etwas für mich sehr Ungewöhnliches, Untypisches. Wem die Angst vor der Chorea Huntington im Nacken sitzt, der vermeidet möglichst alles, was zu Ungeschicklichkeiten, zu Benommenheit, zu mangelnder Koordination führen könnte. Ich bekam allmählich Kopfschmerzen und einen trockenen Mund von dem Wein, aber ich wollte immer mehr, ich spielte mit dem Gedanken, eine neue Flasche aufzumachen, mich sinnlos zu betrinken.

Gegen halb vier fuhren Cosette und Mark zusammen weg. Ich glaube nicht, daß sie mich sahen. Ich stand mit einem Glas Wasser auf dem Balkon des Salons und blickte ihnen nach. Die Sonne leuchtete schwül und dunstig, wie durch graue Gaze. Cosette hatte ein locker fallendes ärmelloses Kleid aus pastellig geblümtem Voile an. Mark trug Jeans, aber dazu Jackett und Schlips. Er setzte sich, wie gewöhnlich, ans Steuer. Im Wagen muß eine Bruthitze gewesen sein. Ich sah, wie Cosette die Beifahrertür hin und her bewegte, immer wieder, bis sie endlich einstieg und der Wagen anfuhr. Später hörte ich, daß sie auf dem Standesamt gewesen waren. Sie hatten das Datum für die Trauung festgelegt. Mark war so schwach, ein Rohr im Wind, nicht einmal seinen tapferen, ehrenhaften Entschluß, auf die Ehe zu verzichten, weil die Leute denken könnten, er habe des Geldes wegen geheiratet, hatte er durchhalten können.

Nach einer Weile ging ich nach hinten in den heißen, staubigen, nach Eukalyptus duftenden Garten und sah zu Bells Fenster hoch. Es stand weit offen, beide Schieberahmen waren hochgeschoben. Ich überlegte, ob ich zu ihr hinaufrufen sollte, ging dann aber doch nach oben. Inzwischen war ich auf den Gedanken verfallen, daß ich die beste Aussicht hatte, Cosette umzustimmen, wenn ich Bell dazu bringen konnte, ihr klarzumachen, daß mich keine Schuld traf, daß ich nicht in die Verschwörung verstrickt war. Ich muß wirklich betrunken gewesen sein, sonst hätte ich mir nicht einreden können, daß Bell dabei mitmachen würde. Vor der geschlossenen Tür rief ich ihren Namen. Im Zimmer regte sich etwas, als habe sie auf dem Bett gelegen und sich aufgesetzt, aber sie antwortete nicht, die Tür blieb zu. Ich ging wieder nach unten. Wie oft bin ich an jenem langen Nachmittag die Treppe hinauf- und wieder hinuntergegangen? Wie oft flüchtete ich mich in den Garten, ging wieder zurück in den Salon? In angespannten Situationen fällt mir das Stillsitzen schwer, ich muß herumzappeln, mich setzen, aufstehen, hin und her laufen, zum Fenster gehen, hinausschauen.

Auf dem Balkon des Salons, dem Ca'Lanier-Korb, auf dem ich im letzten Jahr den neuen Bewohner gesehen hatte, der gerade aus seinem rotweiß aufgemotzten Teilsalon gekommen war, blieb ich stehen. Durch Ahorn- und Platanen-, durch Goldregen- und Sanddornblätter, die in der Tageshitze matt nach unten hingen, sah ich auf die staubige Straße, auf Wagendächer, die den stumpfen Glast der Sonne reflektierten, auf das vergilbte Gras in den Ritzen der Gehsteinpflasterung. Ich spürte, wie sich die Hitze auf meine Arme legte gleich einem dicken weichen Tuch.

Wie war das im Alten Testament, als die Sonne für Josua stillstand? Sonne, steh still zu Gibeon, und Mond im Tal Ajalon! Ich sah keine Sonne, sie verlor sich in ihrer eigenen Glut, einer lodernden Hochofenluke, aber die Zeit stand still für mich, die übliche Erfahrung, wenn wir es nicht erwarten können, daß sie vergeht. Ich zog mich wieder ins Haus zurück, wo es weder kühler noch wärmer war, stieg wieder einmal – und wieder erfolglos – die Treppe hinauf, versuchte es erneut im Garten, der mir so grau wie Schimmel vorkam. Ich setzte mich an den steinernen Tisch, an dem ich – wie lang schien das schon her zu sein – mit Cosette und Auntie gesessen hatte, damals, als Cosette klagend gefragt hatte, warum denn niemand mehr käme.

Und dort begriff ich, daß der Verlust von Cosette der schmerzlichste Verlust wäre, den ich mir vorstellen konnte, schlimmer als die Trennung von Bell, weit schlimmer als der Tod meiner leiblichen Mutter, mit dem Verlust eines

Geliebten, eines Freundes gar nicht zu vergleichen. Sie zu verlieren wäre – ich konnte es genau benennen – die Einsamkeit schlechthin. Was ich mir auch an Unsinn über Bell zusammenphantasiert haben mochte – es war Cosette, die ich liebte, dieses Haus war Cosette für mich, sie war mein Zuhause, sie war es, die ich mir zur Mutter erwählt hatte.

Ich konnte sie nicht verlieren. Es mußte möglich sein, ihr alles zu erklären, alles begreiflich zu machen. Doch dann erfaßte mich so etwas wie Panik, eine primitive, eng mit dem Wunsch nach Selbsterhaltung verbundene Angst. Es war, als könnte ich ohne Cosette mich und mein Selbst nicht bewahren. Wäre sie meine leibliche Mutter gewesen, hätte ich sie nie verlieren können, denn Mütter lassen sich stets zurückgewinnen, versöhnen, wiedererlangen, ungeachtet aller Enttäuschungen, Kränkungen und Lieblosigkeiten, die ihnen zugemutet werden. Mütter verzeihen immer. Meine Angst aber kam daher, daß ich mir Cosette zwar erwählt hatte und sie mehr liebte als eine Mutter, daß sie aber nicht meine leibliche Mutter war und es zwischen uns keine Bande aus Fleisch und Blut gab, kein Mutter-Kind-Verhältnis. Der Blutjaspis, der in Douglas' Familie vererbt wurde, war nicht von ihr an mich weitergegeben worden.

Man sieht – ich wurde allmählich hysterisch. Ich ging zurück ins Haus, lief wieder hinaus in den Garten, stieg die Treppe hinauf in den Salon, trat auf den Balkon, aber sie waren immer noch nicht zurück, Bell kam nicht herunter, Elsa kam nicht von der Arbeit. Ich beugte mich in der Hitze tief über die Balkonbrüstung, und plötzlich, unerklärbar, rann mir Schweiß über die Haut wie Wasser, als sei ich gerade aus der Badewanne gestiegen.

Ein Taxi rollte durch die Straße. Es hielt vor dem Haus und Luis Llanos stieg aus. Er hatte enge weiße Hosen an und ein weites weißes Hemd aus sehr dünnem, durchsichtigem Stoff mit Stickereimuster. Er wirkte herrlich kühl. Und er wirkte wie ein Stierkämpfer, nur der Torerohut fehlte, um das Bild komplett zu machen. Als er das Taxi bezahlt hatte, sah er auf und winkte mir zu, ganz lässig, ja, heiter. Kein Wunder, er wußte ja nichts, er wußte ja nicht, daß die Welt in Trümmer fiel.

Ich ging hinunter, um ihn ins Haus zu lassen.

Vor zwei Tagen, früh um neun, ist mein Vater gestorben. Ich habe alles Notwendige getan, seinen Tod bei den Behörden gemeldet, das Bestattungsinstitut informiert und seinen Anwalt aufgesucht. Und ich habe auch das nicht Notwendige getan, ich habe die Witwe getröstet, die so gern *seine* Witwe gewesen wäre, und ich habe Bell angerufen.

Ich kann mir kaum vorstellen, wie es wäre, mitfühlende Worte von Bell zu hören. Was würde sie sagen? Das werde ich nun nicht mehr erfahren, denn ich habe niemanden mehr zu verlieren, keine Kondolationen mehr zu erwarten. Als ich ihr gestern nachmittag sagte, daß mein Vater tot ist, meinte sie: »Gut, daß es sich nicht mehr lange hingezogen hat.« Und dann: »Wann kommst du zurück?«

Früher hätte mich diese Frage, von ihr gestellt, sehr glücklich gemacht. Jetzt empfinde ich sie als fast abstoßend. Sonderbarerweise zieht es mich nicht nach Hause, hier ist es still und friedlich, alles Bekannte ist fern, ruhig zieht das Leben dahin bei den Alten, deren Blut zahm geworden ist, deren Leidenschaften sich verausgabt haben. Die Beerdigung liegt noch vor uns, ich und die Witwe werden daran teilnehmen und wohl ein, zwei Nachbarn meines Vaters.

Es ist die erste Beerdigung in meiner unmittelbaren Umgebung seit jener anderen vor vierzehn Jahren, und zu der bin ich nicht gegangen. Man hatte mir zu verstehen gegeben, daß es ein Skandal wäre, wenn ich dort auftauchen würde. Auch Bell war natürlich nicht dabei, aber aus anderen Gründen. Mörder nehmen an der Beerdigung ihrer Opfer nur teil, wenn ihr Verbrechen noch nicht aufgeklärt ist, und von notwendiger Aufklärung konnte in Bells Fall nicht die Rede sein. Erstaunlicherweise waren Marks Bruder gekommen und seine Schwägerin, die so viel Unheil angerichtet hatte, sie wollten offenbar demonstrieren ... ja, was wohl? Daß sie ihn liebten und schätzten vielleicht oder – was wahrscheinlicher war – daß sie wußten, was sich gehört. Und Perdita und Luis waren da, beide tiefschwarz, aber hochelegant gekleidet, wie für ein Totentanzballett. Ich weiß das nicht aus eigener Anschauung, ich war, wie gesagt, nicht dabei. Elsa hat es mir erzählt, glaube ich, obgleich sie eigentlich gar nicht unter den Trauergästen gewesen sein kann. Luis Llanos sah ich zum letztenmal an jenem unerträglich heißen, windstillen, staubigen Nachmittag, als er im Taxi angefahren kam, um sich nach Cosette zu erkundigen.

Es war vielleicht ungerecht, daß ich diese Erkundigung so übersetzte: Was war da gestern eigentlich los? Komm, erzähl mir den ganzen Klatsch und Tratsch. Mit der Welt über Kreuz, wund vor Groll und gegen eine beginnende Übelkeit ankämpfend, wollte ich ihn zwingen zu sagen, was er wirklich meinte:

»Was soll denn mit ihr los sein?«

»Glückliche Menschen, Menschen, wenn sie haben gute Zeit, sie nicht laufen weg aus Restaurant mitten bei Essen. Nein, Elizabeth, du weißt, sie nicht tun.«

Die Übelkeit rettete mich. »Entschuldige, Luis, entschuldige mich einen Augenblick.«

Während ich im Laufschritt das Zimmer verließ, sah ich ihn nicken und lächeln. Aufreizend selbstzufrieden stellte er fest: »Du müssen dich übergeben, ich glauben.«

Ja, ich mußte mich übergeben. Ich schaffte es gerade noch bis ins Badezimmer. Der Wasserentzug brachte rasch quälenden Durst mit sich, ich überließ Luis seinem Schicksal und ging in die Küche, um ein Glas Wasser nach dem anderen in mich hineinzuschütten.

Er war mir nachgegangen. Jetzt stand er unter der Tür und sah mir zu.

»Wo sein Cosette jetzt?« wollte er wissen.

»Keine Ahnung.« Aber im Grunde war es ja sinnlos, ihn gegen mich aufzubringen, ihm noch mehr Anhaltspunkte für Fragen zu geben. »Komm mit in den Garten. Vielleicht ist es da inzwischen ein bißchen kühler«, sagte ich.

»Warum du trinken, Elizabeth?«

Er meinte: Warum hast du dich betrunken? Luis war – und ist sicher heute noch – ein unermüdlicher Frager. Wer die Sprache, in der er sich unterhalten muß, nur unvollkommen beherrscht, neigt zum Fragenstellen. Ich kenne das von meinen Versuchen, mich auf französisch oder italienisch verständlich zu machen. Mit einem richtigen Gespräch auf englisch war Luis überfordert. Statt dessen fragte er, und zu seiner Ehrenrettung muß ich sagen, daß er genau hinhörte, wenn man ihm eine Antwort gab. Wenn man bereit war, sie zu geben. Ich war dazu nicht bereit, nicht an jenem Nachmittag, und zuckte ungeduldig die Schultern. Ich war auch nicht bereit, ihm Tee zu kochen oder eine Flasche Wein aufzumachen, die ich in meinem Zustand doch nicht mit ihm hätte teilen können. Er mußte sich mit gekauftem Orangensaft begnügen, wir nahmen den Saft und zwei Gläser auf einem Tablett mit nach draußen.

Und so kam es, daß auch Luis Llanos so etwas wie ein Zeuge des Todes wurde, der nun kurz bevorstand.

Indessen war die Sonne so weit herumgewandert, daß die eine Hälfte des Gartens im Schatten lag, und auch in der anderen Hälfte war das Licht nicht grell, sondern matt und dunstig. Es war still und trocken, auf der Platte des steinernen Tisches lagen ein paar vorzeitig gefallene Blätter. Wie abgeschält hingen silbrige Borkenstreifen am Stamm des Eukalyptusbaums. Das Grau wirkte wie ausgedörrt, nicht wie die natürliche Farbe dieser Blätter, dieser Stengel, dieser entkräfteten Blüten.

Ich kann mich nicht erinnern, dort im Garten jemals auch nur ein einziges Insekt gesehen zu haben, nicht einmal einen ganz gewöhnlichen Kohlweißling, keine Biene, keine buntschillernde Schmeißfliege. Es muß Vögel gegeben haben, zumindest Spatzen, aber ich habe sie vergessen. Einmal hob ich einen großen marmorähnlichen weißen Stein hoch, einen Riesenkiesel, und eine Asselfamilie ergriff die Flucht, aber das sind keine Insekten, ebensowenig wie Spinnen. Die Ziegel- und Feldsteinmauern waren so hoch, daß von den Nachbarn nichts zu sehen, nichts zu merken war, nur

Zweige und Blätter mit grünlichem und gilbendem Laub ragten über den Rand. Im Garten selbst war alles grau. Grau die Blumen und Blätter, grau die Blumenschalen und verwitterten Möbel, grau die Schatten. Und über uns spannte sich ein sehr heller, aber bei aller Helligkeit grauer Himmel.

An jenem Tag habe ich zum letztenmal dort gesessen, es war fast mein letzter Tag im Haus der Stufen überhaupt, das letztemal, daß ich mit dem armen, lästigen, aufreizenden Luis mit seinen Eitelkeiten und seinen Posen sprach, mit seiner endlosen Fragerei. Warum Cosette diesen Garten hatte, wollte er jetzt wissen, warum sie ihn so gestaltet, warum sie sich gerade dieses Haus gekauft hatte. Er gestikulierte mit seinen langen schönen Händen, nannte das Haus der Stufen ein Holzbein, ein wahres Holzbein, es war mir völlig unerfindlich, was er damit sagen wollte, bis mir dämmerte, daß er Klotz am Bein meinte.

Dabei hörte ich ohnehin nur mit einem Ohr zu. Als ich hochschaute, hatte ich an der breiten Fensteröffnung Bells Kopf gesehen, auf Fußbodenhöhe, fast so, als gehöre er gar nicht zu ihrem Körper, sei ein abgeschlagenes Haupt, das auf das Fensterbrett gerollt war. Bells Kopf ruhte auf dem Fensterrahmen, das Nest aus hellem Haar draußen auf dem steinernen Sims. Die Erklärung war einfach, Bell hatte sich auf den Boden gelegt, aber von unten konnte man das nicht erkennen. Ich sollte sie noch einmal sehen, aber nur kurz, und es kam zu keinem Gespräch. Wie dumm das klingt, mehr als albern – grotesk!

Der Wagen kam zurück, ich hörte ihn. Luis hätte vielleicht ein Taxi bemerkt, nicht aber das typische Motorengeräusch von Cosettes Wagen, das mir vertraut war, ihm aber nicht. »Warum du reden nicht, Elizabeth?« fragte er. »Warum du nicht sprechen mit mir?«

»Mir ist nicht gut«, sagte ich und lehnte mich zurück und schloß die Augen. Eine unsagbare Sehnsucht nach Cosette hatte mich erfaßt, ich wünschte mir brennend, sie möge zu mir kommen und mir sagen, daß alles ein dummes Mißverständnis war, ich weiß gar nicht, was da über mich gekommen ist, Liebling, alles ist wieder gut, kannst du mir verzeihen? Etwas in mir schrie nach Taten, drängte mich aufzuspringen, ins Haus zu stürzen, mich ihr zu Füßen zu werfen. Eine andere Stimme riet mir ab, tu's nicht, es wäre falsch, es wäre eine Katastrophe. Zwing dich zum Warten, wenn du kannst. Wenn du kannst.

Inzwischen sind sie im Haus, dachte ich. Eigentlich müßten sie doch herauskommen und mit uns sprechen. Alle Fenster und die Türen zum Garten standen offen. Damals wußte ich natürlich nichts von dem Ziel ihrer Fahrt, aber ich spürte, daß etwas von großer Tragweite geschehen war, ich spürte, daß sie Neuigkeiten mitgebracht hatten, vielleicht hatten sie ein Haus gekauft. Und Luis war so ahnungslos ... Ich machte die Augen auf und sah, daß er mich mit beleidigter Miene anstarrte. »Ich glaube, Cosette ist wieder da«, sagte ich. »Ich meine, ich hätte den Wagen gehört.«

Ob sie wohl wüßte, daß er da sei, fragte er und brachte mich damit schier zur Verzweiflung. Ich hätte ihn am liebsten gefragt, ob er eine Spur gelegt habe, einen Bindfaden etwa, der durch die Diele und das Speisezimmer durch die Glastür nach draußen führte. Aber ich sagte nur: »Geh doch hinein und sag ihr guten Tag.«

Ich wartete darauf, daß Cosette mit ihm zurückkam, ich

wartete, und die Sonne stand still. Stunden vergingen, fünf Minuten vergingen. Die Übelkeit, die in mir aufstieg, kam nicht vom Wein. Ich weiß noch, daß ich meine Arme auf den Tisch legte und meinen Kopf darauf stützte. Und endlich kam Luis zurück. Er war allein.

Ich werde kaum noch einmal in das Haus meines Vaters kommen. Seit gestern bin ich wieder daheim. Ich habe den Anwalt beauftragt, den Verkauf des Hauses in die Hand zu nehmen. Es ist geradezu unglaublich, wieviel ich fordern kann und höchstwahrscheinlich auch bekommen werde. Ebenso unglaublich wie das kleine Vermögen, das mein Vater sich zusammengespart und mir hinterlassen hat, es sind an die zwanzigtausend Pfund.

»Sei doch froh«, sagt Bell, als ich es ihr erzähle. »Was du nicht brauchst, kannst du ja mir schenken.« Sie lacht, damit ich merke, daß sie nur Spaß gemacht hat. Aber dann sagt sie: »Jetzt könntest du uns ein größeres Haus kaufen.«

Es ist eine Idee. Ich könnte ein Haus kaufen, das so groß ist, daß sie in der einen und ich in der anderen Hälfte wohnen kann. Oder ich könnte ihr eine Wohnung kaufen und sie damit ein für allemal loswerden. Aber das werde ich wohl nicht tun. Ein Hauch von Fatalismus färbt die Depression, in der ich lebe, grau in grau. Ich habe Bell für alle Zukunft am Hals. Sie hat die schwarze Kleidung aufgegeben und ist heute auch in Grau, trägt Sachen in Silberlavendelgrau, Kreuzkraut- und Eukalyptusgrau aus fein gewirkter Baumwolle, aber sie stehen ihr nicht, sie sieht darin aus wie eine Hexe, eine schöne Hexenkönigin oder eine böse Fee.

Das ist albern, ich bilde mir etwas ein, denn sie geht heute sehr behutsam mit mir um, war vielleicht noch nie so lieb zu mir. Sie erzählt, daß sie bei ihrer Bewährungshelferin war und zugestimmt hat, als die meinte, sie müsse sich um einen Job, eine Erwerbstätigkeit bemühen.

»Ich habe ja gesagt. Es ist einfacher als eine glatte Absage.«

Die Katzen haben es sich bei Bell bequem gemacht, der kleine Kater liegt auf ihrem Schoß, der große halb auf der Sessellehne, halb auf ihrer Schulter. Sie haben Bell voll angenommen, hängen jetzt mehr an ihr als an mir. Sie streichelt dem großen den Kopf und drückt sein Gesicht in ihre Halsgrube.

»Natürlich werde ich nie wieder arbeiten. Wir mußten in der Stadt arbeiten, im offenen Vollzug, hab' ich dir das mal erzählt?«

Ich schüttelte ungläubig den Kopf.

»Im Krankenhaus, wir haben auf den Stationen geputzt. Ich wurde dafür bezahlt, ich habe mein ganzes Geld für Zigaretten ausgegeben.«

Ich weiß, daß sie auf Zeit spielt. Sie füllt ein Vakuum mit Gerede, das mich zu Fragen provozieren soll, damit sie das, was sie zu fragen hat, noch aufschieben kann. Ich reagiere nicht, lasse mich nicht herausfordern.

»Willst du nicht wissen, was ich noch gemacht habe, während du weg warst?«

»Ich weiß, daß du es mir erzählen willst.«

»Elsa hat angerufen und mich eingeladen, und ich war bei ihr. Ich war spazieren, bis zum Archangel Place, und habe mir das Haus angesehen.« Sie wirft mir einen ihrer schrägen

Blicke zu, legt je eine Hand auf eine Katze, jeden Augenblick bereit aufzuspringen und die Tiere mitzunehmen. »Ich habe ferngesehen, ich habe Mark gesehen.«

Meine Stimme klingt rauh und kratzig. »Was soll das heißen, Bell? Was soll das heißen, du hast Mark gesehen?«

»Im Fernsehen.«

»Er war so gut wie gar nicht beim Fernsehen, er hat nur Hörfunk gemacht, das weißt du doch.«

»Er hat diesen einen Film gemacht, erinnerst du dich nicht? Da kanntest du ihn noch nicht. Sie hatten diese Michael Caine-Reihe im Fernsehen, er hatte eine kleine Rolle in einem Michael Caine-Film. War schon komisch, ihn zu sehen, echt abartig. Weißt du noch, wie wir mal über die Rubrik ›Enttäuschende Dinge‹ gesprochen haben? Es war kein toller Film, es war ein enttäuschender Film.«

Wir sahen uns in die Augen. Ich hatte das Gefühl, als könne sie meine Gedanken lesen oder als hätten meine Gedanken die Kraft, sich Bell mitzuteilen. Denn ich wußte, daß noch jemand sich diesen alten Film angesehen hatte. Mit unveränderter Liebe? Unberührt? Oder in abgeklärter Ruhe?

Und ausnahmsweise hat es funktioniert mit dem Gedankenlesen oder vielmehr mit meinem Wunsch, sie möge meine Gedanken lesen.

»Lizzie«, sagt sie, »Lizzie, was ist aus Cosette geworden?«

»Ich warte schon die ganze Zeit darauf, daß du fragst.«

»Ist sie tot?«

»Nein, sie ist nicht tot. Sie hat Maurice Bailey geheiratet und wohnt wieder in Golders Green.«

21

Ich habe sie schockiert, sie ist ganz blaß geworden.

»Ich dachte, sie ist tot. Ich habe bestimmt gedacht, sie muß tot sein.«

»Warum? Sie ist gerade erst siebzig.«

»Und sie hat diesen komischen Alten geheiratet?«

»Er war nur acht Jahre älter als sie. Ich glaube, die Leute fanden es sehr passend. Leute wie die Castles und Cosettes Familie müssen gedacht haben, daß ihr etwas Besseres gar nicht passieren konnte, daß sie nun endlich Vernunft angenommen hat. Er war Witwer und sehr gut gestellt, sein Haus war noch größer als Garth Manor.«

»Wieso sagst du ›müssen gedacht haben‹? Weißt du es denn nicht?«

»Nein, ich weiß es nicht, Bell. Ich kann es mir denken. Elsa erzählt mir das eine oder andere. Elsa hat Verbindung zu Cosette, aber ich nicht, mir ist das nicht möglich.«

»Warum nicht? Wie meinst du das?«

Ich werde es ihr erzählen. Ich habe es sonst niemandem erzählt, nur Elsa. Es interessiert sonst niemanden, weshalb sollte es auch? Daß wir uns mit Freunden entzweien, ist nichts Ungewöhnliches, meist gehen Freundschaften durch Nichtbenutzung und mangelnde Pflege kaputt, manchmal enden sie aber auch im Bösen, mit einem heftigen Streit.

»Cosette hat seither nicht mit mir gesprochen, Bell. Sie

hat nie mehr mit mir gesprochen, sie hat mir nie verziehen. Sie glaubt, daß ich sie verraten habe, und das war das einzige, was sie nicht verwinden konnte.«

»Du hättest es ihr erklären können.«

»Ich hatte keine Gelegenheit dazu. Sie ist damals nicht im Haus der Stufen geblieben, ihr Bruder Leonard hat sie abgeholt und nach Sevenoaks gebracht. Ich habe sie dort angerufen, Leonards Frau war am Apparat und sagte, Cosette ginge es sehr schlecht, sie könne mit niemandem sprechen. Ich wollte ihr schreiben, aber ich wußte nicht was. Elsa und ich waren noch im Haus der Stufen, allein. Dann schrieb mir ein Anwalt in Cosettes Auftrag ...«

Plötzlich fällt es mir ungeheuer schwer, davon zu sprechen. Ich bin den Tränen nahe, meine Stimme versagt. Aber Bell läßt nicht locker, und Bell hat völlig falsch geschaltet.

»Du meinst, Cosette hat dir durch einen Anwalt mitteilen lassen, daß du dich nicht mit ihr in Verbindung setzen sollst? Ehrlich? Das hätte ich nicht von ihr gedacht.«

»Nein, Bell, er hat mir geschrieben, daß Cosette mir das Haus der Stufen zugedacht hatte, sie wollte es mir mit einer Art Schenkungsurkunde übereignen.«

Ihr Gesicht verändert sich, ist erfüllt von Gier, Habsucht, glitzeräugiger Begehrlichkeit. »Sie hat es dir geschenkt? Es muß schon damals ein Vermögen wert gewesen sein.«

»Mach dich nicht lächerlich. Ich habe es natürlich nicht genommen, nie im Leben hätte ich es genommen. Sie sah es als Entschädigung für sich selbst, dafür, daß ich sie verloren hatte, ganz klar. Ich schrieb an den Anwalt, ich wolle weder das Haus noch das Geld dafür noch sonstwas, ich wolle keine Entschädigung dafür, daß ich Cosette verloren hatte.«

»Und du hast dich nie mehr bei ihr gemeldet?«

»Nach... nach deinem Prozeß ist sie weggefahren, und als sie zurückkam, habe ich sie nicht gefunden, ich konnte nicht herausbekommen, wo sie steckte. Vielleicht habe ich es auch nicht sehr intensiv versucht. Ich kannte ja Cosette und ihre Ansichten über Verrat. Verraten zu werden war das einzige, was sie nicht verzeihen konnte. Dann erzählte mir Elsa, Cosette hätte geheiratet, und ich habe auch geheiratet, und dann war alles zu spät.«

Als Mark und Cosette vom Standesamt zurückkamen, gingen sie gleich in den Salon, wo Luis sie aufstöberte. Sie erzählten es ihm, sie brauchten ja kein Geheimnis daraus zu machen. Sie würden heiraten. Das Aufgebot war bestellt, in drei Wochen sollte die Trauung sein. Ich weiß natürlich nicht, was im einzelnen gesagt wurde, ich weiß nur, was Luis mir erzählte, als er wieder in den Garten kam, um sich zu verabschieden, und er hatte kein Talent zum Berichterstatter. Cosette habe von dem Altersunterschied gesprochen, erzählte er, und ich kann mir vorstellen, wie sie sagte: »Wir mußten unser Alter auf dem Formular angeben, Luis, es war ein bißchen peinlich, aber nicht so schlimm, als wenn wir es laut hätten sagen müssen.«

Luis muß – ungewöhnlich einfühlsam für seine Verhältnisse – begriffen haben, daß es in diesem Augenblick nicht gerade ihr sehnlichster Wunsch war, mit ihm zusammenzusein. Nicht, daß Cosette das je ausgesprochen, daß sie ihn nicht gedrängt hätte, noch zu bleiben, vielleicht hat sie sogar gesagt, er solle heimfahren und Perdita holen, man könne dann gemeinsam zum Abendessen gehen. Es war wohl Mark, der nicht widersprach, als Luis halbherzig meinte, er müsse nun gehen.

Als sie miteinander allein waren, kristallierte sich aus dem Zweifeln, dem Zaudern, den halben Entscheidungen, die seit der vergangenen Nacht durch ihre Gespräche fluteten wie ein breiter Strom, vorbei an Inseln der Liebe, der Zärtlichkeiten, der Zukunftspläne, ein konkreter Punkt heraus. Mark mußte es Bell sagen, oder sie mußten es ihr gemeinsam sagen. Bell mußte es erfahren.

Das schreckliche war, daß Cosette gar nicht wußte, was er Bell zu sagen hatte. Cosette ahnte nichts von den Dimensionen, sie begriff nicht, was es für Bell bedeuten mußte, wenn sie erfuhr, daß ihr Geliebter wirklich und wahrhaftig in Cosette »verliebt« war. Für Cosette war es das schlimmste, Bell beibringen zu müssen, daß sie und Mark heiraten wollten und Bell infolgedessen ihr Heim verlieren würde, ein Schlag, der sich, wie sie meinte, wesentlich dadurch abmildern ließ, daß man Bell mit einem Ersatzzuhause entschädigte. Ach ja, Cosette war groß darin, Häuser als Entschädigung zu bieten, unverbesserlich generös und unverdrossen.

Das also war für sie der schlimmste Fall. Mark wußte es natürlich besser. Mark hatte eine gewisse Vorstellung von dem, was bei einer Konfrontation mit Bell auf ihn zukam. Bestimmt fürchtete er, sie könne ihrerseits Cosette konfrontieren und die Pläne preisgeben, die sie und Mark seinerzeit geschmiedet hatten, könne ihr das Komplott, ungemildert durch die zärtlichen Abbitten und Entschuldigungen (und anderweitige Schuldzuweisungen), die Mark in seine Beichte bei Cosette eingeflochten hatte, in all seiner Abgefeimtheit klar vor Augen führen, jedes habgierige Wort zitierend, jedes wiehernde Lachen in Erinnerung rufend, jedes schnöde Gewinnstreben enthüllend.

Natürlich rate ich hier nur, ich war nicht dabei, auch Luis war nicht dabei, Elsa war noch nicht heimgekommen, er und Cosette waren allein. Wäre ich aber dabeigewesen – hätte ich Mark ins Herz sehen können? Niemand weiß mit Bestimmtheit, was Mark gedacht oder gefürchtet hat, aber was er sagte, als er in Bells Zimmer stand, das ist bekannt. Er hatte große Angst davor, zu ihr hinaufzugehen. Am liebsten hätte er es endlos vor sich hergeschoben und weiter in dem stillen, warmen, stickigen Salon neben Cosette auf dem Sofa gesessen, den Arm um sie gelegt, ihren Kopf an seiner Schulter. Hin und wieder drehte er ihr Gesicht zu sich, um ihre Lippen zu küssen, stumm und ruhevoll nach den bestürzenden Vorfällen, den Aufregungen und Schrecknissen der letzten vierundzwanzig Stunden, die sich durch ein Wunder der Liebe – ja, und auch dank eigener Anstrengung und leidenschaftlichem Bemühen – zu heiterer Gelöstheit geglättet hatten, so daß mit der erbetenen und gewährten Verzeihung eine Art wohliger Frieden eingekehrt war.

Was blieb, war Bell, war dieser eine offene Punkt, den es noch zu erledigen galt. Vermutlich hat er Cosette ganz ehrlich gesagt, daß er sich fürchtete, aber nicht konkret, wovor. War sie ihm nicht ebensosehr Mutter wie Geliebte, Abbild milder, allumfassender Mütterlichkeit, der er alles beichten, alle Ängste eingestehen konnte?

Wahrscheinlich hat sie ihm gesagt, sie würde es übernehmen, und er hat gezögert. Natürlich wußte er, daß Bell Cosette kein Wort geglaubt hätte. Dann wird sie gesagt haben, es sei am besten, die Sache hinter sich zu bringen, so etwas dürfe man nicht auf die lange Bank schieben. Sag es ihr, und damit Schluß. Ich nehme an, daß sie vorgeschlagen hat, Bell zum Essen auszuführen. Es ist nur wenig übertrieben, wenn ich sage, daß es nach Cosettes Ansicht kaum etwas gab, was sich nicht durch ein gutes Essen in einem teuren Restaurant erträglicher machen oder wieder in die Reihe bringen ließ.

Er ging die Treppe hinauf, alle 106 Stufen oder wie viele es waren vom Salon bis unters Dach. Er klopfte, er rief ihren Namen. Ich weiß nicht, ob sie geantwortet hat oder ob er unaufgefordert eingetreten ist. Sie lag auf dem Boden, den Kopf auf dem Fensterbrett, die beiden Schieberahmen ganz hochgeschoben. Eine kahle Kammer, fast unmöbliert, Kartons mit Kleidung standen herum, Kleidungsstücke lagen auf dem Bett, Silas' Bilder waren an den Wänden gestapelt. Er trat ein und machte die Tür hinter sich zu, aber er konnte nicht abschließen. Vielleicht wollte er auch gar nicht abschließen. Er habe ihr etwas mitzuteilen, sagte er zu Bell.

Nachdem sie es getan hatte, aber noch vor dem Eintreffen der Polizei, erzählte sie mir und Elsa, was geschehen war. Erstaunlich bleibt, daß Bell trotz all ihrer Menschenkenntnis nichts von Marks wahren Gefühlen geahnt hatte.

»Er sagte, er wäre in sie verliebt. Er stand am Fenster, der Trottel, am offenen Fenster, und sah nach draußen. Ich wußte, daß er sie heiraten wollte, das gehörte zu unserem Plan, einverstanden, alles bestens. Was kümmerte mich das verdammte Haus? Ich legte ja gar keinen Wert darauf, in dem Kasten zu wohnen. Aber verliebt? Wegziehen und mit ihr allein leben und mich im Dreck sitzenlassen? Als er das sagte, daß er in sie verliebt wäre – und ich merkte, daß es ihm ernst war, dem Trottel –, da war es aus. ›Ich weiß, was wir geplant hatten, Bell, ich kann es nicht vergessen, ich wünschte, ich könnte es. Mir wird jetzt ganz übel, wenn ich daran denke. Ich bin in Cosette verliebt, ich liebe sie, wie ich noch nie einen Menschen geliebt habe. Und ich muß dir sagen, daß ich mir für den Rest des Lebens nur sie wünsche, sie allein.‹ Und dann sah er mit seinem blöden Gesicht zum Himmel hoch, als ob er da lauter Engel singen hörte.

Und dann kam sie herein. Sie klopfte und kam rein und sagte, daß sie wohl auch einiges erklären müßte. Und da habe ich es getan. Ich wollte es tun, wenn sie dabei war. Du weißt, was ich getan habe. Ich bin aufgesprungen, bin auf ihn zugerannt und habe ihn runtergestoßen. Ich habe es gewollt, es war ein tolles Gefühl – bis ich es getan hatte, und dann hätte ich ihn am liebsten wieder aus der Luft zurückgeholt, hätte es am liebsten ungeschehen gemacht. Hast du ihn schreien hören, Lizzie, hast du ihn schreien hören?«

Das ist etwas, was ich gern vergessen würde. Ich hatte mir eingebildet, daß ein Mensch, wenn er aus großer Höhe stürzt, stumm ist, betäubt von dem Schock, von der leeren Luft. Aber Mark schrie im Fallen, er brüllte vor Angst, der Schrei zerriß den schwülen stillen Sommerabend. Doch dieser Laut, diese Eruption äußerster Todesangst, war nichts gegen das Geräusch, mit dem sein Körper auf das Steinpflaster des grauen Gartens schlug, ein Geräusch, das ich bis heute nicht beschreiben kann, das ich in seiner grauenvollen Mischung aus beinhartem und wässerigem Aufprall nicht zu beschreiben vermag, der Laut eines menschlichen Wesens, das seine Fesseln sprengt, die aus seinem eigenen Fleisch, seinen eigenen Knochen bestehen.

Wir waren inzwischen im Haus, Luis und ich, dicht an der Terrassentür, auf dem Weg durchs Speisezimmer. In so einem Moment redet man nicht, denkt man nicht, ja, hält man nicht einmal inne. Man rennt. Weg oder hin. Wir rannten beide wieder in den Garten, sahen das geplatzte Etwas, das wie ein Fleck auf den Steinplatten verlief, und klammerten uns wimmernd aneinander. Wie Liebende hielten wir uns schwankend und stöhnend umfangen.

Weinend, jammernd, ineinander verkrallt, wandten wir uns einmütig von dem ab, was da draußen lag, taumelten, noch immer Arm in Arm, auf die geöffnete Terrassentür zu, und dann kam Elsa durch das Speisezimmer und hinter ihr, sie beiseite stoßend, blind für alles, was sich ihr in den Weg stellen mochte, rannte Cosette durchs Zimmer in den Garten und warf sich über Marks Leiche. Dort blieb sie liegen, bis man sie wegbrachte, und ich sah, daß sie mit Blut bedeckt war, als sei auch sie zu Tode verwundet.

Ich kann nichts mehr über die Zeitabfolge sagen, es mag zehn Minuten oder es mag eine Stunde später gewesen sein, als Bell herunterkam und uns berichtete, was geschehen war. Das heißt, Elsa und mir. Und Luis? Ich merke, daß ich keine Ahnung habe, wo Luis abgeblieben war. Jemand rief die Polizei an, aber ich glaube nicht, daß es einer von uns war. Ein Nachbar vielleicht, ein Passant. Hatte Marks grauenvoller Schrei, der sich über Notting Hill erhob, die kleine Menge angelockt, die sich vor unserem Tor zusammenfand? Ich hatte schon lange vor Eintreffen der Polizei Sirenengeheul gehört, später erfuhr ich, daß es die Sirenen der Feuerwehr waren, die man zu einem Einsatz in die Westbourne Grove gerufen hatte.

Es war ein Polizeiarzt, der Cosette behutsam von Marks Leiche löste. Ihr Gesicht war schrecklich anzusehen, blutbeschmiert, von namenlosem Schmerz zu furchterregender Häßlichkeit verzerrt. Sie betteten Cosette auf das Sofa im Fernsehzimmer, auf dem Aunties Leiche gelegen hatte. Der Arzt gab ihr eine Beruhigungsspritze, sie mag etwas geschlafen haben, am späten Abend aber, als Leonard sie abholte, konnte sie aus eigener Kraft mitgehen.

Ich habe sie nie wiedergesehen.

Ich hörte, daß sie bei Bells Prozeß ausgesagt hat. Weder ich noch Elsa waren als Zeuginnen geladen. Bell erzählte allen von ihrer Tat, der Polizei, dem Arzt, sie schien stolz darauf zu sein, und sie hätte es sicher auch dem Gericht erzählt, wenn der Verteidiger ihr nicht geraten hätte, keinen Gebrauch von ihrem Aussagerecht zu machen. Für Mord ist in der englischen Gesetzgebung nur eine Strafe vorgesehen: Lebenslängliche Haft. »Lebenslängliche« kommen gewöhnlich nach etwa zehn Jahren frei, falls nicht der Richter oder die Jury eine sehr viel längere Haftstrafe empfohlen haben. Das geschah in Bells Fall, denn nach der Urteilsverkündung, als dem Gericht frühere Vergehen zur Kenntnis gebracht werden konnten, stellte sich heraus, daß Bell mit zwölf Jahren, als mittleres von drei Kindern – der ältere Bruder war fünfzehn – ihre kleine Schwester umgebracht hatte.

Jene geheimnisvollen, von ihr hin und wieder in meist

irreführenden Andeutungen erwähnten Jahre hatte sie in der eigens für sie eingerichteten Abteilung einer »offenen« Frauenstrafanstalt verbracht. Sie hatte Schulunterricht gehabt, war selten, wenn überhaupt, allein und doch sehr einsam gewesen. Mit sechzehn – die zuständigen Stellen hatten offenbar nicht gewußt, was sie mit ihr anfangen sollten – war sie in ein Kinderheim verlegt und den Kommunalbehörden überstellt worden. Im Lauf der Jahre haben mir viele Leute erzählt, daß sie versucht haben, jüngere Geschwister umzubringen, den kleinen Bruder oder die kleine Schwester, die ihnen aus ihrer Sicht die ausschließliche, zärtliche Liebe gestohlen hatten, die vorher die Eltern den potentiellen Mördern zuteil werden ließen. Von Cosette wußte ich, daß sie versucht hatte, Oliver zu töten, indem sie ihm Mund und Nase mit Zink-Lebertransalbe verschmierte, aber ihre Mutter kam noch rechtzeitig hinzu. Die meisten Versuche dieser Art schlagen fehl, aber nicht, weil die Täter die Nerven verloren hätten, sondern aus Ungeschicklichkeit oder dank rechtzeitiger Entdeckung. Cosette kam nicht zum Ziel, weil ihre Mutter auf der Bildfläche erschien. Bell schaffte es. Hätte ihre Mutter zwei Minuten früher das Zimmer betreten, wäre Bells Würgemord an der zweijährigen Susan die mißlungene Gewalttat eines Kindes geblieben, das vor Eifersucht nicht mehr aus noch ein wußte.

Die Erfahrung aber lehrte sie etwas, was niemand je lernen sollte: Daß einem ersten Mord ein zweiter folgen kann. *C'est le premier pas qui coute.*

Bell meinte nachdenklich: »Cosette muß inzwischen Geld wie Heu haben. Wie du sagst, hat der Alte auch das nötige Polster, und er ist bestimmt vor ihr weg vom Fenster.«

Sie spricht aus, was sie denkt. Weshalb sollte ich mich zurückhalten?

»Hättest du Cosette umgebracht?«

Sie wirft mir einen ihrer schrägen Blicke zu und macht schmale Lippen. Sie sieht gut aus, gesund und kräftig, den Blick auf die Zukunft gerichtet. »Ich habe ja gedacht, daß sie stirbt. Wenn sie todkrank gewesen wäre, hätte ich ja nichts zu machen brauchen.« Sie mustert mich mit einem sonderbaren Ausdruck, nachdenklich, abwägend und völlig ruhig. Und dann, mit veränderter Stimme: »Mal im Ernst, warum versuchst du nicht, sie wiederzusehen?«

»Weil es für mich wohl nie wieder so werden könnte wie früher. Der Streit, ihr Vorwurf und mein Unvermögen, ihn zu widerlegen, die stummen Jahre – all das würde zwischen uns stehen.« Ich wußte plötzlich, daß ich das Bell nicht begreiflich machen konnte. Von den Nuancen zwischenmenschlicher Beziehungen, von subtilen Schattierungen der Zuneigung weiß sie nichts. Sie weiß nichts von Behutsamkeit, nichts von jener Unschuld der langen Mutter-Kind-Freundschaft zwischen Cosette und mir, einer Freundschaft, die so fest gefügt schien und doch so zerbrechlich war, daß ein einziger Schlag von außen sie zerstören konnte. »Ich weiß ja deinen selbstlosen Versuch, mir eine Erbschaft zu sichern, durchaus zu schätzen«, sagte ich, »aber meinst du nicht, daß deine Anwesenheit in meinem Leben dabei eher hinderlich sein könnte?«

»Nicht, wenn wir ein großes Haus mit zwei separaten

Hälften haben. Sie müßte mich gar nicht sehen. Außerdem ...« Ach Bell, unverändert, unveränderbar, freimütig, bedenkenlos und unverbesserlich selbstsüchtig! »... außerdem habe ich ihr genausoviel vorzuwerfen wie sie mir. Du scheinst zu vergessen, daß sie mir den Liebhaber ausgespannt hat.«

Als habe es die vergangenen Jahre nie gegeben. Als sei Mark nie gestorben, als habe Bell selbst nie vierzehn Jahre im Gefängnis verbracht. Cosette hatte gesagt, sie würde gern anderen Frauen den Ehemann ausspannen, hatte davon gesprochen wie von einem unerfüllbaren Traum, aber Bell hatte es getan, sie hatte einer anderen Frau den Mann gestohlen, ihr war es gelungen.

»Du hast mir nie erzählt, wie du ihn kennengelernt hast«, sagte ich, um Bell von Cosette abzulenken. »Du hast mir nie gesagt, wie lange du ihn kanntest, ehe du ihn in das Haus der Stufen mitgebracht hast.«

Sie musterte mich mit ihrem schrägen, abwägenden Blick, als überlege sie, wenn auch ohne große Anteilnahme, wie ich wohl ihre Antwort aufnehmen würde. »Ich habe ihn bei dieser Globalen Erfahrung kennengelernt.«

»Nein, da habe ich ihn zum erstenmal gesehen, weißt du nicht mehr? Er saß mit dir an einem Tisch, und ich habe dich gefragt: Ist das dein Bruder?«

»Auf den Gedanken hast du mich gebracht.« Wie sarkastisch ihr Lächeln ist, wie überlegen! »Toll, auf was für Gedanken du mich so gebracht hast, Lizzie ...«

Die nächste Zigarette. Sie kneift vor dem hochsteigenden Rauch die Augen zusammen. »Du weißt ja, ich habe einen richtigen Bruder, ich hatte ihn damals seit einer Ewigkeit nicht mehr gesehen. Als du mich nach Mark fragtest, hat es mir einen richtigen Ruck gegeben. Alan, habe ich gedacht, aber wieso denn... Und dann habe ich hochgeschaut, und natürlich war es nicht Alan, aber ich habe ja gesagt. Alan, mein richtiger Bruder, ist ein dummer häßlicher Klotz, war es jedenfalls, ist es bestimmt immer noch, aber Mark war bildschön, nicht? Ich sage einfach, daß er mein Bruder ist, habe ich gedacht, vielleicht lerne ich ihn dann kennen. Ulkig, was? Ich hatte ihn vorher noch nie gesehen.«

Ich wußte, daß sie imstande war, aus purem Vergnügen zu lügen. Meine eigene Stimme klang mir lastend, bleischwer in den Ohren. »Das nehme ich dir nicht ab. Es kann gar nicht sein. Er war an deinem Tisch.«

»Er war nicht an meinem Tisch. Ich habe nur mit an dem Tisch gesessen, die Tische reichten nicht. Keine Ahnung, wer die anderen waren. Als er zurückkam – er war auch allein –, sagte ich, eben hätte mich jemand gefragt, ob er mein Bruder wäre, wir sähen uns so ähnlich. Ob er auch meinte, daß wir uns ähnlich sähen, hab' ich ihn gefragt. Ja, und das war's, Lizzie, damit hat es angefangen. Wir haben zusammen was getrunken, und dann sind wir zu ihm gegangen. Er sei froh, daß er nicht mein Bruder sei, hat er gesagt.

Später war es nützlich. Das mit Cosette, der Versuch, sie zu heiraten, hätte nicht funktioniert, wenn sie gewußt hätte, daß er mein Liebhaber war. So war es viel besser. Deine Ideen waren beide sehr brauchbar, und es hätte ja auch geklappt, wenn er nicht so ein Trottel gewesen wäre.«

So ist denn im Grunde alles wirklich meine Schuld. Was ich gesagt und getan habe, hat den Lauf der Dinge bestimmt, und Cosette hat mir zu Recht Vorwürfe gemacht. Vielleicht sind meine Kopfschmerzen schuld daran, daß mir alles so unwirklich vorkommt und ich mich zu keiner Aktion, keinem definitiven Schritt aufraffen kann. Ich habe seit Wochen nichts geschrieben, die Kopfschmerzen kommen und gehen, die Depression aber bleibt. Dazu kommt noch etwas anderes, etwas, was ich bisher noch von niemandem gehört habe. Ich lege mich abends hin und schlafe ein, aber nur Augenblicke später bin ich wieder wach und von so panischem Schrecken befallen, einer so unbeschreiblichen Furcht vor dem Leben, der Realität, meiner tiefschwarzen Umgebung, daß mein Körper sich in Zukkungen windet und meine weit aufgerissenen Augen angsterfüllt in die leere Finsternis starren. Es geht vorüber, nach etwa zehn Minuten ist es vorbei, die gewohnte, still-ergebene Depression hat mich wieder, und irgendwann schlafe ich ein. Aber was ist es? Und woher kommt es?

Ich habe es Bell erzählt. Es ist sinnlos, Bell so etwas zu erzählen, aber ich habe es trotzdem getan. Mach Licht an, hat sie gesagt, trink was. Stell dir ein Glas Wein ans Bett, trink das. Ich habe es versucht. Aber die Birne in der Nachttischlampe war ausgebrannt, es tat sich nichts, als ich auf den Knopf drückte, und als ich glücklich dachte, ich hätte das Weinglas zu fassen bekommen, fiel es mir herunter, und alles andere – Armbanduhr und Aspirintabletten und der Blutjaspis-Ring – gleich mit. Deshalb trage ich den Ring jetzt ständig, ich nehme ihn nie mehr ab.

Ehe wir zum Anwalt fuhren, stellte ich Bell eine Frage. Ich fragte sie, was sie unter Liebe versteht. Sie dachte einen Augenblick nach, aber nicht lange.

»Bei jemandem an erster Stelle sein. Liebe ist, wenn du für einen anderen der wichtigste Mensch auf der Welt bist.«

»Und was ist, wenn du selbst liebst?«

Das hatte sie sich noch nie überlegt. Liebe ist für sie etwas, was man von anderen bekommt – oder auch nicht. »Für meine Eltern war ich die Erste, bis Susan kam. Ich habe geglaubt, daß ich für Mark die Erste bin. Für Silas war niemand an erster Stelle, höchstens Silas selbst.« Es machte ihr nichts, darüber zu sprechen, das merkte ich. Bell hat es nie etwas ausgemacht, über Menschen zu sprechen, auch nicht über sich. »Ich sag' dir was. Es muß der Mensch sein, von dem du willst, daß er dich will, alle anderen zählen nicht.«

Es ist wohl besser, darauf nicht näher einzugehen. Und doch, und doch ... mag ich sie jetzt überhaupt noch? Mag sie mich wenigstens ein bißchen? Es gibt noch eine Leidenschaft in Bells Leben, von der wir nie sprechen, die nie Erfüllung gefunden hat. Ist es nicht das, was man unter einer Frustration versteht – ein ständiges Streben unter unvorstellbaren Leiden, ohne je ans Ziel zu kommen? Wir sprechen nie davon, sagte ich, aber in gewisser Weise ging es eben darum bei unserem Anwaltsbesuch.

Bell mochte nicht mit hineinkommen, sie begleitete mich nur bis vor die Kanzlei in Knightsbridge. Die nächste Stunde wollte sie bei Harrods verbringen, wo sie vierzehn Jahre nicht mehr gewesen ist. Bei den Antiquitäten, dem Schmuck, den Kleiderstoffen. Bei Harrods gefällt mir am besten die Zooabteilung, aber Bell sah mich verständnislos an, als ich ihr das sagte.

Ich habe mein Testament gemacht. Es war Bells Vorschlag, denn ich bin jetzt ziemlich wohlhabend, und an wen soll das alles gehen, die beiden Häuser und die Ersparnisse meines Vaters, wenn ich keine Vorkehrungen getroffen habe? An den Staat? Es ist buchstäblich niemand mehr da. Cousine Lily ist inzwischen tot, sie sind alle tot oder aus naheliegenden Gründen nie geboren worden. Ich habe alles Bell vermacht bis auf tausend Pfund für Elsa, die ich zu meiner Testamentsvollstreckerin bestimmt habe.

»Mrs. Sanger ist älter als Sie«, bemerkte der Anwalt.

»Ja, ich weiß.« Mehr sagte ich nicht, und er fragte nicht nach. Wenn ich anfange zu diskutieren, bekomme ich Kopfweh.

Wenn er das Testament aufgesetzt hat, schickt er es mir, und ich muß es unterschreiben, in Gegenwart von zwei Zeugen, die jeder wiederum unter den Augen des anderen ihre Unterschrift daruntersetzen müssen. Er würde es am Freitag in die Post geben, sagte er, eigentlich müßte es morgen hier sein. Unsere Nachbarn werden meine Zeugen sein. Ehe Bell kam, haben sie, wenn ich verreist war, meine Katzen gefüttert. Hin und wieder gehen wir auf einen Drink zu ihnen, oder sie kommen zu uns. Ihrem lebhaften Interesse an uns, den Blicken, die sie wechseln, entnehme ich, daß sie uns für ein lesbisches Paar halten und das spannend finden.

Das andere habe ich Bell noch nicht erzählt. Ich habe an Cosette geschrieben. Ich war fest entschlossen, es nicht zu tun, aber nach dem, was mir Bell von ihrer ersten Begegnung mit Mark erzählt hat, habe ich es mir anders überlegt. Daß ich meine Schuld erkannt habe, obgleich ich mir meiner Verstrickung nicht bewußt war, hat manches für mich geändert. Ich weiß, wieviel Cosette zu verzeihen hat, und ich weiß, daß sie mir verzeihen wird. Seit ich mit Bell über sie gesprochen habe, sehe ich sie wieder in ihrer alten Umgebung, nur mit dem Unterschied, daß sie jetzt in Maurice Baileys Haus lebt. Ich stelle mir vor, wie sie Lilien im Garten pflanzt. Woher ich weiß, daß sie wieder ein geschätztes Mitglied der Wellgarth Society ist, ein Ehrenamt in der Townswomen's Guild hat, im Schulvorstand ist und sich im Krankenhaus-Besuchsdienst engagiert? Ich weiß es einfach. Ich weiß, daß sie sich von Maurice Baileys Schneider graue Kammgarnkostüme machen läßt. Ich weiß, daß sie einen Volvo hat und er einen Jaguar. Perpetua kommt zum Putzen, und Jimmy macht den Garten, und Dawn Castle besucht sie gelegentlich und erzählt ihr, was für eine Last ihre Enkelkinder sind, die sie aber nicht missen möchte. Ich träume von Cosette und von diesen Dingen, ich träume, daß sie herkommt und mich rettet. Aber wovor? Nun habe ich ihr geschrieben, nach vierzehn Jahren, und wenn das Telefon läutet, zucke ich zusammen und zittere.

Bell beobachtet mich, wenn ich zittere. Sie beobachtet mich, als wäge sie etwas ab, als berechne sie ihre Chancen. Sie hat Häuser besichtigt und ist ganz begeistert von einem in Notting Dale, das ich unbedingt kaufen soll, es ist so teuer, daß ich eine Hypothek aufnehmen und als Sicherheit eine Lebensversicherung zu ihren Gunsten abschließen müßte. Ich überlege, ob ich es tun soll, um mir Auseinandersetzungen zu ersparen. Wahrscheinlich werde ich nachgeben, allerdings denke ich, während ich meinerseits Bell beobachte, die heute Silbergrau trägt und mit meinen Katzen behängt ist, als seien sie Teil ihrer Garderobe, die sich gerade die nächste Zigarette nimmt und anzündet, verjüngt wie Cosette, als sie glücklich war – in diesem Moment also denke ich, wieviel lieber es mir wäre, das zu tun, was Cosette damals im Sinn hatte, und ihr ein eigenes Haus zu kaufen.

Ich webe Phantasien um den Blutjaspis, manch einer würde sie Hirngespinste nennen. Manchmal sehe ich ihn als einen Stein der Liebe, als berge er Liebe in sich, in den leuchtenden Jaspispünktchen vielleicht, die in den Tiefen des dunkelgrünen Chalcedons eingelagert sind. Als Bell ihn mir schenkte, war es mir, als schenkte sie mir damit Cosettes so lang entbehrte Liebe zurück. Dann wieder erscheint er mir als ein Stein des Übels an den Fingern aller, die genetisch anfällig für jenes Leiden sind, das so viele Träger des Ringes getötet und andere verschont hat. An Bells Finger saß der Ring locker, an dem meinen steckt er fest, und ich tue ihr gegenüber so, als könne ich ihn nicht mehr abnehmen, als müsse er für alle Zeiten an seinem Platz bleiben wenn man ihn nicht herunterschneiden will.

Das Telefon läutet. Ich zucke zusammen, und in den Sekunden zwischen den Anschlägen überlege ich, ob es wohl ein Happy-End für mich geben kann, überlege, wer wohl zuerst bei mir ist: Bell, die mir vielleicht zum Verhängnis werden wird, oder Cosette, die gewiß meine Rettung wäre. Oder wird es jene dritte Möglichkeit sein, auf die Bell ihre ganze Hoffnung setzt?

Ich bedeute ihr mit einer Handbewegung, sie solle sitzen bleiben, und gehe quer durchs Zimmer zum Telefon.

Barbara Vine im Diogenes Verlag

Das Haus der Stufen

Roman. Aus dem Englischen von Renate Orth-Guttmann. Leinen

Eine der großen Lügnerinnen der Welt nennt Elisabeth die junge Bell. Und trotzdem, oder vielleicht deswegen: noch nie zuvor war Elisabeth von einer Frau dermaßen fasziniert. Selbst als Bells kriminelle Vergangenheit offenkundig wird, kann sich Elisabeth nicht aus ihrer Liebe zu Bell lösen. Immer wieder findet sie Erklärungen und Entschuldigungen für das unglaubliche Verhalten dieser mysteriösen Frau.
Im ›Haus mit den Treppen‹ beginnt Eisabeths mütterliche Freundin Cosette ein neues, unangepaßteres Leben. Auch Bell kommt in das Haus, und schon tauchen seltsame Fragen auf: Was geschah mit Elisabeths Mutter? Warum war Bell im Gefängnis, und was ist ihr so sorgsam gehütetes Geheimnis? Und haben die ungewöhnliche Ähnlichkeit zwischen Bell und dem Bronzino-Portrait einen Zusammenhang mit der sterbenden Heldin in Henry James' ›Die Flügel der Taube‹?

»Barbara Vine alias Ruth Rendell ist in der englischsprachigen Welt längst zum Synonym für anspruchsvollste Kriminalliteratur geworden.« *ORF, Wien*

Es scheint die Sonne noch so schön

Roman. Aus dem Englischen von Renate Orth-Guttmann. Leinen

Ein langer, heißer Sommer im Jahr 1976. Eine Gruppe junger Leute sammelt sich um Adam, der ein altes Haus geerbt hat. Sorglos leben sie in den Tag hinein, lieben, stehlen, existieren. Zehn Jahre später werden auf dem bizarren Tierfriedhof zwei Skelette gefunden – das einer jungen Frau und das eines Säuglings...

»Der Leser glaubt auf jeder zweiten Seite, den Schlüssel zur Lösung des scheinbar kriminellen Mysteriums in Händen zu halten, doch – der Schlüssel paßt nicht, sperrt nicht, klemmt... Keine Frage, dieser Roman ist ein geglückter Thriller, ein famos geglückter, wofür diese Autorin auch bürgt.« *Wiener Zeitung*

Die im Dunkeln sieht man doch

Roman. Aus dem Englischen von
Renate Orth-Guttmann. detebe 21826

Der Fall der Vera Hillyard, die kurz nach dem Krieg wegen Mordes zum Tod durch den Strang verurteilt und hingerichtet wurde, wird wieder aufgerollt. Briefe, Interviews, Erinnerungen, alte Photographien fügen sich zu einem Psychogramm, einer Familiensaga des Wahnsinns. Schicht um Schicht entblättert Barbara Vine die Scheinidylle eines englischen Dorfes, löst zähe Knoten familiärer Verflechtungen und entblößt schließlich ein Moralkorsett, dessen psychischer Druck nur noch mit Mord gesprengt werden konnte.

»Barbara Vine ist die beste Thriller-Autorin, die das an Krimi-Schriftstellern nicht eben arme England aufzuweisen hat. Ihr Buch ist ein Psycho-Thriller der Super-Klasse. Eine Reportage aus einer Zeit da die ›besseren Herren‹ bei Heirat noch eine Jungfrau erwarten durften – und die Frauen aus dem bürgerlichen Aufsteiger-Milieu eine Menge Tricks anwandten, um diesem Weltbild anscheinend zu entsprechen.«
Frankfurter Rundschau

»Es gibt Bücher, die man eher zufällig und ohne große Erwartungen in die Hand nimmt, um mal einen Blick hineinzuwerfen, und dann passiert es, daß man sich festliest und das Buch gar nicht mehr aus der Hand legen möchte. Barbara Vines Roman, raffiniert aufgebaut und meisterhaft erzählt, gehört für mich in diese Kategorie.« *Süddeutscher Rundfunk*

Patricia Highsmith
Carol

Roman einer ungewöhnlichen Liebe
Aus dem Amerikanischen von Kyra Stromberg
Leinen

»Der bereits 1952 in Amerika veröffentlichte Roman *Carol* war damals ein solches Wagnis, daß sich Autorin Patricia Highsmith hinter dem Pseudonym Claire Morgan versteckte. Immerhin hatte die Meisterin des Psychothrillers mit diesem Werk den ›Schritt vom Wege‹ getan: Fernab von Mord und Totschlag erzählt sie darin die Geschichte der jungen Bühnenbildnerin Therese und ihrer Geliebten Carol, einer reifen, verheirateten Frau in besten Verhältnissen, deren Schönheit und Lebenserfahrung Therese faszinieren. *Carol* ist ein wunderbarer, mutiger Roman über eine ungewöhnliche Liebe, ihre Anfechtungen und ihren Sieg. Die Highsmith versteht es, ganz ohne vordergründigen Sex knisternde Erotik zu erzeugen.«
Annette Kast-Riedlinger/Harpers' Bazaar, München

»Kein Tod im Swimmingpool, kein minutiös vorbereiteter Mord, kein Krimi, kein Thriller ist *Carol,* sondern eine Liebesgeschichte, und hat doch alle Eigenschaften anderer Highsmith-Romane. Er hat Suspense. Alle, die Patricia Highsmith lesen und schätzen, werden sich erfreuen an diesem Buch aus ihren Anfängen.«
Hans Bender/Süddeutsche Zeitung, München

»Die schönste Liebesgeschichte der Highsmith.«
Bruno Preisendörfer/Zitty, Berlin

»Ein Meisterwerk der Spannung.«
Claudia Schaller/Brigitte, Hamburg

Joan Aiken im Diogenes Verlag

Fanny und Scylla oder Die zweite Frau

Roman. Aus dem Englischen von Brigitte Mentz. Leinen

»In ein englisches Spukhaus des 18. Jahrhunderts und das bunt-grausame Indien der Maharadschas führt Publikumsliebling Joan Aiken in ihrem neuen aufregenden Roman *Fanny und Scylla* ...
Joan Aiken verfügt, wenn man so will, über eine fast ausgestorbene Meisterschaft: Die Kunst, ungetrübtes Lesevergnügen zu bereiten.« *buch aktuell*

»Joan Aiken besitzt ein seltenes Erzähltalent, in dem sich psychologischer Scharfblick mit der Gabe vereinigt, den heutigen Leser in Spannung zu halten, obwohl die Handlung in eine ferne Vergangenheit führt.« *Die Furche, Wien*

Du bist Ich

Die Geschichte einer Täuschung
Deutsch von Renate Orth-Guttmann
Leinen

Man schreibt das Jahr 1815. In einem feinen Mädchenpensionat in England stellen Alvey Clement und Louisa Winship fest, daß ein einzigartiges Band sie eint. Zwar stammen sie aus sehr unterschiedlichen Gesellschaftsschichten und sind vom Temperament her ganz verschieden, aber vom Aussehen her *sind sie sich völlig gleich*. Dieser überraschende Zufall paßt der verwöhnten Louisa sehr gut ins Konzept.

»Wie Patricia Highsmith versteht es Joan Aiken, eine Geschichte langsam anlaufen zu lassen und sie mit unerbittlicher Hand zum dramatischen Knoten und dessen Auflösung zu führen.« *Die Presse, Wien*

Ärger mit Produkt X

Roman. Deutsch von Karin Polz
detebe 21538

Als Martha Gilroy den Auftrag bekam, eine Werbekampagne für ein aufregendes neues Parfüm zu starten, hatte sie keine Ahnung, worauf sie sich da einließ. Eine Reise nach Cornwall, wo sie einige Werbeaufnahmen machen wollte, geriet zu einem Horrortrip.

»*Ärger mit Produkt X* ist der Titel eines herrlich spannenden Krimis, dessen Autorin einen Hang zur Satire hat. Dies macht die Lektüre so amüsant.«
Martina I. Kischke/Frankfurter Rundschau

Tote reden nicht vom Wetter

Roman. Deutsch von Nikolaus Stingl
detebe 21477

Jane, Graham und die beiden Kinder sind eine ganz normale Familie. Graham ist Architekt, Jane hat ihre Arbeit bei einer Londoner Filmfirma aufgegeben, seit sie in das neue, teure Haus auf dem Land gezogen sind. Geldprobleme zwingen Jane bald dazu, ihren alten Job wieder anzunehmen und dem finsteren Ehepaar McGregor tagsüber Haus und Kinder anzuvertrauen...

»Joan Aiken präsentiert uns rabenschwarze, schaurigschöne Geschichten.« *Die Welt, Bonn*

Die Kristallkrähe

Roman. Deutsch von
Helmut Degner. detebe 20138

Kleine alltägliche Schrecknisse steigern sich in der *Kristallkrähe* über große Verwirrungen zu einem finsteren Ende. Da ist die junge Schriftstellerin, die mit ihrer entsetzlich eifersüchtigen Freundin zusammenlebt, die Ärztin und ihr Bruder, dem sie eine tödliche

Krankheit bescheinigt, dazu kommen diverse Schizophrene und Depressive und – ein entwichener Leopard.

»Als ihr Krimi *Die Kristallkrähe* erschien, verglichen die Kritiker sie mit Patricia Highsmith, Celia Fremlin und Margaret Millar. Wenn eine Bezeichnung auf sie paßt, dann wäre das: Storyteller, Geschichtenerzählerin.« *Titel, München*

Der eingerahmte Sonnenuntergang

Roman. Deutsch von Karin Polz
detebe 21473

Lucy reist nach England, um herauszufinden, was mit ihrer alten Tante Fennel und deren Freundin geschehen ist. Die beiden alten Damen lebten im High Beck Cottage am Rand des Hochmoors von Yorkshire. Nun scheinen sie verschwunden zu sein. Was wie ein ganz normaler Verwandtenbesuch beginnt, entwickelt sich rasch zu einem gefährlichen Abenteuer für Lucy...

»Das Beiwort ›unterhaltsam‹ ist für den Psycho-Thriller *Der eingerahmte Sonnenuntergang* von Joan Aiken schlichte Tiefstapelei. Die Lektüre dieses Buches ist ein hochgradiges Vergnügen.«
Martina I. Kischke/Frankfurter Rundschau

Haß beginnt daheim

Roman. Deutsch von Nikolaus Stingl
detebe 21686

Nach einem Nervenzusammenbruch ist Caroline zur Erholung bei ihrer Familie: der Mutter Lad, Trevis, der älteren Schwester Hilda und einer alten Tante. Doch statt zu genesen, wird sie immer verwirrter...

»Das Quartett der vier bösen Damen – Patricia Highsmith, Margaret Millar, Ruth Rendell [d.i. Barbara Vine] und Joan Aiken – ist auf dem Gebiet des Psycho-Krimis nicht zu schlagen. Die Damen verbreiten jenen

sanften Schrecken, dem Thriller-Fans nicht widerstehen können.«
Martina I. Kischke/Frankfurter Rundschau

Der letzte Satz

Roman. Deutsch von Edith Walter
detebe 21743

Willkommen in Helikon, dem eleganten Insel-Sanatorium, das seine Gäste vor allen Bedrohungen schützen kann. Außer vor sich selber...

»Dieses Buch ist eine Wonne!« *The Times, London*

Das Mädchen aus Paris

Roman. Deutsch von
Nikolaus Stingl. detebe 21322

Wohin sie geht, zieht Ellen Paget Liebhaber an: den ambivalenten Professor Bosschère in Brüssel, den unberechenbar-eigenwilligen Comte de la Ferté in Paris, ihren Stiefbruder Bénédict. Ihre gebieterische Patin, Lady Morningquest, bereitet einer zarten Romanze ein rasches Ende und schickt Ellen nach Paris...

»Wieder einer der bestrickenden, aufregenden Romane, die Joan Aiken seit zwanzig Jahren zu einem Publikumsliebling machen.«
Publishers Weekly, New York

Margaret Millar im Diogenes Verlag

Gesetze sind wie Spinnennetze
Roman. Aus dem Amerikanischen von Barbara Rojahn-Deyk und Jobst-Christian Rojahn. Leinen

Liebe Mutter, es geht mir gut ...
Roman. Deutsch von Elizabeth Gilbert
detebe 20226

Die Feindin
Roman. Deutsch von Elizabeth Gilbert
detebe 20276

Fragt morgen nach mir
Roman. Deutsch von Anne Uhde
detebe 20542

Ein Fremder liegt in meinem Grab
Roman. Deutsch von Elizabeth Gilbert
detebe 20646

Die Süßholzraspler
Roman. Deutsch von Georg Kahn-Ackermann und Susanne Feigl. detebe 20926

Von hier an wird's gefährlich
Roman. Deutsch von Fritz Güttinger
detebe 20927

Der Mord von Miranda
Roman. Deutsch von Hans Hermann
detebe 21028

Das eiserne Tor
Roman. Deutsch von Karin Reese und Michel Bodmer. detebe 21063

Fast wie ein Engel
Roman. Deutsch von Luise Däbritz
detebe 21190

Die lauschenden Wände
Roman. Deutsch von Karin Polz
detebe 21421

Nymphen gehören ins Meer!
Roman. Deutsch von Otto Bayer
detebe 21516

Kannibalen-Herz
Roman. Deutsch von Michael K. Georgi
detebe 21685

Blinde Augen sehen mehr
Roman. Deutsch von Renate Orth-Guttmann. detebe 21827

Banshee die Todesfee
Roman. Deutsch von Renate Orth-Guttmann. detebe 21836